웃는 남자 2

옮긴이 백연주

프랑스에서 언론학을 전공하던 중 해외통신원 활동을 계기로 언론계에 입문했다. 현재 프랑스에 정착하여 정치, 문화, 스포츠 등을 전문으로 다루는 다수 언론사의 게스트 에디터 겸 방송번역가로 활동하고 있다.

큰글씨 웃는 남자 2

초판 1쇄 펴낸날 2018년 9월 20일

지은이 빅토르 위고
옮긴이 백연주
펴낸이 장영재
펴낸곳 (주)미르북컴퍼니
자회사 더클래식
전 화 02)3141-4421
팩 스 02)3141-4428
등 록 2012년 3월 16일(제313-2012-81호)
주 소 서울시 마포구 성미산로32길 12, 2층 (우 03983)
E-mail sanhonjinju@naver.com
카 페 cafe.naver.com/mirbookcompany

(주)미르북컴퍼니는 독자 여러분의 의견에
항상 귀 기울이고 있습니다.

파본은 책을 구입하신 서점에서 교환해 드립니다.
책값은 뒤표지에 있습니다.

웃는 남자 2

The Man Who Laughs

빅토르 위고 지음 | 백연주 옮김

더클래식

차례

제2편 왕의 명령에 의해서

제1부 인류의 영원한 과거가 인간을 보여 준다

제2부 그윈플렌과 데아

| **일러두기** |

※ 인명, 지명 등은 옮긴이가 번역한 대로 현지 발음을 기준으로 삼아 표기했습니다.

제2편
왕의 명령에 의해서

제1부

인류의 영원한 과거가 인간을 보여 준다

1. 클랜찰리 경

*

그 시절에 아주 오래된 이야기 하나가 전해졌다.

그것은 린네우스 클랜찰리 경에 관한 내용이었다.

린네우스 클랜찰리 남작은 크롬웰과 동시대인이었는데, 당시 공화제를 받아들인 몇 안 되는 영국의 중신이었다. 엄밀하게 말해 그것을 받아들일 이유가 있었으니, 당시 공화제가 일시적으로 성공했기 때문이다. 공화파가 우위를 차지하고 있는 한 클랜찰리 경이 공화파의 편에 있을 것이라는 논리는 매우 단순했다. 그러나 혁명이 끝나고 의회 정부*가 몰락한 후에도 클랜찰리 경은 끝끝내 자신의 입장을 바꾸지 않았다. 왕정복고

---

* 찰스 1세 처형 후 1649~1660년 사이 지속된 크롬웰 주도 하의 공화정이다.

하에서 언제나 참회는 받아들여졌고, 찰스 2세는 그에게 다시 돌아오는 이들에게 매우 관대했기에, 귀족들이 재구성된 상원에 돌아가기는 수월했다. 그러나 클랜찰리 경은 그런 상황에서 일반적인 선택을 따르지 않았다. 영국이 다시 군주의 손아귀로 넘어가는 것에 온 나라가 박수갈채를 보낼 때, 모든 이들이 왕을 만장일치로 인정할 때, 백성들이 군주제에 경의를 표명하는 동안, 지난날을 부인하는 영광스럽고 당당한 정치적 변절을 기반으로 왕조가 다시 일어날 때, 과거가 미래가 되고 미래가 과거가 된 그 순간에도 클랜찰리 경은 끝까지 뜻을 굽히지 않았다. 그는 이러한 모든 환희에서 고개를 돌렸고 기꺼이 유배 길에 올랐다. 대귀족이 될 수도 있었지만 자진해 추방을 선택했다. 그렇게 몇 해가 흘렀고 그는 이미 죽어 버린 공화제에 대한 충절 속에서 노년을 맞이했다. 또한 이러한 어린애 같은 고집에 자연스레 따라붙는 조롱에도 의연했다.

그는 스위스로 피신해 제네바 호숫가에 있는 산비탈 오두막에서 살았다. 호숫가에서 가장 험한 구석에 위치한 곳으로 보니바르*의 감옥과 러들로**의 무덤이 이웃해 있었다. 황혼과 바람과 먹구름으로 가득한 알프스산맥이 그의 은신처를 감싸고

---

* 제네바의 독립투사로 잔인한 포로 생활을 한 것으로 유명하다.

** 찰스 1세를 사형에 처한 67명의 판사 중 한 명이다. 왕정복고 후 스위스로 탈출한다.

있었다. 산악 지방에서 쏟아져 내리는 거대한 어둠 속에 갈 곳을 잃어버린 듯 살고 있었다. 주위를 지나가는 행인도 그와 마주치기는 매우 어려웠다. 그는 국외자였으며, 자신이 살고 있는 세기 밖에 있는 것과 마찬가지였다. 그 당시 세상의 사건들에 빠삭하고 또 내막을 꿰뚫고 있던 사람들의 눈에는, 그 당시 상황에 대한 어떤 저항도 정당화될 수 없었다. 그때 영국은 행복했다. 왕정복고는 부부 간의 화해와 같았다. 왕과 백성이 더 이상 서로 다른 침대를 쓰지 않았다. 그보다 더 명랑하고 유쾌한 일은 없었다. 그레이트브리튼은 찬란히 빛나고 있었다. 왕이 있다는 것만으로도 기쁜 일인데, 왕은 매력적이기까지 했다. 찰스 2세는, 호탕한 성격으로 통치에 능했으며, 루이 14세에 비교할 만한 뛰어난 군주였다. 그는 신사면서 귀족적이었다. 찰스 2세는 자신의 행동으로 신하들에게 찬미를 받았다. 그는 하노버 전쟁을 벌였다. 왜 그것이 필요한지 스스로는 잘 알고 있었지만, 그 외에는 이유를 짐작하지 못했다. 그는 됭케르크를 프랑스에 팔았는데, 그것 또한 고도의 외교적 결단이었다. 영국 중신들은 이미 시대의 일부가 되어 귀족원에서 자신의 자리를 차지하는 양식을 갖추고 있었기에 명백한 사실 앞에 무릎을 꿇었고, 결국 상원에서 자리를 되찾았다. 그것을 위해 그들은 왕에게 충성 서약을 하기만 하면 되었다. 찬연한 통치, 훌륭한 국왕, 국민들의 사랑에 대한 신성한 용서에 의해 돌아온 위엄 있는 왕족들에 대한 현실을 고려할 때, 몽크와 그 후에 출현한 제프리스 같은 중요 인물이 왕위에 찬성했던 것, 그들이 가장 큰 공무와 가장 이익을 보는 임무를 맡음으로써 그들의 충성과 열성에 대해 정당하게 보상받았던 것, 클랜찰리 경이 그러한 사실을 몰랐을 리 없었다. 명예로운 그들의 앞에 영광스럽게 앉는 것이 전적으로 그의 선택에 달려 있었다는 것, 영국이 국왕 덕분에 번영의 정점에 다시 올라섰고, 런던은 온통 축제와 기마 곡예로 넘쳐났다. 모든 사람이 부유하고 열광에 들떠 있고, 궁정은 품위 있고 명랑하고 당당하다는 것에 대해 이야기할 때, 만약 이러한 찬란한 세상에서 멀리 떨어진 곳, 땅거미가 질 무렵 음산한 빛 속에서 평민과 같은 옷차림을 한, 창백하고 멍한 표정의 구부정한 늙은이가 호숫가 무덤 옆에 서 있다가, 겨울의 추위를 의식하고는 어두운 바람에 백발을 흩날리며, 묵묵히, 외롭게, 생각에 잠겨, 발길 가는 대로 배회하는 모습을 보았다면 누구라도 웃음을 참기가 어려울 것이다.

어느 미치광이의 실루엣.

클랜찰리 경에 대해 이야기할 때, 그가 될 수도 있었던 것과 실제 모습을 듣고, 미소 짓는 것은 너그러운 반응에 불과했다. 어떤 이들은 소리 높여 웃었고, 어떤 이는 분개했다. 사람들은 클랜찰리 경의 오만방자한 성격 때문에 고통받곤 했었는데 이는 그가 사람들과 교류가 없었기 때문이라고 여겼다.

그 뒤로 클랜찰리 경의 정신이 성치 못해 그렇다는 소문이 돌기 시작했고 얼마 지나지 않아 모두가 고개를 끄덕이게 되었다.

*

고집을 부리는 사람들을 보는 것은 불쾌한 일이다. 레굴루스*와 같은 모습은 어디서건 냉대를 받으며, 그런 이유로 여론에는 어느 정도 빈정거림이 생기기도 한다.

그러한 고집은 잔소리와 유사하니, 조롱당하는 것도 어쩌면 당연하다.

게다가, 결국 이러한 고집, 배수진이 과연 미덕일까? 희생과 명예로움을 지나치게 내세우는 것에 허풍은 없는 것일까? 그것은 오히려 겉치레에 불과하다. 왜 고독과 도피를 그토록 과장하는 것일까? 아무것도 내세우지 말라는 것은 현자의 좌우명이다. 원한다면 반대해도 좋다. 그러나 예의 바르게, 또한 국왕 폐하 만세를 외치면서 그렇게 하라. 진정한 미덕이란 사리를 분별하며 이뤄지는 것이다. 실패하는 것은 실패하게 되어 있었던 것이고, 성공하는 것은 성공할 만했다. 신의 섭리는 나름의 근거를 가지고 있어서, 합당한 자에게만 왕관을 씌워 준다. 누가 신의 섭리보다도 그 내막을 더 잘 안다고 자신할 것인가? 결과

* 충절과 헌신으로 유명한 로마의 장군이다.

로 인해 판결이 내려지고, 한 체제에서 다른 체제로 바뀌었을 때, 성공한 자의 입장에서 진실과 거짓이 만들어져, 한쪽은 파멸로 향하고 다른 한쪽은 개선 행진에 나서게 되는 것이다. 어떠한 의혹을 품는 것도 가능하지 않다. 양식 있는 이들은 우세한 쪽과 손을 잡는다. 그리고 그것이 자신의 재산과 가족에게 유용하다 할지라도 그러한 사실에 한 치의 망설임 없이, 오로지 공적인 것만을 생각하면서 승리자에게 강력한 힘을 빌려 준다.

만약 아무도 나라에 봉사하는 데 참여하지 않는다면 어찌될 것인가? 그때는 모든 것이 멈추게 될까? 제자리를 지키는 것이 좋은 시민이 해야 할 일이다. 개인의 사적인 취향은 희생할 줄 알아야 한다. 모든 임무는 지켜지기를 원한다. 누군가가 헌신해야 한다. 공공의 기능을 최대한 따르는 것이 진정한 충절이다. 공무를 맡은 자가 은거해 버리면 그 나라가 마비에 이르고 만다. 망명하는 행위는 가증스러운 짓이다. 그것이 본보기가 될 수 있을까? 허영심에 불과하다. 그러면 반항일까? 그 무슨 무례함인가. 당신의 가치는 무엇이라 생각하는가? 스스로의 가치에 대해 배워라. 우리는 떠나 버리지 않는다. 우리도 또한 원한다면 당신보다 더 완고하며 다루기 힘들게 굴 수도 있고 당신보다 더 못된 짓을 감행할 수도 있다. 하지만 사람들은 합리적인 이들을 더 좋아한다. 그러므로 가자.

*

그동안 1660년의 상황만큼 더 분명하고 결정적인 때는 없었다. 멀쩡한 정신의 사람에게는, 행동 강령이 그보다 더 분명했던 적은 없었다.

영국은 크롬웰의 영역에서 벗어나 있었다. 많은 이례적인 일들이 공화 체제하에서 생겨났다. 우선 영국의 패권이 탄생했다. 30년 전쟁의 도움으로 독일은 압도당했으며, 프롱드 반란 덕분에 프랑스의 체면이 꺾였으며, 브라간사 공작*의 도움으로 스페인의 힘이 축소되었다. 크롬웰은 마자랭을 제압했다. 프랑스와 협정을 체결할 경우에는 영국의 호민관이 프랑스왕 서명 위쪽에 서명했다. 네덜란드 연합은 벌금 800만을 부과해야 했고, 튀니스와 알제리는 탄압받았으며, 자메이카는 정복되고, 리스본을 굴복시켰고, 바르셀로나에서는 프랑스의 적대 관계를 유발했으며 포르투갈을 영국에 정박시켰다. 지브롤터에서 헤라클리온에 이르는 지역에서 바르바리아인들을 깨끗이 소탕했다. 전승과 교역이라는 두 가지 형태로 바다를 지배했다. 33회의 전투에서 연승했으며, 스페인 함대를 격파한 적이 있는, 뱃사람들의 할아버지를 자처하던 늙은 제독 마틴 하페르츠 트롬프가, 1653년 8월 10일 영국 함대에 괴멸되었다. 스페인 해군으

---

* 포르투갈의 도시 이름이다. 브라간사 공작의 후예가 1640년 포르투갈왕으로 등극해 왕조를 열었다.

로부터 대서양을, 네덜란드 해군으로부터 태평양을, 베네치아 해군으로부터 지중해를 되찾았다. 또한 항해 약정서를 통해 전 세계의 연안을 소유하게 되었다. 대양을 통해 세계를 손아귀에 넣었다. 네덜란드의 선박이 항해 중에 영국의 선박에 공손하게 인사했다. 프랑스는 만치니 대사를 보내, 올리버 크롬웰 앞에서 무릎을 꿇었다. 크롬웰이, 하나의 라켓으로 공 두 개를 휘두르듯 칼레와 됭케르크를 가지고 놀았다. 유럽 대륙을 뒤흔들었으며, 평화를 강요하고, 전쟁을 명령하며, 모든 용마루에 영국 국기를 달았다. 호민관의 철기병만이 유럽에 공포감을 안겨 주는 군대로서 의미를 지녔다.

"나는 옛날 사람들이 로마 공화국 존경했듯이 영국 공화국을 존경하길 원한다."

크롬웰이 자주 하던 말이다. 그 말보다 더 신성한 것은 없었다. 언론도 출판도 자유로웠다. 누구나 자유롭게 자신이 생각하는 바를 한 길에서 말할 수 있었다. 원하는 것을 제재나 검열 없이 인쇄할 수 있었다. 왕권의 균형이 깨졌다. 스튜어트 왕조를 비롯한 유럽의 모든 군주제의 질서가 무너졌다. 마침내 그 추악한 정치 체제에서 벗어나, 영국은 사죄를 받아 냈다.

관대한 찰스 2세는 브레다 선언*을 하였다. 그는 영국이 루

---

* 찰스 2세가 의회의 요구를 대부분 수용하고, 공화파에 대한 관용을 약속한 선언이다.

이 14세의 머리에 헌팅던의 일개 맥주 양조업자의 아들*이 발을 올려놓았던 그 시절을 잊을 수 있도록 허락했다. 영국은 회개하고 숨통을 텄다. 이미 말했듯 마음의 편안한 상태는 활짝 개화했다. 찰스 1세를 처형한 시역자들의 교수대가 범세계적인 기쁨에 가미되었다. 왕정복고는 하나의 미소이다. 그러나 교수대는 미소에 어울리지 않는다. 대중의 마음을 만족시켜야 한다. 불순종의 정신은 사라졌고 충절이 다시 재건되고 있었다. 그때부터는 충직한 종이 되는 것이 모두의 야망이었다. 정치적 광기는 사라져 버렸다. 이제 혁명을 우롱했고 공화제에 찬성했으며 언제나 입에는 권리, 자유, 진보라는 거창한 말들을 입에 달고 다녔던 시절은 비웃음을 샀다. 상식으로의 회귀는 훌륭했다. 그때까지 영국은 꿈을 꾸고 있었다. 광란의 상태에서 벗어났으니 얼마나 다행스러운가! 그보다 더 미친 짓이 또 있겠는가? 누구나 권리를 갖는다면 우리는 어디로 갈 것인가? 모두가 지배에 나선다는 것을 상상할 수 있는가? 국민들이 이끌고 가는 도시 국가는 존재할 수 없다. 국민이란, 짝을 이루어 수레를 끄는 말일 뿐, 마부는 아니다. 투표에 부친다는 것, 그것은 나라를 바람에 떠다니게 하는 것이다. 국가를 구름처럼 이곳저곳 떠다니게 할 작정인가? 무질서가 질서를 만들 수는 없다. 만약 카오스

* 크롬웰을 지칭한다.

가 건축가라면, 그는 바벨탑을 건축할 수밖에 없다. 또 소위 말하는 자유는 얼마나 독재적인가! 나는 즐기고 싶지 통치하고 싶지는 않다. 투표하는 것은 귀찮고 나는 춤이나 추고 싶다. 모든 짐을 도맡아 짊어지는 군주란 얼마나 감사한 구세주란 말인가! 우리를 위해서 고역을 감수하는 자비로운 왕이 분명하다! 그리고 그는 그 안에서 자라고 그것이 무엇인지를 잘 안다. 그것이 그의 역할이다. 평화, 전쟁, 입법, 재정, 그런 것들은 국민들과는 상관이 없는 일이다. 아마 사람들은 돈을 내야 할 것이며 일을 해야 하지만, 그 두 가지로 충분하다. 백성도 정치에 한몫을 하고 있다. 국가의 두 힘인 군대와 예산은 국민에게서 나온다. 납세자가 되고 군인으로 복무하는, 그것이면 족하지 않은가? 또 다른 것이 필요한가? 그는 군대의 팔이며 재정의 팔이다. 놀라운 역할이다. 왕실이 통치를 하는 것은 국민을 위해서이다. 그러니 보상을 해 주어야 한다. 조세와 왕실비(王室費)는 국민이 지불하고 왕이 버는 보수이다. 백성은 그들을 이끌어 갈 것을 조건으로 그들의 피와 금전을 내놓는다. 직접 이끌어 나가려는 생각이란 얼마나 우스꽝스러운가? 이들에게는 안내자가 필요하다. 무지하기 때문에 이들은 앞을 보지 못한다. 장님에게는 안내견이 필요하지 않은가? 다만 백성에게는 안내견이 되기를 기꺼이 수락한 사자, 왕이 있는 것뿐이다. 얼마나 친절한가! 그런데 왜 백성은 무지할까? 그들은 그래야 하기 때문이다. 무지는 덕의 수호 여신이다. 통찰력이 없는 곳에는 야심이 없다. 무지한 이들은 필요한 어둠 속에 있고, 그러한 어둠이 시야를 없애는 동시에 욕심도 없앤다. 그것에서 순수함이 생겨난다. 읽는 사람은 생각하고, 생각하는 사람은 사리를 분별한다. 사리를 분별하지 않는 것, 그것이 의무이자 또한 행복이다. 이론의 여지가 없는 전혀 없는 진리이다. 사회는 그러한 진리 위에 있다.

그렇게 영국에서는 신성한 사회 이론들이 회복되었다. 또한 그렇게 국가가 명예를 회복했다. 동시에 그들은 아름다운 문학으로 다시 눈을 돌리게 되었다. 셰익스피어를 업신여기고 드라이든을 찬양했다.

"드라이든은 영국의 그리고 금세기의 가장 위대한 시인이다."

《아히도벨》의 번역자인 애터베리가 말했다. 일찍이 《실낙원》의 저자에게 욕을 퍼붓고 반박한 바 있는 소메즈에게, 아브랑슈의 주교 위에 씨가 다음과 같은 편지를 보내 논박하고 욕설하던 시절이었다.

"당신은 어떻게 그 밀턴보다도 더 보잘것없는 것에 관심을 가질 수가 있습니까?"

모든 것이 다시 태어나고, 다시 모든 것이 자리를 잡고 있었다. 드라이든은 높은 자리에 셰익스피어는 낮은 자리에, 찰스 2세는 왕좌로 향하고 크롬웰은 교수대로 보내졌다. 영국은 과

거의 수치스럽고 비정상적인 모습을 떨쳐 버리고 다시 일어났다. 군주제에 의해 국가적 차원에서 정연한 질서를 회복하고 문예가 좋은 양식으로 돌아간 것은, 국민들에게 커다란 행복이다.

그러한 호의가 진가를 인정받지 못했다는 것은 믿기 어려운 일이다. 찰스 2세에게 등을 돌린다는 것, 다시 왕좌에 오른 그의 관대함을 배은망덕으로 갚는다는 것은 가증스러운 일이 아닌가? 린네우스 클랜찰리 경은 신사들에게 그러한 괴로움을 안겨 주었다. 조국의 행복에 등을 돌리고 뿌루퉁해지다니, 얼마나 빗나간 짓이란 말인가!

1650년, 의회가 '나는, 국왕도, 지배자도, 귀족도 없는 공화제에 충실할 것을 약속한다'라는 기안을 공포했던 것을 우리는 알고 있다. 이 끔찍한 서약을 했다는 구실로, 클랜찰리 경은 왕국 밖에서 살면서, 모든 사람이 누리는 큰 행복의 면전에서, 자신이 슬퍼할 권리가 있다고 믿었다. 음울함 속에서 그는, 이제는 사라진 것을 추종하고 있었다. 더는 존재하지 않는 것에 대한 괴팍한 집착이었다.

그를 용서하는 것은 불가능했다. 가장 관대한 이들조차 그에게 등을 돌렸다. 그의 친구들은, 그가 공화제라는 갑옷에 있는 허술한 점을 가까이에서 알아내어, 언젠가 때가 오면 국왕의 신성한 목적에 도움이 되도록 확실한 일격을 가하기 위해서였다고 오랫동안 생각했다. 바로 뒤에서 적을 무찌를 수 있는 유용한 기다림의 시간은 충성의 일부가 될 수 있다. 그를 호의적으로 판단하는 이들 모두가 그것을 기대했다. 그러나 공화제에 대한 그의 오랜 집요함 앞에서는 모두 그 호의적인 견해를 버릴 수밖에 없었다. 그들이 보기에 클랜찰리 경의 본질은 얼간이임에 틀림없었다.

관대한 이들의 설명도, 어린애 같은 고집이라는 견해와 노망든 늙은이의 완고함일 뿐이라는 견해로 갈라졌다.

엄격한 성향의 이들이나 의로운 이들은 더 멀리 갔다. 그들은 다시금 이교(異教)에 빠진 사람들을 낙인찍어 죽음에 이르게 했다. 어리석음도 제 나름의 권리가 있지만 한계도 있다. 짐승 같은 사람이 될 수는 있으나 반역자가 돼서는 안 된다. 게다가, 결국 클랜찰리 경이라는 사람은 무엇이 된 것인가? 변절자이다. 그는 자신이 속했던 귀족의 진영을 떠나, 반대편 진영인 평민 계급으로 갔다. 그것은 하나의 배신 행위였다. 그가 강한 이들에게는 '배신자'였고 약한 이들에게는 충신이 된 것이다. 그가 버린 진영이 승리자였고 그가 받아들인 진영이 패배자들의 것이라는 사실이다. 그 '반역 행위'로 인해 그는 정치적 특권과, 가정, 귀족의 신분과 조국을 잃었다. 그는 오로지 조롱만을 얻었을 뿐이다. 그에게 돌아온 것은 유배 생활뿐이었다. 그러나 그것이 무엇을 증명하는가? 그가 멍청이라는 것이다. 모두 동의했다.

배신자이자 동시에 속기도 잘하는 사람이라는 것이 드러났다.

못된 선례로 남지 않는다는 조건에 한에서 얼마든지 멍청이 짓을 할 수 있다. 군주제의 토대라고 자신할 수 있다는 조건으로 멍청이들에게 요구되는 것은 솔직함뿐이다. 그런데 클랜찰리의 정신세계의 간결함은 상상할 수 없었다. 그는 혁명의 찬란한 환상 속에 현혹되어 있었다. 그는 공화제에 의해 자신이 속는다는 것을 방치했다. 그는 조국을 모욕하고 있었다. 그의 행동은 전형적인 배신자의 것이었다. 자리를 비운다는 것은 무례한 행동이다. 그는 흑사병을 피하듯 공동의 행복에서 멀리 떨어져 있으려 하는 것 같았다. 그가 자처한 망명에는 국민적 만족을 거부하는 그 무엇이 존재하고 있었다. 그는 왕권을 전염병 대하듯이 피했다. 그는, 그가 전염병동이라고 규탄한, 군주제 치하의 대대적 환희 위에 꽂힌 무정부주의자의 깃발이었다. 새롭게 정립된 질서 위에서, 재건된 국가 위에서, 복권된 종교 위에, 그토록 기분 나쁜 표정을 짓다니! 이렇게 잔잔한 곳 위에 그늘을 드리우다니! 만족스러워하는 영국에 못마땅한 눈길을 던지다니! 드넓은 푸른 하늘에 어두운 점으로 등장하다니! 위협적인 존재가 되다니! 국민의 염원을 면전에서 부정하다니! 만장일치로 동의하는데 혼자만 찬성을 거부하다니! 광대가 아닌 이상 그것은 가증스러운 짓이 아닐 수 없다. 클랜찰리는, 크롬웰과 함께였기에 길을 잃을지도 모르니, 몽크와 함께 발길을 돌려 되돌아와야 한다는 것을 납득할 수 없었다. 몽크를 보라. 그는 공화국 군대를 지휘한다. 망명 중인 찰스 2세는 그에게 편지를 쓴다. 교활한 처신으로 덕과 양립할 수 있는 몽크는 처음에는 모르는 체하다가 군대의 대장이 되어, 모반자인 의회를 쳐부수고 왕을 복위시킨다. 그리하여 몽크는 앨버말 공작이 되고, 왕국을 구했다는 이유로 추앙 받으며, 매우 부유해지고, 당대 누구보다도 이름을 빛내고, 앞으로 웨스트민스터에 묻힐 가능성을 연다. 이런 것이 영국의 충신이 누리는 영광이다. 클랜찰리 경은 그렇게 실리적인 임무를 이해할 수준에 이르지 못했다. 그에게는 유배 생활에서 오는 오만과 침체성에 빠져 있었다. 그는 무의미한 말들로 만족했다. 그는 오만으로 인해 관절이 경직되었다. 의식 있고 품위 있는 말들도 결국 말일 뿐이다. 그 안의 깊은 뜻을 보아야 하는 것이다.

깊은 뜻, 클랜찰리는 이를 외면했다. 어떠한 행동을 개시하기 전에, 그 행동의 냄새를 맡아 보려고, 그것을 상당히 가까이에서 들여다보는 것은 근시안적 행동이다. 그러한 행동에서 원인을 모르는 구역질이 난다. 그렇게 섬세해서는 정치인이 될 수 없다. 지나친 양심은 퇴화되어 장애가 될 수 있다. 거머쥐어야 할 왕홀 앞에서의 죄책감은 팔 없는 불구, 받아들여야 할 부유함 앞에서의 죄책감은 거세된 남자다. 양심의 가책을 경계하라. 그것이 달갑지 않은 결과를 초래한다. 분별 잃은 충성은 지하로 향하는 계단처럼 내려간다. 한 발, 한 발 내딛다 보면 어느새 캄캄한 어둠 속에 서 있게 된다. 약삭빠른 자들은 다시 올라오지만, 어수룩한 이들은 거기에 남는다. 양심이 비사교적인 상태가 되도록 경솔히 내버려 두어서는 안 된다. 그러면 정치적 정숙함이라는 어둠침침한 색깔에 살그머니 젖어들게 된다. 그때는 길을 찾을 수가 없다. 그것이 클랜찰리 경이 겪은 일이었다.

원칙이 마침내 깊은 구렁이 되고 만다.

클랜찰리 경은 뒷짐을 지고 제네바 호숫가를 따라 산책하곤 했다. 수고만 했군!

가끔씩 런던 사람들은 그에 대해 이야기를 나누곤 했다. 그들의 공론 앞에서 그는 피고인과 다름없었다. 그를 두고 찬반 의견이 분분했다. 양측의 주장이 오간 뒤에 그의 어리석음을 이유로 사면이라는 특전이 내려졌다.

지난날 열성적인 공화파 중 많은 사람들이 스튜어트 왕가에 찬성했다. 칭찬해 줄 만한 일이다. 자연히 그들은 클랜찰리를 조금 비방했다. 완강하게 버티는 이들은 추종자들에게는 성가시게 보일 뿐이다. 재치가 있어서 눈에 들고 조정에서 좋은 자리를 차지한 사람들은, 그의 고집스러움에 불쾌해져 스스럼없이 말하곤 했다.

"그가 왕의 손을 잡지 않은 이유는 그에게 충분한 대가를 제시하지 않았기 때문이야."

"그는 국왕 폐하께서 하이드 경에게 내리신 것과 같은 대법관 자리를 원했던 거요."

그의 '옛 친구' 중에 하나는 심지어 이렇게 덧붙이기도 했다.

"그가 내게 그렇게 말해 주었어."

린네우스 클랜찰리는 비록 동떨어져 살고 있었지만, 가끔은 로잔에 살고 있던 앤드루 브로턴과 같은 늙은 시역 죄인처럼 그가 알고 지내던 추방자들에 의해, 런던에서 떠도는 말들을 전해 듣는 때도 있었다. 그럴 때마다 클랜찰리는, 보일 듯 말 듯 어깨를 으쓱할 뿐이었다. 극심한 우둔화의 증거였다.

한번은 그렇게 어깨를 으쓱하면서 매우 작은 음성으로 "그런 말을 믿는 사람들이 불쌍하군"이라고 말했다.

*

성격 좋은 찰스 2세는 그를 무시하는 편을 택했다. 찰스 2세 치하에서 영국이 누리던 것은 행복 그 이상이었다. 환희에 가까웠다. 왕정복고는 까맣게 변한 옛 그림에 새롭게 칠을 하는 것이다. 오래된 과거의 풍습이 다시 돌아와 아름다운 여인들이 군림하고 통치했다. 이블린*이 그러한 모습을 간단히 기록했는데, 그의 일기에서 다음과 같은 내용을 읽을 수 있다.

* 영국의 문인으로 스튜어트 왕조 후기의 영국 사회를 생생히 묘사했다.

음란, 타락, 신에 대한 모독. 나는 어느 일요일 저녁, 국왕께서 매춘부들과 함께 어울리는 것을 보았다. 포츠머스, 클리블랜드, 마자랭, 그리고 두세 명이 더 있었다. 오락실에서 그들은 거의 알몸인 상태였다.

이 묘사에 약간의 노한 분위기가 숨어 있다. 하지만 이블린은 공화주의의 꿈으로 물들어 있는 불평 많은 청교도였다. 그는 왕들이 호사스러운 바빌론적 쾌락을 누리던 당시의 모범을 좋아하지 않았다. 그러한 쾌락은 결국 사치 풍조를 키워 주게 된다. 그는 악덕의 유용성을 알지 못했다. 변함없는 법칙이 하나 있으니, 매력적인 여인을 얻고 싶으면 악덕을 근절하지 마라. 만약 그렇지 않으면 나비를 끔찍이 좋아하면서 그 애벌레를 박멸하는 얼간이와 다름없을 것이다.

앞에서 말한 것과 같이 찰스 2세는, 클랜찰리라고 하는 반항자가 있다는 사실을 어렴풋이 알고 있었지만 제임스 2세는 좀 더 주의를 기울였다. 찰스 2세의 통치는 우유부단했다. 그것이 그의 방식이었다. 그렇다고 해서 그가 가장 통치를 어리석게 했다는 말은 아니다. 때때로 선원들은 바람을 통제하기 위해 동여맨 밧줄의 매듭을 느슨하게 하여 바람이 그것을 죄도록 만들 때가 있다. 그것이 바람과 백성의 어리석음이다.

찰스 2세의 느슨한 통치는 신속히 단단하게 조여졌다.

제임스 2세 치하에서 억압이 시작되었다. 마지막 남은 혁명의 잔재를 쓸어버리기 위한 불가결한 선택이었다. 제임스 2세는 능력 있는 왕이 되고자 하는 칭찬할 만한 야심을 가지고 있었다. 그의 눈에는 찰스 2세의 통치가 왕정복고의 초벌 그림에 지나지 않았다. 그는 보다 더 완벽한 질서로 돌아가기를 원했다. 1660년, 그는 시역 죄인 열 명만이 교수형에 처해진 것에 대해 한탄했다. 그는 보다 더 실질적으로 권위를 복구한 왕이었다. 그는 무엇보다 심각한 법령을 강력하게 집행시켰다.

수사(修辭)에 그칠 뿐일 감상적인 미문을 멸시하고, 무엇보다 사회의 이익에 몰두하는, 진정한 정의가 군림하게 했다. 사람들은 수호자와 같은 그의 엄격함에서 국가의 아버지를 발견했다. 그는 제프리스에게 정의의 손을, 커크*에게는 검(劍)을 맡겼다. 커크는 여러 번 본때를 보여 주었다. 이 유용한 장군은 공화파 남자 하나를 연달아 세 번 교수대에 매달았다가 다시 내려놓기를 반복했다. 그때마다 그에게 질문했다.

"공화제를 포기하겠나?"

사악한 죄인은 싫다고 말했고 결국 처형당했다.

"내가 녀석을 네 번이나 매달았어."

커크가 만족스러운 듯 말했다. 다시 시작되는 처형은 막강한

* 찰스 1세의 아들로, 몬머스의 난을 무자비하게 진압한 사건으로 유명하다.

권력의 표시이다. 레이디 라일은 몬머스의 반란군 토벌 작전에 아들을 내보내고도 두 명의 반역자를 집에 숨겨 준 죄로 처형당했다. 반면, 어떤 반역자는 솔직하게 재세례파 여인이 자기를 숨겨 주었다고 밝혀 사면을 받았으나 그 부인은 산 채로 불더미에 던져졌다. 후에 커크는 한 도시를 공화파의 집결지라고 생각해 한꺼번에 열아홉 명을 교수형에 처하기도 했다. 이전 크롬웰 치하에서 사람들이 교회당에 있는 성자들의 석상에서 코와 귀를 잘라 낸 것을 생각할 때 매우 합법적인 보복임이 분명했다. 제프리스와 커크를 능히 택할 줄 알았던 제임스 2세는 진정 종교에 심취한 왕이었다. 제프리스와 커크라는 두 명의 흉악한 정부(情婦)들을 두어 금욕 생활을 자초한 그는, 항상 콜롱비에르 신부의 말을 따르고자 했다. 거의 슈미네 신부만큼 번지르르한 설교자였으나 그보다 더 열정적이었던 그 신부는, 자신의 인생 전반기에는 제임스 2세의 조언자로, 후반기에는 마리 알라코크*에게 영감을 주는 존재로 영광을 누렸다. 후에 제임스 2세가 망명 생활을 의연하게 대처하고, 생제르맹의 은둔처에서도, 태연히 연주창**을 견뎌 내고 예수회 사제들과 교류

* 성모방문회 소속 수녀로, 특히 성심으로부터 계시를 받았다고 선언한 것으로 유명하다.

** 유럽에서는 국왕이 연주창에 손을 대면, 그 난치병이 즉각 낫는다고 믿었다고 한다.

하며 역경을 이겨 내는 진정한 군주의 모습을 지켜 낼 수 있었던 것은 모두 이 종교적 양식 덕분이었다.

그러한 왕이었으니, 린네우스 클랜찰리와 같은 반역자에 대해 근심할 수밖에 없었을 것임은 이해할 수 있는 일이다. 귀족들의 권리가 상속권에 의하여 다음 세대까지 유지되는 상황에서 클랜찰리 경에 관련해 대책을 마련해야 할 것이 있었다면, 제임스 2세는 분명 주저하지 않았을 것이다.

2. 데이비드 더리모이어 경

*

처음부터 린네우스 클랜찰리 경이 항상 늙은이였고 망명자였던 것은 아니다. 젊음과 열정의 세월이 그에게도 존재했다. 우리는 해리슨과 프라이드를 통해, 크롬웰이 젊었을 때 여인들과 유희를 좋아했으며 그로 인해 여성이란 존재가 또 다른 문제를 예고했다는 것을 알고 있다. 잘 채워지지 않은 허리띠를 경계하시오. Male proecinctum juvenem cavete.*

클랜찰리 경 역시 크롬웰처럼 방정치 못한 난잡한 행동을 취

* 고대 로마의 학자 수에토니우스의 말이다.

한 바 있다. 사람들은 그에게 사생아인 아들 하나가 있음을 알고 있었다. 그 아들은, 공화제가 종말을 고하던 무렵에 부친이 유배를 떠날 때 영국에서 태어났다. 그래서 그는 한 번도 아버지의 모습을 본 적이 없었다. 클랜찰리 경의 이 사생아는 찰스 2세의 궁정에서 시동(侍童)으로 자랐다. 사람들은 그를 데이비드 더리모이어 경이라고 칭했다. 귀족인 그의 어머니 덕분에 그는 궁정의 기사가 되었다. 용모가 아름다웠던 그의 어머니는 클랜찰리 경이 스위스에서 부엉이가 되어 가고 있는 동안에, 슬픔에만 빠져 있지 않기로 마음먹고, 두 번째 애인으로 하여금 비사교적인 그 첫 번째 애인과 관련된 일을 용서받았다. 그녀의 두 번째 애인은 확실하게 길들여진 왕당파, 바로 국왕이었다. 그녀는 잠시 동안 찰스 2세의 정부였으나, 국왕께서는 공화국으로부터 그처럼 아름다운 여자를 빼앗은 것에 매혹되어, 노획물의 아들에게, 근위병직을 하사할 정도의 위세를 부렸다. 이 사생아 출신 장교는 그러한 호의에 의해 만들어졌다. 데이비드 경은, 한동안 커다란 검을 찬 170명의 근위병 중 하나로 봉직했다. 그 후 국왕의 의장대에 들어가 도금한 미늘창을 지니는 사십 명의 일원이 되었다. 그는 헨리 8세가 자신의 신변을 지키기 위해 세운 고귀한 집단의 일원인지라, 왕의 식탁에 그릇을 놓는 특전도 가지고 있었다. 그리하여 그의 아버지는 유배지에서 백발로 늙어 가는 반면 데이비드 경은 찰스 2세의 치하에서 날로 번영을 누리고 있었다.

그 이후, 제임스 2세 치하에서도 그는 여전히 번창하였다.

왕은 죽었지만 '국왕 폐하 만세!'를 외친다. non deficit alter, aureus[다른 황금(가지)이 없지 않으리니]라고 말을 한 것과 다름이 없다.*

그는 요크 공작의 작위 계승식과 함께 데이비드 더리모이어 경으로 호칭될 수 있는 공식적인 허락을 받았다. 더리모이어는 세상을 떠난 지 얼마 안 된 그의 어머니가 남겨준 영지인데, 떡갈나무를 부리로 쪼아서 둥지를 만드는 크래그 새의 서식지인 스코틀랜드의 광막한 숲속에 위치해 있었다.

*

제임스 2세는 국왕이었으나 장군이 되려고 했다. 그는 젊은 장교들에게 둘러싸여 있기를 좋아했다. 그는 투구를 쓰고 갑옷을 입은 채, 투구 밑에서 풍성한 가발을 날리며 사람들 앞에서 자랑스레 말에 올랐다. 얼빠진 전투의 기마상 같은 형색이었다. 그는 젊은 데이비드 경의 우아함을 좋아했다. 그는 그 왕당파 젊은이가 공화주의자의 아들이라는 것을 고맙게 여겼다. 자식

---

* 아이네이아스가 저승에 들어가는 방편으로 제시된 방법. 저승의 여왕에게 선물로 바쳐야 하는 황금 나뭇가지를 망설이지 말고 꺾어야 하며, 그 자리에 다른 가지가 돋을 것이라는 뜻. 〈아이네이스〉 제4권 143~144절을 인용했다.

을 버린 공화주의자 아비는 막 시작된 궁전의 행복에 방해되지 않았다. 제임스 2세는 그에게 천 파운드의 급료를 지불하고 침실 담당 궁내관(宮內官)으로 임명했다.

멋진 진급이었다. 그 직책은 매일 밤 왕의 지척에서 잠을 잔다. 그의 침대는 다른 이들이 만들어 준다. 모두 열두 명으로 이뤄진 궁내관은 서로 교대하며 왕의 시중을 들었다.

그 직무를 수행하면서 데이비드 경은 왕의 말들에게 귀리를 먹이고 보살피는 책임까지 맡았는데, 급료는 260파운드에 달했다. 그의 휘하에는 마차꾼 다섯 명, 보조 마부 다섯 명, 마구간지기 다섯 명, 심부름꾼 열두 명, 왕의 가마꾼 네 명이 있었다. 그는 왕이 헤이마켓에서 기르고 있는 경주마 여섯 필을 관리했는데 매년 600파운드의 경비가 들었다. 그는 왕의 의상실에서도 막대한 권력을 가지고 있었는데, 가터 기사들의 예복은 그가 관리하는 곳에서 제공되었다. 왕의 궁내관인 어전 안내인도 땅에 엎드려 그에게 예를 표했다. 제임스 2세 때의 어전 안내인은 듀파 기사였다. 데이비드 경은 왕실 서기였던 베이커 씨와, 의회 서기인 브라운 씨에게도 존경을 받았다. 으리으리한 영국의 왕실은 극진한 대접에서 월등한 모습을 보였다. 그는 열두 궁내관의 하나로 연회나 환영회를 집전했다. 국왕이 '비잔티움'이라는 브장 금화*를 교회에 주는 봉헌의 날이라든가, 혹은 국왕이 품계를 나타내는 목걸이를 착용하는 목걸이 착용일, 혹은 성체 배령의 날에는 데이비드 경이 왕의 뒤에 서 있는 영광을 누렸다. 성(聖) 목요일에는, 가난한 사람들 열두 명을 국왕께 인도해, 폐하께서 그들에게 나이만큼의 페니 주화와 왕의 통치 기간만큼의 실링 주화를 하사하게 하는 것도 그의 직무였다. 또한 국왕의 몸이 편치 않을 때 간호를 위해 궁중 사제를 불러 국왕의 수발을 들게 하고, 의사들이 참사원의 허락 없이 왕에게 접근하지 못하게 막는 일도 그의 업무였다. 게다가 그는 스코틀랜드 행진곡을 연주하는 스코틀랜드 황실 근위대의 중령이기도 했다.

용감한 전사였던 그는 여러 차례 전투에 참전해 영광스런 공훈을 세웠다. 그는 용맹스럽고 잘 다듬어진, 수려한 용모에 아량이 넓은, 한 마디로 외모와 거동이 뛰어난 귀족이었다. 그의 인품은 그의 신분에 어울렸으며 지체가 높은 만큼 체구도 뛰어났다.

그리고 한때, 그는 왕에게 옷을 건네 드리는 특권을 누리는 시종 직에 거의 임명될 뻔하기도 했다. 하지만 그 일은 중신이거나 왕족이어야 할 수 있는 것이었다.

새로운 중신을 만든다는 것은 대단한 일이다. 새로운 작위를 하나 만들어야 하는데, 그러면 동시에 시기하는 사람들도 생겨

---

* 십자군 전쟁 이전부터 서유럽에서 사용되던 비잔틴 금화이다.

난다. 그것은 크나큰 총애인데, 그러한 총애로 한 명의 친구와 백 명의 적이 생겨난다. 게다가 그 친구는 왕에게 배은망덕한 존재로 변할 수도 있었다. 제임스 2세는 그러한 정치적 이유 때문에 새로운 작위는 좀처럼 만들지 않았지만 그것들을 바꾸는 데는 적극적이었다. 이전된 작위는 동요를 유발하지 않는다. 단지 하나의 이름이 이어지는 것이기 때문이다. 그로 인해 귀족 사회가 영향을 받지는 않는다.

데이비드 더리모이어 경에게 호의를 품고 있었던 왕은, 그가 작위의 대승상속인(代承相續人)으로 상원에 입성하는 것을 거부하지 않았다. 왕은 데이비드 더리모이어를 의례적 귀족에서 합법적 귀족으로 만들어 줄 기회를 찾고 있던 중이었다.

*

문득 그런 기회가 찾아왔다.

어느 날 늙은 망명자 린네우스 클랜찰리에게 여러 가지 사태가 발생했음을 알리는 소식을 접했는데, 그중 가장 핵심적인 것은 그가 죽었다는 것이었다. 죽음의 장점은, 그로 인해 사람들이 조금이나마 망자의 이야기를 한다는 것이다. 사람들은 린네우스 경의 말년에 대해 자신들이 알고 있던 것을, 혹은 안다고 믿는 것을 털어놓게 되었다. 아마도 억측이나 떠도는 이야기였을 것이다. 터무니없어 보이는 이야기들이지만 이에 따르면 클랜찰리 경은 말년에 공화제에 대한 신념이 더욱 뜨거워져서, 한 시역 죄인의 딸인 앤 브래드쇼와 결혼했는데, 그녀 또한 아이를 분만하다 죽었고 태어난 아이는 아들이라는 것이다. 만약 그것이 사실이라면 그 아들이 클랜찰리 경의 적자였고 합법적인 상속자가 되는 것이다. 하지만 그 이야기는 너무나 불분명해서 사실이라기보다 소문에 가까웠다. 그 당시 영국에서 볼 때 스위스에서 일어난 일은 요즘으로 치면 중국에서 일어나는 일만큼이나 먼 나라의 이야기였다. 그가 결혼했을 때의 나이가 쉰아홉이고 아들이 태어났을 때는 환갑이었는데, 얼마 지나지 않아 타계한지라, 핏덩이 아이를 부모 없는 고아 신세로 세상에 남겨 두고 죽었을 것이다. 가능성은 있지만 있음 직하지 않은 일이기도 했다. 사람들은 이에 덧붙여, 그 아이가 '태양처럼 잘생겼다'라고 했다. 동화에나 나올 법한 이야기들이다. 어느 날 문득, 제임스왕은 아무런 근거도 없는 이 소문에 종지부를 찍었다. '적자가 없고 또한 다른 직계 존속도 없는 것으로 확인된지라' 국왕의 권한으로 데이비드 더리모이어가 클랜찰리 경의 유일한 확정적 상속자임을 공포한 것이다. 이러한 내용을 담은 국왕의 공문서가 귀족의회에 전달되었다. 이를 통해 왕은 고(故) 린네우스 클랜찰리 경의 작위, 권리 및 여러 특권을, 데이비드 더리모이어 경에게 상속했다. 여기에 한 가지 조건이 있었으니, 태어난 지 몇 개월밖에 안 되었으나 여공작의 작위를 내린 소녀가 자라 혼기에 달했을 때, 데이비드 경이 그녀와 혼인해야 한다는 조건이었다. 사람들은, 국왕께서 그 아이에게 왜 공작 작위를 내렸는지 모르겠다고 했다. 그러나 사실은 그 이유를 잘 알고 있었다. 모두들 그 어린 소녀를 여공작 조시안이라고 불렀다.

그때 영국에서는 스페인식 이름을 짓는 것이 유행했다. 찰스 2세의 사생아 중 하나인 플리머스 백작의 이름은 카를로스였다. 조시안(Josiane)은 아마 Josefa-y-Ana의 축약형일 것이다. 그러나 또한 조시아스라는 이름이 있었듯이, 조시안이라는 이름도 원래부터 있었을지 모른다. 헨리 3세 집권 중에, 조시아스 뒤 패시지라는 이름을 가진 귀족이 있었다.

왕은 그 어린 여공작에게 클랜찰리 경의 작위를 준 것이다. 남편이 생길 때까지는 그녀가 여 귀족으로 작위의 실질적 소유자였다. 혼인 후에는 그녀의 남편이 중신의 지위에 오르게 되어 있었다. 그녀가 상속한 작위는 두 개의 영지 지배권에 근거하고 있었는데, 하나는 클랜찰리 남작령이었고, 다른 하나는 헌커빌 남작령이었다. 게다가 역대 클랜찰리 가문의 귀족들은, 옛날에 세운 무공에 대한 보상으로 왕의 허락하에, 시칠리아에 코를레오네 후작령도 가지고 있었다.

영국의 중신은 다른 나라의 작위를 가질 수 없다. 그러나 예외도 있었다. 워더의 애런들 남작인 헨리 애런들은, 클리퍼드 경처럼, 신성 로마 제국의 백작이었으며, 쿠퍼 경은 대공이었다. 해밀턴 공작은 프랑스에서 샤텔르로 공작이며, 덴비 백작인 바질 필딩은 독일에서 합스부르크와 라우펜부르크 및 라인펠덴의 백작이었다. 말버러 공작은 슈바벤에서 민델하임 대공이었으며, 웰링턴 공작은 벨기에에서는 워털루 대공이었고 스페인에서는 시우다드 로드리고 공작이었으며, 포르투갈에서는 비메이라 백작이었다.

예전부터 지금까지 영국에는 귀족의 땅과 평민의 땅이 구분되어 있었는데, 클랜찰리 가문의 땅은 모두 귀족의 땅이었다. 토지와 성, 시장, 대법관의 관할구, 봉토, 임대 수입, 자유지, 클랜찰리와 헌커빌 작위의 세습 영역은 임시로 레이디 조시안에게 속해 있었고 그녀가 혼인을 하면 왕의 공표대로, 데이비드 더리모이어 경이 클랜찰리 남작으로 봉해질 것이었다.

레이디 조시안에게는 클랜찰리 가문의 상속유산 외에도 개인적인 재산이 있었다. 그녀는 막대한 재산의 소유자였는데, 그 중 대부분은 요크 공작에게 주는 마담 성 끄의 선물에서 온 것이었다. 마담 성 끄는 '꼬리 없는 마담'*이란 뜻으로 아무 수식어가 붙지 않는 그냥 마담이라는 의미다. 오를레앙 공작 부인이

---

* 국왕의 혼인한 누이들이나 형수, 숙모 등 구태여 이름을 밝히지 않아도 누구인지 알 수 있을 경우, 아무 수식어 없이 마담이라 칭했다.

자, 프랑스에서는 왕비 다음으로 지체 높은, 영국의 앙리에트*를 그렇게 불렀다.

*

찰스왕과 제임스왕의 치하에서 번창한 것에 뒤이어, 데이비드 경은, 윌리엄왕의 치하에서도 계속 번영을 구가했다. 그는 제임스 2세를 지지했으나 망명지까지 왕을 따라갈 정도로 추종하지는 않았다. 자신의 합법적인 왕을 경애하면서도 그는 분별력 있게 왕위 찬탈자에게도 봉사했던 것이다. 그는 종종 규율을 어길 때도 있었지만, 뛰어난 대장이었다. 육군에서 해군으로 옮겨간 후에도 해군함대에서 두각을 나타냈다. 그는 그곳에서 '경(輕) 프리게이트 함의 함장'이라 불리었다. 그것이 계기가 되어 그는, 모든 악덕의 멋을 극대화하면서도 품위를 잃지 않는 젊은이가 되었다. 다른 이들처럼 약간은 시인 행세를 하고, 국가의 훌륭한 봉사자이자 군주의 착한 신하로서, 축제와 연회와 국왕이 주관하는 온갖 의식과 전쟁에 열심히 참여하는 한 명의 신사가 되었다. 대상에 따라 시력이 약하기도 하고 꿰뚫는 듯도 하기 때문에, 성실한 신하 같으면서도 또한 몹시 오만불손하기도 하고, 청렴하고 예의 바르면서도 시기 적절히 거

* 찰스 2세의 여동생이다.

만해질 수도 있는, 왕의 좋고 나쁜 기분을 매우 잘 읽을 수 있는, 칼날 앞에서도 아랑곳하지 않는, 영웅심 때문에 목숨을 위험에 내던질 준비가 되어 있고, 정중함과 예의를 갖춘, 왕실의 특별한 행사에서는 무릎 꿇는 것을 기꺼이 마다하지 않는, 쾌활한 용기를 지닌 겉모습은 조신하지만 마음은 중세의 방랑 기사와 같은, 나이 마흔다섯의 매우 젊은 남자, 그것이 데이비드 경이었다.

데이비드는 종종 프랑스의 가요를 부르곤 했다. 찰스 2세는 그 우아한 명랑함에 호감을 가졌다.

그는 웅변술과 멋있는 언사를 좋아했다. 보쉬에*의 추도사와 같은 구변 좋은 사설 따위를 무척이나 찬미했다.

그는 어머니로부터 물려받은 것으로 생활비를 충당했다. 임대 수입이 해마다 1만 파운드, 즉 25프랑쯤 되었다. 빚을 지면서 그럭저럭 살아갔다. 사치와 무절제와 새로운 유행에 있어서는 그를 따라올 자가 없었다. 혹시 누가 자기를 모방하기 시작하면, 그는 즉시 방식을 바꾸었다. 말을 탈 때도, 암소 가죽을 뒤집어 만든 장화에 박차를 달아 신었다. 그는 아무도 가지지 못한 모자들을 가지고 있었으며, 전대미문의 레이스, 그에게만 유일하게 있는 가슴팍 장식 등을 달고 다녔다.

---

* 사제이자 신학자, 문필가이다.

3. 여공작 조시안

*

1705년경, 레이디 조시안의 나이가 스물셋, 데이비드 경의 나이가 마흔넷에 달했지만, 두 사람의 결혼은 아직 이루어지지 않았다. 이 세상에서 가장 좋은 구실이 있었다. 두 사람이 서로를 미워했을까? 전혀 아니다. 그러나 우리를 피해 달아날 수 없는 것에 대해서는 추호도 서두를 마음을 갖지 않게 된다. 조시안은 자유로이 지내고 싶었고, 데이비드는 젊음을 더 누리기를 원했다. 가능한 한 가장 늦게 인연을 맺는 것, 그것이 그에게는 젊음의 연장술로 여겨졌다. 남녀 간의 사랑이 구애받지 않았던 그 시절에는, 그처럼 늑장을 부리는 젊은 남자들이 많았다. 귀부인들 주위를 어슬렁거리는 어린 구애꾼으로 그들은 늙어 갔다. 가발이 공모자 역할을 했고, 더 나이가 들어서는 분(粉)이 보조자 행세를 했다. 나이 쉰다섯에 이르렀음에도, 브롬리의 제러드 가문의 남작 샤를 제러드에게는 여전히 행운을 안겨 줄 여인들이 런던에 그득했다. 코번트리 백작 부인이기도 한, 귀엽고 젊은 버킹엄 공작 부인은, 포콘버그 자작인 예순일곱의 토머스 벨러지스를 열렬히 애모했다. 나이 칠십에 이른 코르네유가 남긴 다음과 같은 유명한 구절을 스무 살 여인 앞에서 인용하기도 했다.

"후작 부인이시여, 만약 내 얼굴이."

여인들 또한 인생의 가을에 성공을 거두는 경우가 있었다. 니농과 마리옹 같은 여인들이 그 증인이라 할 수 있다. 이상 예로 든 사람들이 그 당시를 나타내는 전형이었다.

조시안과 데이비드는 특이한 모습으로 연애했다. 그들은 서로를 사랑하지 않았다. 서로에게 호감을 가지고 있었을 뿐이다. 그들은 같이 어울리는 것에 만족했다. 그러한 관계를 왜 서둘러 끝내야 한단 말인가? 당시의 소설은, 애인들과 약혼자들을, 가장 아름다운 분위기인 이런 종류의 기간을 가지도록 부추겼다. 게다가 조시안의 경우, 그녀는 자신이 사생아임을 알고 있었지만 자신이 공주라 여겼고, 따라서 어떠한 방법을 동원해서라도 그를 우위에서 대했다. 그녀는 데이비드 경에게 흥미를 보였다. 데이비드 경의 외모가 뛰어났으나, 그것은 부수적인 것일 뿐이었다. 그녀는 그가 우아하다고 생각했다.

우아한 것, 그것은 전부다. 우아하고 멋진 캘리반이 가엾은 아리엘을 앞서 간다.* 데이비드 경의 용모는 뛰어났다. 좋은 일이다. 그러나 잘생긴 용모만으로는 매력이 없다. 그런데 데이비드 경은 달랐다. 그는 도박을 하고, 치고받고, 빚을 졌다. 조시안은 그의 말들과, 개들과, 내기에서 돈을 잃는 모습, 특히 그의

* 셰익스피어의 작품에 등장하는 캘리반은 사납고 흉측한 하인이고, 아리엘은 대기의 정령 중 하나이다.

정부들을 독특하게 여겼다. 데이비드 경 또한 여공작 조시안에게 매혹되어 있었다. 어떠한 흠도 가책감도 없으며, 거만해 함부로 범접할 수 없고 동시에 자유분방했기 때문이다. 그가 소네트를 지어 바치곤 했고, 조시안은 종종 그것들을 읽었다. 그는 소네트를 통해 자신이 조시안을 소유한다는 것이 천상의 나라에 오르는 것과 다름없지만, 그렇다 해서 그러한 승천을 다음 해로 연기하지 않을 이유가 없다고 했다. 그는 조시안의 마음으로 들어가는 문 앞에서 그녀를 기다리겠노라 했고, 그것은 모두에게 적절한 합의였다. 궁정에서는 모두들 그러한 지체가 고상한 취향의 절정이라고 감탄했다. 그럴 때마다 조시안은 이야기했다.

"제가 데이비드 경과 결혼해야 한다는 것이 안타까워요. 저는 그 사람과 사랑에 빠지는 것만으로도 바랄 게 없는데!"

조시안은 몸집이 큰 편이었다. 그처럼 웅장한 여자는 드물었다. 그녀의 키는 매우 컸다. 과할 정도로 거대했다. 그녀의 머리카락은, 자줏빛 금발이라고 부를 수 있는 색채를 띠고 있었다. 살집 좋고, 싱싱하고, 건장하고, 주홍빛이 감도는 몸집을 지닌 그녀는, 대단한 과감성과 뛰어난 기지도 함께 갖췄다. 그녀의 눈은 지나칠 정도로 투명했다. 연인은 전혀 없었으나 정숙함 또한 없었다. 그녀는 자신을 자존심의 성벽 속에 가두어 두고 있었다. 남자는 모두 하찮은 존재였다. 신이나 괴물이라면 혹시 그녀와 어울릴 수 있겠다. 조시안은 정조 그 자체였다. 하지만 순진함 없는 정조였다. 그녀는 멸시하듯 남자와 인연을 맺지 않았다. 하지만 그녀처럼 독특하고 괴이한 염문이 퍼지는 것에 대해 화를 내지는 않았다. 자신에 대한 평판 따위를 그녀는 별로 중시하지 않았다. 오직 명예에만 집착했다. 쉬워 보이지만 얻을 수 없는 것, 바로 그것이 대단한 것이다. 조시안은 스스로 위엄 있으면서도 감각적이라고 여겼다. 그녀의 아름다움은 평범하지 않았다. 매혹하기보다는 파고드는 아름다움이었다. 그녀는 다른 이들의 가슴을 밟고 지나갔다. 그녀는 세속적이었다. 누군가 그녀 가슴속에 영혼이 있다고 하며 그녀에게 증명하려 했다면, 그녀의 등에 날개가 돋아나 있다고 말하는 것만큼이나 당황했을 것이다. 그녀는 로크에 대해 논했다. 그녀는 예절을 지켰다. 사람들은 그녀가 아랍어를 안다고 추측했다.

몸집이 크다는 것과 여자라는 것은 별개의 문제다. 예를 들어 쉽게 사랑으로 변하는 연민의 정에 여자들은 흔들리기 쉬운데, 조시안은 이와 달랐다. 그녀가 둔감해서라는 말은 아니다. 고대에는 살을 대리석에 비유하곤 했는데, 그것은 전혀 옳지 않다. 살의 아름다움은 대리석이 아니라는 데 있는 것이다. 숨을 헐떡이고, 얼굴을 붉히고, 피를 흘리는 것이다. 그것은 또한 단단하지 않으면서 굳건하고, 차갑지 않되 깨끗하며, 설렘과 흔들림을 가지고 있다. 살은 살아 있음을 뜻하지만 대리석은 죽음이다. 살은, 그 아름다움이 어느 수준에 올랐을 때, 나체를 드러낼 권리가 있다. 그녀는 마치 베일에 덮인 듯이 눈부심을 발한다. 조시안의 나신을 보았을지도 모르는 사람은, 누구든 빛을 발산하는 가운데에서만 그 조각상을 보았을 것이다. 그녀는 자신의 벗은 몸을 사티로스*나 내시에게는 기꺼이 보여 주었을 것이다. 그녀에게는 신화적인 태연함이 있었다. 그녀의 나신이 고문이었으며, 탄탈로스**를 속아 넘기는 것을 그녀는 매우 즐거워했을 것이다. 왕은 그녀를 여공작으로 만들었으며, 주피터는 그녀를 네레이스***로 만들어 놓았다. 그 이중의 발광체가 그 여인의 비범한 밝은 빛을 구성하고 있었다. 그녀를 찬미하고 있노라면 자신이 이교도나 하인이 되는 것 같은 느낌에 사로잡혔다. 그녀의 기원은 사생(私生)이고 바다였다. 그녀는 물거품에서 생겨난 것 같았다. 그녀의 운명은 처음 물결에 맡겨졌으나, 이후에는 왕실 한가운데로 들어갔다. 그녀는 자신 속에 파도와 우연과 귀족의 신분과 폭풍우를 가지고 있었다. 그녀는 문예에 정통하고 학식도 뛰어났다. 정염(情炎)이 단 한 번도 그녀

---

* 사람의 몸뚱이에 염소의 뿔과 굽을 가진 신으로, 음탕한 사람 혹은 변태 성욕자를 상징한다.

** 올림포스 신들에게 죄를 짓고 목까지 물에 잠겨 있으면서도 영원히 물을 마시지 못하는 벌을 받았다.

*** 바다의 요정, 욕정의 대상으로 몽상되는 존재이다.

에게 다가온 적은 없지만, 그녀는 모든 정염의 밑바닥을 샅샅이 탐구했다. 감정의 실행에 대한 혐오와 관심을 동시에 갖고 있었다. 만약 그녀가 마치 루크레티아*처럼 단검으로 자신을 찌른다면 그것은 죽은 후에나 가능할 것이다. 모든 형태의 타락이 그 처녀 속에 환상의 상태로 머물렀다. 그것은 현실에 존재하는 디아나** 속에 있던 내재적인 아스다롯***이었다. 그녀는 고귀한 신분이라 매우 도도했으며, 아무도 다가갈 수 없는 난공불락이었다. 하지만 자신을 위해 스스로 타락의 계기를 만드는 것을 재미있게 여겼을지 모른다. 그녀는 영광에 휩싸여 님부스**** 속에 살면서도, 그곳에서 내려가고 싶은 유혹을 느끼고 있었다. 또한 추락하는 것이 어떤 것인지에 호기심을 가졌을지도 모른다. 또한 그녀는 그녀가 타던 구름에 비해 좀 무거운 편이었다. 타락이 호감을 산다. 왕족의 제한 없는 권한이, 시험 삼아 해 볼 수 있는 특전을 허락한다. 그리하여 평민 여자가 신세를 망치는 사건에서, 왕실의 여인은 유흥거리를 찾는다. 출신이나 외모, 거만함, 예지 등 모든 면에서, 조시안은 왕비와 차이가 없었

---

* 고대 로마의 여인으로, 미모와 정절로 유명했다. 강간을 당하자, 남편에게 복수를 부탁하고 스스로 자살했다.

** 순결을 지키는 처녀의 전형이다.

*** 사랑과 전쟁의 여신이다.

**** 황제나 신들의 그림에서 볼 수 있는 배광이다.

다. 그녀는 한때, 말굽쇠를 손가락으로 부러뜨리던 루이 드 부플레르에게 열정을 가졌다. 그녀는 그 헤라클레스의 죽음을 애도했다. 그녀는 뭐라 형언할 수 없는 선정적이고도 음탕한 이상형을 기다리며 살고 있었다.

조시안은 '피소에게 보내는 편지'의 다음과 같은 구절, Desinit in piscem을 생각하게 했다.

여인의 아름다운 흉상이 히드라의 모습으로 완성된다.

그것은 귀족의 가슴, 왕실의 품격에 의해 조화를 이룬 젖가슴과, 생생하고 맑은 시선, 균형 잡힌 도도한 얼굴 모습, 마치 물속에 있는 듯 뿌옇고 희미하게 들여다보이는, 아마 용과 같은 기형적인 꼬리를 물결처럼 일렁이며 감춘 흉상과 같았다. 몽상의 심연 속에서 악덕으로 마무리된 오만한 미덕이다.

*

뿐만 아니라 그녀는 재치를 뽐내는 '프레시외즈'*이었다.

그것이 유행이었다.

엘리자베스 여왕을 상기해 보자.

---

* 17세기 전반 프랑스 사교계를 풍미했던 잘난 체하는 취미와 경향을 가진 여성이다.

엘리자베스는 16세기부터 18세기까지, 세 시대에 걸쳐 영국을 지배했던 전형적인 인물이다. 엘리자베스는 단순한 영국 여성이 아니라 영국의 국교(國敎)였다. 여왕에 대한 영국 감독교회*의 깊은 경의는 그러한 사실에서 유래한다. 그러한 존경심에 가톨릭교회가 불편해졌고, 결국 그녀를 적당히 파문했던 것이다. 엘리자베스를 맹렬히 비난하던 교황 식스토 5세의 입에서는 어느새 달콤한 말이 쏟아져 나왔다.

'Un gran cervello di principessa(그 여왕의 뛰어난 지성)…….'

교회 문제보다는 여자에 대한 문제에 더 관심을 보였던 메리 스튜어트는, 언니인 엘리자베스에게 거의 존경을 표하지 않았다. 그녀는 여왕이 여왕에게, 교태부리는 여자가 정숙한 여자에게 쓴 편지를 엘리자베스에게 보냈다.

"당신이 결혼을 기피하는 것은, 항상 사랑할 자유를 잃지 않기 위해서예요."

메리 스튜어트는 부채질을 했고, 엘리자베스는 도끼질을 했다. 아예 서로에게 적수가 될 수 없었다. 또한 두 여인은 문학에서도 경쟁적이었다. 메리 스튜어트는 프랑스어로 시를 지었고, 엘리자베스는 호라티우스를 번역해 냈다. 스스로 아름답다는 포고령을 내렸던 엘리자베스는 4행시와 이합체(離合體) 시를

* 가톨릭처럼 교직자들 사이에 위계가 존재하는 교파로, 영국의 정교이다.

좋아했고, 미소년들에게는 투항하였으며, 옷장 속에는 3,000벌의 의상과 장신구를 가졌다. 어깨가 넓다는 이유로 아일랜드인들을 칭찬했고, 치마 밑단에 금박(金箔)을 입혔고, 장미를 좋아했고, 욕설을 퍼부었고, 화가 났을 때는 발을 굴렀고, 하녀들을 주먹으로 쳤고, 더들리*를 저주했고, 대법관 벌레이에게 매질을 가했고, 매튜에게 침을 뱉고, 해턴의 멱살을 잡았고, 에식스의 따귀를 때렸고, 바송피에르에게 자신의 허벅지를 보여 주었는데, 그녀는 처녀였다.

그녀가 바송피에르에게 한 일은, 시바의 여왕이 솔로몬을 위해 했던 것이었다. 성서가 이미 전례(前例)를 남겼으니, 그것은 옳은 행동이었다. 성서에 합당한 것은 영국의 국교가 될 수 있다. 성서가 전하는 옛 이야기에서는 심지어 아이도 하나 태어났는데, 아이의 이름은 에브네하쿠엠 혹은 멜릴레켓이라 하며, 솔로몬의 아들이라는 뜻이다.

이러한 풍습을 왜 거부해야 하는가? 견유주의가 위선보다는 낫다.

오늘날, 웨슬리라고 하는 로욜라**를 가지고 있는 영국은, 그러한 과거에 눈을 떨궜다. 언짢기는 했지만 자랑스러워했다.

---

* 엘리자베스 1세의 총신이다.

** 예수회의 창시자, 웨슬리는 개신교 목사로 야외 설교로 교세를 넓혔다.

그러한 인식이 만연했던지라 기이한 것에 대한 취향이 존재했다. 특히 여인들이 그러한 취향을 드러냈는데, 특히 아름다운 여인들에게서 그러한 경향이 드러났다. 마카코 원숭이* 하나 없으면서 아름다우면 뭘 해? 뚱뚱한 땅딸보와 편하게 이야기도 할 수 없다면 여왕이 무슨 소용인가? 메리 스튜어트는 리치오라는 기형 남자에게 특별한 호의를 베풀었다. 스페인의 마리아 테레사는 어느 검둥이와 '약간 친하게' 지냈다. 그리하여 검둥이 수녀원장이라는 이름을 얻었다. 그 위대한 시대의 규방에서는 곱사등이 환대를 받았는데, 대표적인 증거로 룩셈부르크의 대원수를 꼽을 수 있다.

룩셈부르크 공에 앞서, 콩데 공은 '유난히 귀여운 작은 남자'라는 찬사를 받았다.

아름다운 여인들도 아무 불편없이 스스로를 기형으로 만들 수 있었다. 그것이 수용되었다. 앤 볼린의 경우, 한쪽 젖가슴이 다른 쪽보다 컸으며, 한 손에는 손가락이 여섯이었으며, 덧니가 있었다. 라 발리에르의 다리는 휘어 있었다. 그것이 헨리 8세가 미치광이고, 루이 14세가 광적이라는 것을 막지는 못했다.

정신 상태 역시 같은 차원의 탈선 현상을 보였다. 상류층 여인 중 기형적으로 생기지 않은 사람이 거의 없었다. 아그네스

* 몹시 추한 외모의 남자이다.

가 멜뤼진을 감추고 있는 격*이었다. 낮에는 여인이다가 밤이 되면 마녀로 바뀌었다. 어떤 여인은 처형장에서, 막 잘려 창끝에 꿰어져 있는 머리에 입 맞추러 가기도 했다. 수많은 겉멋쟁이 여인들의 대표 격이라 할 수 있는 마르그리트 드 발루아는, 죽은 연인들의 심장을 넣은 작은 양철 함들을 허리띠 밑에 꿰매어 달고 다녔다. 헨리 4세는 그 치마폭 아래에 숨기도 했다.

18세기, 섭정공**의 딸인 베리 공작 부인은 그 모든 여인들의 특성을 한 몸에 요약해, 하나의 전형을 제공했다.

더불어 아름다운 귀부인들은 라틴어도 알고 있었다. 16세기 이후부터는 그것이 여성적 우아함이라고 평가받았다. 제인 그레이***는 그러한 우아함을 한껏 부풀려 히브리어까지 익혔다.

여공작 조시안은 라틴어를 사용했고 게다가 가톨릭이었다. 따라서 아버지인 제임스 2세보다는 숙부 찰스 2세에 가까웠지만 비밀로 했다. 제임스는 가톨릭 사상 때문에 왕국을 잃었지만, 조시안은 귀족 작위를 위태롭게 하고 싶지 않았던 것이다. 그러한 이유로 절친한 사람들이나 세련된 남녀 인사들과 어울릴 때만 가톨릭 신자로 행동하고, 겉으로는 프로테스탄트를 표

---

* 아그네스는 동정으로 순교한 성녀이고, 멜뤼진은 토요일마다 다리가 뱀으로 변했다는 켈트 신화 속 인물이다.

** 루이 15세 유년기에 섭정을 맡았던 오를레앙 공이다.

*** 헨리 8세의 조카이다.

방했다. 하층 계급을 위해서였다.

그런 식으로 종교를 이해하는 법은 유쾌하다. 국교인 감독교회에 포함된 모든 이권을 맘껏 누린 다음, 훗날 죽을 때 그로티우스*처럼 가톨릭의 향기를 풍기면, 당신을 위해 프토 신부가 미사를 집전해 주는 영광을 얻게 된다. 살집 좋고 건강했지만 조시안은 완벽한 겉멋 부리는 여자였다.

종종 말끝을 길게 끄는 그녀의 관능적인 태도는 정글 속에서 암호랑이가 걸으며 다리를 길게 뻗는 움직임과 흡사했다.

겉멋쟁이 여인의 유용성은, 그러한 사실이 인류의 지위를 떨어뜨린다는 데 있다. 더 이상 인류에 속한다는 사실이 명예스럽지 않게 된다.

인간이라는 종자를 멀리한다는 것이 중요하다.

올림포스를 소유할 수 없다면 랑부이에 저택**을 가지면 된다.

그곳에서는 유노가 아라맹트***로 변한다. 자신에 대한 신성이 인정되지 않으면 여자는 새침데기가 된다. 천둥이 없는 대신 건방짐을 갖고 있다. 사원이 규방으로 오그라든다. 여신이 될 수 없기 때문에 우상이 된다.

---

* 네덜란드의 법률가이자 외교관이다.

** 사교계 인사들과 문인들만 모이던 저택이다.

*** 마리보의 '솔직한 여인들'에 등장하는 아름답고 기지 있되 겸손한 여인을 암시한다.

또한 그들의 세련됨 속에는 여자들이 좋아하는 현학적인 태도가 있다.

교태를 부리는 여인과 현학자는 가까운 두 이웃이다. 그들의 유착(癒着)은 건방짐 속에서 선명해진다.

섬세함은 관능에서 시작된다. 갈망은 섬세함에 영향을 미친다. 진저리 치는 찡그린 얼굴은 욕심에 어울린다.

그리고 겉멋쟁이 여인들에 대한 극도의 조심성을 대신하는 여인의 약한 측면은, 듣기 좋은 온갖 사탕발림에, 자신이 보호받고 있음을 느낀다. 구덩이가 있는 참호와도 같다. 모든 겉멋쟁이 여인은 싫어하는 표정을 한다. 그것이 그들을 보호해 주기 때문이다.

결국은 허락할 것이지만, 당장은 경멸한다.

조시안은 깊은 내면 한구석에 불안을 가지고 있었다. 그녀는 자신의 그러한 성향을 느꼈기 때문에 숙녀인 척했다. 단정하고자 하는 지나친 노력이 그녀를 오히려 반대쪽으로 이끌어 겉치레하게 만들었다. 지나친 방어, 그것은 공격에 대한 내밀한 욕구의 표현이다. 사나운 사람은 엄격한 모습을 보이지 않는다.

그녀는 어떤 돌발적인 일탈을 사전에 준비하면서, 자신의 신분과 가문이 확보해 준 오만한 예외 속에 틀어박혀 있었다.

18세기의 여명이 밝아 오고 있었다. 영국은 프랑스의 섭정시대 풍정을 초안으로 하고 있다. 월폴과 뒤부아가 서로를 지지하고 있었다. 일찍이 선왕 제임스 2세에게 누이 처칠을 팔았던 말버러는 그 왕을 상대로 전쟁을 벌이고 있었다. 볼링브룩이 광채를 내고 리슐리외가 떠오르고 있었다. 남녀 간의 수작이 여러 신분의 결합을 편하게 만들었다. 악습을 통해 대등한 관계가 이루어졌다. 천한 신분과의 교제, 그 귀족적 서곡이, 혁명을 통해 마무리되어야 할 것이 시작되고 있었다. 젤리오트*가 백주대낮에 에피네 후작 부인**의 침대에 앉아 있을 때가 머지않았다. 미풍양속은 먼 지역까지 영향을 미치기 때문에, 16세기에, 앤 볼린의 잠자리에서 스미턴***의 나이트캡을 볼 수 있었던 것은 사실이다. 어느 종교회의에서 그것을 천명했는지는 모르지만, 만일 여인이 잘못을 나타낸다면, 그 시대만큼 여인이 여인다웠던 때는 이전에는 없었을 것이다. 자신의 약점을 매력과 전지전능함으로 가리고, 나약함을 절대적 힘으로 감싸며, 그 시절처럼 여인이 용서를 받은 적은 없었다. 금지된 과일을 허락된 것으로 만든 것은 이브의 타락이지만 허락된 과일을 금지된 것으로 만든 것은 승리였다. 그녀는 그렇게 했다. 18세기에는 여인이 남편을 밖에 둔 채 대문의 빗장을 지른다. 그녀는 사탄과 함께 에덴동산에 칩거한다. 아담은 밖에 있다.

---

* 대중가수이다.

** 여류 문인이다. 루소의 후견인으로 많은 문인이 모이는 살롱을 소유했다.

*** 잉글랜드의 사제이다.

*

조시안의 모든 충동은 합법적으로 항복하기보다 정중하고 흔쾌히 내던지는 쪽으로 기울고 있었다. 자신을 우아하게 내려놓는 자세는, 문학을 상징하고, 메날카와 아마랄리스*를 연상시키며, 그것 자체가 거의 현학적인 행위이다.

마드모아젤 드 스퀴데리는, 추한 얼굴 자체에 대해 느끼는 매력은 별개이지만, 자신을 펠리송**에게 허락할 때, 다른 동기를 가지고 있지 않았다.

최고의 여성에서 예속된 아내로 변하는 것, 그것이 영국의 오래된 풍습이었다. 조시안은 자신의 능력이 허락하는 한 속박의 순간을 뒤로 미루었다. 데이비드 경과의 결혼을 요구하는 왕실의 뜻을 기꺼이 따라야만 했다. 불가피한 필연이지만 얼마나 유감스러운 일인가! 조시안은 데이비드 경이 좋다고 하면서도 거부하고 있었다. 두 사람 사이에는, 매듭을 짓지는 않되 끊어 버리지도 말자는 암묵적 양해가 이루어져 있었다. 그들은 서로를 피하고 있었다. 한 걸음 앞으로 내딛고 두 걸음 뒤로 물러서는 방식의 연애는, 당시에 유행하던 미뉴에트나 가보트 등 춤으로 드러나 있었다. 결혼한 사람이라는 것은 안색을 퇴색시

---

* 두 사람 모두 얼간이의 전형이다.

** 소설 속 등장인물로, 천연두로 얼굴이 심하게 망가졌다.

키고, 달고 다니는 리본을 시들게 하고, 늙는다. 혼인은 명확하되 절망적인 해결책이다. 공증인의 손을 빌려 한 여인을 넘겨주다니, 그 얼마나 미친한 짓인가! 혼인의 포악성은, 결정적인 상황을 만들어 내고, 개인의 의지를 없애 버리며, 선택을 죽이고, 문법같이 통사론을 가지고 있으며, 영감을 철자법으로 바꿔 버리고, 사랑을 받아쓰기로 전락시킨다. 삶의 신비를 혼란스럽게 만들고, 주기적이며 운명적인 기능에 투명성을 강제로 부과하고, 구름에서 슈미즈를 입은 여인의 모습을 없애 버리고, 권리자나 수혜자 모두에게 한정된 권리만 주고, 힘을 한쪽으로만 잔뜩 기울여, 굳건한 성(性)과 강력한 성 간의, 혹은 힘과 아름다움 간의, 매력적인 균형을 없애 버리고, 결국 주인 하나와 하녀 하나를 만들어 낸다. 반면, 결혼 이전에는 남자 노예 하나와 여왕 하나가 있다. 침대가 예의 바른 물건으로 간주될 만큼 그것을 무미건조하게 변질시키다니, 그보다 더 지나친 일을 상상할 수 있겠는가? 서로 사랑하는 것이 이제 더 이상 악이 아니라니, 지독히 어리석은 짓이다!

데이비드 경은 원숙하였다. 나이 마흔, 적지 않은 나이였다. 하지만 그는 그러한 사실을 알지 못했다. 또한 실제로 용모는 여전히 삼십대 같아 보였다. 그는 조시안을 손에 넣는 것보다 갈망하는 것이 더 흥미롭다고 생각하고 있었다. 그가 손에 넣은 다른 여인들도 있었다. 한편 조시안 또한 자기만의 몽상이 있었다.

여공작 조시안에게는, 두 눈 중 하나는 푸르고 다른 하나는 검다는 특징이 있었다. 물론 사람들이 생각하듯 그렇게 놀라운 일은 아니다. 그녀의 눈동자는 사랑과 증오, 행복과 불행으로 이루어져 있었다. 낮과 밤이 그녀의 시선 속에 뒤섞여 있었다.

그녀의 야심은 불가능한 일을 할 수 있음을 입증해 보이는 것이었다.

어느 날, 그녀가 스위프트에게 말했다.

"당신들은 당신들의 경멸이 존재한다고 상상하십니다."

'당신들'은 인간을 가리키는 말이었다.

그녀는 겉보기에는 교황 예찬자였다. 그녀의 가톨릭주의는 멋을 부리는데 필요한 양을 넘지 않았다. 오늘날의 퓨지주의*와 비슷할 것이다. 그녀는 벨벳이나 새틴 혹은 모헤어 등으로 지은 넓은 폭의 드레스를 입곤 했는데, 어떤 것은 치수가 15 내지 16온느 가량이었고, 천위에 금박과 은박 무늬를 덧붙였다. 또한 허리띠에는 많은 진주와 보석 장식 매듭이 교차해 달려 있었다. 그녀는 장식 끈을 남용했다. 때로는 기사 후보자와 같이, 장식끈을 꿰매어 붙인 천으로 지은 재킷을 입기도 했다. 이미 14세기에, 리처드 2세의 왕비 앤이 영국에 소개한, 여자용 안장

* 영국 국교의 한 종파로, 국교와 가톨릭을 조화시키려 했다.

이 있었음에도 불구하고, 그녀는 남자용 안장을 놓고 말을 탔다. 또한 카스티야식으로, 계란 흰자 위에 녹인 얼음사탕으로, 얼굴과 팔과 어깨와 목을 씻었다. 혹시 누가 그녀 앞에서 재치 넘치는 말을 하고 나면, 그녀는 기이한 우아함이 감도는 웃음을 짓곤 했다.

게다가, 전혀 악의도 없었다. 오히려 그녀는 착한 편이었다.

4. 마기스테르 엘레간티아룸*

조시안은 권태에 사로잡혀 있었고, 당연한 일이었다.

데이비드 더리모이어 경은 런던의 방탕한 생활 무대에서 상당한 위치를 차지하고 있었다. 노빌리티와 젠트리**가 모두 그를 숭배했다.

데이비드 경이 얻은 영광 하나를 기록해 두자. 그는 과감히 머리카락을 드러내고 다녔다. 가발에 대한 반발이 시작되고 있었다. 1821년에, 유진 드베리아가 처음으로 수염을 기른 것처럼 1702년에 프라이스 데버루는 머리카락을 교묘하게 컬하여

---

* 예법이나 취미에 밝은 사람이란 뜻이다.

** 귀족 바로 밑의 계급이다.

숨기고, 처음으로 위험을 무릅쓰고 대중 앞에 나타났다. 머리카락을 드러낸다는 것은, 목숨을 거는 짓과 마찬가지였다. 모든 사람이 분개했다. 프라이스 데버루가 헤리퍼드 자작이며 영국의 중신임에도 그러했다. 그는 심한 모욕을 당했고, 당시로서는 납득이 갈 만한 일이었다. 그에 대한 야유가 최고조에 이르렀을 때, 데이비드 경이 문득, 가발을 쓰지 않고 모습을 드러냈다. 그러한 일들은 일반적으로 사회의 종말을 알리는 것이다. 데이비드 경은 헤리퍼드 자작보다 더 심한 치욕을 당했다. 그는 끄떡도 하지 않고 저항했다. 프라이스 데버루가 처음 시작했고, 그는 두 번째 도전자였다. 그러나 때로는 최초로 시작하기보다 두 번째로 따라 하기가 더 힘든 법이다. 천재성은 덜 필요하지만 용기가 더 필요하기 때문이다. 첫 번째 사람은 처음으로 시작한다는 도취감 때문에 위험을 무릅쓸 수 있다. 반면에 두 번째 사람은 나락이 뻔히 보이건만 그 속으로 치닫는다. 더 이상 가발을 쓰지 않겠다는 심연으로 데이비드 더리모이어가 몸을 내던졌다. 훗날 사람들은 그들을 모방했고, 두 혁명가의 등장 이후, 사람들은 대담성을 발휘해 자신들의 모발로 머리를 치장했고, 분(粉)을 사용해 충격을 줄이려 했다.

말이 나온 김에 이 중요한 역사적 쟁점을 분명히 해 두기 위해, 가발을 상대로 벌인 전쟁에서의 진정한 우선권이 스웨덴 여왕 크리스티나에게 있음을 말해 두자. 그녀는 평소에 남장을 했고 1680년에는 밤색 머리털을 사람들 앞에 드러냈는데, 머리 장식도 하지 않아, 분을 뿌린 머리카락들이 삐죽이 솟구쳐 있었다고 한다. 뿐만 아니라 그녀에게는 '수염도 몇 가닥' 있었다고 미손이 전했다.

한편 교황은, 1691년 3월에 교서를 내려, 주교들과 사제들의 머리에서 가발을 벗김으로써 가발의 신용을 무너지게 했으며, 성직자들에게 그들의 머리를 기르도록 명령을 내렸다.

그리하여 데이비드 경은 가발을 쓰지 않았고, 암소 가죽 장화를 신었던 것이다.

그처럼 대단한 일들로 인해, 그는 많은 사람들의 찬양을 받았다. 그가 리더 아닌 클럽이 없었고, 모든 권투 경기장은 그를 심판으로 모시고자 했다.

그는 여러 하이 라이프 서클의 규율을 초안했다. 그는 멋쟁이 협회 여럿을 만들었는데, 그중 하나인 레이디 기니는 팔멜에 1772년까지도 여전히 존재했다. 레이디 기니는 젊은 귀족들이 모이던 곳이었다. 그들은 그곳에서 도박을 했는데 최하 내깃돈이 50기니 꾸러미 하나였다. 또한 테이블 위에 놓인 돈 액수가 2만 기니 이하인 적은 없었다. 각 노름꾼 곁에는 작은 원탁이 있어, 찻잔이나 기니 꾸러미를 넣어 두는 황금빛 나무통을 놓았다. 노름꾼들은, 하인들이 칼을 갈 때 사용하는 것과 같은 가죽 토시를 착용하고 있었는데. 그것은 손목 레이스를 보호해 주었고, 또한 가죽 가슴 받이는 둥근 주름 장식을 보호해 주었다. 또한 환하게 밝힌 램프 빛으로부터 눈을 보호하고, 컬한 머리를 가지런히 유지하기 위해, 챙이 넓고 꽃으로 뒤덮인 밀짚모자 하나씩을 쓰고 있었다. 그들은 모두 표정을 감추기 위해 가면을 쓰고 있었는데, 특히 '피프틴 게임'*을 즐길 때는 더욱 그러했다. 모두들 행운을 끌어오기 위해서 상의를 뒤집어서 등에 두르고 있었다.

데이비드 경은 비프스테이크 클럽과 슈얼리 클럽, 스플릿 파딩 클럽, 클럽 데 부뤼, 클럽 드 그라트수, 왕당파들의 클럽인 클럽 드 느 셀레, 즉 실드 넛 클럽, 그리고 밀턴이 만든 로타 클럽을 대체하기 위해 스위프트가 만든 마티너스 스크리블러스 클럽 등의 일원이었다.

비록 그는 잘생긴 미남이었으나 클럽 데 레**에도 가입되어 있었다. 그 클럽은 추한 용모에 헌납된 모임이었다. 그곳에서는 사람들은 아름다운 여인을 위해서가 아닌, 추한 남자를 위한 결투를 약속했다. 클럽에는 테르시테스, 트리불레, 던스, 휴디브러스, 스카롱 등 흉측하게 생긴 사람들의 초상화를 걸어 놓았다. 벽난로 위에는 두 애꾸눈인 코클레스와 카모엔스 사이에

---

* 1부터 9 사이에 있는 카드 세 장으로 수의 합이 15가 되도록 하는 게임이다.

** 못생긴 자들의 모임을 일컫는다.

아이소포스의 조각상이 놓여 있었다. 코클레스는 왼쪽 눈이 애꾸였고 카모엔스는 오른쪽 눈이 애꾸였는데, 두 사람 모두 애꾸인 쪽만을 조각해, 눈 없는 옆모습이 서로 마주보고 있었다. 아름다운 비자르 부인이 천연두에 걸린 날, 레 클럽에서는 그녀를 위해 축배를 올렸다. 그 클럽은 19세기 초까지도 번창했으며, 미라보에게 명예회원 증서를 보내기도 했다.

찰스 2세의 왕정복고 이후, 혁명적 클럽은 모두 폐지되었다. 특히, 무어필즈 근처의 어느 뒷골목에 있던 선술집은 완전히 철거되었는데, 캘프스 헤드 클럽, 즉 송아지 머리 클럽이 있었던 곳이었다. 클럽이 그러한 명칭을 갖게 된 것은, 1649년 1월 30일, 찰스 1세의 피가 단두대 위에 흐르던 날, 그 선술집에 모여서 크롬웰의 건강을 빌며, 송아지 두개골에 붉은 포도주를 마셨기 때문이다.

공화파 클럽에 뒤이어 군주파(왕당파) 클럽들이 생겨났다.

그들은 모두 점잖게 즐겼다.

시 롬스* 클럽이라는 것이 있었다. 그들은 길에서 가능한 덜 늙고 덜 추한 여자를 골라, 클럽 안으로 강제로 밀어 넣고, 물구나무를 선 채 두 손으로 걷게 했다. 거꾸로 내려온 치마를 베일처럼 쓰고 손으로 걷게 했다.

---

* 요란하게 떠들며 논다는 뜻이다.

만일 그녀가 고분고분하게 그 일을 제대로 해내지 못했을 때는 승마용 채찍으로 그녀의 몸 중 드러난 부분을 후려쳤다. 그녀가 잘못을 범했기 때문이다. 그런 짓을 하는 젊은 귀족을 '뜀뛰기 곡예사'라 불렀다.

에클레르 드 샬뢰르라는 클럽이 있었는데, 메리댄스 클럽을 은유적으로 표현한 것이다. 그곳에서는 흑인과 백인 여자들로 하여금 페루의 피칸테스 및 팀티림바스 춤을 추게 했는데, 그 중에 '못된 아가씨'라는 뜻을 가진 모사말라 춤은, 밀겨 위에 앉았다가 일어서며, 아름다운 엉덩이 자국을 남기는 무희를 승리자로 삼는 춤이었다. 그곳에서는 루크레티우스의 책에 나오는 다음과 같은 구절이 묘사한 정경을 상연했다.

> Tunc Venus in sylvis jungebat corpora amantum.
>
> 그때 숲속에서 베누스가 연인들의 육체를 서로 밀착시켜 주었다.

헬파이어 클럽, 즉 '지옥불 클럽'도 있었다. 그곳에서는 불경한 자가 되는 놀이에 내기를 걸었다. 그것은 신성 모독 경쟁이었다. 그곳에서는 지옥이 경매에 부쳐져, 가장 신을 심하게 모독하는 언사에게 낙찰되었다.

쿠 드 테트 클럽도 있었다. 그곳의 유래는 클럽에서 사람들에게 머리로 박치기를 했기 때문이다. 그들은 가슴팍 떡 벌어진 바보처럼 보이는 짐꾼이나 하역부를 찾아냈다. 그들에게 흑맥주 한 단지를 주거나 경우에 따라서는 강제로 마시게 한 다음, 그 대가로 가슴팍에 네 번에 걸쳐 박치기를 했다. 언젠가, 몸이 비대하고 짐승처럼 생긴 고겐저드라는 웨일스 사람이, 박치기 세 번 만에 죽고 말았다. 일이 심각하게 돌아가는 것 같았다. 수사가 이루어졌으나 검시(檢屍) 배심원의 최종 평론은 다음과 같았다.

'과음으로 인한 심장 팽창사.'

실제로 고겐저드는 흑맥주 한 단지를 마시기는 했다.

펀 클럽이라고 불리던 것도 있었다. 펀(fun)은 캔트(cant)나 유머(humor)처럼, 번역할 수 없는 특수한 낱말이다. 펀과 익살극과의 관계는 고추와 소금과의 관계라 할 수 있다. 어떤 집에 몰래 침입해, 그 가족의 초상화에 칼자국을 내고, 그 집 개를 독살하고, 고양이를 붙잡아 큰 새장에 가두는 등의 행위를 가리켜, '펀의 작품 한 편 만들기'라고 한다. 거짓된 흉보를 전해 사람들로 하여금 공연히 상복을 입도록 하는 것, 그것이 펀이다. 햄프턴 코트에 걸려 있는 홀바인의 그림에 네모난 구멍을 뚫은 자도 펀이다. 밀로의 비너스 석상의 팔을 자른 장본인이 펀이었다면, 그 사실을 자랑스러워할 것이다. 제임스 2세 치세에, 백만장자인 어느 젊은 귀족이 한밤중에 어느 초가집에 불을 지르자, 런던 전체가 웃음을 터뜨렸고, 그 젊은 귀족은 펀의 제왕으로 공포되었다. 초가에 살던 가엾은 이들은 내복 차림으로 대피했다. 모두 고위층 귀족들로 구성된 펀 클럽의 회원들은, 일반 시민들이 잠자리에 든 시각에 런던을 헤집고 다니며, 덧문의 경첩을 뽑고, 펌프의 도관을 잘라 버리고, 저수통에 구멍을 내고, 간판들을 떼어 내고, 농작물을 짓밟고, 가로등을 꺼 버리고, 집들의 대들보를 톱으로 자르고, 창문의 유리를 깨뜨렸다. 특히 가난한 사람들의 주거 지역에서 더욱 심했다. 가난한 이들에게 그러한 짓을 자행한 사람들은 부자들이라 어떠한 고소도 불가능했다. 그것이 그들에게는 한낱 희극에 불과했던 것이다. 이러한 풍습은 지금도 완전히 사라지지 않았다. 예를 들어 건지 섬의 여러 잉글랜드 구역에서는, 이따금 캄캄해지면, 누군가가 울타리를 부러뜨리거나, 문에 달린 노커를 떼어 버리는 등 주택에 손상을 입힌다. 만약 가난한 이들이 그러한 짓을 저질렀다면 그들을 도형장으로 보낼 테지만 그런 짓을 한 이들은 사랑스러운 젊은 귀족들이었다.

여러 클럽 중 가장 두각을 드러냈던 것은, 이마에 초승달 무늬를 그리고 스스로 '위대한 모호크'라 칭하던 황제가 주재하던 클럽이었다. 모호크 클럽은 펀 클럽을 뛰어넘었다. 악을 위한 악을 행하는 것이 그들의 강령이었다. 모호크 클럽의 웅대한 목표는 '해를 끼치는 것'이었다. 그러한 기능을 수행하기 위해서는 어떤 방법이든 가능했다. 모호크 클럽의 일원이 된 모두가, 해로운 사람이 되겠다는 선서를 했다. 어떠한 대가를 치르든, 언제든, 누구에게든, 어떻게든, 해를 끼치는 것이 그들의 의무였다. 모호크 클럽의 회원은 누구나 한 가지 재능이 있어야 했다. 어떤 자는 '춤의 고수'였다. 그는 농민들의 장딴지를 칼로 찌르면서 그들이 깡충깡충 뛰게 하는 자였다. 다른 자들은 '진땀을 흘리게 하는' 일에 능숙했다. 우선, 손에 결투용 장검을 들고 여섯 내지 여덟 명의 귀족들이 한 부랑자의 주위를 둘러싸고 원을 만든다. 사방팔방 가로막혀 있으므로 그는 어느 한 사람에게서도 도망하는 것이 불가능했다. 부랑자의 등이 향하는 귀족은 검으로 그를 찌르니, 그는 팽이처럼 돌며 도망 다니지 않을 수 없었다. 다시 그의 옆구리에 칼끝 공격이 가해지면, 그의 뒤에 또 다른 귀족 하나가 나타났다. 그렇게 계속해 각자들 찔러 댄다. 그렇게 칼로 된 원 안에 갇혀 온통 피투성이가 된 채 충분히 돌고 춤을 추고 나면, 하인들로 하여금 몽둥이질을 퍼붓게 해 그의 생각을 바꿔 주었다. 또 다른 자들은 '사자 때려잡기'를 즐겼다. 그들은 웃으며 지나는 행인을 불러 세운 다음, 주먹으로 코를 부서뜨린 후, 두 엄지손가락을 두 눈에 쑤셔 넣었다. 혹시 눈이 멀면 돈으로 배상해 주었다.

18세기 초 런던의 부유하고 한가한 사람들의 오락이 이러했다. 파리의 한가한 부자들에게는 다른 파격이 존재했다. 예를 들어 샤롤레 씨는 자기 집 대문턱에서 길 가는 이들에게 총을 쏘았다. 언제나 젊은이들은 즐기는 법이니까.

데이비드 더리모이어 경은, 그처럼 다양한 오락 클럽에서, 자신의 후하고 관대한 기질로 활약했다. 물론 그 역시, 다른 모든 사람처럼, 짚과 목재로 지은 오막살이를 즐겁게 태우고, 그 속에 있던 사람들을 조금 불에 그슬리게 했다. 하지만 그는 즉시 그들에게 돌로 새로 집을 지어 주었다. 그가 시 롬스 클럽에서, 어느 두 여자로 하여금, 두 손으로 걸으며 춤을 추게 한 일이 있다. 한 여자는 처녀였는데, 그녀에게는 결혼 지참금을 두둑하게 주었다. 다른 여자는 이미 유부녀였던 터라, 그녀의 남편을 한 성당의 사제로 임명되도록 주선해 주었다.

닭싸움은 데이비드 경 덕분에 괄목한 만한 향상을 이룩했다. 데이비드 경이 싸움닭을 무장시키는 것을 보고 있노라면 경탄할 만하였다. 닭들은 사람들이 싸울 때 머리채에 들러붙듯, 적의 털을 잡아 뜯는다. 따라서 데이비드 경은 자기의 닭의 털을 가능한 짧게 만들어 놓았다. 그는 가위로 모든 꼬리 깃을 잘라 버렸고, 머리에서 어깨에 이르는 목털을 잘라 냈다.

"그만큼 적의 부리에 걸려들 것이 없어지지."

그가 하던 말이다. 그런 다음 날개를 편 후, 각 날개깃 끝을 하나하나 뾰족하게 다듬었다. 두 날개에 많은 투창을 달아 주는 것과 같았다.

"적의 눈을 공격하는 무기야."

그의 말이었다. 그러고는 주머니칼로 발을 긁어냈고, 며느리 발톱을 뾰족하게 다듬었으며, 머리와 목에 침을 뱉었다. 투사들이 몸에 기름을 문지르듯이 마사지를 해 주는 격이었다. 그런 다음, 무시무시하게 변한 닭을 놓아주며 큰 소리로 떠들었다.

"닭을 이렇게 독수리로 변화시키는 것을 보아라! 닭장의 동물이 어떻게 산 위의 동물로 변화하는지!"

데이비드 경은 권투 시합을 관전했는데, 그가 바로 살아 있는 규칙이었다. 큰 시합이 열릴 때는 그가 손수 말뚝을 박고, 밧줄을 치며, 링의 길이를 정했다. 그가 입회자일 경우에는, 한손에 병을 들고 다른 손에는 수건을 든 채, 자신의 선수를 필사적으로 따라다녔다.

"모질게 내려쳐!"

그는 선수에게 온갖 술책을 귀띔해 주고, 조언을 하고, 피를 닦아 주고, 쓰러지면 일으켜 주고, 일으켜서 무릎 위에 앉히고, 치열 사이까지 물병의 목을 밀어 넣어 주고, 직접 입에 물을 가득 붓고 선수의 눈과 귀에 비처럼 뿜어 주기도 했다. 그럴 때마다 거의 죽어 가던 선수가 다시 살아나곤 했다. 그가 심판을 담당하면, 정정당당히 싸우는지를 감독하고, 조력자만이 선수를 돕도록 하고, 선수들을 잘 지켜보아 상대 선수에게 등을 돌리면 즉시 패배를 선언하고, 한 라운드가 단 30초도 초과하지 못하도록 시간을 지키고, 머리로 치는 것을 금지했으며, 머리로 받는 공격을 한 선수에게는 반칙을 선언했고, 쓰러져 있는 선수에게 주먹질을 가하는 것을 막았다. 그 모든 것을 잘 알았으나 그는 추호도 유식한 척하지 않았고, 사교계 사람들과 어울릴 때도 여유를 잃지 않았다.

그가 복싱 경기의 심판일 때는, 약해 보이는 자기 편 선수를 돕는다든가, 내기의 균형을 깨뜨리기 위해서, 울타리를 성큼 넘어 들어가고, 링 안으로 뛰어 들어가고, 링의 밧줄을 끊고 말뚝들을 뽑아 버린 후, 경기에 거칠게 끼어들던 털북숭이 파트너들도 어쩔 수가 없었다. 데이비드 경은 누구도 함부로 대할 수 없는, 몇 안 되는 심판 중 하나였다.

어느 누구도 그처럼 선수를 훈련시키지 못했다. 그가 일단 '트레이너'가 되기로 작정하면, 어느 권투 선수든 승리를 장담할 수 있었다. 데이비드 경은, 바위처럼 다부지고 탑처럼 신장이 큰 헤라클레스를 선택해서 그를 자식처럼 다루었다. 그러한 인간 암초를 공격 상태로 변화시키는 것이 관건이었다. 그는 그런 일에 탁월한 능력을 보였다. 한번은 키클롭스* 같은 이를 선택하여 그의 곁을 떠나지 않고 아예 유모 노릇을 했다. 그가 마시는 술, 고기와, 잠을 엄격히 조절했다. 훗날 몰리가 더

* 그리스 신화에 나오는 외눈박이 거인이다.

욱 발전시킨 놀라울 만한 운동선수 식단은 그가 고안한 것이었다. 조반으로는 날계란 하나와 셰리주(酒) 한 잔, 점심에는 살짝 익힌 양의 넓적다리 고기와 차, 오후 4시에는 석쇠에 구운 빵과 차, 저녁에는 흰 맥주와 석쇠에 구운 빵을 먹였다. 그런 다음 선수의 옷을 벗기고 온몸을 안마해 준 다음 잠자리에 들게 했다. 거리에 나서면 그에게서 잠시도 눈을 떼지 않고, 우리를 뛰쳐나온 말들이나, 지나가는 마차의 바퀴, 술에 취한 군인들, 예쁜 여자들 등 모든 위험들로부터 그를 보호했다. 그는 선수의 품행도 감시했다. 그러한 어머니와 같은 정성이 양자의 교육에 끊임없이 새로운 개선책을 가져왔다. 그는 또한 상대방의 이를 부러뜨리거나 눈이 튀어나오게 하는 등의 권법도 가르쳤다. 이보다 더 감동적인 일은 없었다.

그는 그렇게, 얼마 후면 소명을 받게 될 정치적인 삶을 준비하고 있었다. 완벽한 귀족으로 성숙하는 것이 쉬운 일은 아니다.

데이비드 더리모이어 경은, 거리 박람회, 순회 극단의 익살광대질, 기묘한 짐승들의 서커스, 곡예사들의 막사 공연장, 익살광대들, 말더듬이 익살꾼, 야외 익살극, 장터 묘기 등을 열렬히 좋아했다. 서민들의 삶을 체험한 자가 진정한 통치자인 것이다. 그러한 이유로 데이비드 경은, 런던 및 다섯 항구의 선술집과 기적의 궁전*에 빈번히 모습을 드러냈다. 그러나 돛대 담당 선원들이나 선박의 널판 틈 메우는 직공들과 서로 멱살을 잡고 싸움질을 벌여야 할 경우에 대비해, 그러한 하층민들의 소굴로 들어갈 때는, 일반 선원의 재킷을 입었다. 함대 내에서 자기가 점하고 있던 명예를 실추시키지 않기 위함이었다. 그렇게 변장을 하기 위해서는 가발을 쓰지 않는 것이 편했다. 왜냐하면 이미 루이 14세 치세에도 평민들은 사자가 갈기를 달고 다니듯, 자신들의 머리털을 간수했기 때문이다.

그는 그것이 자유로웠다. 데이비드 경이 만나고 함께 어울리던 평범한 백성들은, 그를 크게 존경하면서도 그가 높은 신분에 속한 줄은 전혀 몰랐다. 모두들 그를 톰짐잭(Tom-Jim-Jack)이라 불렀다. 그는 그러한 이름으로 인기를 얻었고, 그 방탕아들 사이에서 매우 유명했다. 수완 좋은 그는 신분 낮은 사람들의 우두머리가 되어 가고 있었다. 경우에 따라서는 주먹을 쓰기도 했다. 그의 그런 멋쟁이 생활을 조시안도 알고 있었으며 매우 높이 평가해 주었다.

---

* 불구로 위장하고 구걸, 절도를 행하던 걸인들이 모여 있는 구역을 말한다.

5. 여왕 앤

*

그 한 쌍의 남녀보다 먼저 영국의 여왕 앤이 있었다.

평범하기 그지없는 여자, 그것이 바로 여왕 앤이었다. 그녀는 쾌활하고 관대하고 약간의 위엄이 있었다. 그녀의 장점 중 어느 것도 덕에 미치지 못했고, 그녀의 단점 중에 어느 것도 악에 이르지 못했다. 그녀의 비만은 심각했고, 농담은 둔했으며, 친절은 어리석었다. 그녀는 끈질기면서 연약했다. 총신들에게 마음을 주었지만 부군만을 위해 침대를 지켰으니, 그녀는 아내로서 부정(不貞)하기도 했고 정숙하기도 했다. 기독교도로서 그녀는 이단이면서 위선자였다. 그녀에게 한 가지 아름다움을 꼽을 수 있는데, 그것은 니오베와 같은 튼튼한 목이었다. 그녀의 몸 나머지 부분은 성공하지 못했다. 그녀의 교태는 서툴렀기에 정숙했다. 피부가 희고 고왔기에, 그녀는 피부를 많이 노출했다. 목에 꼭 조이는 굵은 진주 목걸이의 유행이 그녀에게서 비롯되었다. 그녀는 좁은 이마, 육감적 입술, 살찐 볼, 큰 눈을 가지고 있었는데 근시이기도 했다. 그 근시안이 그녀의 기지에까지 연결되어 있었다. 분노만큼이나 무거운 쾌활함이 표출될 때를 제외하고는 유머가 없는 질책과 불평 속에서 살았다. 그녀가 무심코 내뱉는 말의 뜻은 수수께끼와 같아서 뜻을 열심히 찾아야 했다. 그녀는 착한 여자와 심술궂은 악마의 혼합체였다. 그녀는 지극히 여성스럽게도 뜻밖의 것을 좋아했다. 앤은 다듬어지지 않은 보편적 이브의 견본이었다. 그 초벌 작품의 손에 왕위가 우연히 굴러들어 온 것이다. 그녀는 술을 마시는 습관이 있었다. 그녀의 남편은 정통 덴마크 사람이었다.

그녀는 토리 당 편이면서 휘그 당원들을 통해 통치했다. 여성으로서, 분별없는 여자처럼 처신했다. 그녀는 격노하곤 했다. 국가의 일을 처리하는 데 그녀보다 더 어설픈 사람은 없었다. 그녀는 모든 사건을 땅바닥에 곤두박질치게 내버려 두었다. 그녀의 모든 정책은 빗금이 가 있었다. 그녀는 대수롭지 않은 이유를 가지고도 큰 재앙을 만들어 내는 탁월한 솜씨를 가지고 있었다. 종종 권력에 대한 환상에 사로잡히면, 그녀는 그러한 상태를 담대한 기도(祈禱)라고 말했다.

그녀는 깊은 몽상에 잠긴 모습으로 다음과 같은 말을 하기도 했다.

"아일랜드의 중신이며 킹세일의 남작인 쿠르시 이외에는 그 누구도 국왕 앞에서 모자를 쓰고 있을 수 없노라."

또한 이러한 말도 했다.

"나의 아버님도 해군 제독이셨으니까, 내 남편이 해군 제독이 되지 않는다면 이는 옳지 못한 일이야."

그리고 그녀는 부군인 덴마크의 조지 공을, 영국 및 '모든 식민지국'의 해군 제독으로 삼았다. 그녀는 끊임없이 성이 난 채로 땀에 젖어 있었다. 그녀는 자신의 생각을 표현하지 않고 겉으로 배어 나오게 했다. 그녀의 분별없는 모습에는 스핑크스와 같은 점이 있었다.

그녀는 짓궂고 도전적인 장난을 싫어하지 않았다. 만약 아폴론을 꼽추로 만들 수 있었다면, 그것은 즐거움이었을 것이다. 하지만 앤은 그것을 신에게 맡겨 두었을 것이다. 착한 성품을 지닌 그녀는 아무도 절망에 빠뜨리지 않되 모든 사람을 초조하게 하는 것을 이상으로 삼았다. 자주 거친 말을 쓰던 그녀는, 조금 더 자주 엘리자베스처럼 욕설을 했을 것이다. 그녀는 가끔, 돋을무늬 세공을 한 작고 동그란 은제함 하나를 치마에 달린 남자 호주머니 속에 넣고 다니곤 했는데, 상자 표면에는 Q와 A(Queen Ann) 두 글자 사이에 그녀의 옆모습이 세공돼 있었다. 그녀는 그 상자를 연 다음, 손가락 끝으로 포마드를 조금 찍어 입술을 빨갛게 칠하곤 했다. 그렇게 입술을 매만진 다음에야 웃었다. 그녀는 질랜드 지방 음식인 생강 과자빵을 무척 좋아했다. 그녀는 자신의 몸이 통통하다는 사실을 자랑스러워했다.

그녀는 청교도적이었으나, 기꺼이 남의 이목을 끄는 것을 즐겨했다. 그녀는 프랑스와 마찬가지로 음악 아카데미를 세울 생각을 품었다. 1700년, 포르크로슈라는 이름의 프랑스 사람이 40만 리브르의 비용을 들여 파리에다 '왕립 서커스'를 세우고자 했는데, 아르장송이 반대했다. 그러자 포르크로슈는 영국으로 건너가, 프랑스왕의 극장보다 더 멋있는 극장을 여왕 앤에게 제안했다. 기계로 조작하는 무대 장치와 무대면 밑에 네 번째 가동무대(可動舞臺)까지 갖추어진 극장이었다. 여왕은 그러한 생각에 한순간 매료되었다. 루이 14세처럼 그녀 역시 마차로 달리는 것을 좋아했다. 때때로 그녀의 마차는 윈저 궁에서 런던까지 오는 데 1시간 15분밖에 걸리지 않았다.

*

앤 여왕의 시대에는, 치안판사 두 명 이상의 허락이 없이는, 어떠한 모임도 가질 수 없었다. 열두 사람이 모이면, 그것이 비록 흑맥주를 곁들여 굴을 좀 먹기 위해서라 할지라도 반역 행위로 간주되었다.

상대적으로 약하긴 했지만, 해군을 위한 강제 소집은 매우 강력히 시행되었다. 영국인이 시민보다는 통치 대상이라는 것이 우울한 증거이다. 수 세기 전부터 잉글랜드의 왕은 자유에 관한 모든 헌정을 무시하고 폭군의 방식을 취했는데, 특히 프랑스는 의기양양해하면서 분개하기도 했다. 하지만 프랑스의 의기양양함을 다소 퇴색시키는 것이, 영국의 강제 선원 모집제와 마찬가지로, 프랑스에는 육군 강제 모집 제도가 있었다는 사실이다. 프랑스의 모든 큰 도시에서는, 건장한 남자가 일을 보기 위해 거리에 나설 경우, 가마라고 불리던 집으로 끌려갈 위험에 항상 처해 있었다. 끌려온 사람들을 그 속에 무질서하게 가두어 두었다가, 적합한 사람들만을 추려 내어 장교들에게 팔아 넘겼다. 1695년에만 해도 파리에는 서른 개의 가마가 존재했다.

앤 여왕 치세에 생겨난 아일랜드에 관한 법령은 매우 잔인했다.

앤은 1664년에 런던 화재가 일어나기 두 해 앞서서 태어났다. 그러자 점성술사들이 예언하기를, 그녀가 '불의 맏이인지라' 여왕이 될 것이라 예언했다.* 앤은 점성술과 1688년의 혁명 덕분에 왕위에 올랐다. 그녀는 자신의 대부(代父)가 기껏 캔터베리 대주교에 불과한 길버트라는 사실에 수치심을 느꼈다. 영국에서는 교황의 영세 대녀가 되는 것이 더 이상 가능하지 않았다. 평범한 수석 주교는 빈약한 대부이다. 앤은 그것으로 만족해야 했다. 그것이 그녀의 실수였다. 그녀는 왜 프로테스탄트였던 것일까?

덴마크는 그녀의 순결을 사는 대가로(고문서에 따르면 Virginitas empta를 지불) 매년 6,250파운드를 지불하게 되어 있었는데, 그 돈은 워딘버그 재판 관할구 및 페마른섬에서 나오는 수

---

* 루이 14세 또한 점성술가와 예언에 둘러싸여 태어났다.

입이었다.

앤은 신념과 습관에 따라 윌리엄의 통치 관행을 답습했다. 하나의 혁명에서 탄생한 왕권 치하에서 영국 사람들이 자유와 닮은 것이라고 볼 수 있었던 것은, 정치가들을 가두는 런던탑과 문필가들을 묶어 두는 형틀 사이에 한정되어 있었다. 앤은 남편과의 밀담을 위해 덴마크어를 조금 구사할 줄 알았고, 볼링브룩과 밀담을 나누기 위해 프랑스어도 조금 할 줄 알았다. 거의 알아들을 수 없는 말이었지만 특히 궁정에서는 프랑스어로 말하는 것이 큰 유행이었다. 재치 있는 말은 프랑스어로만 가능하다고 생각했다. 앤은 주화에 대해, 특히 소액 주화이며 백성들이 사용하는 청동으로 된 동전에 몰두했다. 그녀는 동전을 통해 자신이 위대해지길 원했다. 그녀의 치세 중 여섯 종류의 1파딩짜리 동전이 주조되었다. 처음 주조한 세 가지 동전 뒷면에는 옥좌 문양만을, 네 번째 동전에는 개선 마차를 새겨 넣기를 원했다. 그리고 여섯 번째 동전 뒷면에는, 한 손에 검을 다른 한 손에 올리브 가지를 든 여신상을 함께 새기도록 했다. 어수룩하고 무자비했던 제임스 2세의 딸인 그녀는 난폭했다.

동시에 그녀의 내면은 온순했다. 외면적으로만 그 반대로 보일 뿐이었다. 일종의 노여움이 그녀를 변하게 했다. 설탕을 가열해 보라. 부글부글 끓어오를 것이다.

앤은 백성에게 인기가 있었다. 영국은 통치하는 여성들을 좋아한다. 왜? 프랑스는 여인들을 권력에서 배제하기 때문이다. 그것만으로도 충분한 이유가 된다. 아마 다른 이유는 전혀 없을 수도 있다. 영국의 역사가들이 보기에, 엘리자베스는 위대함이고, 앤은 선함이다. 각자 보고 좋을 대로 할 일이다.

여하튼 그렇다 치자. 하지만 그 여성들의 통치에 섬세한 것은 하나도 없다. 그 선이 매우 둔탁하다. 무거운 위대함이며 무거운 착함이다. 그녀들의 순결한 미덕에 관해 영국은 완강하고 우리는 그것에 맞지 않는다. 엘리자베스는 에식스*에 의해 완화된 처녀이고, 앤은 볼링브룩 때문에 착잡해진 신부이다.

*

백성이 가지고 있는 바보스러운 습관은, 자신들이 하는 일의 공을 왕에게로 돌린다는 사실이다. 그들이 전쟁에 나서면 영광은 누구에게 돌아가는가? 왕이다. 그들이 모든 세금을 지불한다. 누가 윤택해지는가? 왕이다. 그리고 백성은 부자인 왕을 좋아한다. 왕은 가난한 사람들로부터 금화를 받고 그들에게 동전 푼을 돌려준다. 얼마나 후한 행동인가! 거대한 조각상의 받침대가 피그미족 같은 조각상에 대해 감격해한다. 난쟁이가 크기도 하지! 그는 내 등 위에 올라와 있어. 난쟁이가 거인보다 더

---

* 엘리자베스 1세의 총애를 받았으나, 결혼 후 궁정에서 쫓겨난다.

크게 보일 수 있는 훌륭한 방법이 있다. 그것은 거인의 어깨 위에 올라타는 것이다. 그런데 거인이 그 짓을 그대로 두는 것, 참으로 신기한 일이다. 또한 그가 난쟁이의 큰 키를 찬미하다니, 진정 어리석다. 인간 특유의 순박함이여!

왕들에게만 허용된 기마상은 왕권을 상징적으로 나타낸다. 말은 곧 백성이다. 다만 차이가 있다면, 이 말이 서서히 변형된다는 것이다. 처음에는 당나귀였다가 결국에는 사자로 변한다. 그리하여 마침내 자기의 등 위에 있던 기사를 땅바닥으로 떨어뜨리게 되는 것이다. 그러한 일이 영국에서는 1642년, 프랑스에서는 1789년에 벌어졌다. 또한 때로는 사자가 기사를 삼켜버리는데, 영국에서는 1649년에, 프랑스에서는 1793년에 그러한 사건이 있었다.

그러한 사자가 다시금 당나귀로 변한다고 하면 참으로 놀라겠지만, 그러한 일이 실제로 가능하다. 그러한 일이 영국에서 벌어졌다. 왕권 숭배라는 안장을 다시금 짊어진 것이다. 이미 말한 바대로 여왕 앤은 인기가 많았다. 그것을 위해 그녀가 무슨 일을 했을까? 아무것도 없다. 아무것도 하지 않는 것이 영국 사람들이 왕에게 요구하는 것이다. 영국왕은 해마다 3,000만 파운드 이상을 받는다. 엘리자베스 치세에 13척, 제임스 1세 치세에 36척에 불과하던 영국의 전함이 1705년에는 150척에 이르렀다. 영국은 5,000명으로 이루어진 카탈루냐 주둔군, 1만 명에 달하는 포르투갈 주둔군, 5만의 병력을 갖춘 플랑드르 주둔군을 가지고 있었다. 또한 그들은 유럽의 군주제와 외교를 위해 해마다 4,000만 파운드를 지출했다. 유럽은 영국 백성이 돌보는 일종의 창녀와 같았다. 의회가 3,400만 파운드의 애국 공채안을 승인하자, 돈을 내겠다고 하는 사람들이 재무성으로 빽빽이 몰려들었다. 영국은 동인도로 함대 하나를 보냈고, 리크 제독이 지휘하는 다른 함대 하나와, 쇼웰 제독의 지휘하에 있는 예비 전함 400척을 스페인 해안 수역으로 보냈다. 영국은 스코틀랜드를 병탄(倂呑)했다. 그들은 오크스테트와 라밀리 사이에 있었는데, 그 두 곳 중 한 곳에서의 승리가 나머지 다른 곳에서의 승리도 예견하게 해 주었다. 영국은 오크스테트에서의 소탕작전으로, 보병 스물일곱 대대와 용기병 세 연대를 포로로 잡았고, 다뉴브강에서 라인강까지 어쩔 줄 모르고 후퇴하는 프랑스로부터, 강역(疆域) 1,000리를 앗아 갔다. 영국은 사르데냐와 발레아레스까지 손을 뻗었다. 스페인의 전함 십여 척을, 혹은 금을 잔뜩 싣고 오던 수많은 갈리온 선들을 항구로 의기양양하게 끌고 오곤 했다. 허드슨 만과 해협은 이미 루이 14세의 영향에서 반쯤 벗어나 있었다. 그가 아카디아, 생크리스토프 및 테르뇌브 등을 놓아 버리려 하는 것을 느낄 수 있었고, 영국이 그 프랑스왕에게 브르타뉴 연안 해역에서 대구를 잡을 수 있도록 허락만 해 주어도 매우 행복해할 것 같아 보였다. 영국은 또한 됭케르크의 요새를 루이 14세가 스스로 파괴하게 만드는 치욕을 안겨 주려 하고 있었다. 그동안 영국은 지브롤터와 바르셀로나를 수중에 넣었다. 위대한 일이 얼마나 많이 이루어졌는지! 그 시대를 살아가는 노고를 감당한 여왕 앤을 어찌 찬미하지 않을 것인가?

어떤 점에서 보면, 앤의 치세는 루이 14세의 치세의 반향이다. 흔히 역사라고 부르는 이러한 만남 속에서 이 왕과 한 순간 평행을 이루었던 앤은, 루이 14세와 모호한 반영의 유사성을 가지고 있다. 그 왕처럼 그녀 역시 큰 왕국을 통치했다. 그녀는 자신만의 기념 건조물들과 예술, 승리들, 장군들, 문인들, 명성을 주는 재산, 걸작품으로 진열된 갤러리를 소유한다. 그녀의 궁정인들 역시 행렬을 지어 다니는데, 그 행렬에는 위풍당당한 면모와 질서 그리고 행진이 있다. 베르사유 궁에 있는 위대한 사람들의 축소판이다. 거기에는 눈속임도 있다. “신이여 여왕을 구하소서(God save the Queen)”를 가미해 보라. 그 순간부터 그 곡이 룰리의 손에서 나왔다고 여길 것이고, 그 모든 것이 환상을 만들어 낸다. 단 한 사람도 빠지지 않는다. 크리스토퍼 렌은 상당히 그럴듯한 산비둘기고, 소머스는 라모아뇽 값을 한다. 앤에게도 드라이든이라는 라신이 있었으며, 포프라는 보알로였고, 고돌핀이라는 콜베르가, 펨브룩이라는 루부아가, 말버러라는 튀렌이 있었다. 하지만 그들은 가발들을 좀 더 부풀리고, 이마들을 가려야 할 것이다. 모든 것이 엄숙하고 화려하고, 윈저는 마를리의 허울뿐인 분위기를 만들어 낸다. 그러나 여성성이 강했고 앤의 텔리에 신부는 사라 제닝스이다. 뿐만 아니라 50년 후에는 철학이 될 빈정거림이 문예 속에서 대충 윤곽을 잡기 시작했고, 가짜 가톨릭 독신자가 몰리에르에 의해 고발 당했듯이, 가짜 프로테스탄트 독신자도 스위프트에 의해 가면을 벗었다. 그 시대에 영국은 비록 프랑스와 경쟁하고 싸우기는 했지만, 한편으로는 프랑스를 모방하며 스스로를 계몽했다. 그리하여 영국의 얼굴에는 프랑스의 빛이 드리워져 있었다. 앤의 치세가 열두 해밖에 지속되지 못한 것은 유감스러운 일이다. 만약 그렇지 않았다면, 우리가 루이 14세의 세기라고 말하듯, 영국인들도 자랑스럽게 앤의 세기라고 서슴지 않고 말했을 것이다. 앤은 루이 14세가 쇠퇴하던 1702년에 옥좌에 올랐다. 창백한 별의 출현이 주홍빛 별이 지는 것과 일치한다는 사실과, 프랑스에 태양왕이 있을 때, 영국에는 달의 여왕이 있었다는 사실은, 역사의 진기함 중에 하나다.

꼭 언급해 두어야 할 세목이 있다. 비록 루이 14세와 전쟁을 했지만, 영국에서는 많은 사람들이 그를 찬미했다.

"프랑스에 꼭 필요한 왕은 루이 14세이다."

영국인들은 자주 말하곤 했다. 자신들의 자유에 대한 영국인들의 사랑은, 타인의 구속을 어느 정도 용인하는 병으로 악화

된다. 이웃을 속박하는 쇠사슬에 대한 이러한 관대함은, 가끔 이웃집 폭군이 되고자 하는 열정으로까지 발전하기도 한다.

한마디로 말하면 비버럴의 프랑스어 번역 머리말 3페이지와, 헌사 6페이지와 9페이지에서, 세 번에 걸쳐 우아하게 주장한 것과 마찬가지로, 앤은 자신의 백성을 '행복하게' 만들었다.

*

앤 여왕은 두 가지 이유로 여공작 조시안에게 원한이 있었다.

첫째는, 여공작 조시안이 예뻤기 때문이다.

두 번째는, 조시안의 약혼자가 잘생겼기 때문이다.

한 여인이 질투를 하기에 이 두 가지 이유면 충분하다. 여왕에게는 이유가 한 가지만 있어도 족하다.

이 사실도 추가로 밝혀 두자. 여왕은 조시안이 자신과 자매라는 것을 원망했다.

앤은 예쁜 여인들을 좋아하지 않았으며, 그것이 미풍양속에 반한다고 여겼다.

그녀의 용모에 대해 말하자면, 그녀는 추녀였다.

물론 그녀가 선택한 것은 아니었지만.

그녀의 종교 중 일부는 그 못생긴 용모에서 비롯되었다.

조시안은 아름답고 자유분방해 여왕의 눈을 찌푸리게 만들었다. 못생긴 여왕에게는 아름다운 여공작이 기분 좋은 자매일 수 없다.

또 다른 불만거리는 조시안의 '부적절한' 출생과 관련되어 있었다.

앤은, 요크 공작이던 제임스 2세가 합법적으로 그러나 유감스럽게 맞아들인 평범한 레이디, 앤 하이드의 딸이었다. 그녀는 자신의 혈관에 열등한 피가 흐르고 있음을 아는지라, 자신이 반쪽 왕족이라는 생각을 떨쳐 버리지 못했는데, 비정상적으로 태어난 조시안이, 여왕의 출생에 대한 오류를 현실적으로 부각시켜 주었다. 신분이 어울리지 않은 혼인으로 태어난 딸이, 곁에 서출(庶出)인 또 다른 딸을 두고 보는 일은 유쾌하지 않았다. 두 딸 사이에 매우 불쾌감을 주는 유사성이 있었기 때문이다. 조시안은 여왕에게 이렇게 말할 수 있는 권리가 있었다.

"언니 어머니도 내 어머니보다 나을 것이 없어."

물론 궁정에서는 아무도 그렇게 말하지는 않았지만 모두들 그러한 생각을 가지고 있었다. 왕권의 존엄성에 성가신 일이었다. 도대체 왜 조시안일까? 그녀는 무슨 생각으로 태어났을까? 조시안이 왕실에 무슨 도움이 된단 말인가? 일부 혈족 관계는 신분을 떨어뜨리기도 한다.

그러나 앤은 조시안을 좋은 낯으로 대하고 있었다.

만약 조시안이 자신의 자매만 아니었다면, 아마 여왕은 그녀를 좋아했을지도 모른다.

6. 바킬페드로

사람들의 행동을 아는 것은 유용하고, 약간의 감시는 현명한 조치이다.

조시안은 부리는 사람 하나를 시켜 데이비드 경의 일상을 조금 뒷조사했는데, 그녀가 신뢰하고 있던 그 사람의 이름은 바킬페드로였다.

데이비드 경 역시 자신이 전적으로 신임하는 남자 하나로 하여금 조시안을 은밀히 지켜보도록 했는데, 그 사람의 이름도 바킬페드로였다.

한편, 앤 여왕 역시, 전적으로 신임하는 수하 하나에게 비밀스럽게, 사생아 여동생인 조시안과 그녀의 남편이 될 데이비드 경의 일상 및 그들 주위에서 일어나는 일을, 은밀히 알아 두도록 했다. 그녀의 밀지를 받은 사람의 이름도 바킬페드로였다.

바킬페드로는 조시안과 데이비드 경 및 여왕으로 구성된 건반에 자신의 두 손을 올려놓고 있었다. 두 여인 사이에 있는 한 남자. 얼마나 훌륭한 변조가 가능하겠는가! 얼마나 대단한 영혼들의 혼합인가!

바킬페드로가 처음부터 세 사람의 귀에다 나지막이 말할 수 있는 기막힌 행운을 누렸던 것은 아니었다.

그는 본래 요크 공작의 옛 하인이었다. 일찍이 그는 성직자가 되고자 했으나, 뜻을 이루지 못했다. 왕당파인 가톨릭교와 공화파인 영국 교회주의가 뒤섞인, 즉 로마적이면서도 영국적인 왕족이었던 요크 공작은, 휘하에 가톨릭교회와 프로테스탄트의 교회를 모두 소유하고 있었다. 따라서 바킬페드로를 두 교파 중 하나에 밀어 넣을 수도 있었지만 바킬페드로는 주임 사제직에 어울릴 만큼 가톨릭적이지도 못했고, 전속 목사가 될 만큼 프로테스탄트적이지도 못했다. 즉, 바킬페드로는 두 종파 사이에서, 영혼을 땅에 내려놓고 있는 상태였다.

파충류 같은 특수 영혼을 가진 이에게는 그리 나쁜 상황은 아니었다.

어떤 길은 배를 깔고 기어서밖에 지나갈 수 없는 법이다.

보잘것없지만 영양가 높은 하인의 처지가 바킬페드로가 오랫동안 지속해 온 생존 형태였다. 하인의 처지도 괜찮았지만, 그는 거기에 덧붙여 권력을 갖기를 원했다. 그러한 야망이 성공하려는 때에 제임스 2세가 실각했다. 모든 것을 처음부터 다시 시작해야 할 상황에 이르렀다. 그러나 성품이 침울할 뿐만 아니라 통치 방법에 있어서도, 단지 근엄한 척할 뿐이면서 그것이 엄정함이라고 믿었던 윌리엄 3세 치하에서는 어찌해 볼 도리가 없었다. 바킬페드로는 지신의 보호자였던 제임스 2세가 폐위된 후에도 즉시 누더기를 걸치는 처지로 전락하지는 않았다. 군주들이 추락한 후에도, 무엇인지 모를 것이 살아남아,

한동안은 그 군주들에게 기생하던 식객들을 지탱시켜 준다. 곧 고갈될 나머지 수액이, 뽑힌 나무의 가지 끝에 달린 잎을 며칠 더 살아남게 해 준다. 그러다가 문득 잎들이 노랗게 되고 말라 버린다. 궁정인 또한 마찬가지이다.

흔히 정통 왕위 계승권자라고 말하는 일종의 방부제 덕분에, 왕은 비록 실추당해 멀찌감치 던져지더라도, 끝끝내 살아남는다. 그러나 왕보다 더 많이 죽은 궁정인의 경우는 그렇지 않다. 저 아래에 던져진 왕은 미라이며, 이곳에 남은 궁정인은 유령이다. 유령의 유령이 되는 것은 파리함의 극치이다. 그렇게 해서 바킬페드로는 굶주리게 되었다. 그래서 그는 문인으로 변신했다.

하지만 사람들은 그를 부엌 구석에서조차 쫓아내곤 했다. 잠잘 곳을 찾지 못하는 경우도 종종 있었다.

"누가 나를 쉬게 해 줄까?"

그가 말했다. 그러면서 그는 삶과 투쟁했다. 절망 속에서 인내심이 발휘되는 장점들이 그에게 있었다. 뿐만 아니라 그에게는 흰개미의 재주, 즉 낮은 곳에서 높은 곳까지 구멍을 뚫는 재능이 있었다. 그는 제임스 2세의 이름과 그의 추억, 자신의 충성심, 동정심 등을 사용해, 여공작 조시안까지 뚫고 올라갔다.

조시안은 사람의 마음을 움직일 수 있는 두 가지, 즉 가난과 기지를 갖춘 그를 기꺼이 받아들였다. 또한 더리모이어 경에게 소개하는 한편, 하인들이 머무는 거처를 마련해 주고, 그를 식솔로 대접하며, 그에게 친절했고, 때때로 그와 말을 섞기도 했다. 바킬페드로는 더 이상 배고프지도 추위에 시달리지도 않게 되었다. 조시안은 그와 말을 놓았다. 그때는 문인들에게 하게체를 사용하는 것이 지체 높은 귀부인들 사이에서 일종의 유행이었다. 문인들은 이를 받아들였다. 마이 공작 부인은 한 번도 본 적이 없는 가극 각본 작가인 로이를 맞이하며 이렇게 말했다.

"네가 '정중한 한 해'를 썼지? 반가워."

이후 문인들도 하게체를 사용했다. 어느 날 파브르 데갈랑틴이 로앙 공작 부인에게 말했다.

"너는 샤보 가문의 일원인가?"

바킬페드로에게 하게체는 곧 성공이었다. 그는 기뻐했다. 그가 꿈꾸던 친근함이었다.

"레이디 조시안이 나에게 하게체를 사용하다니!"

그는 몇 번이고 혼자 중얼거리며, 만족스러운 듯 두 손을 비볐다.

그는 그렇게 하게체를 사용하는 관계를 이용해 자신의 영역을 넓혀 나갔다. 그는 조시안의 거처를 거리낌 없이 드나들 수 있는 측근이 되었고, 그녀에게 조금도 거북하지 않으며 은밀히 그녀를 방문할 수 있는, 일종의 단골손님이 되었다. 그녀는 그가 있는 자리에서 슈미즈를 갈아입을 정도였다. 하지만 그 모든 것이 불안정했다. 바킬페드로는 불변의 지위를 목표로 삼고 있었다. 그에게 여공작은 절반의 성공에 불과했다. 여왕에게까지 이르지 못한 지하의 갱도는 실패작에게나 어울리는 것이었다.

어느 날 바킬페드로가 조시안에게 말했다.

"여공님께서는 저의 행복을 원하십니까?"

"무엇을 원하는가?"

조시안이 물었다.

"일자리를 원합니다."

"일자리라고!"

"예, 마담."

"무슨 생각으로 일자리를 달라고 하는가? 자네는 쓸모 있는 자가 아닌데."

"바로 그렇기 때문입니다."

조시안이 웃기 시작했다.

"자네는 공직에 맞지 않는데, 어떤 것을 원하는가?"

"대양에서 수집한 병들의 마개를 여는 일입니다."

조시안의 웃음소리가 더욱 커졌다.

"그것이 도대체 무엇인가? 자네가 지금 농담을 하는군."

"그렇지 않습니다, 마담."

"자네의 말에 진지하게 대꾸하는 즐거움을 누려 보지. 자네가 되고 싶은 것이 뭐라고? 다시 한 번 설명해 보게."

"대양에서 수집한 병의 마개를 뽑는 직책입니다."

"궁정에서는 모든 것이 가능하지. 그러한 직책이 거기에 있다는 말인가?"

"예, 마담."

"그 새로운 것들을 내게 알려 주게. 계속해 보게."

"실제로 있는 직책입니다."

"자네에겐 없는 것이지만, 그 영혼이라도 걸고 나에게 맹세하게."

"맹세합니다."

"자네를 믿지 못하겠군."

"감사합니다, 마담."

"그래, 무얼 원한다고? 다시 말해 보게나."

"바다에서 가져온 병들의 마개를 여는 것입니다."

"별로 힘든 직책이 아니겠군. 말하자면 청동 마상(馬像)의 털을 빗기는 일*이겠군."

"말하자면 그렇습니다."

"결국 아무 일도 하지 않는 것이군. 정말 자네에게 꼭 걸 맞는 자리야. 자네는 그런 일에 쓸모가 있어."

"보시다시피 저도 어떤 일엔가 쓸모가 있습니다."

---

* 여우 이야기라는 희극에서 광대가 맡은 임무이다.

“아, 참! 자네가 익살을 떠는군. 그런 자리가 실제로 존재하는가?”

바킬페드로가 황송해하면서도 점잖게 자세를 바꾸었다.

“마담, 마담의 부친은 존귀하신 제임스 2세이시고, 형부는 컴벌랜드 공작이자 덴마크의 조지 공이십니다. 당신의 부친께서는 영국의 해군 사령관이셨고, 형부께서는 현재 그 자리에 계십니다.”

“그게 뭐 새삼스러운 것이란 말인가? 자네 못지않게 나도 잘 알고 있네.”

“그러나 마담께서 모르시는 것이 있습니다. 바다에는 세 가지 종류의 것이 있습니다. 바다 깊은 곳에 있는 물건과, 물 위로 떠다니는 것, 그리고 물결이 육지로 떠밀어 오는 것이 있는데, 그 세 가지는 각각 래건, 플럿슨, 그리고 젯슨이라 칭합니다.”

“그래서?”

“그 세 물건은 모두 영국의 해군 사령관에게 귀속됩니다.”

“그래서?”

“마담께서는 이제 아시겠습니까?”

“아니, 전혀.”

“바다 밑으로 삼켜지는 것과 떠다니는 것, 그리고 해안에 도착하는 것 등 바다에 있는 모든 것은 영국 해군 사령관의 소유입니다.”

"모두. 그렇다 치지. 그런데?"

"철갑상어만 예외인데, 그것은 영국 국왕의 것입니다."

"나는 그 모든 것이 넵투누스의 소유라 생각하는데."

"넵투누스는 어리석어요. 그는 모든 것을 포기했죠. 그는 영국인들이 모든 것을 소유하도록 내버려 두었습니다."

"결론은?"

"해양 취득물, 그것이 뜻밖에 발견된 물건에 우리가 부여한 명칭입니다."

"그렇다 치고."

"그러한 물건들이 무궁무진합니다. 바다에는 항상 물위로 떠다니거나 해안으로 다가오는 것들이 있습니다. 그것들은 바다의 기여라 할 수 있지요. 바다가 영국에 내는 세금입니다."

"물론이지, 어서 결론을 말해 보게."

"그런 식으로 바다가 관청을 하나 설치한다는 사실을 부인께서도 이해하실 겁니다."

"어디에다?"

"해군성입니다."

"어떤 관청?"

"해양 취득물 사무국입니다."

"그래?"

"사무국은 다시 세 부서로 나뉘어져, 각 부서 이름이 래건과

풀럿슨, 그리고 젯슨입니다. 그리고 각 부서에 관리가 한 사람씩 있습니다."

"그래서?"

"바다 한가운데 항해중인 선박은 어떤 소식이든 육지로 보내고자 합니다. 어느 위도에 있는지, 어떤 바다 괴물을 만났다든지, 어떤 해안이 보인다든지, 조난을 당했는지, 침몰하는 중이라든지, 길을 잃었다든지 하는 것이 그것입니다. 그럴 때, 선장은 내용을 종이 조각에 적어 병 속에 넣은 다음, 병마개로 봉인한 후, 바다에 던집니다. 만약 그 병이 바다 밑으로 가라앉으면, 그것은 래건의 소관 업무가 됩니다. 또한 그 병이 물 위로 떠다니면, 그것은 풀럿슨 관리가 알아서 처리합니다. 그리고 그 병이 파도에 실려 육지에 밀려온다면 그것은 젯슨 관리의 소관입니다."

"그래서 자네가 젯슨의 관리가 되고 싶다는 말인가?"

"정확히 그 말씀입니다."

"자네가 바다에서 온 병의 마개 여는 사람이라고 부른 바로 그것인가?"

"그러한 자리가 존재하니까 드리는 말씀입니다."

"나머지 둘이 아닌 그 자리를 원하는 이유는 무엇인가?"

"그 자리가 현재 비어있기 때문입니다."

"그 일이 구체적으로 무엇으로 이루어지지?"

"마담. 1598년, 에피디움 프로몬토리움의 해변 백사장에서, 어느 붕장어잡이 어부가 역청으로 주둥이를 봉인한 병 하나를 주워 엘리자베스 여왕 폐하께 올렸습니다. 그 병 속에서 꺼낸 양피지 한 장 덕분에 잉글랜드는 몇 가지 사실을 알게 되었습니다. 네덜란드가 아무 말 없이 노바 젬블라를 점령했고, 그것이 1596년 6월에 이루어졌으며, 그 나라에서는 모든 사람들이 곰에게 잡아먹혔고, 그곳에서 겨울을 나는 방법은, 죽은 네덜란드인들이 머물다 방치된 그 섬의 나무집 벽난로 위에 걸려 있던 화승총 보관함 속에서 발견된 종이에 설명되어 있고, 그 벽난로는 부서진 통 하나를 지붕에 끼워 만들어졌다는 등의 사실을 알게 해 주었습니다."

"나는 자네가 하는 말을 도통 알아듣지 못하겠네."

"그러실 수도 있지만 엘리자베스 여왕 폐하께서는 이해하셨습니다. 네덜란드에게 도움이 되는 나라가 하나 늘어나면 영국이 차지할 나라 하나가 줄게 됩니다. 그러한 소식을 전해 온 병은 중요한 물건으로 여겨졌습니다. 그날부터 누구든 바닷가에서 봉인된 병을 발견할 경우, 그것을 즉각 영국의 해군 사령관에게 바치지 않으면 교수형에 처한다는 명령이 포고되었습니다. 사령관은 그 병의 마개 여는 일을 한 관리에게 맡겼고, 그는 필요한 경우 병 속에서 발견된 내용을 폐하께 알려 드리게 되어 있습니다."

"그런 병이 해군성에 자주 들어오나?"

"아주 드문 편입니다. 하지만 저에겐 마찬가지입니다. 그 자리는 엄연히 존재합니다. 해군성은 그 직책을 위해 사무실과 숙소를 확보해 두고 있습니다."

"그렇게 아무 일도 하지 않는 대가로 얼마나 받게 되나?"

"일 년에 100기니입니다."

"기껏 그것을 얻으려 나를 성가시게 하는가?"

"먹고살기 위해서이지요."

"비렁뱅이처럼."

"저와 같은 부류에게는 잘 어울립니다."

"100기니는 연기처럼 날아가 버리는 액수야."

"부인께서 1분에 써 버리는 금액으로, 저와 같은 부류는 1년을 먹고살 수 있습니다."

"자네가 그 직책을 차지하게 해 주겠네."

8일 뒤, 조시안의 열의와 데이비드 더리모이어 경의 신용장 덕분에, 바킬페드로는 임시적인 신분에서 벗어나 이제는 잠잘 곳과 비용이 제공되고 연봉 100기니가 지원되는, 해군성에 편안히 자리 잡게 되었다.

7. 바킬페드로, 굴착 작업을 시작하다

우선 가장 시급한 일 하나가 있으니, 그것은 은혜를 배신으로 갚는 것이다.

바킬페드로는 틀림없이 그 일을 잊지 않았다.

조시안에게서 그토록 많은 호위를 얻은 터라, 자연스럽게 그에게는 오직 한 가지 생각밖에 없었다. 그 은혜에 대한 복수를 하는 일이었다.

또한 조시안은 아름답고 훤칠하고, 젊고 부유하고 능력 있고 유명한 반면에, 바킬페드로는 못생기고 왜소하고 늙고 가난하고 보호받는 입장이었으며, 태생이 미천했다는 것을 말해 두자. 그 모든 것에 그는 분풀이를 할 수밖에 없었다.

오직 어둠만으로 빚어진 사람이 그토록 밝은 빛을 너그러이 보아줄 수 있겠는가?

바킬페드로는 아일랜드를 버린 아일랜드인이었다. 다시 말해 못된 부류였다.

바킬페드로가 자신에게 유리할 만한 것을 한 가지 가지고 있었으니, 그것은 매우 불룩하게 튀어나온 배였다.

불룩한 배는 선량함의 상징으로 통한다. 하지만 그의 배는, 바킬페드로의 위선을 증대시켜 줄 뿐이었다. 그가 몹시 악한 사람이었기 때문이다.

바킬페드로는 몇 살이었을까?

그에게는 정해진 나이가 없었다. 순간순간 그가 품고 있던 계획 달성에 필요한 나이만이 존재했다. 그는 자신의 주름살과 흰 머리카락만큼 늙어 보였고, 민첩한 기지만큼 젊어 보이기도 했다. 그는 재빠르면서도 둔했다. 원숭이 같은 하마 종류와 다름없었다. 틀림없이 왕당파였으나 공화파였는지 누가 알랴! 분명히 가톨릭 교도였으나 프로테스탄트였을 수도 있다. 스튜어트 왕가 편에서 일했지만, 브런즈윅 왕가 편이었을 수도 있다.

위한다는 것은 동시에 반대한다는 조건이 있을 때에만 힘으로 작용한다. 바킬페드로는 그러한 지혜를 행동으로 옮기고 있었다.

'대양에서 온 병들의 마개를 여는' 자리는, 바킬페드로가 은근히 강조하려 했던 것처럼, 그토록 우스운 것은 아니었다. 오늘날에는 수사학적 허식이라 칭할 만한, 가르시아 페르난데스의 탄원서, 즉 난파선 약탈 행위 및 해안 주민들의 표류물 강탈 행위에 반하여 제기한 이것이, 당시 영국에서 커다란 주목을 얻었고, 그 덕분에 난파당한 사람들의 재산 및 기타 소유물은 다른 사람들에게 약탈되는 대신 해군 사령관에게 압류되는 진보를 가져왔다.

여러 가지 상품, 선박의 뼈대, 자그마한 보따리, 상자 등 영국 해안으로 밀려온 모든 표류물은 해군 사령관의 것이 되었다. 그러나 바킬페드로가 그토록 간청한 임무의 중요성이 말해주듯 온갖 전언과 보고문을 담은 채 떠다니는 병이 특히 해군성의 주목을 끌게 했다. 난파선은 당시 영국의 가장 심각한 근심거리 중 하나였다. 항해는 영국의 삶이었고, 난파는 근심이었다. 영국은 바다 때문에 끊임없는 걱정에 사로잡혀 있었다. 침몰하는 선박이 물결에 맡기는 유리병 속에는, 절대적으로 중요한 정보가 들어 있었다. 선박, 승무원, 해역, 난파된 시기와 양상에 관한 정보, 선박을 파괴한 바람, 떠다니던 유리병을 영국 해안까지 실어 온 조류 등에 관한 정보였다. 바킬페드로가 맡았던 직책은 한 세기 전에 사라졌지만 그 직책은 대단히 유용한 것이었다. 마지막 담당관은 링컨셔의 도딩턴 출신인 윌리엄 허시라는 사람이었다. 그 직책을 맡는 사람은 바다에서 일어나는 모든 일을 윗선에 알리는 일종의 보고자였다. 봉인된 모든 항아리, 단지, 큰 병, 작은 유리병 등 조류에 밀려 잉글랜드 해안에 표착한 모든 것이 그에게 넘겨졌다. 그만이 오직 그것들을 열 수 있는 권한을 가지고 있었다. 그 속에 있는 내용물의 비밀을 최초로 접하게 되어 있었다. 그는 비밀을 분류하고 꼬리표를 붙여 기록 보관소에 정리했다. 아직도 영국 해협의 여러 섬에서 사용되는, 문서를 서류 보관함에 재운다는 표현은, 거기에서 유래한 것이다. 실제로 그 일에 매우 신중을 기하였다. 비밀을 지키겠다고 선서한 해군성 소속 심사원들이 입회하지 않고는, 그 물건들의 봉인을 깨뜨리거나 마개를 열 수 없었다. 또한 그들은 젯슨 담당관과 함께 봉인 해체 보고서에 서명했다. 하지만 이 심사원들이 비밀을 지키기로 되어 있었기에 바킬페드로는 상당한 재량권을 행사했다. 따라서 어느 정도까지는 어떤 사실을 묻어 버리거나 혹은 세상에 내놓는 것이 가능했다. 바킬페드로가 조시안에게 말한 것처럼, 그 깨지기 쉬운 표류물들은, 희귀하고 하찮은 것들은 아니었다. 어떤 경우에는 표류물들이 상당히 빨리 해안에 도달하고, 어떤 경우에는 여러 해 후에 육지에 닿았다. 그것은 전적으로 바람과 조류에 달린 일이었다. 물결에 맡겨지도록 유리병을 던지던 풍습은, 기도하며 바치던 봉납물(奉納物)처럼, 이미 퇴색된 구습이 되었다. 그러나 신앙이 우세하던 시절에는, 죽음을 앞둔 사람들이, 그러한 방법으로 자신의 마지막 생각을 신이나 다른 이들에게 기꺼이 전하고자 했다. 그리하여 때로는, 바다에서 보낸 서신들이 해군성에 넘쳐나는 때도 있었다. 당시 제임스 1세 치하에서 영국 재무관을 지낸 서픽 백작이 주석을 달았던, 양피지 기록에 따르면 1615년 한 해 동안에, 침몰하는 선박에 관한 언급이 담긴 대형 병과 호리병 52개가 해군성에 들어와, 분류되어 문서 보관소에 등록되었다고 한다.

왕궁에서의 관직이란 기름방울과 같아서 무한정 확장된다. 그리하여 문지기가 고관이 되기도 하고, 일개 마부가 총사령관으로 승진하기도 한다. 바킬페드로가 간청해 얻은 그 직무를 맡는 특별 담당관은, 보통 신뢰할 수 있는 사람이었다. 그것은 엘리자베스의 의도였다. 궁정에서는, 신뢰가 바로 음모와 연계되며, 음모는 성장을 의미한다. 따라서 그 관리 역시 결국에는 상당한 인물이 되곤 했다. 그의 직책은 서기에 불과해, 궁정 사제장 예하의 두 마부 바로 다음 직급에 해당했다. 하지만 그는 궁궐을 자유롭게 출입할 수 있었다. 물론 흔히들 말하듯 '몸을 낮춘 출입', 즉 humilis introitus이긴 하지만, 국왕의 침실에까지 들어갈 수 있었다. 경우에 따라서는, 발견된 사실을 국왕에게 직접 고해야 했기 때문인데, 절망적인 유언장이라든가 고국에 고하는 마지막 인사, 바다에서 일어난 범죄 행위나 기타 범죄, 왕위의 유증(遺贈) 등 매우 호기심을 끄는 물건들이 있었다. 또한 궁궐과 긴밀히 연락하며 문서를 보관하고, 그 음산한 유리병들의 개봉에 관해 국왕에게 수시로 보고해야 하기 때문에, 궁궐 출입이 자유로웠다. 그 사무실은 바다에서 들어오는 사신(私信) 검열소였다.

평소 라틴어로 말하기를 즐기는 엘리자베스는, 당시 젯슨 담당관이었던 버크셔주 출신 턴필드 드 콜리가, 바다에서 나온 쪽지들을 가져올 때마다, 이렇게 말하곤 했다. "Quid mihi scribit Neptunus(넵투누스가 나에게 무엇이라 썼는가)?"

위로 향하는 통로는 완성되었다. 흰개미가 성공한 것이다. 바킬페드로가 여왕에게 다가갈 수 있게 되었다. 그것이 그가 원하던 모든 것이었다.

돈을 벌기 위해서였을까?

아니다.

다른 사람들의 돈을 없애기 위해서였다.

더 큰 행복.

해를 끼치는 것이 즐거운 것이다.

막연하지만 집요한, 해를 끼치려는 욕망을 내면 속에 지니고, 그것으로부터 한 번도 시선을 떼지 않는 것, 그것은 모든 이에게 주어지지는 않는다. 바킬페드로는 그런 확고부동함을 가슴 속에 품고 있었다.

한번 물면 놓지 않는 불도그의 집착과 유사한, 그의 생각에는 그것이 있었다.

스스로 냉혹하다는 생각, 그것이 그에게 어두운 만족감의 깊이를 제공했다. 이빨 아래에 희생물이 들어와 있거나, 악을 행하는 것에 대한 확신이 영혼 속에 자리 잡기만 하면, 그에게는 아무것도 부족한 것이 없었다.

다른 이들이 추위 속에서 고통스러워 할 것이라는 희망 속에서, 그는 만족스러워하며 덜덜 떨었다. 심술궂다는 것은 일종의 부유함과 같다. 우리가 가난하다고 믿는 실제로 가난한 사람도, 스스로의 행복을 악의에서 찾으며, 그것을 선호한다. 세상 모든 일이 각자 느끼는 행복에 있다. 못된 장난을 하는 것은 좋은 일을 하는 것과 같기에 그것은 돈보다 더한 만족감을 준다. 그것으로 피해 입는 자들에게는 나쁘지만, 그 짓을 행하는 이들에게는 좋은 것이다. 교황파들이 화약 음모 사건을 저질렀을 때 가이 포크스에게 협조했던 케이츠비는 이렇게 말했다. "의회가 사지를 뻗으며 하늘로 날아가는 것을 보라. 나는 그 장면을 백만 파운드와도 바꾸지 않겠다."

바킬페드로는 어떤 사람이었는가? 그는 가장 보잘것없으나 가장 무서운 자였다. 바로 질투하는 자였던 것이다.

질투는 왕궁에서 언제나 할 일이 있다.

궁정은, 질투하는 자와의 대화가 필요한, 건방지고 무례한 자들, 할 일 없는 자들, 쑥덕공론에 굶주린 부오한 게으름뱅이, 건초 다발 속에서 바늘 찾는 자들, 재난을 만드는 자들, 조롱당한 조롱꾼들, 멍청이들로 넘쳐난다.

사람들이 또 다른 이에게 이야기하는 악이란 얼마나 기분 좋은 일이란 말인가!

질투는 남의 일을 정탐하는 사람을 만들어 내는 아주 좋은 재료이다.

질투라는 자연스러운 열정과, 염탐질이라는 사회적 기능 사이에는, 매우 깊은 유사성이 있다. 정탐꾼은 마치 사냥개와 같이 다른 이를 위해 사냥을 하고, 질투꾼은 고양이처럼 스스로를 위해 사냥을 한다.

하나의 강렬한 자아, 그것이 질투꾼의 진면목이다.

다른 특징이 있다면, 바킬페드로는 신중했고, 비밀스러웠고, 구체적이었다. 그는 모든 것을 내면에 간직하며, 증오로 자신 속에 깊숙한 구멍을 만들어 냈다. 거대한 야비함은 거대한 허영심과 연관되어 있다. 그는 농간을 부려 관심을 끈 사람들에게 사랑을 받았고, 다른 사람들에게는 미움을 받았다. 하지만 그는 자신을 증오하는 사람들에게는 멸시를 받았고, 자신을 좋아하는 사람들에게는 무시당했다고 느꼈다. 그는 스스로를 억제했다. 그의 모든 심정적 상처는 적의를 품은 그의 체념 속에서 소리 없이 끓어 넘쳤다. 그는 마치 악당에게도 그럴 권리가 있기라도 한 듯, 분개했다. 그는 뜨거운 노기에 소리 없이 시달리고 있었다. 모든 것을 삼켜 버리는 것, 그것이 그의 재능이었다. 그에게는 소리 없는 마음 속 노여움, 지하에 엎드린 분노의 광증, 그리고 사람들의 눈길에 닿지 않는 곳 깊숙이 품은 검은 화염이 있었다. 그는 모욕을 꿀꺽 삼켜 버리는 재주를 지닌 자였다. 그의 얼굴에는 미소가 감돌았다. 그는 겉으로는 싹싹하고, 사람을 잘 받들고, 유순하고, 상냥하고, 관대했다. 그는 누가 되었건 언제 어디에서건 먼저 인사를 했다. 바람 한 가닥만 스쳐도 이마가 땅에 닿도록 머리를 조아렸다. 갈대와 같은 척추를 지녔다는 것은 얼마나 탁월한 행운의 근원인가!

이처럼 감춰진 독을 품은 존재가, 흔히들 생각하는 것만큼 드물지는 않다. 우리는 음흉한 산사태에 둘러싸여 산다. 왜 해로운 자들이 존재하느냐고? 가슴을 찌르는 질문이다. 몽상가는 끊임없이 자신에게 이와 같은 질문을 던지고, 사상가는 영영 그 해답을 풀지 못한다. 그러한 이유로, 철학자들의 슬픈 눈이 운명이라는 암흑의 산을 향해 항상 고정되어 있는데, 그 산꼭대기에서는, 거대한 악의 망령이 사악한 뱀을 한 줌씩 집어 땅 위로 떨어뜨린다.

바킬페드로는 뚱뚱한 몸과 야윈 얼굴을 가지고 있었다. 살이 찐 상반신에다 뼈마디가 튀어나온 얼굴. 그는 골이 지고 짤막한 손톱, 뼈마디가 불거진 손톱, 납작한 엄지와 굵은 머리카락을 가졌는데, 양쪽 관자놀이의 간격이 넓었으며, 크고 낮은 이마는 살인자와 같이 위협적이었다. 헝클어진 눈썹이 찢어진 작은 눈을 가리고 있었으며 길고, 뾰족하고, 울퉁불퉁하고, 물컹거리는 코는, 거의 입에까지 붙을 지경으로 늘어져 있었다. 바킬페드로에게 황제의 옷을 그럴듯하게 입혀 놓으면 도미티아누스를 조금 닮았을지도 모른다. 오래된 버터처럼 노란 그의 얼굴은 끈적끈적한 밀가루 반죽으로 빚은 것 같았다. 미동도 하지 않는 그의 두 볼은 시멘트를 붙여 놓을 것 같았다. 그는 보기 흉한 온갖 종류의 끔찍한 주름과 커다랗고 각이 진 턱뼈, 무거워 보이는 턱, 개처럼 작은 귀를 가지고 있었다. 멈추어 있는 옆모습을 보면, 날카로운 각으로 드러나는 그의 윗입술이 이빨 두 대를 드러내고 있었다. 마치 이빨이 쳐다보고 있는 것 같았다. 눈이 깨물듯, 이빨도 쳐다본다.

인내와 절제, 금욕, 겸손, 신중, 친절, 공손함, 부드러움, 예절, 검소함, 의리 등이 더해져 바킬페드로를 보완하고 완성시켰다. 그는 그러한 미덕을 가지고 있으면서 그것들을 비방했다. 아주 빠른 시간 안에 바킬페드로는 궁정에 확실히 뿌리를 내렸다.

8. 사자(死者)

궁정에서 기반을 굳힐 수 있는 두 가지 방법이 있다. 구름 속에서는 위엄을 지니게 되고, 진흙 속에서는 힘을 얻는다.

첫 번째 경우 올림포스 소속이 된다. 두 번째 경우에는 의상실 소속이 된다.

올림포스에 올라간 사람은 삼지창을 갖게될 뿐이지만 의상실에 있는 사람은 경찰을 수중에 넣고 있다.

의상실에는 왕국의 모든 것이 구비되어 있기 때문에, 그곳에 속한 자가 반역을 하는 경우 형벌이 가해진다. 엘라가발루스도 그곳에 와서 죽었다. 그래서 의상실은 간이 변소라고도 불린다.

평상시에는 의상실이 그렇게 비극적이지는 않다. 알베로니가 방돔 공작을 찬양*한 것도 거기에서이다. 의상실이 자연스럽게 왕실 측근들의 알현실 기능도 수행한다. 그곳은 왕좌의 기능도 가지고 있다. 루이 14세는 그곳에서 부르고뉴 공작 부인을 맞이했고, 필리프 5세 역시 그곳에서 왕비와 팔꿈치를 맞대곤 했다. 사제도 그곳에 숨어든다. 따라서 의상실은 가끔씩 고해소 지점(支店)이 되기도 한다.

왕궁의 밑바닥에 행운이 있는 것은 그 때문이다. 그 행운이 어마어마하다.

루이 11세 치세에 위대한 인물이 되고자 하는 사람은 프랑스 대원수 피에르 드 로앙이 되었겠지만, 영향력 있는 사람이 되고자 하는 이들은, 이발사 올리비에 르 당이 되었을 것이다. 만약 마리 드 메디시스의 통치 시절에, 영광스러운 인물이 되고 싶다면 대법관 시예리가 되었겠으나, 매우 중요한 인물이 되기를 원하는 사람은 침실 시녀 라 아농이 되었을 것이다. 루이 15세 치세에서 유명한 인물이 되고 싶다면 재상 슈아죌의 길을 택했겠지만, 모든 사람들이 몹시 두려워하는 인물이 되기를 원한다면 시종 르벨이 되려 했을 것이다. 루이 14세 시절에도, 왕의 군대를 유럽 최정예 군대로 개편한 루부아나, 숱한 승리를 왕에게 안겨 준 튀렌보다 왕의 잠자리를 정리해 주던 봉텅이 더욱 막

---

* 알베로니가 방돔 공작의 후광으로 추기경의 자리에 앉게 된 것을 뜻한다.

강한 세도를 누렸다. 조제프 사제가 없는 리슐리외는 거의 껍데기에 불과하다. 그를 감싸고 있던 신비감도 줄어들 것이다. 추기경이 당당하다면, 막후 추기경은 무시무시했다. 벌레 한 마리가 되는 것, 그 얼마나 무서운 힘인가! 모든 나르바에스들과 모든 오도넬*들이 뭉쳐도 일개 수녀인 파트로시니오 한 사람을 당해 내지 못했다.

정말이지, 이와 같은 막강한 힘의 조건은 비루함이다. 누구든 강력함을 원한다면 보잘것없는 존재로 남아 있어야 한다. 아예 없는 사람처럼 처신해야 한다. 둥글게 똬리를 틀고 앉아 휴식을 취하고 있는 뱀이 무한과 제로의 형태를 동시에 표상한다.

그러한 독사 모양의 행운 중 하나가 바킬페드로의 수중으로 들어온 것이다.

그는 원하던 곳으로 슬그머니 들어갔다.

납작한 동물들은 어디든 들어갈 수 있다. 루이 14세의 경우, 침대에는 빈대를, 정치에는 예수회 사제들을 가지고 있었다.

부조화는 전혀 아니다.

이 세계에서는 모든 것이 추이다. 인력에 따라 기우는 것은 곧 추의 흔들거림이다. 하나의 극(極)은 또 다른 극을 원한다.

프랑소아 1세는 트리불레를 필요로 하고, 루이 15세는 르벨

---

* 에스파냐의 이사벨 2세 때의 장군이자 정치가이다.

을 원한다. 지극히 높은 것과 지극히 낮은 것 사이에는 깊은 친화력이 존재한다.

매사를 지휘해 나가는 주체는 지극히 낮은 것이다. 그 무엇보다도 이해하기 쉬운 현상이다. 아래에 있는 것이 모든 주도권을 잡고 있다.

그보다 더 편리한 자리가 없다.

자신이 눈이고 귀를 가지고 있다.

자신이 곧 통치 기구의 눈이다.

왕의 귀까지 가지고 있다.

왕의 귀를 가지고 있다는 것은, 왕의 의식 속으로 들어가는 문의 빗장을, 멋대로 당겼다 밀었다 할 수 있음을 말한다. 또한 그 의식 속에 무엇이든 원하는 것을 마구 채워 넣을 수 있음을 뜻한다. 왕의 뇌리는 옷장일 뿐이다. 만약 왕의 귀를 가지고 있는 자가 넝마주이일 경우, 왕의 의식은 채롱인 것이다. 왕들의 귀는 사실상 왕들의 귀가 아니다. 따라서 왕이라는 가엾은 악마들에게는 거의 아무 책임도 없다. 자신의 사고를 소유하지 않는 사람에게는 그의 것이라고 할 만한 행위도 없다. 왕은 복종하는 물건일 뿐이다.

무엇에?

밖에서 그의 귀에다 대고 파리처럼 붕붕거리는, 하찮고 못된 영혼에게 복종한다. 파멸의 시커먼 파리이다.

그 파리의 붕붕거리는 소리가 명령을 내린다. 통치란 그것을 받아쓰는 행위에 불과하다. 높은 목소리, 그것은 군주이다. 그러나 나지막한 음성은 지상권이다.

하나의 통치 속에서 그와 같은 낮은 목소리를 분별해 내고, 또 그것이 높은 목소리에게 슬쩍 속삭이는 소리를 들을 수 있는 사람들, 그들이 참된 역사가들이다.

9. 증오하는 것은 사랑하는 것만큼 강하다

앤 여왕은 그녀 주변에 이런 나지막한 음성 여럿을 주위에 두고 있었다. 바킬페드로 역시 그중 하나였다.

여왕 이외에 그는 조시안과 데이비드 경에게도, 은밀히 공을 들이고, 영향을 끼치며, 자주 접촉했다. 이미 말한 바와 같이, 그는 세 귀에다 대고 낮은 소리로 말했던 것이다. 당조보다 하나의 귀가 더 많았다. 당조는 두 귀에다가만 낮게 속삭였다. 처제 앙리에트에게 마음이 동한 루이 14세와 시숙 루이 14세에게 반한 앙리에트 사이에서, 머리를 이쪽저쪽으로 돌리며 속삭였다. 앙리에트 모르게 루이의 시종이 되고, 루이 모르게 앙리에트의 일을 도맡아 했던 시절이었다. 두 꼭두각시의 사랑 한가운데에 자리 잡고 앉아서, 그가 질문과 대답을 만들어 냈다.

바킬페드로는 그 근본을 살펴보면 충성스러운 것과는 거리가 멀고, 추하고 고약하기 짝이 없었으나 겉으로 보면 너무나 고분고분하고 모든 것을 받아들이며 누군가를 상대한다는 것이 불가능해 보였으므로, 왕실의 어떤 사람도 그가 없이는 지낼 수 없게 된 것이 지극히 당연한 일이었다. 앤은 바킬페드로 외에 다른 아첨꾼을 원하지 않았다. 그는 루이 14세에게 사용했던 방식처럼 다른 사람들을 마구 헐뜯으면서 앤에게 아첨했다. 몽슈브뢰이 부인은 말했다.

"국왕께서 아무 것도 모르시기 때문에, 모두들 학자들을 우롱할 수밖에 없다."

가끔씩 헐뜯은 자리에 독을 바르는 작업이 예술의 경지이다. 네로는 로쿠스타가 일하는 것을 구경하기 좋아한다.

왕궁에 침투해 들어가기는 매우 쉽다. 궁정이라고 하는 일종의 산호석은 흔히 궁정인이라고 부르는 설치류에 의해 즉시 발견되고, 쉴 새 없이 사용하며, 필요에 따라 깊이 파헤쳐지고 경우에 따라 텅 빈 구멍을 내기도 한다.

그곳에 침투하기 위해서는 명분 하나면 충분하다. 바킬페드로는 새로 얻은 임무 덕분에 명분을 갖게 되었고, 얼마 지나지 않아, 조시안 곁에서 그러했듯이 여왕에게 불가결한 하인이 되는 데 시간이 조금밖에 걸리지 않았다. 어느 날 그는 위험을 무릅쓰고 감히 내뱉은 말 한마디로 즉시 여왕의 진면목을 파악했고, 어떻게 해야 여왕 폐하의 호의를 살 수 있는지를 즉시 알게 되었다. 여왕은 매우 아둔한 스튜어트 경, 데번셔 공작인 윌리엄 캐번디시를, 매우 좋아했다. 옥스퍼드의 모든 학위를 다 가지고 있으면서도 글을 알지 못했던 그 나리가, 어느 날 아침 문득, 세상을 떠났다. 궁정에서는 죽은 사람에 대해 아무도 말을 삼가는 이가 없기 때문에 죽는다는 것은 매우 경솔한 짓이다. 여왕은 바킬페드로가 앞에 있건만, 한동안 탄식하더니, 한숨을 지면서 소리쳤다.

"그토록 빈약한 지능이 그토록 많은 미덕들을 짊어지고 다녔다니, 참 안된 일이로다!"

그러자 바킬페드로가 나지막하게 프랑스어로 중얼거렸다.

"Dieu veuille avoir son âne(하나님께서 그의 당나귀를 거두어 주시기를)!"

여왕이 미소를 지었다. 그리고 바킬페드로는 그 미소를 마음속에 담아 두었다.

그리고 결론을 내렸다.

'헐뜯어야 즐거워한다.'

그의 악의에 허가가 난 것이나 다름없었다.

그날 이후 그는 자신의 호기심과 악의에 찬 언행을 사방에 찔러 넣고 다녔다. 모두들 그를 두려워했으므로 그가 하는 대로 내버려 두었다. 왕을 웃게 하려는 자는 나머지 사람들을 떨덜 떨게 만든다.

우스꽝스러운 세도가로 변신한 것이다.

그는 매일 지하에서, 한 걸음씩 앞으로 나갔다. 사람들은 바킬페드로를 필요로 했다. 몇몇 귀족은 그에게 수치스러운 심부름을 맡길 정도로 신뢰했다.

궁정이란 하나의 동력 전달 장치이다. 바킬페드로는 그 속에서 모터가 되었다. 어떤 기계 장치 속에는 동력이 되는 바퀴가 매우 작다는 것을 아는가?

앞에서 잠시 언급했듯이, 바킬페드로의 염탐꾼 재능을 이용하고 있던 조시안은, 그를 특히 신뢰하여 주저하지 않고 자신의 집 비밀 열쇠를 주어 언제든지 그녀의 거처에 드나들 수 있도록 하였다. 자신의 은밀한 사생활을 남에게 지나칠 만큼 드러내는 것이, 17세기의 유행이었다. 그것을 일컬어 '열쇠를 준다'라고 한다. 조시안은 신뢰의 열쇠 두 개를 주었다. 한 개는 데이비드 경에게, 다른 한 개는 바킬페드로에게였다.

게다가 단숨에 침실까지 숨어들어가는 것이 옛 풍습에서는 전혀 놀랄 만한 일이 아니었다. 그리하여 자주 말썽이 생겼다. 라 페르테가 라퐁 아씨의 침대 커튼을 예고없이 열어젖히자, 그 속에 흑인 근위병 생송이 있었다는 이야기가 그 예이다.

바킬페드로는 음흉하게 캐낸 많은 비밀들을 이용해 지체 높은 이들을 낮은 사람들 아래 두고 복속시키는 일에 탁월한 재능이 있었다. 어둠 속에서 그의 걸음걸이는 음흉하고 부드러웠으며 능수능란했다. 노련한 염탐꾼이 그러하듯, 그는 사형수와 같은 무자비함과 현미경으로 미생물을 관찰하는 사람과 같은 인내심을 함께 구비했다. 그는 궁정인의 자질을 타고났다. 모든 궁정인들은 야행성 인간이다. 궁정인은, 흔히들 절대 권력이라고 부르는, 밤에 배회한다. 그는 소리 없는 전등 하나를 손에 들고 있다. 그것으로 자신이 원하는 부분만을 비추면서도 자신의 모습은 암흑 속에 숨기고 있다. 그가 그 등불을 이용해 찾는 것은 사람이 아니라 한 마리 짐승이다. 그리고 그가 발견하는 것은 왕이다.

대부분의 왕들은 자기 주위에 있는 자들이 위대해지는 것을 좋아하지 않는다. 빈정거림이라도 자기들에게로 향하지 않는다면 즐거워한다. 바킬페드로의 재능은, 귀족과 종친을 끊임없이 왜소하게 만들고 그만큼 여왕의 위엄을 드높이는 데 있었다.

바킬페드로가 지니고 있던 그 은밀한 열쇠는, 조시안이 특히 좋아하는 두 거처, 즉 런던에 있는 헌커빌 하우스와 윈저에 있는 코를레오네 로지의, 작은 아파트 비밀 출입문을 열 수 있도록 양쪽 끝이 서로 다른 두 기능을 갖도록 만들어졌다. 두 저택은 클랜찰리 경의 유산의 일부분이었다. 헌커빌 하우스는 올드게이트와 인접해 있었다. 런던의 올드게이트는 하윅에서 오는 사람들이 통과하게 되어 있는 문이었다. 그곳에는 찰스 2세의 조각상 하나가 있는데, 조각상 머리 위에는 채색한 천사 하나, 발밑에는 사자 한 마리와 일각수 한 마리가 조각되어 있었다. 헌커빌 하우스에서는 동풍을 통해, 세인트메릴본의 종소리를 들을 수 있었다. 윈저에 있는 코를레오네 로지는, 벽돌과 돌을 자재로 삼았고, 대리석 주랑을 갖춘, 피렌체 양식 궁궐인데, 목조 다리 끝에다 말뚝 기초(基礎) 공법을 사용해 지었으며, 영국에서 가장 아름다운 정원 중 하나가 있었다.

윈저궁과 인접해 있는 그 궁궐에서 조시안은 여왕의 영향력이 미치는 거리에 있었다. 하지만 조시안은 그곳에 머무는 것을 즐겼다.

바킬페드로가 여왕에게 끼치는 영향은 거의 밖으로 드러나지 않았고, 모두 뿌리의 형태로만 존재하고 있었다. 그러한 궁정의 몹쓸 잡초를 뽑아 버리기보다 더 힘든 일은 없다. 그 뿌리는 깊이 파고들 뿐, 손끝에 잡힐 만한 꼬투리를 밖으로 내놓지 않기 때문이다. 루이 14세 때, 트리불레 혹은 브러멀 같은 잡초를 뽑아 버리기는 거의 불가능했다.

날이 갈수록 점점 더 여왕은 바킬페드로에게 호의를 갖게 되었다.

사라 제닝스는 유명하다. 반면 바킬페드로는 전혀 유명하지 않았고, 그가 받은 총애도 어둠 속에 묻혔다. 바킬페드로라는 이름은 역사에까지 기록되지 못했다. 모든 두더지들이 두더지

잡이에게 잡히는 것은 아니다.

지난날 사제 지망생이었던 바킬페드로는, 모든 것을 조금씩은 공부했었다. 모든 것을 가볍게 스치기만 한 결과, 아무런 성과물도 남지 않았다. 사람은 알 수 있을 것 같은 모든 것의 희생물이 될 수 있는 것이다. 두개골 밑에 다나이데스 자매들의 물통을 갖는다는 사실은, 불모의 지식인이라 불리는 모든 현학자 집단의 불행이다. 자신의 두뇌 속에 무엇이든 열심히 쌓아 두려 했던 바킬페드로였지만, 그로 인해 그의 두뇌는 텅 비게 되었다.

정신은 자연처럼 공백을 두려워한다. 자연은 공백을 사랑으로 메우지만, 정신은 자주 그것을 증오로 메우고 결국 증오가 빈 공간을 점령하는 속성을 가지고 있다.

증오를 위한 증오라는 것이 존재한다. 자연 속에는 예술을 위한 예술이 존재한다. 사람들이 생각하는 것보다 훨씬 더 빈번하다.

사람들은 무엇인가는 해야 하기 때문에, 흔히 증오한다.

이유 없는 증오. 기막힌 말이다. 그것은 증오 자체에 적당한 보상을 지불하는 경우를 가리킨다.

곰은 자신의 발톱을 핥아 살아간다.

끝없이 그러는 것은 물론 아니다. 그 발톱에 식량을 보충해야 한다. 무엇인가가 발톱 아래로 들어와야 한다.

무차별적으로 증오하는 것은 때로는 즐겁고 또 한동안은 그것으로 만족스럽기도 하다. 그러나 결국에는 대상을 찾아야 한다. 삼라만상으로 분산된 증오는 자위행위처럼 결국 녹초가 된다. 대상 없는 증오는 표적 없는 사격과 유사하다. 이 놀이에서 중요한 것은 꿰뚫어야 할 심장이다.

오로지 명예만을 위해 증오할 수는 없다. 한 남자이든 한 여자이든, 파멸시킬 그 누군가가 있어야 묘미를 돋울 수 있다.

그런 놀이를 재미있게 만들고, 표적을 제공하고, 증오를 한곳에 고정시킴으로써 열광하도록 해 주고, 살아 있는 먹이를 보고 사냥꾼이 즐거워하도록 해 주고, 감시꾼으로 하여금, 미지근하고 김이 나는 피가 용출해 흐르는 장면을 볼 수 있으리라는 희망을 갖게 하고, 날개가 있어도 소용없는 종달새의 고지식함으로 새잡이의 얼굴을 즐거움에 떨게 하고, 기지 있는 자의 살해 행위를 위해 정성스럽게 사육된 짐승이 되는 등의 공헌, 그러한 공헌을 하면서도 당사자는 그 감미롭고 소름끼치는 봉사 활동을 의식조차 못하는데, 조시안은 바킬페드로에게 그러한 봉사를 했다.

사고는 일종의 탄환이다. 바킬페드로는 첫날부터 마음속으로 품었던 못된 의도를 가지고 조시안을 겨누기 시작했다. 하나의 의도와 나팔총은 서로 닮은 점이 있다. 바킬페드로는, 사냥개가 짐승을 발견하고 멈추어 서듯, 자신의 비밀스러운 모든 악의를 그녀에게 몽땅 쏟으며 우뚝 멈추어 섰다. 그것이 놀라운 일이라고? 당신이 총으로 쏘는 그 새가 당신에게 무슨 짓을 했는가? 당신은 단지 그 새를 먹기 위해서라고 할 것이다. 바킬페드로 역시 마찬가지였다.

조시안이 심장에 타격을 입을 가능성은 조금도 없었다. 수수께끼가 있는 부분은 여간해서 상처를 받지 않는다. 하지만 그녀는 머리에, 즉 거만함에 치명상을 입을 수 있었다.

그것이 바로 스스로 강하다고 믿었던 그녀의 약점이었다.

바킬페드로는 그 사실을 이미 알고 있었다.

만약 조시안이 바킬페드로의 시커먼 속을 꿰뚫어 볼 수 있었다면, 또한 만약 그녀가 그 미소 뒤에 숨겨진 것을 식별해 낼 수 있었다면, 그토록 높은 곳에 있었던 이 자부심 강한 여인도 분명히 두려움에 전율했을 것이다. 그녀의 고요한 수면을 위해 다행스러운 일이었지만, 그녀는 그 남자의 내면에 있는 것을 전혀 모르고 있었다.

뜻하지 않은 일이 어딘지 예측할 수 없는 곳으로 번져 나간다. 생명의 깊숙한 바닥은 몹시도 위험하다. 작은 증오란 것은 존재하지 않는다. 증오는 언제나 거대하다. 증오는 가장 작은 것 안에 세력을 숨긴 채 괴물로 남아 있다. 하나의 증오란 증오 전체이다. 그리하여 한 마리 개미가 증오하는 코끼리는 이미 위험에 처하게 되는 것이다.

일격을 가하기도 전에, 바킬페드로는 자신이 저지르려는 악한 행동의 묘미가 시작되는 것을 예감하며 즐거워했다. 그는 그때까지도 조시안에게 무슨 짓을 해야 할지조차 모르고 있었다. 그러나 무언가 일을 저지르고자 결심했다. 그것만으로도 이미 커다란 진전이라 할 수 있었다.

조시안을 없애 버리는 것은 너무나 과분한 성공이었을 것이다. 그는 그러한 성공을 조금도 원하지 않았다. 그녀를 모욕하고 비참하게 만들고, 그녀에게 절망감을 맛보게 해 주고, 그 눈부시게 아름다운 눈을 미칠 듯한 분노의 눈물로 붉게 만드는 것, 그것이 바로 성공이다. 그는 그럴 작정이었다. 아무런 이유 없이 타인의 고통에 집착하며 그것에 몰두한, 충실할 정도로 뗄 수 없는 모습은 자연에서는 볼 수 없는 것이다. 그는 조시안의 황금 갑옷에 있는 결함을 잘 알았으므로, 그 올림포스 여신의 피를 줄줄 흐르도록 할 줄도 알았다. 해 주고 싶었다. 다시 강조하지만, 그렇게 하는 것이 그에게 무슨 이익을 주었을까? 엄청난 이득. 자신에게 선을 베푼 사람에게 악을 행하는 것이었다.

남을 질투하는 사람이란 무엇인가? 배은망덕한 자이다. 그는 자신을 비춰주고 따뜻하게 덥혀 주는 빛을 싫어한다. 조일로스는 호메로스라는 빛을 증오한다.

오늘날 생체 해부라고 부르는 것을 조시안에게 겪게 하는 것, 자신의 해부용 테이블에 경련을 일으키며 꿈틀거리는 그녀를 올려놓고, 한가한 외과 수술실에서 그녀를 산 채로 해부하는 것, 그녀가 울부짖는 동안 아마추어의 서투른 솜씨로 그녀를 가닥가닥 해체하는 것, 이러한 꿈이 바킬페드로를 매혹시켰다.

그러한 결과에 도달하기 위해 고통을 조금 감수해야 했더라도, 그는 그 고통을 달갑게 받았을 것이다. 자신의 살을 자신의 집게로 꼬집을 수도 있는 것이다. 주머니칼을 다시 접다가 자신의 손가락을 벨 수도 있다. 하지만 상관없었다. 조시안의 고통에 자신이 조금 이끌려 든다 할지라도 그는 개의치 않았을 것이다. 벌겋게 달군 쇠를 다루는 사형 집행인은 사형을 집행할 순간이 가까워지면 자신이 조금 데인다 해도 그것에 별로 신경 쓰지 않는다. 아무 것도 느끼지 못할 정도로 타인의 더 큰, 또 다른 고통이 있기 때문이다. 사형 당하는 사람의 몸부림을 보고 있노라면 그의 통증은 저절로 사라진다.

무슨 일이 일어나든 유해한 일을 하라.

다른 이에게 고통을 주는 일을 꾸민다는 것은, 어두운 책임감을 수용함으로써 더욱 악해진다. 다른 사람들을 처박으려 했던 그 위험 속에 스스로가 빠져들 수도 있다. 많은 일이 얽히다 보면, 예측치 못한 붕괴 사고가 일어날 수 있다. 하지만 그러한 사실도, 진정한 악한의 비행을 막지 못한다. 그는 형벌 받는 사람이 고통스럽게 느끼는 것으로 쾌감을 얻는다. 찢기는 몸을 보면서 간지럼을 느낀다. 못된 사람은 소름끼치는 미소만을 짓는다. 고문이 그의 표면에서는 편안함으로 반사된다. 알바 공작은 화형대에서 손을 덥히곤 했다고 한다. 화형대의 불은 고통인데, 그 불빛이 쾌락의 형태로 반사되었다. 그러한 치환이 가능하다니, 몸서리가 쳐진다. 우리의 어두운 측면은 깊이를 알 수 없다. 감미로운 고문! 고통의 탐구와 고통 받는 이의 괴로움, 그리고 고통을 가하는 이의 쾌감, 이 세 가지 끔찍한 의미를 가진 보댕*의 저서에 있는 표현이다. 야망이니 식욕이니 하는 말은, 만족감을 맛본 사람에게 희생물로 바쳐진 어떤 사람이 있다는 것을 의미한다. 희망이란 것이 악랄할 수 있다는 것이 슬픈 일이다. 어떤 사람에게 원한을 품는다는 것은, 그에게 악행을 행하고자 하는 것이다. 왜 선행을 베푸는 것을 바라지 못할까? 우리의 빗나간 의욕은 주로 악의 쪽으로 기울어 있다는 말인가? 의로운 사람의 가장 거친 노고 중 하나는, 좀처럼 고갈시키기 어려운 악의를 영혼에서 제거해 버리는 일이다. 우리의 욕망 중 대부분은, 그 본질을 세밀히 관찰해 보면, 고백할 수 없는 것들이 숨어 있다. 완벽한 악인에게는, 그 흉측한 완벽함이 실재하여, 다른 이들에게 안된 일이 나에게는 곧 잘된 일을 뜻한다. 인간의 어두운 그늘이여. 깊은 지하 동굴이여.

---

* 1530~1596년, 프랑스 법학자이자 사상가이다.

조시안은 모든 것에 대한 멸시로 만들어진 천진스러운 자부심이 가져다주는, 충만한 신뢰를 가지고 있었다. 여성 특유의 업신여기는 재능은 참으로 놀랄 만하다. 무의식적이고 본의 아니게, 그녀는 낙천적인 마음으로 무시했다. 그녀에게는 바킬페드로가 하나의 사물과 거의 다름없었다. 혹시 누군가 그녀에게 바킬페드로의 존재를 환기시켜 주는 말을 했다면, 그녀는 매우 놀랐을 것이다.

그녀는 자신을 음험하게 주시하고 있는 그 남자 앞에서, 자연스럽게 오고 가며 웃었다.

반면 그는, 생각에 잠겨, 기회를 살폈다.

그가 기다리면 기다릴수록, 그 여인의 삶에 어떠한 형태의 절망이든 처넣어야겠다는 결심은 점점 굳어만 갔다.

냉혹한 잠복 장소…….

또한 그는 스스로에게 훌륭한 명분을 마련해 두었다. 조악한 악당이라 해서, 그가 스스로를 높이 평가하지 않는다고 믿으면 안 된다. 그들은 오만한 독백을 늘어놓으며 거만해진다. 아니! 어떻게! 조시안 따위가 그에게 적선을 한단 말인가! 마치 거지에게 하듯, 거대한 재산에서 몇 푼 집어, 그에게 동전 몇 푼을 던져 주다니! 그를 어울리지도 않는 직책에 고정시켜, 꼼짝 못 하도록 못대가리를 구부리다니! 거의 성직자와 같은 다양하고 심오한 능력을 구비한 박식한 인물 바킬페드로 그가, 기껏 욥의 농포를 긁어내기에 적합한 깨진 유리 조각을 일일이 장부에 기록하는 일을 갖게 되어, 누추한 다락방 같은 문서 보관소 구석에서, 바다의 온갖 오물이 덕지덕지 낀 멍청한 병들의 마개를 근엄하게 열고, 곰팡이로 뒤덮인 양피지들, 그 썩어 버린 마법서 쪽지들, 쓰레기 같은 유언서들, 도무지 알아들을 수 없는 헛소리들을 판독하며 한평생을 보내게 된 것은, 조시안의 잘못이 아니고 누구의 잘못이란 말인가! 무엇이라고! 감히 그 계집이 그에게 하게체를 쓰다니!

그는 당장은 복수를 하지 않았어!

처벌하지 않을 수도 있어!

아, 그걸 묵인하다니! 이 땅에는 정의라는 것이 없도다!

10. 인간이 투명하다면 보일 타오르는 불꽃

뭐라고! 그 여자, 정상을 벗어난 엉뚱한 것, 음탕한 몽상가 계집, 아직 주인에게 배달되지 않은 살덩이, 공주의 왕관을 쓴 그 뻔뻔스러운 것, 우연한 기회가 없어서, 모두들 그렇게 말하고 나도 동감이지만, 아마, 그래서 아무 놈팡이의 수중에도 들어가지 못한 그 오만한 디아나가, 기지가 모자라 자리를 지키지 못한 뜨내기 같은 왕의 사생아 계집이, 지체 높아지니까 여신 흉내를 내지만 가난했다면 창녀가 되었을, 요행수로 공작 작위를 꿰어 찬 계집이, 그 얼치기 레이디가, 추방당한 자의 재산을 훔친 계집이, 그 오만한 거지 년이, 어느 날 먹을 것이 없고 쉴 곳이 없는 바킬페드로를, 파렴치하게도 자기 집 식탁 끝에 앉히고, 비위에 거슬리는 궁궐 한 구멍 속에, 어디인지는 모르되, 하기야 그것이 무슨 상관이 있으랴만, 헛간이건 지하실이건, 아무 구석에나, 몸종들보다는 조금 낫게, 그리고 말보다는 조금 못하게, 그를 처박다니! 그녀는, 바킬페드로가 곤궁한 처지에 놓인 것을 이용해, 또한 그가 방심한 틈을 타서, 그에게 서둘러 도움의 손길을 뻗쳤는데, 그것은 가진 자들이 못 가진 자들의 기를 꺾어, 마음대로 부리는 사냥개처럼 예속시키기 위해, 흔히 하는 짓이다! 게다가 그따위 도움에 무슨 비용이 들겠는가? 도움이란 딱 그 때문에 지출되는 경비만큼의 가치만 있다. 그녀의 집에는 남는 방이 널려 있다. 바킬페드로를 돕다니! 정말 칭송할 만큼 애를 쓰셨군! 그래서 그녀가 했던 것이 아름다운 수고라니! 그녀가 수프 한 숟가락이라도 덜 먹었나? 가증스럽게 넘쳐나는 풍요로움 속에서 무언가 희생한 것이 있나? 아무것도 없다. 그녀는 그 풍요 속에다, 하나의 허영, 하나의 사치품, 한가한 선행 하나, 도움 받은 지성인 하나, 후원받은 사제 하나를 추가했을 뿐이다! 그녀는 점잖게 이렇게 말할 수 있게 되었지.

"나는 호의를 아끼지 않아. 나는 문인들에게 맛있는 먹이를 주지. 나는 그의 후견인이야! 그 가엾은 사람, 나를 만나 얼마나 큰 행복이야! 나는 얼마나 좋은 예술의 친구인가!"

지붕 밑 다락방에 간이침대 하나 놓아 준 것을 가지고 그 난리법석이다! 해군성의 그 직책, 바킬페드로가 그 허드렛일을 조시안 덕에 얻었지. 제기랄! 그 멋진 직책! 조시안이 바킬페드로를 만들었다고 하지만, 그는 예전 그대로야. 그녀가 그를 만들었다고들 하지. 좋아. 그래. 아무것도 아닌 것을 만들었어. 아무 것도 아닌 것보다 더 하찮은 것을. 그는 그 우스꽝스러운 직책을 수행하며, 자신이 휘어지고, 마비되고, 허울뿐인 임무에 종사하고 있다고 느꼈다. 그가 조시안에게 무엇을 빚졌는가? 자신을 불구로 낳아 준 어머니에 대한 꼽추의 감사. 저 특권을 누리는 자들, 저 배부른 자들, 졸지에 벼락출세한 자들, 행운이라는 흉측한 계모의 선택을 받은 자들, 그들의 실상이야! 그런데 바킬페드로와 기타 재능 있는 사람들은 복도에서 옆으로 비켜서야 하고, 정복 입은 시종들에게 공손히 인사해야 하고, 저녁마다 수많은 계단을 기어 올라가야 하고, 정중하며 친절하며 상냥하며 공손하며 유쾌하게 굴어야 하고, 항상 입에는 경의를 표하도록 강요당했다. 격분으로 이를 갈 만하지 않은가! 또한 그가 격분하는 동안에도 그녀는 목에 진주 목걸이를 걸고, 그 멍청한 데이비드 더리모이어 경과 사랑의 포즈를 취하고 있었다니!

누가 그대에게 봉사하는 것을 결코 허락하지 마시라. 사람들은 그 도움을 빌미 삼아 그대를 악용할 것이로다. 그대가 영양실조로 죽어 가는 현장이 발각되지 않도록 하라. 사람들이 그대를 구해 줄 것이로다. 그에게 먹을 것이 없었기 때문에, 그 여인은 그에게 빵을 줄 충분한 핑계를 발견한 것이다! 그때부터 그는 그녀의 하인이 된 것이다! 위장이 한 번 실수를 저지르면, 그대는 평생 쇠사슬에 묶인다! 은혜를 입는다는 것, 그것은 착취당함을 뜻한다. 행운아들, 그 힘 있는 자들은, 그대가 손을 내미는 순간을 놓치지 않고, 그대의 손에 동전을 쥐어 준다. 또한 그대가 비겁해지는 순간을 이용해, 그대를 노예로 만들되, 가장 비참한 노예, 자선의 노예, 사랑하기를 강요받는 노예로 만들어 버린다! 그 얼마나 치욕스러운가! 얼마나 부정직한가! 우리의 자존심에는 얼마나 치욕스러운 일인가! 또한 그렇게 되면 끝장이다. 그대는 종신토록, 그 남자가 선하다고 생각해야 하고, 그 여자가 아름답다고 여겨야 하고, 항상 하인이라는 뒷자리에 머물러야 하고, 동의해야 하고, 칭찬해야 하고, 찬미하고, 아첨하고, 엎드리고, 빈번한 무릎 꿇기로 무릎에 피멍이 들어야 하는 형벌에 처해진다. 노여움이 그대를 찢듯이 고통스럽게 할 때라도, 그대가 맹렬한 노여움의 절규를 씹어 넘길 때라도, 사나운 굽이침과 쓰디쓴 거품이 대양에서보다 더 심하게 그대의 가슴 속에서 몸부림칠 때라도, 그대의 말에 설탕을 가미해야 한다는 선고를 받은 것이다!

부자들은 가난한 사람을 그런 식으로 포로로 만드는 것이다.

당신에게 저질러진 선행이라는 끈끈이가, 당신을 영원히 조롱거리로 만들고 진흙탕 속에 처박는다.

하나의 선행은 돌이킬 수 없는 것이다. 감사란 곧 마비증이다. 은혜는 그대의 자유로운 움직임을 박탈하는, 불쾌하고 끈적거리는 접착력을 가지고 있다. 풍족하고 또 꾸역꾸역 처먹어, 더 이상 아무것도 먹을 수 없이 배부른 가증스러운 자들은, 그러한 사실을 잘 안다. 이미 약속된 바이다. 그대는 그들의 물건이다. 그들이 그대를 산 것이다. 얼마에? 그대에게 값을 치르려고 자기들의 개에게서 빼앗은 뼈다귀 하나가 그대의 가격이다. 그들은 그 뼈다귀를 그대의 머리에 던져 주었다. 그대는 구원을 받은 것에 못지않게, 돌로 쳐 죽이는 형벌도 받았다. 그나저나 마찬가지이다. 당신은 뼈다귀를 물었는가? 그랬나? 아니 그랬나? 그대는 그대 몫의 개집도 얻었지. 그러니 감사하라. 영원히 감사하라. 그대의 주인들을 찬미하라. 끝없이 무릎을 꿇어라. 선행은 은연중에 당신이 시인한 열등성을 함축한다. 그들은, 당신 스스로가 자신을 불쌍히 여기며 그들을 신이라고 생각하기를 강요한다. 그대가 보잘것없어질수록 그들의 위상은 높아진다. 그대가 몸을 굽히면 굽힐수록 그들은 몸을 곧게 일으켜 세운다. 그들의 음성에는 부드럽되 건방진 침이 있다. 결혼, 세례, 임신, 출산 등의 모든 집안일이 그대의 소관이다. 아기가 하나 태어나면 그대는 소네트 하나를 짓는다. 그대는 굽실거리기 위해 존재하는 시인이다. 이 정도면 별들이 무너져 내리게 하는 일 아닌가! 조금 더 심한 경우, 그대로 하여금 자기들의 낡은 신발들을 닳아 없애도록 한다.

"당신 집에다 도대체 무엇을 가져다 놓으신 거예요. 아가씨? 못생기기도 했군! 저 남자는 뭐예요?"

"나도 잘 몰라요. 제가 먹여 살리는 사람이에요."

암컷 칠면조들은 목소리도 낮추지 않고 이런 대화를 나눈다. 그 소리를 들었지만 당신은 자동적으로 싹싹하다. 또한 그대가 아프면, 그대의 주인들은 의사를 보내 준다. 그대와 같은 부류가 아니기 때문에 자기들을 돌보는 의사는 물론 아니다. 때로는 그대의 안부를 묻기도 한다. 그대와는 같은 부류가 아니기 때문에, 그들의 곁에 가까이 둘 수 없기 때문에, 그들은 정중하고 친절하게 행동한다. 그들의 깎아지른 듯한 오만함이 그들을 가까이 갈 수 있는 것처럼 보이게 만든다. 그대가 그들과 대등함을 이루기가 불가능하다는 것을 그들은 안다. 멸시하기 때문에 그들은 공손한 것이다. 식탁에서도 그들은 고갯짓을 한다. 때때로 그들은 그대 이름의 철자도 안다. 그들은 오직 그대의 가장 민감하고 섬세한 것들을 천진스럽게 짓밟아, 그대로 하여금 자신들이 그대의 보호자임을 느끼게 한다. 그들이 참으로 어질게 당신을 대한다!

이만하면 충분히 가증스럽지 않은가?

분명, 조시안을 벌하는 것이 급선무였다. 그녀가 누구와 볼일이 있는지 그녀에게 알려 주어야만 했다! 아! 부자 양반들, 당신들이 모두 먹을 수 없기 때문에, 결국 당신들의 위장도 우리의 것처럼 작기에, 당신들의 호사스러움이 소화불량으로 귀착될 것이기 때문에, 남는 것을 결국 버리는 것보다는 나눠 주는 것이 낫기 때문에, 당신들은 가난한 이들에게 던져 주는 사료를 웅장한 처사로 승격시키고 있어! 당신들은 우리에게 빵을 준다. 안식처를 준다. 옷을 준다. 일자리를 준다. 그리고는 당신은 더욱 과감해지고, 더욱 미치고, 더욱 잔인해지고, 더욱 어리석어지고, 더욱 어처구니없어져서, 결국에는 우리들이 당신들의 채무를 입었다고 믿기에 이르지! 그 빵, 그것은 예속의 빵이고, 그 거처, 그것은 심부름꾼의 방이고, 그 옷들, 그것은 하인들의 옷이고, 그 일자리, 그것은 보수를 지불하지만 바보로 만드는 조롱에 불과해! 아! 당신들은 거처와 식량을 무기로 우리를 말라 죽게 할 권리가 있다고 믿으며, 우리가 당신들에게 빚을 지고 있다는 엉뚱한 생각을 하고, 따라서 우리가 고마워하리라 기대하겠지! 좋아, 우리가 당신들의 배를 먹을 것이야. 좋아! 아름다운 부인이시여, 우리가 당신의 창자를 몽땅 뽑아내고, 당신을 산 채로 파먹을 것이며, 당신 심장의 연결 부분을 우리의 이빨로 끊어 버릴 것이야!

조시안! 고것이야말로 진정 괴물이 아닌가? 그녀에게 무슨 가치가 있어? 자기 아비의 멍청이 짓과 자기 어미의 부끄러운 행실을 증언하기 위해 이 세상에 태어나 작품을 만들었을 뿐이야. 그녀는 우리에게 존재라는 은총을 베풀었지. 온 세상이 다 아는 스캔들의 당사자가 된 그러한 친절의 대가로 그녀에게 수백만 금을 지불했지. 그녀에게는 토지와 성과 토끼 사육장과 사냥터와 호수와 숲이 있지. 그리고 또, 어찌 다 알 수 있으랴? 그 모든 것을 가지고 그녀는 바보짓을 저질렀어! 그랬다고 그녀에게 시를 지어 바쳤지! 그런데 공부를 하고, 연구를 하고, 엄청난 노고를 감수하고, 두꺼운 책들을 몽땅 눈과 뇌수 속에 잔뜩 쑤셔 넣고, 서적과 학문 속에서 풍화된, 거대한 기지를 지녔고, 많은 군대를 능숙하게 지휘할 수도 있고, 원하기만 하면 오트웨이나 드라이든처럼 비극 작품도 쓸 수 있으며, 황제의 자질을 가지고 태어난 그가, 바킬페드로가, 그 아무것도 아닌 것으로 인해, 배고픔으로 죽을 지경조차 방해를 받는 신세로 전락하다니! 부자들의, 우연의 선택을 받은 그 가증스러운 자들의, 찬탈 행위는 더욱 심해질 수 있어! 우리에게 관대한 척하고, 우리를 보호하고, 우리에게 미소를 보내지만, 우리는 그들의 피를 마신 다음 우리의 입술을 핥을 것이야! 궁정의 천한 여인이 자선가라는 가증스러운 힘을 휘두르고, 훌륭한 사나이가 그따위 계집의 손에서 떨어지는 빵 부스러기나 주워 먹을 운명에 처하다니. 그보다 더 무시무시한 불공평이 있을 수 있겠는가! 이 지경까지 불균형하고 부정한 기반을 이루고 있는 사회란 도대체 어떤 사회란 말인가? 네 귀퉁이를 잡고 몽땅 들어 올려, 식탁보와, 연회와, 통음난무와, 취기와, 음주벽과, 회식자들, 식탁 위에 두 팔꿈치를 괴고 있는 자들과, 식탁 밑에서 네 발로 기고 있는 자들과, 베푼답시고 오만방자한 자들과, 그것을 받는 백치들을, 모두 뒤죽박죽 섞어 천장으로 던져 버리고, 신의 코 밑에다 모든 것을 가래침 뱉듯 다시 쏟고, 지구를 몽땅 하늘로 던져 버려야 하지 않겠는가! 그러기 전에 우선 우리의 발톱을 조시안의 몸뚱이에 깊숙이 꽂자.

바킬페드로는 그렇게 꿈꾸었다. 그가 영혼 속에 갖고 있었던 것은 맹수의 울부짖음이었다. 자신의 개인적인 불만거리에다 공공의 악을 혼합시켜 스스로에게 자유로워지는 행위, 그것이 질투꾼의 습성이다. 증오 어린 열정의 온갖 야수와 같은 행태가, 그 사나운 지능 속에서 오락가락했다. 15세기에 제작된 옛 지구전도 한 귀퉁이에는, 형태도 이름도 없는 모호한 지역이 그려져 있는데, 그 지역 위에는 다음 세 단어가 적혀 있다. Hinc sunt leones. 그 모호한 구석이 인간 속에도 있다. 우리의 내면 어디에선가는, 여러 열정이 떠돌며 으르렁거린다. 우리의 영혼 속에 있는 어두운 구석에 대하여 사자들이 있다고 말할 수 있을 것이다.

그 사나운 사변적 발판이 절대적으로 터무니없었을까? 어떤 판단력을 상실하고 있었을까? 분명히 말해 두거니와, 결코 그렇지는 않다.

우리 각자가 내면에 간직하고 있는 것은 정의가 아니라 판단이라는 생각이 들 때마다 소름이 끼친다. 판단력은 상대적인 것이다. 정의는 절대적인 것이다. 판사와 의인의 차이에 대해 깊이 숙고해 보라.

악인들은 양심을 권위적으로 난폭하게 다룬다. 허위를 훈련시키는 경우도 있다. 궤변가란 진실을 왜곡하는 자이며, 때로는 그러한 이들이 양식(良識)을 학대한다. 매우 유연하고 몹시 집요하며 지극히 날렵한 어떤 논리는, 악에 봉사하며, 암흑 속에서 진실을 해치는 데 탁월한 재주를 발휘한다. 사탄이 신에게 가하는 음흉한 주먹질처럼.

세상 물정 모르는 자들의 찬사를 받는 궤변가에게 돌아가는 영광이란, 인간의 양심에 '푸른 멍'이 들게 했다는 사실 뿐이다.

비통하게도 바킬페드로는 실패를 예감하고 있었다. 그리 변변치 않은 악을 행하기 위해 너무나 대대적인 일을 착수하고 있었기 때문이다. 지독한 인간이 되어, 자신 속에 강철 같은 의지와 금강석 같은 증오, 재앙에 대한 뜨거운 호기심을 가지고 있으면서, 아무것도 태우지 못하고, 아무것도 참수하지 못하고,

아무것도 박멸하지 못한대서야! 자신이 곧 파괴력이고, 게걸스러운 증오이고, 다른 이의 행복을 갉아먹기 위해 창조된 바킬페드로가, 하찮게 손가락이나 튀기며 장난한다는 것이 있을 수 있는 일인가! 자신이 육중한 바위를 옮길 수 있는 용수철인데, 방아쇠를 한껏 당겨서 고작 태깔 부리는 계집의 이마에 혹 하나 만들어 주는 것으로 그친대서야! 노포(弩砲)를 가지고 손가락으로 튀긴 것만큼의 피해만 입힌대서야! 시시포스의 일을 하고서 개미가 거두는 결과만을 일군대서야! 맹렬하게 증오를 발산하고서도 거의 아무것도 얻지 못한대서야! 이 세상을 으깨어 가루로 만들어 버릴 만한 적대감으로 이루어진 기계 같은 인간에게는 몹시 모욕적인 일 아닌가! 모든 연동 장치를 가동해, 어둠 속에서, 마를리에 있는 양수기처럼 요란한 굉음을 내고서, 겨우 발그레한 새끼손가락 끝을 꼬집는 것으로 그친대서야! 그는 궁정의 평평한 표면에 혹시 조금이나마 습곡(褶曲)이 생기도록 할 수 없을까 해서, 무수한 덩어리를 뒤집고 또 뒤집으며 돌아다녔다! 신은 힘을 대대적으로 허비하는 이상한 버릇을 가지고 있다. 산을 옮길 듯한 법석이 두더지 흙 둔덕 하나 옮기는 것으로 귀착된다.

뿐만 아니라 궁정이란 곳이 매우 기괴한 사격장인지라, 적을 조준했다가 혹시 놓치게 되면, 그것보다 더 위험한 일이 없다. 그러면 우선 적에게 얼굴이 드러나고, 적을 화나게 만든다.

특히 그러한 실패는 윗사람에게 불쾌감을 준다. 왕들은 어설픈 이들을 별로 달가워하지 않는다. 타박상을 입히지 못하면 싸움은 없었던 것이나 마찬가지이다. 모든 사람의 목숨을 끊어 놓되, 그 누구에게도 코피를 흘리게 해서는 안 된다. 죽이는 자는 능숙하며, 상처만 입히는 자는 무능력하다. 왕들은 누가 자신들의 종에게 흠집을 내는 것을 좋아하지 않는다. 그들은 누가 자신들의 벽난로 위에 놓인 도자기나 수행원 중 하나에 금이 가게 하면 원한을 품는다.

궁정은 항상 깨끗해야 한다. 그러니 차라리 부수어 버리고, 대신 다른 것을 가져다 놓으라. 그것이 잘하는 짓이다.

또한 그것이 군주들의 비방 취향과도 완벽히 조화가 된다. 비방은 하되 악은 행하지 마라. 혹시 악을 행하려면 커다란 악을 행하라.

단도로 찔러라. 그러나 침에 독을 바른 경우를 제외하고는 생채기를 내지는 마라. 정상 참작. 다시 말하지만 그것이 바킬페드로의 경우였다.

증오심을 품은 모든 소인족은 솔로몬의 용이 갇혀 있는 작은 유리병이다. 유리병은 극히 작지만 용은 터무니없이 크다. 거대한 팽창의 순간을 기다리고 있는 엄청난 응결이다. 폭발을 모의하며 그것으로 위안을 삼는 권태이다. 내용물이 포장보다 더 크다. 잠재된 거인, 그 얼마나 희한한 일인가! 안에 히드라를 감추고 있는 옴벌레다! 자신이 소름끼치는 도깨비 상자이며, 자신 속에 레비아단이 있다는 사실이, 그 난쟁이에게는 고문이며 동시에 관능적 향락이었다.

또한 어떠한 일이 있어도 바킬페드로는 포기하지 않았을 것이다. 그는 때를 기다리고 있었다. 그때가 올 것인가? 아무래도 상관없었다. 그는 무작정 기다렸다. 성품이 몹시 고약할 경우, 자존심이 개입된다. 자신보다 높은 궁정의 행운에 구멍을 내고, 그것을 무너뜨리려 그 밑에 구덩이를 파며, 온갖 위험과 생명의 위협을 무릅쓰고 굴착 작업을 해도, 그리고 비록 위험이 숨어 있어도, 다시 강조하는 바이지만, 그것이 흥미로운 것이다. 사람들은 그러한 놀이에 몰두하기 마련이다. 자신이 지은 서사시처럼 그것에 열중한다. 매우 작으면서 매우 큰 누군가에게 공격을 가하는 것은 찬란한 수훈이다. 사자의 몸에 붙은 벼룩이 되는 것은 멋진 일이다.

거만한 사자는 자신이 찔렸음을 느끼고 그 미미한 존재에게 부질없이 펄펄 화를 낸다. 우연히 호랑이 한 마리를 만났어도 그토록 괴롭지는 않을 것이다. 그리하여 역할이 뒤바뀐다. 굴복한 사자는 살 속에 그 벌레의 침(針)을 간직하게 되고, 벼룩은 드디어 이렇게 말할 수 있다.

"내 안에는 사자의 피가 흐른다."

하지만 그것은 바킬페드로의 오만을 반쯤밖에 진정시켜 주지 못했다. 위안일 뿐이었다. 일시적 완화제였다고 약 올리는 것은 하찮은 일이다. 그보다는 고문을 가하는 것이 훨씬 낫다. 끊임없이 그의 뇌리에 떠오르던 생각인데, 바킬페드로는 조시안의 표피에 미미한 상처밖에 낼 수 없을 것 같았다. 너무나 찬란한 그녀를 상대로, 그처럼 보잘것없는 존재가 무엇을 더 바랄 수 있겠는가? 산 채로 껍질을 벗겨 온통 새빨개진 몸뚱이와, 피부라는 슈미즈도 없어, 나체 이상으로 벗은 여인의 울부짖음을 원하는 사람에게, 생채기 하나는 얼마나 하찮은가! 그러한 욕구만 있고 힘이 없다는 사실, 얼마나 안타까운 일인가! 애석하도다! 완전한 것은 없도다!

결국 그는 체념하고 있었다. 궁여지책으로, 그는 자신이 꿈꾸던 것의 절반만 실행에 옮길 생각에 잠겼다. 못된 장난을 치는 것이 하나의 목표가 될 수 있다.

은혜를 복수로 갚는 자는 대단하다! 바킬페드로는 그러한 거물이었다. 일반적으로 배은망덕이란 망각을 가리킨다. 그러나 악으로부터 특전을 받은 사람의 경우, 배은망덕은 곧 격분을 뜻한다. 은혜를 모르는 야비한 자는 타고 남은 재로 가득 차 있다. 바킬페드로는 무엇으로 가득 차 있었을까? 그의 속에는 이글거리는 화덕이 하나 있었다. 증오와 노기와 침묵과 원한으로 벽을 바른, 그리고 조시안이라는 연료를 기다리는 화덕이었다. 일찍이 어떤 남자도, 한 여인을 아무 이유 없이 그토록 미워하지는 않았을 것이다. 참으로 끔찍한 일이다! 그에게는 그녀가 곧 불면증이었고, 편집증이었고, 괴로움이었고, 치통이었다.

아니면 그는 그녀를 조금쯤 연모하고 있었을 수도 있다.

11. 바킬페드로, 매복하다

조시안의 급소를 찾아서 그곳에 일침을 가하는 것, 그것이 우리가 말한 모든 동기로 인한, 바킬페드로의 침착한 의지였다. 원하는 것만으로는 충분치 못하다. 할 수 있어야만 한다.

어떻게 착수할 것인가?

그것이 문제였다.

상스러운 불량배들은 자신들이 저지를 악랄한 짓의 시나리오를 세심하게 만든다. 그들은, 어떤 사건이 불쑥 생겨 자신들 앞을 지나갈 때, 그것을 덮쳐 어떻게든 수중에 넣고, 그것이 자신들에게 도움이 되도록 말썽을 진압할 만큼, 자신들이 강하다고 생각하지 않는다. 그러한 이유 때문에, 달관한 악당들은 멸시하는 예비 음모를 꾸미게 된다. 극악한 이들은 전부가 선험적으로 악함을 지니고 있다. 게다가 그들은 온갖 각본으로 무장을 하고, 다양한 비상용 각본을 준비해, 바킬페드로처럼 실제로 기회를 염탐한다. 그들은, 미리 짜 놓은 계획이, 장차 일어날 일에 잘 들어맞지 않을 위험이 있음을 알고 있다. 미리 계획을 세우는 따위의 방법으로는, 장차 일어날 일을 주도하지 못하며, 그 일을 원하는 방향으로 이끌어 가지 못한다. 운명과는 예비 협상이라는 것이 없다. 내일은 우리에게 복종하지 않는다. 우연에게는 확실히 불복종의 경향이 있다.

따라서 달관한 악당들은 우연을 엿보다가, 거두절미하고 단호하게 또 즉각, 행동에 옮기기 위해 먹이를 감시할 뿐이다. 계획도, 설계도도, 모형도. 불시에 닥치는 것에 맞지 않는 완제품 신발도 없다. 그들은 흉악함에 수직으로 잠겨 든다. 자기에게 도움이 될 만한 것이라면 무엇이든 즉각적으로 빠르게 이용하는 것, 그것이 곧 유능한 악당을 특정 짓는 능란함이며, 그것이 또한 악당을 악마의 존엄한 지위로 끌어올린다. 우연을 급습하는 것, 그것이 천재적인 악한이다.

진정한 악당은, 처음 손에 잡히는 아무 조약돌이나 집어서, 마치 투석기를 사용한 듯, 정확하게 일격을 가한다.

몹시 놀라운 수많은 범죄의 보조자인 능숙한 악당은 예측하지 못한 일을 기대한다.

뜻밖의 일을 포착해 급습하는 것, 그것만큼 시적인 예술도 없다.

그리고 기다리면서 그들의 상대가 누구인지 알아야 한다. 그리고 상황을 면밀히 탐조해야 한다.

바킬페드로에게는 앤 여왕이 상황이었다.

바킬페드로는 여왕에게 다가갔다.

어찌나 가까이 다가갔던지, 때로는 폐하의 독백을 듣는 상상을 했다.

가끔 그 두 자매가 대화하는 자리에 무시당한 채 있었다. 그들은 그가 한마디씩 끼어드는 것을 금하지 않았다. 그는 그러한 기회를 놓치지 않고 스스로를 더욱 작게 만드는 데 이용했다. 신뢰감을 불러일으키는 방식이었다.

어느 날, 햄프턴 코트의 정원에서, 여왕 뒤에 있던 여공작을 따라가다가, 유행에 둔감한 앤 여왕이 이야기하는 것을 들었다.

"짐승들은 행복하지. 지옥에 갈 위험이 없으니 말이야."

여왕의 말에 조시안이 대꾸했다.

"있어요."

종교를 문득 철학으로 응수한 대답이 여왕의 마음에 불쾌감을 주었다. 대꾸가 오묘한 만큼 앤은 마음 한구석이 불편했다. 그녀가 다시 조시안에게 말했다.

"우리가 지금 두 바보처럼 지옥 이야기를 하고 있군. 그곳에 관련된 것을 바킬페드로에게 물어보자꾸나. 그는 그런 것을 잘 알고 있을 거야."

"악마처럼 말인가요?"

조시안이 물었다.

"짐승처럼 말입니다."

바킬페드로가 얼른 대답했다. 그러고는 즉시 고개를 숙였다.

"그가 우리들보다 기지가 있구나."

여왕이 조시안에게 말했다.

바킬페드로와 같은 사람에게는, 여왕에게 접근한다는 것은 곧 여왕을 잡는 것을 의미했다. 그는 벌써 이렇게 말할 수 있었다.

"그녀는 내 수중에 들어왔어."

이제 그는 여왕을 이용할 방법이 필요했다.

그의 발이 궁정의 바닥에 닿아 있었다. 보초가 되는 것은 정말 멋진 일이다. 그는 어떠한 기회도 놓치지 않게 되었다. 그는 여러 번에 걸쳐 여왕을 심술궂게 웃게 만들었다. 그것은 곧 사냥 허가를 얻은 것과 다름없었다.

그러나 아무런 예정된 사냥감도 없을까? 그 사냥 허가증이, 여왕의 친자매와 같은 사람의 날개나 다리를 부러뜨리는 것에까지 이르렀을까?

가장 시급히 밝혀야 할 사항이었다. 여왕이 여동생을 진실로 좋아할까?

한 발만 잘못 내디디면 파멸에 이를 수도 있었다. 바킬페드로는 우선 지켜보았다.

게임을 시작하기 전에, 노름꾼은 먼저 자기 손에 있는 카드

들을 살핀다. 자기에게 어떤 최상의 패가 있을까? 바킬페드로는 우선 두 여인의 나이를 꼽아 보는 것으로 시작했다.

조시안의 나이는 스물셋, 여왕의 나이는 마흔하나였다. 그것은 좋았다. 그가 으뜸 패를 가지고 있었다.

여인이 자신의 나이를 더 이상 봄으로 헤아리지 않고 겨울로 헤아리기 시작하는 때가 되면 공연히 신경이 날카롭다. 마음속에 시간에 대한 말없는 원한이 생긴다. 그러면 활짝 피어나는 아름다운 젊음이, 다른 이들에게는 향기롭지만, 그러한 여인에게는 가시처럼 보이고, 모든 장미꽃 냄새가 따갑게 느껴진다. 그 모든 신선함이 자기에게서 빼앗아 간 것처럼 보이고, 자기의 아름다움이 줄어드는 것은 다른 여인들의 아름다움이 늘어나기 때문이라고 여긴다.

이 나쁜 비밀스러운 기분을 이용하고, 여왕이라는 마흔 줄에 접어든 여인의 주름살을 깊게 하는 것, 그것이 바킬페드로가 깨달은 방책이었다.

쥐가 악어를 물 밖으로 튀어 나가게 하듯, 부러움은 질투를 유발하는 데 탁월한 재능을 가지고 있다.

바킬페드로는 앤에게 단호한 시선을 고정시켰다.

그는, 사람들이 괴어 있는 물속을 들여다보듯, 여왕의 내면을 훤히 꿰뚫어 보고 있었다. 늪지대에도 나름대로의 투명함이 서려 있다. 더러운 물속에는 못된 버릇이 있고, 탁한 물속에는 어리석음이 있다. 앤은 탁한 물에 불과했다.

감정의 배아(胚芽)들과 생각의 유충들이 그 혼탁한 뇌수 속에서 움직이고 있었다.

그것은 거의 구별되지 않았다. 겨우 윤곽을 가지고 있었다. 그것은 실체였으나 형체가 정해지지 않았다. 여왕은 이런 생각을 하기도 하고, 저런 것을 원하기도 했다. 어떤 단정을 내리기가 매우 어려웠다. 괴어 썩고 있는 물속에서 혼잡스럽게 이루어지는 변화를 알아보기란 어려운 일이었다.

보통 때는 이해하기 어려운 여왕은, 가끔 멍청하고 돌발적인 이탈을 시도하는 경우가 있었다. 그러한 기회를 포착해야 했다. 그녀를 현장에서 잡아야만 했다.

앤 여왕이 여공작 조시안에 대해 원했던 것은 무엇일까? 그녀에 대해 호의를 품고 있을까, 아니면 악의를 품고 있을까?

바킬페드로는 자신에게 그 문제를 제기하고 있었다.

그 문제만 해결되면 앞으로 더 멀리 전진할 수 있을 듯했다.

갖가지 우연이 바킬페드로를 도왔다. 그러나 특히 그의 집요한 감시가 가장 큰 도움이었다.

앤은 남편 쪽을 통해, 프로이센의 새로운 왕비와 먼 친척 관계였다. 그 왕비는 시종 100명을 둔 왕의 아내였는데, 앤은 그녀의 초상화를 가지고 있었다. 그 초상화는, 튀르케 드 마이에른의 초상화처럼, 에나멜 도료 위에 그려진 것이었다. 그 프로

이센 왕비에게도 사생아인 손아래 자매 하나가 있었는데, 남작 작위를 가진 드리카였다.

어느 날, 바킬페드로가 곁에 있을 때, 앤이 프로이센 대사에게 드리카에 대해 몇 가지를 물었다.

"그녀가 부자라고들 하는데?"

"매우 부자라고 합니다." 대사가 답변했다.

"궁전도 가지고 있나?"

"언니인 왕비의 것보다 더 화려한 것들을 가지고 계십니다."

"누가 그녀와 혼인하게 되어 있나요?"

"매우 훌륭한 영주, 고르모 백작이십니다."

"백작은 잘생겼나?"

"매력적이십니다."

"그녀는 젊은가?"

"매우 젊사옵니다."

"여왕만큼 아름다운가?"

대사가 음성을 낮추고 대답했다.

"더 아름답사옵니다."

"무례하군."

바킬페드로가 중얼거렸다.

여왕은 잠자코 있다가 내뱉듯이 소리쳤다.

"사생아들 같으니!"

바킬페드로는 그녀가 복수형 어미를 사용한 것에 주목했다.

또 한번은, 예배당 출구에서, 바킬페드로는 여왕을 가까이 모시고 궁중 사제장의 두 마부 뒤에 서 있었다. 마침, 데이비드 더리모이어 경이, 도열해 있던 여인들 앞을 지나갔는데, 그의 호남형 얼굴이 여인들에게 큰 주목을 받은 일이 있었다. 여기저기에서 여인들의 탄성이 터져 나왔다.

"어쩌면 저렇게 우아할까!"

"품위가 넘치는군!"

"저 당당한 풍채를 좀 봐!"

"참 잘도 생겼지!"

그러자 여왕이 혼잣말처럼 투덜거렸다.

"기분이 몹시 언짢군."

바킬페드로가 그 말을 들었다.

방향이 설정되었다.

그는 확실히 알게 되었다. 여공작에게 피해를 입혀도 여왕의 심기를 손상시키지 않을 것이다.

첫 문제는 해결되었다.

이제 두 번째 문제가 대두되었다.

어떤 방법을 이용해 여공작에게 해를 입힌단 말인가?

그토록 까다로운 목적을 달성하는 데, 그의 하찮은 직책이 어떤 묘책을 제공할 수 있겠는가? 아직, 묘책은 없었다.

12. 스코틀랜드, 아일랜드 그리고 영국

정황을 살펴보자. 조시안은 '투르*를 가지고 있었다.'

비록 사생아이기는 했으나, 그녀가 여왕의 자매, 즉 왕실의 핏줄이라는 것을 감안한다면, 이해할 수 있는 일이다.

투르를 가지고 있다는 것이란 무슨 뜻일까?

세인트 존 자작이 볼링브룩이라 해 두자. 서식스 백작 토머스 레너드에게 보낸 편지에 다음과 같은 구절이 있다.

> 고귀한 신분을 나타내는 것 두 가지가 있다. 영국에서는 '투르를 갖는 것'이고, 프랑스에서는 '푸르를 갖는 것'이다.

푸르라는 것이 프랑스에서는 이러했다. 왕이 여행길에 나설 경우, 저녁때가 되면, 궁내관이 숙박지에 먼저 도착한 다음, 도착 즉시 수행원들의 숙소부터 일일이 지정해 주었다. 그 수행원 나리 중 몇몇은 커다란 특전을 누렸다. 그러한 특전에 대해 1694년도 《역사 일지》 제6페이지에는 다음과 같이 기록되어 있다.

---

* 회전식 수납대의 일종이다.

그들에게는 '푸르(~을 위해라는 의미)'가 주어진다. 다시 말해, 각 수행원에게 숙소를 지정해 주는 궁내관이, 그중 몇 사람의 이름에 '푸르'라는 말을 덧붙인다. 예를 들면 '수비즈 대공을 위해'라고 적는다. 반면, 왕족이 아닌 사람의 숙소에 이름을 표시할 때는, 그냥 이름만 적는데, 예를 들면 제브르 공작, 마자랭 공작 등이다.

숙소 출입문에 적힌 푸르가 왕족이거나 총신(寵臣)임을 알려주었다. 그것을 총신에게 부여하는 경우, 왕족에게 부여하는 것보다 더 큰 폐해를 낳았다. 왕이 그것을, 성령 기사단 휘장이나 중신 직위 나누어 주듯, 총신들에게 마구 나누어 주었다.

영국에서 사용되던 '투르를 갖는다'는 말에는 허세가 적지만, 훨씬 현실적이었다. 그것은 통치자의 진정한 측근이라는 상징이었다. 혈통 덕분이건 특별한 호의 덕분이건, 국왕 폐하께 직접 분부를 받을 위치에 있던 사람의 침실 벽에는, 투르 하나가 설치되어 있었고, 그 위에 초인종을 설치해 두었다. 초인종이 울리고 투르가 열리면, 황금 접시나 벨벳 방석 위에 놓인 국왕의 친서가 나타났고, 그다음 투르가 다시 닫혔다. 매우 친근하면서도 엄숙한 것이었다. 친근함 속에 있는 신비함이었다. 투르가 다른 용도로는 사용되지 않았다. 그것에 설치되어 있던 초인종 소리는 국왕의 친서가 도착했음을 알리는 소리였다. 그것을 가져온 사람은 눈에 띄지 않았다. 대개 여왕이나 왕의 시동이 그 심부름을 했다. 레스터는 엘리자베스 치세에, 그리고 버킹엄은 제임스 1세 시절에 그것을 가졌다. 조시안은 비록 총애를 받지 못했어도 앤 여왕 시절에 그것을 가졌다. 투르를 가진 사람은 하늘에 있는 작은 우체국과 직접 관계를 갖고 있는 누군가와도 같았다. 그리하여 신께서 가끔 당신의 우체부 손에 편지를 들려서 그에게 보내는 셈이었다. 그것보다 더 부러운 특권은 없었다. 그러한 특전이 더욱 심한 비굴함을 부추겼다. 사람들은 조금 더 비굴하게 아부했다. 궁정에서는 높아지게 해 주는 것이 낮아지게 해 주기도 한다. '투르를 갖는다'는 말을 할 때는 프랑스어를 사용했다. 그 예절은 아마 옛 프랑스인의 진부한 장난에서 유래했기 때문인 듯하다.

엘리자베스가 처녀 여왕이었듯이, 처녀 귀족이었던 조시안은, 계절에 따라 도시, 또는 시골 지역으로 옮겨 다니며 거의 왕족과 같은 생활을 했다. 또한 궁정을 방불케 하는 무리를 몰고 다녔는데, 데이비드 경을 비롯한 여러 남자들이 그 궁정의 신하들이었다. 아직 결혼을 하지 않았던지라, 데이비드 경과 레이디 조시안은 자연스럽게 대중 앞에 함께 모습을 드러낼 수 있었으며, 또 기꺼이 그렇게 했다. 그들은 자주 극장이나 경마장에 같은 마차를 타고 가서 같은 특별석에 앉기도 했다. 그들에게 허락되었고 또 강요된 결혼이, 두 사람의 열정을 식게 만들었다. 그들의 매력은 서로를 지켜보는 것이었다. 약혼한 사람들에게 허용된 친근한 행동에는 넘기 쉬운 경계선을 가지고 있다. 그들은 그 한계를 넘지 않았다. 고약한 취향을 가지고 있었던지라, 금욕을 하는 것이 쉬운 일이었다.

그 당시 가장 멋있는 권투 시합이 램배스에서 열리곤 했다. 그곳 공기가 건강에 좋지 않지만, 캔터베리 대주교가 궁궐 하나와, 귀족들에게만 특정 시간대에 개방하는 장서 풍부한 도서관 하나가 있던 소교구였다. 어느 겨울날, 그곳에 있는, 사방이 닫힌 초원에서, 두 남자가 권투 시합을 벌였는데, 데이비드가 조시안을 데리고 갔다. 그녀가 물었다.

"여자들도 들어갈 수 있나요?"

그러자 데이비드가 대답했다.

"Sunt femine magnates(귀족 부인들은 어디든 가능하다)."

그리하여 조시안은 권투 시합을 구경했다.

다만 여공작 조시안이 조금 양보해, 남장을 해야 한다는 조건을 따랐다. 당시에는 흔한 일이었다. 여인들이 남장 이외의 복장으로 여행하는 일이 드물었다. 윈저 시의 합승 마차에 탄 여섯 사람 중 남장한 여자 한둘이 섞여 있지 않은 경우는 매우 드문 편이었다. 그것이 또한 신사 계급의 유행이었다.

데이비드 경은, 여인과 동행하고 있었으므로 경기에 관여하지 못하고, 단지 구경꾼으로 남아 있을 수밖에 없었다.

레이디 조시안은 오페라용 쌍안경을 사용해 경기를 관전해 자신의 신분을 노출했다. 그것은 귀족이라는 표시였다.

그 '고상한 만남'은 저메인 경에 의해 주재되었다. 이 저메인 경의 증조부는 18세기 말에 연대장으로 임명되어 어느 전투에서 도망친 다음 육군성의 장관이 되었다가, 정작 적의 화승총보다 더 무서운 기관총 세례, 즉 셰리든의 혹독한 풍자에 시달린 바 있었다. 많은 귀족들이 내기를 걸었다. 상속자가 없어진 벨라아쿠아 영지의 상속권을 주장하던 칼턴의 해리 벨로우는, 던히비드 읍을 대표하는 상원 의원 하이드 경, 일명 론스턴이라고도 불리는 헨리를 상대로 내기를 했다. 트루로 읍을 대표하는 존경스러운 상원 의원 페러그런 버티는, 메이드스톤 읍을 대표하는 상원 의원 토머스 콜페퍼 경을 상대로 승부를 걸었다. 로시언 변경 지역 출신인 영주 레미르바우는, 펜린 읍을 대표하는 새뮤얼 트레퓨시스를 대적했다. 세인트이비스 읍을 대표하는 바솔러뮤 그레이스디유 경은, 콘월주의 영주이자 로바츠라고도 불리는, 지극히 고귀한 찰스 보드벌을 대상으로 했다. 그들 이외에도 다른 귀족들이 북적거렸다.

두 권투 선수 중 하나는 아일랜드의 티퍼레리 출신이었는데, 고향에 있는 산의 이름을 따서 본인을 펠름기매돈이라 불렀다. 나머지 다른 선수는 스코틀랜드 출신으로, 이름은 헬름스게일이라 했다.

그들은 두 나라의 자존심을 걸고 있었다. 아일랜드와 스코틀랜드가 격렬하게 대결에 나설 참이었다. 에린이 가이오슬에게 주먹으로 공격을 가하려 하고 있었다. 내기 돈의 액수 또한, 상금을 셈하지 않고도, 4만 기니를 넘을 정도였다.

두 선수는 엉덩이에 걸친 짧은 반바지 차림으로 거의 벌거숭이였고, 발목을 끈으로 단단히 조인, 밑창에 못을 박은 편상화(編上靴)를 신고 있었다.

스코틀랜드의 헬름스게일은 나이가 열아홉이나 되었을까 싶은 어린 청년이었지만, 벌써 이마에는 꿰맨 상처가 있었다. 그래서 대부분의 사람들이 그에게 돈을 걸었다. 지난달에는, 그가 식스마일스워터라는 선수의 갈비뼈 하나를 내려앉게 하고, 동시에 눈을 파열시켰다. 이 모두가 그의 열정을 설명해 주는 것이었다. 그는 자신을 후원하는 사람들에게 1만 2,000파운드의 벌이를 가져다주었다. 이마의 꿰맨 상처 이외에도, 헬름스게일은 턱에도 깊은 상흔을 가지고 있었다. 그는 민첩하고 예리했다. 그의 신장은 작은 여인 정도였으나, 잔뜩 웅크리고 땅딸막해, 작지만 강하고 위협적이었다. 또한 그의 몸뚱이를 만들고 있는 반죽덩이에, 군더더기라고는 전혀 찾아볼 수 없었다. 주먹다짐에 필요하지 않은 근육은 단 한 가닥도 보이지 않았다. 그의 탄탄한 상반신은 간결함 그 자체였고, 마치 청동처럼 번쩍이며 갈색을 띠었다. 그가 미소를 지으면, 치아 세 대가 빠져나간 자리로 인해 미소가 더욱 눈에 들어왔다.

그와 상대할 선수의 몸매는 지나치게 거대했다. 즉 약했다. 나이 마흔 살쯤의 남자였다. 그의 신장은 1미터 80센티미터쯤 되었고, 가슴팍은 하마와 같았으며, 표정은 부드러웠다. 그의 주먹은 배의 갑판을 가를 만큼 강했으나, 그는 그 주먹을 어떻게 사용해야 할지 몰랐다. 아일랜드 출신 펠름기매돈은 이를테면 허울뿐인 존재여서, 권투 시합에 임하면 반격하기보다는 공격을 받기 위해서 있는 것 같았다. 다만 사람들은 그가 오래 버텨 주기만을 바랄 뿐이었다. 제대로 구워지지 않아, 씹기 어렵고 먹기 불편한 쇠고기 같았다. 그는 옛말로 날고기, 로 플레시와 같았다. 그는 자주 곁눈질을 했다. 사실상 체념한 모양이었다.

그 두 남자는 전날 밤을 한 침대에서 나란히 누워 보냈고, 잠도 그렇게 잤다. 또한 같은 잔을 사용해 포르토산 포도주를 조금씩 부어 나눠 마셨다.

그들에게는 각각 지지자 그룹이 있었는데, 모두들 거친 외모를 가지고, 필요에 따라 심판을 위협하기도 하는 사람들이었다.

헬름스게일을 응원하는 사람들 중 특히 주목받는 사람은, 황소 한 마리를 등에 짊어진 것으로 인해 유명해진 존 그로먼과, 밀가루로 가득 채운 15갤런들이 통 열 개와 방앗간 주인을 한 번에 짊어지고 200보 이상을 걸었다는 존 브레이였다.

펠름기매돈의 응원꾼들 중에는, 하이드 경이 렌스턴에서 데려온 킬터라는 사람이 있었는데, 그는 샤토 베르에 살며, 무게 20리브르의 돌을 그 성에서 가장 높은 망루보다도 높이 던질 수 있었다. 킬터, 브레이, 그로먼, 이 세 사람은 모두 콘월주 출신이어서, 그 지방의 자랑거리이기도 했다.

다른 지지자들은 짐승 같은 불량배들이었다. 허리가 단단하고, 다리가 활처럼 휘었고, 짐승의 앞발 같은 손의 뼈마디가 옹이처럼 불거지고, 어리석은 표정, 누더기를 걸쳤고, 거의 모두 감옥 신세를 진 적이 있었으므로 아무것도 두려울 것이 없었다.

많은 자들이 경찰을 취하게 만드는 일에 경탄을 자아낼 만큼 정통해 있었다. 어느 직업이건 나름대로의 특이한 재능을 가지고 있는 모양이다.

권투 시합 장소로 정해진 초원은, 지난날 곰이나 황소, 개들의 싸움장이었던, 건축 중인 허름한 집들보다 더 멀리에 있는, 헨리 8세에 의해 붕괴된 세인트 메리 오버 라이 수도원의 오막살이 옆, 곰들의 정원보다 더 멀리에 위치해 있었다. 가는 빗방울이 떨어져 금세 얼음 꽃이 나뭇가지에 응결되는 날씨였다. 이슬비는 내리자마자 미끄러운 빙판을 이루었다. 그곳에 있는 신사 중에는 우산을 쓰고 있는 것으로 보아 한 가정의 가장(家長)인 듯한 사람도 있었다.

펠름기매돈 곁에는, 심판을 맡은 몬크리프 대령이 있었으며, 선수 보조자로는 킬터가 자리를 잡았다.

헬름스게일 측에는, 명망 높은 심판 퓨 보마리스와, 선수 보조를 자청한 킬캐리의 데저텀 경이 있었다.

두 권투 선수는, 시계가 준비되는 동안, 링 안에서 잠시 동안 움직이지 않고 서 있었다. 잠시 후 그들은 서로에게 다가가 악수를 나누었다.

펠름기매돈이 헬름스게일에게 말했다.

“나는 모든 걸 뒤로하고 집에 돌아가고 싶네.”

헬름스게일이 신중하게 대답했다.

“신사분들께서 먼저 움직여야 가능한 일이겠지.”

둘 다 옷을 입지 않은 탓에 몹시 추워했다. 펠름기매돈은 아예 덜덜 떨고 있었다. 그의 위아래 턱뼈가 부딪혀 딱딱 소리를 냈다.

요크 대주교의 조카인 엘리너 샤프 박사가 두 선수에게 소리쳤다.

“자, 내 건달들, 서로 마음껏 때려 봐! 그러면 몸이 금방 더워질 거야.”

그 친절한 말이 그들의 몸을 녹여 주었다.

두 사람이 공격을 시작했다.

그러나 그 두 사람 중 어느 누구도 화가 난 상태는 아니었다. 3회전이 끝나도록 경기는 맥없이 지속되었다. 올 소울스 컬리지의 마흔 명의 회원 중 하나인 검드레이스 박사가 소리쳤다.

"진을 먹여서 활기를 돋워라!"

하지만 두 심판과 두 선수의 대부들은 경기 규칙을 지켰다. 그러나 날씨는 계속 추워지고 있었다.

외치는 소리가 들려왔다.

"First blood(퍼스트 블러드)!"

첫 번째 피를 요구하는 소리였다. 두 선수를 다시 마주 세워 정면을 보게 하였다.

두 사람은 서로 마주 보고, 다가서고, 두 팔을 뻗어 주먹으로 상대방의 주먹을 친 후, 다시 뒤로 물러섰다. 별안간 키 작은 헬름스게일이 덤벼들었다.

진정한 전투가 시작되었다.

펠름기매돈이 눈썹 사이의 이마 정 가운데에 일격을 당했다. 그의 얼굴 전체가 온통 피투성이가 되었다. 군중이 동시에 소리쳤다.

"Helmsgail has tapped his claret(헬름스게일이 보르도 적포도주를 터지게 했다)!"

모두들 박수를 쳤다. 펠름기매돈은, 두 팔을 풍차의 날개처럼 돌리며, 두 주먹을 아무렇게나 휘두르며 날뛰기 시작했다. 존경스러운 페러그린 버티가 말했다.

"눈이 멀었군. 하지만 아직 장님은 아니야."

그러자 헬름스게일은 사방에서 자신을 격려하는 소리를 들었다.

"Bung his peepers(눈깔을 뽑아라)!"

요컨대 두 선수는 정말로 잘 싸웠다. 따라서 날씨가 별로 좋지 않았음에도, 시합이 성공적일 것임을 예상할 수 있었다. 거인과 다름없는 펠름기매돈에게는 장점들이 오히려 불리한 역할을 했다. 그의 움직임이 몹시 둔했다. 그의 팔은 몽둥이 같았으나, 몸은 거대한 덩어리에 불과했다. 작은 선수는 뛰고, 치고, 뛰어오르고, 괴성을 지르고, 속도를 이용해 주먹의 힘을 배로 늘리는 등 온갖 꾀를 알고 있었다. 한 쪽의 주먹질이 원시적이고, 미개하고, 다듬어지지 않고, 무지한 상태에 있었던 반면 다른 한쪽은 문명의 주먹을 가지고 있었다. 헬름스게일은 신경과 근육을 동시에, 그리고 사나운 심성과 힘을, 잘 조화시키며 싸웠다. 반면, 펠름기매돈은 혹사당한 무기력한 도살자와 같았다. 시작하기도 전에 상대편의 기세에 조금 눌린 듯했다. 그것은 기술과 자연의 싸움이었으며 맹수와 야만인의 대결이었다. 야만인이 패할 것은 자명한 일이었다. 그러나 금세 끝날 일은 아니었다. 그래서 시합이 재미있는 것이다.

작은 사람 대 큰 사람의 대결. 행운은 작은 사람에게 있다. 고양이가 불도그를 눌러 이긴다. 골리앗이 항상 다윗에게 지는 것이다.

관객들의 환호가 두 선수들 위로 우박처럼 쏟아졌다.

"Bravo, Helmsgail! Good! Well done, highlander! Now, Phelem(브라보, 헬름스게일! 좋아! 잘했어, 산속 사나이! 이제 네 차례야, 펠름)!"

헬름스게일의 지지자들은 거듭 외치며 그를 격려했다.

"눈깔을 뽑아내!"

헬름스게일은 더욱 더 잽싸졌다. 그는 몸을 낮추었다가, 파충류가 움직이듯이 다시 솟구치며, 펠름기매돈의 흉골(胸骨)을 공격했다. 거구의 몸이 동요하기 시작했다.

"반칙!"

바너드 자작이 소리쳤다.

펠름기매돈이 킬터의 무릎 위에 털썩 엎어지며 중얼거렸다.

"이제 열이 나기 시작하는군."

데저텀 경이 심판들과 상의한 후에 말했다.

"5분 동안 시합을 유예하기로 했습니다."

펠름기매돈은 기절한 상태에 가까웠다. 킬터가 그의 눈을 뒤덮고 있는 피와 몸의 땀을 플란넬로 닦아 주며, 그의 입에 물병을 물려 주었다. 열한 번째 휴식 시간이었다. 펠름기매돈은, 이마의 상처 이외에도, 두정부(頭頂部)가 변형되고, 복부가 부어올랐으며 흉근이 찢겨 있었다. 반면 헬름스게일은 아무런 부상도 입지 않았다.

신사들 사이에서 동요의 탄성 소리가 더욱 커졌다.

바너드 자작이 다시 소리쳤다.

"반칙이야!"

"내기는 무효야."

레미르바우 영주의 말이었다.

"내 돈을 돌려받아야겠어."

토머스 콜페퍼 경도 덩달아 말했다. 그러자 세인트이비스 읍을 대표하는 존경스러운 상원 의원 바솔러뮤 그레이스디유 경도 덩달아 한마디 했다.

"내 500기니 돌려줘, 나는 그만 가겠어."

"이 시합을 중단시키시오!"

관람석에서도 고함이 터져 나왔다. 그러나 펠름기매돈이 거의 동시에 술 취한 사람처럼 건들거리며 일어섰다. 그리고 관중을 향해 말했다.

"경기를 계속합시다. 다만 조건이 하나 있어요. 저 역시 반칙을 한 번 할 수 있는 권한을 주십시오."

"옳소!"

사방에서 한꺼번에 고함이 터져 나왔다. 헬름스게일은 비웃듯이 어깨를 한 번 으쓱했다.

5분이 지나 그들은 다시 싸웠다.

펠름기매돈에게는 임종의 고통이었던 경기가 헬름스게일에게는 가벼운 놀이에 불과했다. 기막힌 싸움 솜씨였다! 키 작은 사나이가 거한을 궁지에 몰아넣을 방법을 찾았다. 헬름스게일이 순식간에, 펠름기매돈의 커다란 머리를, 강철 고리처럼 둥글게 구부린 왼쪽 팔로 휘감아 잡아서, 목을 꺾어 목덜미를 누르며 왼쪽 겨드랑이에 꼈다. 그러고는 오른쪽 주먹으로, 망치가 못을 치듯, 그러나 밑에서, 아래로부터 위로, 그의 안면을 자유자재로 짓이기고 있었다. 펠름기매돈이 마침내 풀려나 머리를 다시 쳐들었을 때는, 얼굴이라고 할 만한 것이 더 이상 없었다.

코와 눈과 입이었던 부분은, 피에 담갔다가 꺼낸 검은 스펀지 조각에 불과해 보였다. 그가 침을 뱉었다. 땅바닥 위로 치아 네 대가 떨어지는 것이 보였다.

그러고 그가 쓰러졌다. 킬터가 그를 무릎으로 받았다. 헬름스게일은 거의 맞지 않았다. 그는 대수롭지 않은 멍 몇 개와 쇄골에 가벼운 생채기를 얻었을 뿐이다.

모두들 추위를 잊고 앞다퉈 헬름스게일에게 16과 4분의 1배를 걸었다. 칼턴의 해리가 큰 소리로 외쳤다.

"펠름기매돈은 더 이상 존재하지 않습니다. 캔터베리 대주교의 낡은 가발을 상대로, 저는 헬름스게일에게 저의 벨라아쿠아 영지와 벨로우 경이라는 권리를 걸겠습니다."

"얼굴을 이쪽으로 돌려 봐."

킬터가 펠름기매돈에게 말했다. 그러고는 피에 젖은 플란넬 천 조각을 병 속에 쑤셔 넣었다가 다시 꺼내어, 진으로 그의 얼굴을 닦았다. 그의 입이 다시 모습을 나타냈다. 그가 한쪽 눈꺼풀을 간신히 열어 올렸다. 양쪽 관자놀이에 금이 간 것 같았다.

"친구여, 아직도 하나가 더 남았어."

킬터가 그렇게 말하고 나서 다시 한마디 덧붙였다.

"평지 사람들의 명예를 위해."

웨일스 사람들과 아일랜드 사람들은 서로 뜻이 잘 통한다. 그렇건만 펠름기매돈은 아직 그의 정신 속에 무엇인가가 남아 있다고 할 만한 아무런 징후도 보이지 않았다.

펠름기매돈이 다시 일어섰다. 킬터가 그를 받쳐 주고 있었다. 제25라운드가 시작되고 있었다. 마치 그리스 신화에 나오는 키클롭스처럼(그에게 눈이 하나밖에 없었으니 말이다) 싸울 태세를 갖추는 모습만을 보고도, 사람들은 경기가 마지막이라는 것을 짐작했고, 그가 질 것을 의심하는 사람은 아무도 없었다. 그는 아래턱 위로 손을 올려 수비 자세를 취했다. 반죽음 상태에서 나오는 서툰 몸짓이었다. 땀조차 거의 흘리지 않은 헬름스게일이 크게 소리쳤다.

"나도 나에게 걸겠습니다."

팔을 쳐든 헬름스게일이 일격을 가했다. 그런데 정말 이상하게도 둘이 동시에 나가떨어졌다. 즐겁게 으르렁거리는 소리가 들렸다.

만족스러워한 사람은 펠름기매돈이었다.

그는 헬름스게일이 자신의 두개골에 무시무시한 기세로 공격을 가하는 틈을 타서, 헬름스게일의 복부에 반칙 타격을 가했다. 헬름스게일은 바닥에 널브러진 채 숨을 거둘 듯 헐떡거렸다.

관객들이 바닥에 쓰러진 헬름스게일을 바라보다가 한마디 했다.

"빚을 갚았군."

모두들 박수를 쳤다. 내기에서 진 사람들까지.

펠름기매돈은 상대방의 반칙을 반칙으로 응수했고, 그것은 정당한 권리였다.

헬름스게일을 들것에 실려 다른 곳으로 옮겨졌다. 그가 다시는 회복할 수 없으리라는 것이 대부분의 중론이었다. 로바츠 경이 큰 소리로 외쳤다.

"나는 1,200기니를 벌었어."

펠름기매돈은 평생 불구로 살아갈 것이 틀림없었다.

경기장에서 나오면서 조시안이 데이비드 경의 팔을 잡았다. 그 역시 약혼자들에게는 허락된 행동이었다. 그녀는 그에게 말했다.

"매우 인상적이었어요. 하지만……."

"하지만 뭐요?"

"경기가 저의 지루함을 달래 줄 거라고 믿었는데 아니에요."

데이비드 경이 멈춰 서서 조시안을 뚫어지게 쳐다보더니, 입을 다물고 고개를 좌우로 저으며 볼을 불룩하게 부풀렸다. 주의하라는 의미였다. 그러고는 여공작에게 말했다.

"우울함을 치유할 약은 오직 한 가지뿐이오."

"그게 무엇이죠?"

"그윈플렌."

여공작이 물었다.

"그윈플렌이 대체 뭔데요?"

제2부
그윈플렌과 데아

1. 우리가 아직까지 그 행위밖에 보지 못한 자의 얼굴

자연은 그윈플렌에게 대단히 관대했다. 귀밑까지 찢어지도록 벌어지는 입술과, 저절로 접혀 눈까지 닿는 귀, 인상을 쓸 때 안경이 그려질 만큼 기형인 코, 아무튼 바라보면 그 누구라도 웃지 않고는 못 배기는 얼굴을 그에게 선사했다.

우리는, 자연이 그윈플렌에게 많은 선물을 주었다고 했다. 하지만 그것을 자연이 가져다주었을까?

혹시 누군가 자연을 도운 것은 아니었을까?

고통스럽게 길게 찢어진 것 같은 두 눈, 해부하기 위해 뚫어놓은 듯한 누더기 입술, 납작하면서도 돌출된 혹 하나와 두 개의 구멍으로 구성된 코, 완전히 으스러진 얼굴, 그리고 그 모든 것이 합쳐져 얻은 결과는 웃음인데, 자연이 홀로 그러한 예술

작품을 만들어 내지 않은 것임은 자명하다.

그런데, 웃음이 기쁨과 같은 의미일까?

만약 이 곡예사를 앞에 두고 처음의 즐거운 인상이 흩어져 사라지게 한 다음, 좀 더 주의 깊게 살핀다면, 거기에서 예술의 흔적을 즉시 알아차릴 수 있다. 이러한 얼굴은 우연의 산물이 아니라 의도적으로 만들어지는 것이다. 자연이 이토록 완벽할 수는 없다. 인간은 자신의 아름다움을 위해서 보탤 수 있는 것은 아무것도 없지만, 자신을 추하게 만드는 것에 있어서는 무엇이든 할 수 있다. 호댄토트족*의 얼굴을 다듬어서 로마인의 얼굴윤곽으로 만들 수는 없다. 그러나 그리스인의 코를 칼무크족의 코로 바꾸는 것은 가능한 일이다. 코의 뿌리를 제거해 콧구멍을 납작하게 누르면 그뿐이다. 중세의 후기 라틴어에서 denasare(코를 떼어 버린다)라는 동사가 이유 없이 만들어진 것은 아니다. 그윈플렌이 아직 아이였을 때, 사람들이 그의 모습을 변형시키는 데 신경 쓸 만큼, 그가 중요한 신분이었을까? 그랬을 수도 있었을 것이다. 그저 단지 구경거리, 사람들에게 보여 주고 돈벌이를 하기 위한 목적으로 그랬던 것이었을까? 어느 면을 보더라도, 아이들을 솜씨 좋게 다룰 줄 아는 사람들이 이 얼굴에 모든 기술을 퍼부은 것 같다. 오늘날의 화학이 옛날

---

* 아프리카 서남부 지역의 유목민이다.

의 연금술이었듯이, 오늘날의 외과 수술에 해당하는 어느 신비하고 불가사의한 과학이, 매우 어렸을 때, 그의 육신을 조각하고, 계획에 따라서 그러한 얼굴을 만들어 냈음이 틀림없어 보인다. 부분별로 절단과 폐색과 동여매기에 능했던 이 과학은, 입술 테두리를 절개해 잇몸을 드러내고, 귀를 당겨 부풀리고, 연골을 없애 버리고, 눈썹과 뺨을 어질러 놓고, 광대뼈를 확장시키고, 꿰맨 자국과 흉터들은 흐릿하게 뭉개 놓고, 그 상처 위로 다시 표피를 이끌어다 덮어놓아서, 이제 얼굴은 놀라운 상태가 되었다. 바로 이 강력하고 오묘한 조각 기술을 통해 그윈플렌이라는 가면이 탄생한 것이다.

인간은 결코 이러한 모습으로 태어나지 않는다.

사연이 어떻건 그윈플렌은 경탄할 만한 성공작이었다. 그는 인간의 슬픔에 대한 신의 가호가 내린 하늘의 선물과 같았다. 어떤 가호일까? 신의 가호가 있듯 악마의 가호도 있던가? 질문만 제기하고 그 답은 하지 않겠다.

그윈플렌은 곡예사였다. 그는 많은 사람 앞에서 공연을 했다. 그만큼 영향력을 지닌 사람은 이전에 없었다. 그를 보는 것만으로도 우울증이 치료되었다. 상중에 있는 사람들은 그를 피해야 했다. 만약 그를 보게 되면, 아무리 머릿속이 어수선하고 억지로라도 슬퍼해야 하는 상황에서도, 참지 못하고 웃음이 터져 나올 것이기 때문이었다. 어느 날 사형수가 그윈플렌 앞에 나타났는데, 그 역시 웃음을 참지 못했다. 누구든 그윈플렌을 보면 허리를 움켜잡았고, 그가 말을 시작하면 바닥을 데굴데굴 굴러다닐 지경이 되었다. 그는 슬픔의 반대점에 있었다. 우울이라는 것이 한쪽 끝에 있다면, 그는 그 반대쪽 끝에 서 있었다.

그리하여 그는 순식간에 장터와 광장에서 추악한 남자라는 만족스러운 칭송을 받았다.

그윈플렌이 사람들을 웃게 만드는 것은, 그가 웃을 때였다. 그런데 사실 그는 웃지 않았다. 그의 얼굴은 웃고 있었지만, 그의 머릿속은 그렇지 않았다. 우연 혹은 기이하고 특수한 어떤 작업이 만들어 낸 그 믿어지지 않는 얼굴만이 혼자 웃고 있었다. 그윈플렌은 그 웃음에 전혀 섞여 들지 않았다. 외면이 내면을 따르지 않았다. 그는 자신의 이마와 뺨과 눈썹과 입술 어디에서나 지은 적이 없는 웃음을, 없앨 수가 없었다. 그 웃음은 언제나 그의 얼굴에 남아 있었다. 그것은 다른 사람이 그의 얼굴에 자동적이고 영원히 고착시켜 놓은 웃음이었다. 누구도 이 웃음을 피해 가지 못했다. 얼굴에서 일어나는 경련 중 의사소통 능력을 나타내는 것이 두 가지 있으니, 그것은 웃음과 하품이다. 그윈플렌이 어렸을 때 받았을 미지의 수술로 인해, 얼굴의 모든 부위가, 이 강박적인 웃음을 만드는 데 일제히 참여했다. 그의 외모 전체가 그 웃음을 중심으로 형성되었다. 마치 수레바퀴의 모든 살이 바퀴 축에 모이는 것처럼 그의 모든 감정들이, 그것이 어떤 것이든, 그 희한한 기쁨의 얼굴을 부각시켰다. 좀 더 정확한 표현으로 말하자면, 웃음을 더욱 도드라지게 만들었다. 그가 얼마나 놀랐든, 그가 어떤 고통을 느끼고 있든, 얼마나 분노에 사로잡혔든, 누군가에게 연민을 느꼈든, 이 모든 감정들은 그저 근육들의 폭소를 더 증대시킬 뿐이었다. 그는 눈물을 흘릴 때조차도 웃고 있었다. 그윈플렌이 무슨 행동을 하든, 그가 무슨 생각을 하든, 그가 무엇을 원하든, 그가 고개를 쳐드는 순간, 그 앞에 있는 군중들은 자신들의 눈앞에 나타난 항거할 수 없는 폭소의 도가니를 보게 되었던 것이다.

그것은 메두사의 머리, 기뻐하는 메두사의 머리와도 같았다.

그 예상 밖의 출현에, 그 순간까지 뇌리에 있던 것은 산산이 사라지고, 모두 웃을 수밖에 없었다.

고대 건축가들은, 옛 그리스의 극장 정면 박공에, 청동으로, 즐거워하는 얼굴의 조형물을 붙여 놓았다. 그리고 그 얼굴을 코모디아*라 칭했다. 그 청동 조각물은 웃는 것처럼 보이면서 사람들의 웃음을 유발했지만, 또한 그 속에는 생각에 잠긴 듯한 모습도 더불어 존재했다. 광기로 귀결되는 모든 우스꽝스러운 패러디들과, 지혜로 귀결되는 모든 아이러니들이 이 청동 얼굴에 혼융되고 결합되어 있었다. 근심과 환멸, 혐오감과 슬픔

* 희극이라는 말의 어원이다.

의 짐이 이 태연한 이마 위에 응축되어서, 결국은 이러한 음울함과 명랑함의 총체가 되었다. 입의 양쪽 끝이 위쪽으로 치켜올라가 있었는데, 한쪽 끝은 인류를 조롱하기 위해서, 다른 한 끝은 신을 모독하기 위해서였다. 그리하여 사람들은 이 이상적인 풍자의 견본 앞에서 누구나 저마다 가지고 있는 빈정거림을 대조해 보곤 했다. 그리고 군중은, 무덤처럼 꿈쩍하지 않는 음산한 웃음 앞에 끊임없이 몰려와, 포복절도할 정도로 즐거워했다. 고대 극장의 정면에 있던 조형물에 살아 있는 남자의 얼굴을 씌워 준다면 그거야말로 그윈플렌의 모습이었을 것이다. 무자비한 폭소를 담은 끔찍한 얼굴을, 그는 자신의 목으로 떠받치고 있었다. 영원한 웃음이란 인간의 어깨가 짊어지기에 얼마나 무거운 짐인가! 영원한 웃음. 이것을 잘 이해하고 의미를 제대로 따져 보자. 마니교도들은 절대적인 것도 어느 순간 스스로 물러서고, 절대 신조차 휴식을 취하는 순간이 있다고 믿었다. 또한 의지에 관해서도 분명히 살펴보자. 우리는 의지가 완전히 무력해질 수 있다는 사실을 인정하려 하지 않는다. 모든 존재는 추신으로 내용을 바꿔 버릴 수 있는 한 통의 편지와도 같다. 그윈플렌의 경우, 그 추신이 이와 같았다. 의지 때문에, 자신의 의지 안에 모든 주의력을 쏟아 넣은 덕분에, 어떤 상황이나 감정도 그가 기울인 단호한 노력을 분산시키거나 이완시키지 않을 경우, 그는 자신의 얼굴에 있는 그 강박적 웃음을 굳혀 버리고 거기에 일종의 비극적인 베일을 드리울 수 있었다. 그리하여 아무도 더 이상 그의 앞에서 웃지 못하고, 대신 몸서리를 치기에 이르렀다.

그윈플렌은 그러한 노력을 거의 하지 않았다. 고통스러우리만큼 힘들었고, 견딜 수 없는 긴장을 필요로 했기 때문이다. 게다가 조금만 주의력이 흐트러져도 약간의 감정만 스쳐 가도, 잠시 물러났던, 썰물처럼 항거할 수 없는 그 웃음이, 그의 얼굴에 다시 등장했고, 감정이 어떤 것이든, 그것이 강하면 강할수록, 웃음은 그만큼 더 격렬했다.

그런 예외적인 경우를 제외하면, 그윈플렌의 웃음은 영원했다.

그윈플렌을 보기만 하면 누구든 웃음을 터뜨렸다. 그들은 웃고 난 다음에는 고개를 돌렸다. 특히 여인들은 공포에 질려 전율을 느꼈다. 이 사내는 너무나 끔찍했다. 배꼽을 잡으며 웃는 웃음은, 마치 바친 세금 같았다. 그것을 즐겁게 감수했지만, 거의 자동적인 동작이었다. 그다음에는, 즉 웃음이 멎게 되면, 그윈플렌은 한 여인의 눈에는 감당할 수 없는 존재였고, 도저히 바라보는 것이 불가능한 존재였다.

그는 키가 컸고, 균형 잡힌 몸매에 날렵하여, 얼굴을 제외하면 전혀 잘못된 부분이 없었다. 바로 이런 사실 또한, 그윈플렌이 자연의 작품이 아니라 예술 창작의 결과물일거라는 추측을 더욱 강하게 했다. 그윈플렌은, 아름다운 몸매로 미루어 보아,

아마 얼굴 역시 수려했을 것이다. 태어날 때는 그 역시 다른 아이들과 비슷했을 것이다. 누군가 그의 몸은 온전히 보존하고, 오직 얼굴에만 손을 댄 것이 분명했다. 누군가 고의로 그렇게 만들었을 것이다.

적어도 있음 직한 일이었다.

그에게는 아직 치아가 남아 있었다. 치아는 웃음에 필수적이었다. 해골에도 치아는 남아 있다.

그의 얼굴에 가해진 수술은 끔찍했을 것이다. 그가 그 사실을 기억하지 못한다고 해서 그가 그런 수술을 받은 적이 없다고 할 수는 없을 것이다. 그러한 외과적 조각은, 어린지라 자신에게 어떤 일이 닥쳤는지 거의 의식하지 못하고, 상처를 단순한 질병으로 여길 수 있는, 오직 매우 어린 아이를 상대로 해서만 가능했을 것이다. 그리고 그 시대에도, 환자를 잠들게 해 통증을 줄이는 방법이 알려져 있었다. 다만 오늘날에는 그것을 마취라 부르지만 그 시절에는 마법이라 불렀다.

그를 키운 사람들은, 얼굴을 그렇게 만든 것 이외에, 그에게 체조 및 각종 운동의 원천을 주었던 것 같다. 그의 관절들은 편리하게 분절되어 있는지, 반대 방향으로 꺾이는 데도 적합했고, 문의 돌쩌귀처럼 모든 방향으로 움직일 수 있었다. 그래서 광대가 되는 훈련을 받을 수 있었다. 광대라는 직업에 있어 그는 어느 것 하나 부족함이 없었다.

그의 머리카락은 황토로 물들였는데, 한 번 물이 들면 평생 탈색되지 않는 염료였다. 이건 오늘날에 다시 발견된 비법으로 이제는 어여쁜 여인들이 그 염료를 사용하고 있다. 옛날에는 사람을 추하게 만들던 것이 오늘날에는 아름답게 만드는 데 쓰이기도 한다. 그윈플렌의 머리 색깔은 노란색이었다. 이 부식성 강한 염료 때문에 그의 머릿결은 양털처럼 뻣뻣하고 거칠게 되었다. 사람의 모발이라기보다는 짐승의 갈기에 더 가까운 이 노랗고 뻣뻣한 털은, 생각을 담아 두기 위해 만들어진 두뇌 깊은 곳을 덮어 감추고 있었다. 어찌됐든 간에 그의 안면부를 박탈하고 그곳의 살을 온통 흩트린 그 끔찍한 수술도, 뼈로 이루어진 그 상자에는 영향을 끼치지 못했다. 그윈플렌의 안면 골격은 힘차고 인상적이었다. 그의 웃음 뒤에는, 우리처럼, 뭔가를 꿈꾸고 있는 하나의 영혼이 깃들어 있었던 것이다.

그럼에도 불구하고, 그 웃음이 그윈플렌에게는 하나의 커다란 재주였다. 자신도 그 웃음에 대해서는 어찌 할 수가 없었고, 따라서 그것을 이용해 득을 보기로 했다. 그 웃음 덕분에 그는 생계를 이어 갈 수 있었다.

이미 짐작했겠지만, 그윈플렌은, 어느 겨울날 포틀랜드 해변에 버려졌다가 웨이머스에서 다 쓰러져 가는 포장마차에 받아들여진, 그 아이였다.

2. 데아

그 아이가 이제 어엿한 사내가 되어 있었다. 그동안 15년의 세월이 흘렀다. 때는 1705년이었다. 그윈플렌은 거의 스물다섯이 되어 가고 있었다. 우르수스가 두 아이를 키워 냈다. 그렇게 방랑자 무리가 만들어졌다. 우르수스와 호모는 이미 늙어 버렸다. 우르수스는 완전히 대머리가 되었다. 늑대의 털은 회색빛이 되었다. 늑대의 나이는 개의 나이처럼 일정하지가 않다. 몰랭의 말에 따르면, 여든 살까지 사는 늑대들이 있다고 하는데, 몸집 작은 쿠파라 늑대, 즉 카비오이 보루스와 향기 풍기는 카니스 누빌루스 등이 그 예다.

죽은 여인의 시체에서 발견된 어린 계집아이가, 이제 나이 열여섯 살의 다 큰 처녀가 되었다. 안색이 창백하고 머리카락은 갈색인데, 날씬하고 가냘픈 몸매는 아주 작은 움직임에도 몸을 떨었고, 조금만 건드려도 부서질까 두려울 지경이었다. 얼굴은 경탄을 자아낼 만큼 아름답고, 두 눈에는 빛이 가득하건만, 앞을 보지 못했다.

거지 여인과 아기를 눈 속에 쓰러트린 그 숙명적인 밤은, 두 가지 짓을 저지른 것이다. 그 밤이 어미를 죽이고 딸의 눈을 멀게 했다.

밤이슬이 소녀의 눈동자를 영영 못 쓰게 만들었고, 이제 그 소녀는 여인으로 성장했다. 그녀의 얼굴에는 전혀 태양빛이 어리지 못했고, 서글프게 처진 양쪽 입술 끝이 씁쓸한 고난을 드러내고 있었다. 그녀의 크고 맑은 두 눈은 참으로 기이하게도, 본인에게는 영원히 빛을 잃고 꺼져 있었지만 다른 사람이 보기에는 영롱하게 빛났다. 신비하게 켜진 그 불꽃은 오직 바깥세상만 비추는 신비한 횃불이었다. 그녀는 자신의 빛을 남에게 주고 자신은 빛을 갖지 못했다. 이 앞을 보지 못하는 눈은 어두운 공간을 반짝이며 밝혔다. 그녀의 치유할 수 없는 암흑 저 끝에서, 그리고 보이지 않는 검은 장벽 뒤에서, 사람들은 그녀 내부에서 그녀의 영혼을 보았다. 그녀의 죽은 시선에는 무언지 형언할 수 없는 천상의 진심 같은 것이 보였다. 그녀는 밤이었다. 그리고 그녀 자신과 혼융된 이 돌이킬 수 없는 어둠에서 그녀는 별들을 꺼냈다.

라틴어 이름을 좋아했던 우르수스가 그녀에게 데아라는 이름을 붙여 주었다. 그는 그의 늑대와 약간의 논의를 했다. 그가 늑대에게 말했다.

"너는 인간을 대변하고 나는 짐승을 대변하지. 우리는 밑바닥 세계에 있어. 이 어린 것은 저 높은 세계를 대표할 거야. 이런 연약함은 곧 절대적인 힘이지. 이런 식으로 완결된 우주가, 인간과 짐승과 신이, 우리 포장마차 안에 있게 되는 거야."

늑대는 그 말에 굳이 반대를 표하지 않았다.

그렇게 업둥이는 데아라는 이름을 갖게 되었다.

그윈플렌은 우르수스가 이름을 지을 필요도 없었다. 그날 아침, 남자아이가 기형이라는 사실과 여자아이가 장님이라는 사실을 알게 되었을 때, 그가 물었다.

"얘야, 네 이름이 뭐니?"

그러자 남자아이가 말했다.

"사람들이 그윈플렌이라고 불러요."

"그렇다면 그윈플렌이라고 하자."

우르수스가 말했다.

데아는 그윈플렌의 훈련을 지켜보았다.

인류의 비참함을 요약본으로 구성할 수 있다면, 그것이 바로 그윈플렌과 데아일 것이다. 그들은 각자 무덤의 구획에서 태어난 것 같았다. 그윈플렌은 소름 끼치는 공포 속에서, 데아는 암흑 속에서. 그들은 존재는, 어둠의 무시무시한 두 측면에서 가져온, 서로 다른 두 종류의 어두움으로 이루어져 있었다. 그 암흑을, 데아는 자신 속에 담고 있었고, 그윈플렌은 자신의 얼굴 위에 얹고 있었다. 데아에게는 유령이 있었고, 그윈플렌에게는 무시무시한 망령이 들어 있었다. 데아는 침울함 속에 있었고, 그윈플렌은 그보다 더 나쁜 것에 있었다. 앞을 보는 그윈플렌에게는, 소경인 데아에게는 없는, 가슴을 에는 비통한 하나의 가능성이 있었다. 그것은 바로 남들과 자신을 비교하는 일이었다. 그런데 그윈플렌이 처한 상황에서는, 그가 납득하려 애를 쓴다고 가정하더라도, 자신을 다른 이들과 비교한다는 것이, 곧 자신을 더 이상 이해하지 못하게 됨을 의미했다. 데아처럼, 세계가 부재하는 텅 빈 시야를 갖는다는 것은 물론 극도의 절망이다. 그러나 자신이 스스로에게조차 수수께끼라는 것보다는 덜한 아픔이다. 또한 부재함 자체가 자기 자신이라 느끼고, 세상은 보되 자신만을 보지 못하는 것보다는 덜한 것이다. 데아에게는 어둠이라는 베일이 하나 있었고, 그윈플렌에게는 자신의 얼굴이라는 가면이 하나 있었다. 형언할 수 없는 일이었다. 그윈플렌의 가면은 자신의 얼굴로 만들어진 것이었다. 그의 얼굴이 예전에는 어떤 모습이었는지, 그는 전혀 알 수 없었다. 그의 본래 얼굴은 완전히 사라졌다. 누군가가 그에게 위조된 가면을 씌워 놓았다. 그의 얼굴은 행방불명 상태였다. 그에게는 그 얼굴을 본 기억이 존재하지 않았다. 그의 머리는 살아 있지만, 그의 얼굴은 숨 쉬지 않았다. 데아나 그윈플렌에게는, 인류라는 것이 자신들과 상관없는 바깥의 일이었다. 두 사람 모두 세상과 멀리 떨어져 있었다. 데아는 혼자였고 그윈플렌 역시 혼자였다. 데아의 고립은 장례식과 같았다. 그녀에게는 아무것도 보이지 않았다. 그윈플렌의 고립은 재난이었다. 그는 모든 것을 보았다. 데아에게 세상은 청각과 촉각의 테두리를 벗어나지 못했다. 그녀에게는 현실이라는 것이, 비좁고, 제한되고, 짧고, 즉시 없어져 버리는 것 같았다. 그녀에게 있어 어둠 말고 영원한 것은 없었다. 그윈플렌에게 있어 산다는 것은 영원히 그의 앞에, 그의 바깥에 군중들이 있다는 것을 의미했다. 데아는 빛을 박탈당했고 그윈플렌은 삶을 금지당했다. 분명 이 두 사람은 존재할 수 있는 모든 고난의 바닥을 이미 겪었던, 절망한 이들이었다. 그들 둘 다, 그 바닥에 잠겨 있었다. 혹시 누가 두 사람을 면밀히 관찰했다면, 그의 몽상이 무한한 연민으로 녹아드는 것을 느꼈을 것이다. 그들이 겪지 않은 고통이 무엇이겠는가? 그 두 인간 피조물을 불행의 선고가 짓누르고 있음이 역력했다. 또한 숙명은, 무고한 두 사람을, 일찍이 전례가 없을 만큼 완벽하게, 고통과 지옥 같은 삶으로 에워쌌다.

그들은 천국에 있었다.

그들은 서로 사랑했다.

그윈플렌은 데아를 사랑했다.

데아는 그윈플렌을 우상으로 여겼다.

"넌 어쩜 이리도 멋있는지!"

그녀는 그에게 말하곤 했다.

3. 오쿨로스 논 하베트, 에트 비데트*

지구상에서 단 한 명의 여자만이 그윈플렌을 볼 수 있었다. 그것은 바로 장님 소녀였다. 그녀는 우르수스를 통해서 그윈플렌이 자신에게 무엇을 해 주었는지 알게 되었다. 그윈플렌은 우르수스에게 포틀랜드 해안에서 웨이머스까지의 혹독했던 여정과, 버림받았을 때의 고통에 대해 이미 이야기했기 때문이다. 그녀는 알고 있었다. 죽은 시신의 젖을 빨며 죽어 갈 때, 자신보다 조금 큰 아이가 와서 그녀를 안아 올렸던 것을. 그 누군가, 세상의 음침한 거부 속에 묻혀 있던 어린아이가 아기의 울음소리를 들었고, 모두들 그 부름에 귀를 막았건만 그는 그녀의 소리에 귀를 막지 않았고, 고립되었으며, 약하며, 버림받아, 아무 의지할 곳 없이, 피곤에 탈진해 낙심한 채 황무지를 헤매면서도 밤의 손에서 그 짐을, 즉 다른 아기를 넘겨받았고, 흔히들 운수라고 부르는 그 모호한 배급에 기대할 자신의 몫이 전혀 없었건만, 그는 또 다른 하나의 운명을 스스로 짊어졌고, 그리하여 그 어린것을 헐벗음과, 고통과, 절망에서 구원했고, 하늘이 문을 닫았을 때 그는 가슴을 열었고, 죽은 것이나 다름없던 그가 다른 생명을 구출했고, 지붕도 피신처도 없으면서 그는 스

* '그녀는 눈이 없되 본다'는 뜻이다.

스로 보호소가 되어 주었고, 어머니이자 유모 노릇을 했고, 이 세상에서 혈혈단신이었던 그가, 저버림에 대해 받아들임으로 응답했고, 그러한 수범(垂範)을 깊은 어둠 속에서 보였고, 아직 충분히 시달리지 않았다고 생각했음인지, 다른 이의 비참함을 기꺼이 덤으로 떠안았고, 그를 위해 만들어진 것이라곤 아무것도 없는 이 세상에서, 그가 자신의 의무를 발견했고, 모두들 멈칫거렸을 곳에서 선뜻 나섰고, 모두들 물러섰을 곳에서 흔쾌히 수락했고, 무덤 구멍으로 손을 들이밀어 그녀를 꺼내 주었고, 자신은 반 벌거숭이가 되면서도 그녀가 추울까 봐 그녀에게 자신의 넝마를 주었고, 자신이 굶어 죽을 지경이면서도 그녀에게 먹이고 마시게 할 궁리를 했고, 어린 계집아이를 위해 어린것이 죽음을 상대로 싸움을 벌였고, 겨울과 눈과 고독과 두려움과 추위와 배고픔과 갈증과 폭풍 등의 형상으로 달려드는 죽음을 상대로 싸우며, 그녀를 위해, 데아를 위해, 그 열 살짜리가, 밤의 광막함을 상대로 싸움을 벌였다는 사실을 그녀는 잘 알고 있었다. 그녀는 어린 아이 그윈플렌이 이것을 해냈다는 것을 알았다. 이제 성인이 된 그윈플렌은 허약한 그녀에게 힘이며, 가난한 그녀에게 풍요로움이었고, 아픈 그녀에게 약이며, 눈먼 그녀에게는 눈이라는 사실을 잘 알고 있었다. 그에게서 그녀가 멀리 떨어져 있다고 느끼게 한 알 수 없는 두꺼운 장벽을 넘어서, 이제 그녀는 그러한 헌신과 희생과 용기를 선명히 분별할 수 있었다. 비물질적인 영역에서는 영웅적 행위가 일종의 윤곽을 가지고 있다. 그녀는 그 숭고한 윤곽을 알고 있었다. 태양 빛이 비추지 않는, 하나의 사념이 기거하는 그 형언할 수 없는 희미함 속에서, 그녀는 미덕의 신비한 윤곽을 감지하고 있었다. 현실이 그녀에게 주는 유일한 인상이라 할 수 있는, 그녀를 둘러싸고 있는 모호한 것들의 움직임에 둘러싸여 살면서, 항상 어떤 위험이 닥치지 않을까 감시하는 수동적인 사람의 불안한 침체 속에서, 눈먼 자의 삶이 항상 그러하듯, 아무 방어 수단이 없다는 느낌 속에서, 그녀는 자신보다 위에 있는 그윈플렌의 존재를 확인했다. 절대로 차갑지 않고, 절대로 그녀를 떠나지 않고, 절대로 막연하지 않은 그윈플렌. 친절하고, 그녀에게 도움을 주며, 다정한 이가 있음을.

데아는 그의 존재로 인해 안도하면서, 또 그에 대한 고마움으로 감동하여, 그녀에게 잦아든 불안은 황홀감으로 변했다. 암흑으로 가득 찬 눈으로, 그녀는 암흑의 정점에 있는 이러한 선의를, 깊은 빛을 응시하곤 했다.

이상 속에서, 선함이란, 곧 태양이다. 그리하여 그윈플렌은 데아를 그의 빛으로 눈부시게 했다.

하나의 생각을 가지기에는 머리의 수가 너무 많고, 하나의 관점을 가지기에는 눈의 수가 너무 많은, 스스로가 표면이고, 표면에서 멈추고 마는 군중들에게는, 그윈플렌이 일개 광대, 약

장수, 곡예사, 우스꽝스럽고, 짐승보다 나을까 말까한 기괴한 사람일 뿐이었다. 군중은 그의 얼굴밖에 알지 못했다.

데아에게는 그윈플렌이 그녀를 무덤 밖으로 꺼낸 구원자이자, 그녀의 삶을 가능하게 해 주는 위안이자, 눈먼 미로 속에서 손을 잡고 이끌어 주는 해방자였다. 그녀에게 그윈플렌은 형제이자, 친구요, 안내자요, 버팀목이었다. 그는 저 높은 곳의 존재이자, 찬연히 빛나는 날개 달린 어깨였다. 다른 이들은 그 괴물을 보았지만, 그녀는 거기에서 천사를 보았다.

데아는, 눈이 멀었기에, 영혼을 알아볼 수 있었던 것이다.

4. 어울리는 연인들

우르수스는 철학자였기에 이해했다. 그는 데아의 현혹에 동의했다.

"장님은 보이지 않는 것을 볼 수 있다."

그는 말했다.

"의식이 곧 시력이다."

그는 그윈플렌을 보며 중얼거렸다.

"반은 괴물이로되, 반은 신이로다."

그윈플렌도 데아를 열렬히 사랑하고 있었다. 보지 못하는 눈인 정신과, 보이는 눈인 눈동자가 있다면, 그가 그녀를 보는 것은 보이는 눈이다. 데아는 이상적인 찬란함을 지니고 있었고, 그윈플렌은 사실적인 눈부심을 느끼고 있었다. 그윈플렌의 외모는 추한 것이 아니라 끔찍했다. 그와 대조를 이루는 사람이 데아였다. 그의 외모가 무시무시한 만큼, 데아의 모습은 감미로웠다. 그가 공포라면, 그녀는 은총이었다. 데아는 바로 그의 꿈과 같은 존재였다. 그녀는 거의 형태를 갖추지 않은 하나의 환상과도 같았다. 그녀의 몸 전체에, 그 바람 같은 구조 속에, 갈대처럼 불안한 가늘고 유연한 허리 속에, 아마 보이지 않는 날개가 돋아나 있을지도 모를 어깨 속에, 그녀가 여성임을 알려주는 조심스러운 몸의 곡선에, 거의 투명에 가까운 하얀 피부 속에, 이 지상을 향해서 신성하게 닫혀 있는 것 같은 그 당당하고 말없는 눈빛의 고요함에, 그녀가 짓는 미소의 신성한 순진함 속에는, 천사의 매혹적인 그 무엇이 깃들여 있었으며, 따라서 그녀는 모자람 없이 여인다웠다.

그윈플렌은, 이미 말한 바와 같이, 자신과 데아를 비교했다.

그의 삶과 그녀의 존재는, 놀라운 두 가지 선택의 결과였다. 그것은 지상과 천상의 빛이 교차하는 지점이었고, 흑색의 빛과 백색의 빛이 만나는 점이었다. 같은 빵 부스러기라도, 악의 부리와 선의 부리라는 두 부리에 동시에 쪼아질 수 있다. 전자는 상처를 남기고 후자는 입맞춤을 남길 것이다. 그윈플렌은 그러한 부스러기, 상처받은 동시에 애무도 받는 작은 존재였다. 그윈플렌은, 신의 가호가 개입해 복잡해진 숙명의 산물이었다. 불행이 그에게 손을 댔지만, 행운 역시 그렇게 했다. 극단적으로 서로 다른 두 숙명이 동시에 그의 기이한 운명을 만들어 내고 있었다. 그에게는 저주와 축복이 공존하고 있었다. 그는 저주받은 신의 선택을 받은 자였다. 그는 누구일까? 그는 알지 못했다. 그가 자신을 바라볼 때, 보이는 것은 낯선 얼굴 하나였다. 하지만 그 낯선 얼굴은 괴물 같았다. 그윈플렌은 자신의 것이 아닌 얼굴 때문에, 목을 베는 참수형을 당한 것처럼 살고 있었다. 그 얼굴이 공포감을 유발했고, 어찌나 무시무시했던지 부조리할 정도였다. 이 얼굴은 웃기는 만큼이나 무서웠다. 어찌나 두려움을 주었던지 결국 사람들을 웃겼다. 그는 지옥에서 온 익살광대였다. 인간의 얼굴이 기괴한 짐승의 안면상 안에서 난파되어 있는 것 같았다. 인간의 얼굴에서 이렇게 인간성의 소멸을 완벽히 이뤄낸 적은 없었다. 어떤 우스꽝스러운 익살도 이처럼 완전하진 못했다. 어떠한 악몽 속에서도 이처럼 무시무시한 얼굴이 이빨을 드러내며 웃은 적은 없었다. 여성들에게 위협적인 것들이 이처럼 한 남자 안에 추하게 융합되어 있던 적도 없었다. 이 얼굴 때문에 그 아래에 있는 불행한 마음은 항상 가려지고 왜곡된 채로, 평생을, 마치 묘비 아래에서처럼, 고독하게 남아 있어야 할 운명이었다. 그런데 그렇지 않았던 것이다! 알 수 없는 불행이 다 소진된 곳에서는, 보이지 않는 선의가 차례를 맞이해 나타나기 마련이다. 선의는 무너져 내렸다 갑자기 다시 일어선 이 불쌍한 낙오자 안에서, 혐오감을 일으키는 것 옆에 매력적인 것을 놓아두고, 암초에 자석을 놓는 한편, 그의 영혼이 민첩한 날개로 다른 황폐한 이를 향해 날아가도록 했다. 선의는 천둥번개가 찌그러뜨려 놓은 사람을 위로하도록 비둘기를 한 마리 날려 보냈고, 아름다움이 흉한 모습을 사랑하도록 만들었다.

그런 것이 가능하게 하려면, 그 아름다운 여인이 흉하게 망가진 얼굴을 보지 못하도록 해야 했다. 이 행복을 위해서는 다른 불행이 필요했다. 그래서 신은 데아를 눈멀게 만들었던 것이다.

그윈플렌은 자신이 구원받은 존재임을 희미하게 느꼈다. 왜 박해받았어야 했을까? 알 수 없었다. 왜 구원받은 것이었을까? 그는 그 이유 또한 몰랐다. 그가 아는 것은 그저 한 줄기 찬연한 빛이 그의 낙인찍힌 상처 위에 내려앉았다는 것뿐이었다. 우르수스는 그윈플렌이 이해할 수 있는 나이가 되자, 콘퀘스트 박사의 책에 나오는 '코 제거'에 대한 내용과, 위고 플라공의 책에 있는 '콧구멍이 잘려 나간 이들'에 관한 구절을 읽고 설명해 주었다. 그러나 우르수스는 신중하게도 어떠한 '가설'은 삼갔고, 그것이 무엇을 의미하는지에 대해 어떠한 결론도 내리지 않았다. 여러 추측이 가능했다. 아기였던 그윈플렌에게 폭력을 가했을 가능성이 컸으나, 그윈플렌에게는 오직 그 폭력의 결과만이 남아 있을 뿐이었다. 그는 상처의 흔적을 뒤집어쓴 채 살아야 할 운명이었다. 왜 그런 상처 자국이 생겼을까? 대답은 없었다. 침묵과 고독이 그윈플렌 주위에 머물러 있었다. 그러한 비극적 현실을 정당화해 줄 어떤 추측도 희미했다. 잔인한 현실을 제외하고는, 확실한 것이 전혀 없었다. 그러한 낙담 속에서 데아가 나타나 그윈플렌과 절망 사이로 마치 천상의 중재자처럼 끼어든 것이다. 그는 감동하고 마음이 따뜻해져서, 그를 향해 선 이 아름다운 소녀의 다정함을 알아채게 되었다. 낙원과 같은 기적이 그의 괴물 같은 얼굴을 어루만져 주었다. 사람들에게 두려움을 주기 위해 만들어진 존재였지만, 그는 이상 속에서 빛에 의해 감탄받고 사랑받는 특권을 누리게 되었다. 그는 그의 위에서 별 하나가 자신을 그윽이 내려다보고 있다고 느꼈다.

그윈플렌과 데아는 연인이었고, 두 비장한 가슴은 서로를 열렬히 사랑했다. 하나의 둥지 안에 두 마리의 새가 있는 것, 이것이 바로 그들의 이야기였다. 그들은, 서로를 기쁘게 하고, 서로를 찾아 나서며, 서로 만나는, 우주의 법칙을 알기 시작했다.

결국 증오가 실수를 한 것이다. 그윈플렌을 박해하려던 이들은, 그들이 어떠한 사람들이건, 그 불가사의한 악착스러움이 어디에서 왔건, 그들의 목표를 달성하지 못했다. 그들은 그윈플렌을 절망으로 몰아넣으려고 했지만, 결국 그를 황홀경으로 이끌어 준 셈이었다. 그들은 그윈플렌을 치유 효능을 가진 상처와 결합해 주었다. 그윈플렌이 불행으로 위안을 받도록 미리 운명 지어 놓았으나 망나니의 고문 도구가 부드러운 여인의 손으로 변한 것이다. 그윈플렌의 몰골은 흉측했다. 인위적인 끔찍함, 사람들의 손으로 만들어진 흉측함이었다. 그들은 그를 영영 고립시킬 계획이었다. 그에게 가족이 있다면 먼저 가족으로부터, 그다음에는 인류로부터 영원히 고립시킬 생각이었다. 그가 아직 어린아이였을 때, 사람들은 그를 폐허로 만들었다. 그러나 자연은, 모든 폐허에게 그렇게 하듯, 그 폐허도 회복시켰고 모든 고독에게 그렇듯, 그의 고독도 자연이 위로해 주었다. 자연은 모든 버려진 것들을 돕는다. 모든 것이 결여된 곳에 자연은 자신 전체를 돌려준다. 붕괴된 모든 곳에, 자연은 꽃을 피우고 초록빛을 키워 낸다. 돌을 위해서는 담쟁이를, 인간을 위해서는 사랑을 지니고 있다. 어둠의 심오한 관대함이여.

5. 어둠 속의 푸른빛

이렇게 불운한 두 생명은 서로 의지하며 함께 살아가고 있었다. 데아는 기대고, 그윈플렌은 받아 주었다. 고아 소녀에게 고아 소년이 있었다.

불구자에게 기형아가 있었다.

홀아비와 과부의 결혼이었다.

그 두 슬픔으로부터 형언할 수 없는 감사의 행위가 나왔다. 그들은 감사를 드리고 있었다.

누구에게?

모호한 광대함에게.

그저 자기 자신에게 감사하는 것으로 충분하다. 감사의 기도에는 날개가 달려 있어, 그것이 가야할 곳으로 스스로 찾아가기 마련이다. 그곳에 대해서는 우리의 기도가 우리보다 더 잘 알고 있다.

얼마나 많은 사람들이 주피터에게 기도한다고 믿으면서, 여호와에게 기도를 올렸는가! 부적을 신봉하는 사람 중 얼마나 많은 이들이 무한으로부터 응답을 얻었던가! 착하고 슬퍼한다는 사실만으로도 이미 자신이 절대신에게 기도하고 있다는 것을 알지 못하는 무신론자는 또 얼마나 많은가!

그윈플렌과 데아는 감사하고 있었다.

기형이란 곧 추방이다. 실명은 곧 절벽이다. 그런데 추방된 자가 받아들여지고, 절벽이 살 수 있는 곳으로 변했다. 그윈플렌은, 하나의 꿈을 투영시켜 놓은 것 같은 운명의 배열 속에서, 여인의 형태를 가진 아름다운 새하얀 구름덩이 하나가, 한껏 빛을 발산하며 자신에게로 내려오는 것 보았다. 찬연한 빛을 발산하는 환영이었는데, 그 속에는 심장이 하나 있었고, 거의 구름처럼 흐릿한 여인의 환영이, 그를 끌어안고, 입 맞추었고, 그 심장은 그의 행복을 빌었다. 그윈플렌은 더 이상 흉측한 기형아가 아니라 사랑받는 남자였다. 한 송이 장미가 애벌레에게 청혼했다. 그리고 애벌레 속에서 신성한 나비를 느끼는 것이다. 버림받았던 그가 선택받았다.

자신이 욕망하는 것을 가지는 것, 그것이 전부다. 그윈플렌은 욕망을 얻었다. 데아 역시 자신의 욕망을 가졌다.

기형아의 비천함은 가벼워지고 심지어 숭고해진 듯, 도취와 환희와 믿음 속에서 팽창되고 있었다. 그리고 밤 속에 묻힌 장님의 침울한 주저함 앞으로 마중 나온 손 하나를 내밀었다.

두 슬픔이 서로를 흡수하는 투과였다. 추방된 두 존재가 서로를 받아들이고 있었다. 두 결함이 서로를 완성시키기 위해 합쳐졌다. 두 사람은 각자 자신에게 없는 것으로 상대방에게 힘을 주었다. 한 사람의 가난으로 다른 사람이 부유해졌다. 한 사람의 불행이 다른 사람의 보물을 찾게 해 주었다. 만약 데아가 장님이 아니었다면, 그녀가 그윈플렌을 선택했을까? 만약 그윈플렌의 얼굴이 끔찍한 기형이 아니었다면, 그가 데아를 사랑했을까? 그가 불구인 그녀를 원하지 않았을 것처럼, 아마 그녀 또한 기형인 그를 원치 않았을 것이다. 그윈플렌이 추하다는 것이 데아에게는 얼마나 다행인가! 데아가 장님이라는 것이 그윈플렌에게는 크나큰 행운이었다! 이러한 천만다행의 궁합이 없다면 그들은 존재할 수조차 없었다. 서로에 대한 경탄할 만한 욕구가 그들의 사랑 깊은 곳에 있었다. 그윈플렌이 데아를 구해 주었고, 데아가 그윈플렌을 구해 주었다. 비참함끼리 만나 서로 결합하는 현상이었다. 심연으로 빠져 들어가는 이들의 입맞춤. 그러한 입맞춤보다 더 강렬하고 절망적이며 감미로운 것은 없다.

그윈플렌은 이런 생각을 한 적이 있었다.

그녀 없이 나는 무엇이란 말인가!

데아의 뇌리에도 항상 생각 하나가 자리 잡고 있었다.

그가 없다면 나는 어찌 될까!

이 두 추방자는 하나의 조국에 도달했다. 그윈플렌의 얼굴과 데아의 실명이라는 치유될 수 없는 숙명적 불행이, 행복 속에서 그들의 결합을 이뤄 냈다. 그들은 서로 존재하는 것만으로 흡족했다. 그들은 자신들 이외의 것은 아무것도 상상조차 하지 않았다. 함께 이야기하는 것이 환희였고, 서로 가까이 다가가는 것이 완전한 기쁨이었다. 상호적인 직관 덕분으로 그들은 같은 꿈을 꾸기에 이르렀다. 그들은 둘이서 생각했지만 그것은 하나였다. 그윈플렌이 걸을 때면, 데아는 신의 발걸음 소리가 들린다고 여겼다. 그들은 향기와 섬광과 음악과 반짝거리는 건축물과 꿈들로 가득한 별빛의 미광(微光) 속에서 서로가 서로를 꼭 끌어안고 있었다. 그들은 서로의 것이었다. 그들은 자신들이 영원히 함께하는 즐거움과 황홀경 속에 있음을 알고 있었다. 저주받은 두 사람이 에덴을 꾸려 나가는 것보다 더 기이한 일은 없을 것이다.

그들은 말로 표현할 수 없을 만큼 행복했다.

그들은 자신들의 지옥으로 천국을 만들었다. 그것이야말로 당신의 힘이오. 사랑이여!

데아는 그윈플렌의 웃음소리를 들었다. 그리고 그윈플렌은 데아가 미소 짓는 것을 보았다.

그렇게 이상적인 축복이 생겨나고, 생의 완벽한 기쁨이 실현되었으며, 행복의 신비로운 문제가 가엾은 두 사람에 의해 해결되었다.

그윈플렌에게는 데아가 찬란함이었다. 데아에게는 그윈플렌이 곧 존재 자체였다.

존재 그 자체, 보이지 않는 것을 신성하게 만드는 오묘한 미스터리, 또 다른 미스터리인 믿음 역시 여기에서 생겨나는 것이다. 종교에서 이것만큼 요지부동인 것은 없다. 그러나 불변인 것으로 충분하다. 사람들은 불가결의 광막한 존재를 보지 못하고 오직 그 존재를 느낄 뿐이다.

그윈플렌은 데아에게 있어 종교였다.

때로는 그녀가, 사랑하는 마음을 주체하지 못해, 그윈플렌 앞에서 무릎을 꿇었다.

그럴 때면, 그녀의 모습은 아름다운 여사제 같았다.

어떤 심연을 상상해 보자. 그 심연 한가운데에 밝게 빛나는 오아시스가 있고, 삶의 영역에서 쫓겨난 두 사람이 서로에게 현혹되어 있는 모습을.

그들 사랑에 비교할 만한 순수함은 없었다. 데아는 그녀 자신이 갈망하고 있었을지도 모름에도 불구하고 입맞춤이라는 것이 무엇인지 몰랐다. 특히 한 여인이 장님일 경우, 눈먼 상태 특유의 꿈이 있어, 미지의 존재가 다가오면 비록 두려워 떨더라도, 접근 자체를 싫어하지는 않는다. 그윈플렌의 경우, 떨리는 젊음이 그로 하여금 자주 생각에 잠기게 했다. 자신이 도취되었다고 느끼면 느낄수록, 그는 더욱 소심해지는 것이었다. 그는 모든 것을 감히 저질러 볼 수도 있었다. 어린 시절부터의 동반자인, 빛을 모르듯 잘못이라는 것을 모르는 이 순진한 여인을 상대로, 그리고 그를 열렬히 숭배하는 것 이외에는 아무것도 보지 못하는 장님인 여인을 상대로 말이다. 그러나 그는 그녀가 자신에게 준 것을 강탈했다고 믿었던 것 같다. 결국 그는, 천사처럼 사랑하는 것으로 만족하며 약간의 우울을 체념해 넘겼다. 그리고 자신이 기형이라는 사실조차 오히려 떳떳한 순수함으로 느껴졌다.

이 두 행복한 연인은 이상의 경지에서 머물러 있었다. 그들은 거기서 천구의 양극처럼 떨어져 있는 부부와 같이 살았다. 그들은 창천(蒼天) 속에서 오묘한 영기(靈氣)를 주고받았는데, 그것은 무한 공간 속에서는 곧 인력(引力)을 뜻하고, 지상에서는 성욕을 뜻한다. 두 사람은 영혼의 입맞춤을 나누고 있었다.

그들은 늘 함께 생활했다. 함께하는 것 이외의 다른 삶은 알지 못했다. 데아의 유년기는 그윈플렌의 청소년기와 일치했다.

그들은 나란히 자랐다. 포장마차가 널찍한 침실이 아니었던지라, 그들은 상당히 오랫동안 같은 침대에서 잤다. 둘은 궤짝 위에서, 우르수스는 마룻바닥에서 잤다. 그것이 해결책이었다. 그런데 어느 날 문득, 데아는 아직 어린데, 그윈플렌은 자신이 꽤나 자랐음을 느꼈고, 거기서 일종의 수치심이 발동하기 시작했다. 그는 우르수스에게 말했다.

"저도 마룻바닥에서 자고 싶어요."

그리고 저녁이 되자, 그는 노인 옆 곰 가죽 위에 누웠다. 그러자 데아가 울기 시작했다. 그녀는 자신의 침대 친구를 요구했다. 그러나 사랑하기 시작해 불안해진 그윈플렌은 잘 버텨 냈다. 그 순간 이후, 그는 우르수스와 함께 마룻바닥에서 잤다. 아름다운 여름밤이면, 호모와 함께 오두막 밖에서 잤다. 데아는 나이 열세 살이 되도록 포기하지 못했다. 그리고 종종 밤이 되면 그에게 말했다.

"그윈플렌, 내 곁으로 와. 그래야 잘 수 있을 것 같아."

한 남자가 옆에 있는 것, 그것은 순진무구한 소녀가 잠드는 데 필요한 조건이었다. 나신이라는 것, 그것은 자신의 벌거벗은 몸을 본다는 뜻이다. 따라서 그녀는 나신이라는 것이 무엇인지도 알지 못했다. 아르차디아나 오타히티의 순진무구함이었다. 세상에 길들여지지 않은 데아가 그윈플렌을 거칠게 만들고 있었다. 때로는, 이미 다 큰 처녀로 성장한 데아가, 침대 위에 앉아서 긴 머리를 빗는데, 블라우스는 단추가 풀려서 반쯤 밑으로 떨어질 듯한 채로, 그녀의 여성스러운 몸의 곡선을 드러내면서, 그윈플렌을 부르는 경우가 있었다. 그럴 때마다 그윈플렌은 그 천진난만한 육체 앞에서, 얼굴을 붉히고 눈을 내리뜬 채 어찌 할 바를 모르며 우물쭈물 대다가 결국은 두려워져서 고개를 돌리고 자리를 뜨곤 했다. 이 암흑의 다프네는 어둠의 클로에 앞에서 도망쳤다.

비극 안에서 피어난 목가였다.

우르수스가 그들에게 말했다.

"늙은 짐승들이여, 서로 사랑하라!"

6. 교사 우르수스, 그리고 보호자 우르수스

우르수스는 덧붙였다.

"언젠가 내가 그들에게 못된 장난을 할 테다. 두 사람을 결혼시켜야지."

우르수스는 그윈플렌에게 연애론에 대해 알려 주었다. 우르수스가 말했다.

"사랑이라, 너는 어떻게 신이 이 사랑이라는 불을 붙이는 줄 아느냐? 그는 여자를 아래에, 악마를 중간에, 남자를 그 악마 위에 놓으신다. 성냥 한 개비면, 즉 시선 한 번이면, 모든 것이 활활 타오르며 불이 붙는 거지."

"꼭 시선이 필요한 것은 아니에요."

그윈플렌이 데아를 생각하며 말했다.

우르수스가 반박했다.

"이 멍청한 녀석! 서로의 영혼을 보는데, 꼭 눈이 있어야 되느냐?"

가끔 우르수스는 착한 악마 노릇을 했다. 그윈플렌은, 때로, 침울해질 만큼 데아를 향한 사랑에 푹 빠져서, 혼자 우르수스의 존재를 자신을 감시하는 사람으로 여기기까지 했다. 어느 날, 우르수스가 말했다.

"이 녀석아! 신경 쓰지 말거라. 수탉도 사랑하고 있는 건 남들한테 다 보인단다.”

“하지만 독수리는 잘 숨기는걸요.”

그윈플렌이 대답했다.

다른 때, 우르수스가 혼잣말을 중얼거렸다.

“키테라*의 수레바퀴에 막대기를 찔러 넣는 것이 낫겠어. 저 것들이 서로 정말정말 좋아해. 좋지 않은 일이 생길 수도 있겠는걸. 저 두 마음을 다스려서 화재를 예방해야겠어.”

우르수스는 경고를 주기로 작정하고, 데아가 잠들었을 때는 그윈플렌에게, 그윈플렌이 등을 돌리고 있는 사이 데아에게, 각각 이렇게 말했다.

“데아, 그윈플렌에게 너무 애착을 가져서는 안 된다. 다른 사람 안에서 산다는 것은 위험해. 이기주의는 행복의 좋은 뿌리야. 남자란 항상 여인에게서 도망쳐 버리곤 한단다. 결국 그윈플렌이 너에게만 평생 빠져 있지 않을 수도 있어. 그가 얼마나 커다란 성공을 거두었니! 그가 얼마나 큰 성공을 이뤘는지 한번 생각해 보아라!”

“그윈플렌, 부조화에는 아무런 가치도 없다. 한쪽이 너무 못생기고 다른 쪽이 너무 아름다우면, 곰곰이 한번 따져 봐야 해. 얘야, 그러니 너의 열정을 조금만 절제해라. 데아에게 지나치게

---

* 이오니아해 남쪽에 위치한 섬으로, 문학과 예술에서 사랑과 쾌락의 이상향으로 등장한다.

열을 올리지 마라. 진정 네가 그 애의 배우자가 될 수 있다고 믿느냐? 그렇다면 너의 기형과 그 애의 완벽한 아름다움을 놓고 잘 따져 보아라. 그 애와 너의 차이를 올바로 보아야 해. 데아는 모든 것을 타고났어! 하얀 피부, 풍성한 머리카락, 딸기 같은 입술, 그 발! 또 손은 어떠냐! 그 애의 어깨 곡선은 진정 우아하지! 그 숭고한 얼굴하며. 그 애가 걸을 때면 빛이 나온단 말이다. 그리고 진지한 어조로 말할 때의 목소리는 얼마나 매력적인지! 그런 것들은 제쳐 두고라도, 그 애 역시 여자라는 점을 기억해 두어야 해! 그 애는 천사가 될 만큼 멍청하지는 않지. 그 애는 절대적인 아름다움, 그 자체야. 내가 한 말을 곰곰이 되씹어 보고 마음을 진정시켜 보렴."

오히려 이렇게 함으로써 데아와 그윈플렌 간의 사랑은 배로 늘어나게 되었다. 우르수스는 자신의 계획이 뜻대로 되지 않음을 깨닫고 놀라워했다. 하지만 그 놀라움은, 다음과 같은 소리를 지껄이는 사람과도 같았다.

"참 이상하군, 불에다 기름을 부어도 꺼지지 않는군. 도무지 불을 끌 방도가 없어."

그는 진정 그들의 화염을 끄기를, 아니 그 열기를 최소한 식히는 것이나마 바랐던 것일까? 물론 그렇지 않았다. 만약에 그의 계획이 성공했다면, 그는 스스로 속아 넘어간 꼴이 되었을 것이다. 두 남녀를 불태우는 이 사랑은, 그에게는 따스한 열기였고 그를 황홀하게 했다.

그러나 한번쯤은 우리를 매혹하는 것에 조금 짓궂게 장난을 쳐 볼 필요가 있는 법이다.

그리고 그 장난을 사람들은 절제라고 부르는 것이기도 하다.

우르수스는 두 사람에게 있어 아버지이자 어머니나 마찬가지였다. 그는 불평을 하면서도 그들을 길렀고, 꾸지람을 하면서도 이 둘을 먹여 살렸다. 두 아이를 받아들임으로써 바퀴 달린 오두막이 더 무거워졌고, 그리하여 호모와 함께 그것을 끌기 위해 멍에를 메는 일이 더 잦아졌다.

그러다가 몇 해가 지나, 그윈플렌이 거의 다 자라고 우르수스가 완전히 늙어 이번에는 그윈플렌이 우르수스를 태우고 마차를 끌 순번이 되었다.

우르수스는 그윈플렌이 커 가는 것을 보면서, 점성술로 그의 기형에 대한 점을 쳐 보았다. 그리고 그에게 말했다.

"넌 복을 타고났구나."

노인 하나와 두 아이, 그리고 늑대 한 마리로 구성된 가족은, 계속해서 떠도는 동안, 더욱 두터운 관계를 형성해 나갔다.

방랑하는 생활이라고 해서 교육에 방해가 되지는 않았다. 방랑한다는 것은 자라난다는 뜻이지. 우르수스의 말이었다. 그윈플렌은 분명 '장날 보여 주기 위해' 만들어졌던지라, 우르수스는 그에게 곡예사의 재주를 가르쳤다. 그리고 그 안에 그가 가진 최고의 지식과 지혜를 심어 주었다. 그는 그윈플렌의 그 터무니없는 기형적 얼굴을 보면서 중얼거리곤 했다.

"잘 시작했어."

그래서 우르수스는 그윈플렌을 온갖 철학과 지식으로 가득 채워 완벽 무장시켰던 것이다.

그는 끊임없이 그윈플렌에게 말했다.

"철학자가 되어라. 지혜로워야 한다, 그래야 세상으로부터 상처를 입지 않는단다. 네가 나를 보았듯이, 나는 한 번도 눈물을 흘려 본 적이 없어. 그건 나의 지혜 덕분이야. 만약 내가 울고 싶었다면 그럴 기회가 없었다고 생각하느냐?"

우르수스는 한번 늑대 앞에서 혼잣말을 했다.

"나는 그윈플렌에게 모든 것을 가르쳤어. 라틴어까지도. 하지만 데아에게는 필요 없는 것만 가르쳤지. 음악을 포함해서 말이야."

그는 두 아이에게 노래하는 법을 알려 주었다. 그는 보리피리라고 하는 악기를 연주하는 데 탁월했다. 그는 또한 베르트랑 뒤게클랭의 연대기에서, '방랑자의 악기'라고 부르는, 후에 교향악의 근간이 된, 걸인들이 구걸하는 데 쓰는 악기도 잘 다루었다. 그러한 음악이 군중들을 끌어모았다. 우르수스는 사람들에게 악기를 보여 주고는 말했다.

"라틴어로는 오르가니스트룸이라고 부르는 악기입니다."

그는 데아와 그윈플렌에게 오르페우스와 에지드 빈슈아*의 방법에 따라, 노래를 가르쳤다. 가끔 열광적인 외침으로 수업이 중단되기도 했다.

"오르페우스, 그리스의 음악가여! 빈슈아, 피카르디의 음악가여!"

이렇게 정성을 들인 교육이 아무리 복잡하다 하여도, 두 사람이 서로 열렬히 사랑에 빠져드는 것을 막지는 못했다. 마치 가까이에 심어 놓은 두 그루의 묘목이, 서로의 가지를 뒤섞으며 큰 나무로 자라듯이, 그들은 서로의 마음을 섞으며 성장했다.

"어찌되었건 저것들을 혼인시켜야겠어."

우르수스가 중얼거렸다.

그러더니 조금 떨어진 곳에서 다시 투덜거렸다.

"저것들이 사랑이라는 걸 가지고 나를 지치게 하는구나."

그들에게 남았던 약간의 과거도, 그윈플렌과 데아에게는, 더 이상 존재하지 않았다. 그들이 자신들의 과거에 대해 아는 것은, 우르수스가 말해 준 것들 뿐이었다. 그들은 우르수스를 '아버지'라고 불렀다. 그윈플렌은 유년에 대해, 마귀들이 요람 위를 짓밟고 지나간 것과 같은 추억밖에 가지고 있지 않았다. 그것이 일부러 그랬던 것일까 아니면 원치 않는데 일어난 것일

* 벨기에의 작곡가이다.

까? 그는 그것조차 알 수가 없었다. 그가 아주 세세하게 기억하는 것은 그가 버려지던 날의 비극적인 모험이었다. 데아를 발견했던 것은 그에게 그 끔찍했던 밤을 찬란히 빛나는 날로 기억하게 해 주었다.

데아의 기억은 그윈플렌의 기억보다도 더욱 희미했다. 너무나 어려서 다 사라져 버렸다. 그녀는 자신의 어머니를 차가운 무언가로 기억했다. 그녀가 태양을 본 적이 있었을까? 아마 그랬을지도 모른다. 그녀는 자신의 뒤에 있던 소멸된 것으로 영혼을 다시 담가 보려고 애를 써 보았다. 태양이라고? 그것이 뭐였지? 그녀는 뭔지 모를 빛나고 따뜻한 것을 그윈플렌이 대신한 것으로 기억하고 있었다.

그들은 항상 낮은 목소리로 이야기를 나누었다. 지상에서 가장 중요한 것은 비둘기들이 구구거리듯 사랑을 속삭이는 것임에 틀림없다. 데아가 그윈플렌에게 말했다.

"빛이란, 바로 네가 말할 때야."

언젠가는, 그윈플렌이 모슬린 소매를 통해 비치는 데아의 팔을 보고는, 더 이상 참지 못하고, 입술로 그 투명함을 쓰다듬고 말았다. 기형의 입술로 이상적인 입맞춤을 한 셈이다. 데아는 깊은 희열을 느꼈다. 그녀의 얼굴은 온통 붉게 물들었다. 이 괴물의 입맞춤이, 어둠으로 가득한 아름다운 이마 위에 오로라를 떠올려 놓았다. 그윈플렌은 일종의 공포심에 시달리며 한숨을 짓는데, 데아의 목도리가 벌어지자, 그는 그 낙원의 창문을 통해 보이는 순백색을 바라보지 않을 수 없었다.

그 순간 데아가 소매를 다시 걷어 팔을 드러내고 그윈플렌에게 말했다.

"다시 한 번 해 줘!"

그윈플렌은 도망치듯 자리를 피했다.

다음 날에도 그 놀이는 약간의 변형을 더해서 다시 시작되었다. 사랑이라는 달콤한 심연 속으로, 천상의 희열을 느끼며 미끄러져 들어갔다.

바로 그런 모습에서 늙은 철학자의 모습을 한 착한 신께서 미소를 지었다.

7. 실명이 통찰력을 일깨워 준다

가끔 그윈플렌은 스스로를 질책했다. 그는 자신의 행복이 선인지 악인지 결정 내리지 못해 고심했다. 그는 자신을 보지 못하는 여인이 자기를 사랑하도록 내버려 두는 것이, 그녀를 기만하는 것이라 생각했다. 문득 그녀의 눈이 떠진다면, 그녀는 무슨 말을 할까? 그녀를 매혹하던 것이 그녀에게 얼마나 큰 끔찍함을 불러오겠는가! 자기의 무시무시한 연인 앞에서 얼마나 놀라겠는가! 그 비명! 두 손으로 얼굴을 가릴 테지! 그리고 뒷걸음질 치겠지! 고통스러운 양심의 가책이 그를 괴롭혔다. 그는 자신에게 거듭 말했다.

'괴물은 사랑할 권리가 없어.'

그는 별이 우상으로 숭배하는 히드라였다. 그 눈먼 별에게 진실을 알려 주는 것이 자신의 의무라고 생각했다.

하루는 그가 데아에게 말했다.

"넌 내가 무척이나 못생겼다는 것을 알고 있지."

"난 네가 숭고하다는 것을 알아."

그녀가 답했다.

그가 다시 이야기했다.

"만일 주변 사람들의 웃음소리가 들리면, 그건 날 보고 웃는 거야. 내가 너무 소름 끼쳐서."

"사랑해."

데아는 그에게 말했다. 잠시 침묵을 지키다가, 그녀가 덧붙였다.

"나는 죽었었어. 네가 나를 다시 깨어나게 했어. 여기 있는 너는, 내 옆에 있는 천국이야. 손을 이리 줘, 나는 신을 만지고 싶어."

그들은 서로의 손을 찾아 꼭 맞잡았다. 그리고 더 이상 아무 말도 하지 않았고, 서로 사랑하는 충만함으로 침묵이 계속되었다.

무뚝뚝한 우르수스가 그들의 대화를 우연히 들었다. 그다음 날, 세 사람이 함께 있을 때, 그가 말했다.

"데아도 못생기긴 마찬가지다."

이 말은 아무런 반응도 불러오지 못했다. 데아와 그윈플렌은 그의 말을 듣지 않았다. 그들은 서로에게 흡수되어서, 우르수스의 감탄적 종결어를 거의 알아채지 못했다. 우르수스의 말은 심오했으나 완전한 헛수고였다.

그러나 "데아도 못생겼다"라고 한 경계의 말은, 그 해박한 사람이 여인에 대해 상당한 지식을 가지고 있다는 표식이었다. 그윈플렌이 그의 충실한 사랑 때문에 경솔한 말을 한 것은 분명했다. 다른 어떤 여자에게나 데아처럼 눈먼 여자에게도 "나는 못생겼다"라는 말은 위험할 수도 있었다. 소경인 동시에 사랑에 빠진다면, 그것은 두 번이나 눈이 멀었음을 의미한다. 그러한 상황에서는 여자들은 몽상에 잠기는데, 환상은 꿈의 양식이다. 따라서 사랑으로부터 환상을 빼앗는다는 것은 사랑으로부터 양식을 빼앗는 것이나 다름없다. 사랑의 형성에는 모든 형태의 열광이 유용하게 참여한다. 물리적 열광이나 심리적 열광 모두 마찬가지이다. 게다가 여인에게는 이해하기 어려운 말을 결코 해서는 안 된다. 여자는 항상 그 이상을 꿈꾸기 때문이다. 게다가 자주 잘못 꿈꾸기도 한다. 몽상 중에 생기는 수수께끼는 그 몽상에 괜한 타격을 입힌다. 무심히 흘린 말 한마디의 충격이, 어떻게 일어나는지도 모르게, 접착되어 있던 마음을 서서히 떨어져 나가게 하기도 한다. 하찮은 한 마디 말에 충격을 받아, 하나의 가슴이 부지불식간에 텅 비어 버리는 경우가 가끔 있다. 그 순간, 사랑하는 사람은, 행복의 수위가 한 단계 낮아짐을 감지한다. 금이 간 꽃병에서 조금씩 천천히 흘러나오는 물처럼 무서운 것은 없다.

다행히 데아는 그러한 진흙으로 빚어진 꽃병은 아니었다. 다른 모든 여인을 빚는 데 쓰였던 반죽이 데아에게는 전혀 쓰이지 않았다. 데아는 매우 흔치 않은 본성을 가지고 있었다. 데아의 육체는 부서지기 쉬웠으나, 마음만은 그렇지 않았다. 그녀의 존재 깊숙한 곳에는, 사랑의 신성한 인내가 있었다.

그윈플렌의 말이 데아의 안에 파헤쳐 놓은 상처 때문이었는지, 어느 날 그녀는 이렇게 말했다.

"추하다는 게 뭘까? 그것은 나쁜 짓을 한다는 뜻이야. 그윈플렌은 오직 착한 일만 해. 그래서 그는 잘생겼어."

그리고 항상 아이들이나 장님들이 자주 하는 것 같은 질문을 했다.

"본다고? 뭘 가지고 본다고 말하는 거야? 나는 보지 못해. 대신 알지. 본다는 것은 무엇을 숨기는 것과 같아."

"무슨 뜻이야?"

그윈플렌이 물었다.

그 말에 데아가 대답했다.

"본다는 것은 뭔가 진실을 감춘다는 거야."

"아니야."

그윈플렌이 말했다.

"맞아!"

데아가 물러서지 않았다.

"너는 네가 추하다고 했으니까."

그녀는 잠시 생각하더니 한마디 덧붙였다.

"거짓말쟁이!"

덕분에 그윈플렌은, 사실을 고백하긴 했지만 그녀가 그 고백을 믿어 주지 않은 셈이 되어 두 배로 기뻤다. 그의 양심과 사랑 모두가 긴장을 풀었다.

그렇게 그녀는 나이 열여섯에, 그는 스물다섯 즈음에 이르렀다.

하지만 그들은, 요즘 사람들이 말하는 것처럼, 조금도 '진도를 나가지' 않았다. 왜냐하면, 그들은 이미 데아가 생후 9개월, 그리고 그는 열 살 때, 첫날밤을 함께 치렀기 때문이다. 그들의 사랑에는 일종의 신성한 유년기가 남아 있었다. 그래서 가끔 늑장꾸러기 꾀꼬리가 새벽녘까지 노래를 부르기도 했다.

그들의 애무는 서로 손을 꼭 잡는 것 이상으로 발전하는 일이 거의 없었고, 가끔 드러난 팔이 가볍게 스치는 것 정도가 전부였다. 그들에게는 아직 말을 더듬듯 조심스러워하는, 그러나 부드러운 쾌감이면 충분했다. 스물네 살과 열여섯 살이라. 어느 날 아침, 우르수스는 자신의 '짖궂은 장난'에서 시선을 놓지 않으며 그들에게 말했다.

"언젠가 너희들도 종교 하나를 선택해야 할 것이다."

"왜요?"

그윈플렌이 물었다.

"결혼하기 위해서."

"우리는 벌써 결혼했는걸요."

데아의 대답이었다.

데아는 지금 자기들과 같은 관계 이상으로, 남편과 부인이라는 관계가 될 수 있다는 것을 이해하지 못했다.

사실, 이 환상적이고 순결한 만족감과, 영혼을 통한 결합, 그 순진무구한 행복감, 그리고 결혼으로 간주된 그러한 금욕적 독신 생활은, 우르수스를 조금도 언짢게 하지 않았다. 그가 결혼에 대해 거론한 것은, 그것을 분명히 해야 했기 때문이다. 하지만 그가 갖고 있던 의학적 지식으로 볼 때, 그가 말하는 '살과 뼈로 이뤄진 혼인'을 하기에는, 데아의 나이가 너무 어리다고 할 수는 없어도, 몸이 너무 예민하고 허약했다.

그러한 일은 생각보다 일찍 성사될 것이었다.

게다가 그들은 이미 결혼한 것이 아니던가? 만약 이 세상에 절대로 끊을 수 없는 것이 어딘가에 존재한다면 그것이 그윈플렌과 데아의 결합 속에 있지 않겠는가! 경탄할 만한 일이다. 그들은 불운을 통해 서로의 품속으로 지극히 아름답게 던져졌다. 그런데 마치 그렇게 한 번 연결시켜 준 것으로 모자랐던지, 사랑이 그것에 매달리고, 그것으로 자신을 휘감고, 서로를 꼭 밀착시켰다. 과연 어떠한 힘이, 꽃 매듭으로 조인 쇠사슬을 끊어낼 수 있단 말인가?

진정, 그들은 영영 헤어질 수 없었다.

데아에게는 아름다움이 있었다. 그윈플렌에게는 빛이 있었다. 각자 자기의 지참금을 가지고 있었다. 그들은 부부 이상의 것이자, 진정한 천생연분이었다. 신성한 매개체인 순수함에 의해서만 떨어뜨려 놓을 수 있는…….

그럼에도 불구하고 그윈플렌이 아무리 몽상에 잠기고, 데아에 대한 명상과 사랑의 가장 깊숙한 곳에 몰두했다 할지라도, 그는 어쩔 수 없는 남자였다. 치명적인 법칙은 스스로를 속이지 않는다. 그는, 광대한 자연과 마찬가지로, 조물주가 원하는 모호한 동요를 겪어 내야 했다. 그래서 가끔 그가 관객들 앞에 나타날 때, 때로는 군중 속에 있는 여인에게 시선을 빼앗길 때가 있었다. 하지만 그는 곧바로 자신이 죄를 지었다고 생각하며, 스스로 뉘우치면서 서둘러 자신의 영혼으로 되돌아가곤 했다.

아무도 그를 격려해 주지 않았다는 점도 덧붙여 두자. 그가 본 모든 여인의 얼굴에서, 그는 혐오, 적대감, 반감과 거부를 읽어 냈다. 그에게 데아 이외에는 어떤 여인도 접근할 수 없었다. 그러한 현실이 그의 뉘우침을 도왔다.

8. 행복뿐만 아니라, 번영도

옛날이야기 속에는 얼마나 진실한 것이 많은지! 보이지 않는 악마의 화상 흉터가 그대에게 손을 댄다, 그것은 못된 생각의 원한이었다.

그윈플렌에게 있어서 못된 생각이 한 번도 생겨난 적이 없었고, 그래서 그는 원한이라는 것을 알지 못했다. 그러나 가끔 회한은 있었다.

의식의 모호한 안개이다.

그것은 무엇이었을까? 아무것도 아니었다.

그들의 행복은 완전무결했다. 너무나 완벽해 더 이상 가난하지 않을 정도였다.

1689년부터 1704년 사이에 어떤 변모가 생겼다.

1704년에는, 가끔 해 질 녘에, 튼튼한 말 두 필이 끄는 거대하고 육중한 유개 마차 한 대가, 연안 지대에 그렇고 그런 작은 도시 중 하나로 들어서곤 했다. 그것은 마치 뒤집힌 배의 선체와 같았다. 용골이 지붕 역할을, 갑판이 마루 역할을 하며, 네 바퀴 위에 높이 달려 있었다. 바퀴의 크기는 넷이 모두 같았는데, 목재나 석재를 운반하는 마차의 바퀴만큼 컸다. 바퀴와 수레의 채 및 몸통 모두가 녹색 칠이 되어 있었는데, 그것도 색조가 리드미컬하게 점진적으로 밝아져서, 마치 바퀴는 초록색 병처럼, 지붕은 푸른 사과처럼 보였다. 이 외관 덕분에 사람들에게 쉽게 눈에 띄었고, 이것은 시장마다 널리 유명세를 떨쳤다. 사람들은 그것은 '그린박스', 그러니까 '초록 상자'라고 불렀다. 그린박스에는 창문이 둘밖에 없었는데 차 양쪽 끝에 붙어 있었고, 뒤에는 발판 달린 출입문이 있었다. 지붕 위에는, 마차의 다른 부분처럼 초록색으로 칠한 굴뚝에서 연기가 뿜어져 나왔다. 그 걸어 다니는 가옥은 항상 칠이 새로 되어 있고 깨끗이 닦여 있었다. 마차 앞쪽, 말들의 엉덩이보다 조금 높이, 그리고 창문을 출입문처럼 사용할 수 있는 위치에, 긴 보조의자 하나가 부착되어 있었다. 그 위에는, 고삐를 잡고 말들을 모는 노인 하나와, 여신의 차림을 한 보헤미아의 집시 여인 둘이 앉았는데 그녀들은 트럼펫을 불고 있었다. 사람들은 경악하며 자랑스럽게 요동치는 마차에 대해 각자 한마디씩 했다.

이것은 우르수스의 옛 거처였다. 큰 성공을 거둔 뒤 얻어낸 결과로, 장터의 간이 극장이 무대로 탈바꿈한 셈이었다.

개인지 늑대인지 분간하기 어려운 짐승 한 마리가 차체 아래에 묶여 있었다. 호모였다.

말을 몰고 가는 늙은 마부는 바로 철학자 우르수스였다.

그 초라한 오두막이 이렇게 멋들어진 사륜마차로 바뀌게 된 번영의 원천은 도대체 무엇인가?

바로 이러한 사실 덕분이었다. 그윈플렌이 매우 유명했기 때문이었다.

우르수스는, 사람들 사이에서 성공을 거둘 수 있는 것에 대한 예리한 통찰력을 가지고, 그윈플렌에게 말한 바 있었다.

"넌 돈을 벌 팔자로다."

우리가 기억하다시피 그는 그윈플렌을 제자로 길러 냈다. 누군지 모를 이들이 그의 얼굴을 만들었고, 우르수스는 완벽하게 만들어진 가면 뒤에다, 최대한의 생각을 가져다 넣었다. 그리고 아이가 자라, 사람들 앞에 세울 수 있는 적합한 시기가 오자, 그를 무대 위에, 다시 말해, 오두막 앞 연예대 위에 세웠다. 그의 출현에 대한 세상의 반응은 상상을 초월했다. 지나가던 사람들도 즉각 놀라서 멈춰 섰다. 그토록 놀라운 웃음 흉내에 비할 만한 것을 사람들은 일찍이 본 적이 없었다. 사람들은, 다른 이들에게 전이되는 그 기적적인 웃음이 어떻게 유래된 것인지 알지 못했다. 어떤 사람들은 그것이 원래부터 그런 것이라 했고, 또 어떤 사람들은 일부러 그렇게 만든 것이라고 주장했다. 그리하여 무수한 추측이 사실에 덧붙여졌고, 광장이건 장터건, 장이 서고 축제가 열리는 곳이면 어디에서든, 군중이 그윈플렌에게 몰려들었다. 그 '엄청난 매력' 덕분에, 떠돌이들의 돈주머니 속에는 처음에는 잔돈푼만 몇 개 들어오더니, 나중에는 차츰 더 큰 액수로 바뀌어, 결국에는 지폐까지 들어오게 되었다. 어느 지방 사람들의 호기심이 소진된 듯하면 다른 곳으로 이동했다. 돌은 굴러도 부유해지지 않지만, 바퀴 달린 오두막은 부유해졌다. 그리하여 한 해 한 해 흐를수록, 이 도시 저 도시로 떠도는 동안, 그윈플렌의 몸집과 추함은 커져 갔고, 우르수스가 예견했던 재산이 들어왔다.

"사람들이 너에게 큰 공헌을 했구나!"

우르수스는 자주 그렇게 말했다.

그 행운이, 그윈플렌의 성공을 일구어 낸 우르수스로 하여금, 그가 항상 꿈에 그리던 수레를 만드는 것을 가능케 해 주었다. 그것은, 연극 무대를 통째로 싣고 다니며 지식과 예술을 광장에 전파하기에 충분한, 커다란 유개(有蓋) 화물 운송용 마차였다. 뿐만 아니라 우르수스는, 자신과 호모, 그윈플렌, 데아로 이루어진 그룹에 두 마리의 말과, 두 집시 여인을 추가할 수 있었다. 그들은 앞에서 언급했듯 여신처럼 차려입은 예술 단원이었으며 동시에 하녀들이었다. 광대들의 천막에는 일종의 신화적인 그림 같은 것이 유용했다.

"우리는 떠돌아다니는 신전이야."

우르수스가 종종 하던 말이다.

두 집시 여인은 성 안과 그리고 그 변두리의 너저분한 곳에서 방랑하던 무리들에게서 데려왔는데, 둘 다 못생기고 젊었다. 그리고 우르수스의 뜻에 따라 하나는 포이베, 다른 하나는 베누스라고 불렀다. 피비와 비노스. 영어식으로 발음하기에 편리한 이름들이었다.

피비는 요리를 담당했고, 비노스는 신전의 청소를 도맡아 했다. 그리고 공연이 있는 날에는 그녀들이 데아의 의상을 입혀주었다.

곡예사들도 왕족과 마찬가지로 '공식 일정'이 있었다. 그것이 마무리 되면, 데아와 피비 그리고 비노스의 경우, 꽃무늬 천으로 만든 피렌체식 치마와 여자용 카핀고를 입었는데, 카핀고에는 소매가 없어 팔을 자유자재로 움직일 수 있었다. 우르수스와 그윈플렌은 남자용 카핀고를 걸치고, 전함의 선원들처럼 통이 크고 짧은 해군용 바지를 입었다. 그윈플렌은 그 외에도, 일을 할 때나 운동을 할 때, 목 주위와 어깨를 덮어 주는 혁제 망토 하나를 가지고 있었다. 그가 말을 관리했다. 우르수스와 호모는 서로를 돌보았다.

데아는 그린박스에 익숙한지라, 마치 그 속에서는 사물을 볼 수 있는 듯, 굴러다니는 집 안을 이리저리 어려움 없이 이동해 다녔다.

이동식 건물의 은밀한 내부와 배열을 누가 살펴보았다면, 그 한구석 벽에 기대어 놓은, 그리고 네 바퀴 위에서 움직이지 않는, 우르수스의 낡은 오두막을 발견했을 것이다. 이제는 은퇴해, 녹슬어 버렸고, 호모가 그것을 끌지 않아도 되듯, 이제는 구르지 않아도 괜찮았다.

뒤쪽 출입문 오른편 구석에 처박힌 오두막은, 우르수스와 그윈플렌의 침실 겸 탈의실로 사용되었다. 그 속에는 이제 침대 둘이 있었다. 맞은편 구석에는 주방이 있었다.

어떤 선박의 내부도 그린박스의 내부처럼 간결하고 정확하게 정돈되지는 않았을 것이다. 모든 것이 상자들 속에 계획된 대로 정리되어 있었다.

그 화려한 사륜마차의 내부는 세 칸으로 나누어 분리되어 있었다. 각 칸막이에는 문을 달지 않은 출입구를 내어, 자유롭게 지날 수 있도록 했다. 천 한 조각을 늘어뜨려 출입구를 간편하게 가려 두었다.

뒤쪽 칸은 남자들이 사용했고, 앞쪽 칸은 여자들이 지내고 있었다. 중간에 위치한 칸은 남녀를 구분함과 동시에 무대로 사용되었다. 연주에 필요한 물건들과 장치들은 주방에 놓여 있었다. 지붕의 곡선 부분 밑에 있는 벽장 속에는 장식품을 넣어 두었는데, 벽장의 뚜껑 문 하나를 들면 조명 마술에 사용되는 램프들이 모습을 나타냈다.

우르수스는 그 마술의 대사를 지었고 모든 각본 또한 그가 작성했다.

그는 다양한 재능을 갖고 있었고, 매우 특이한 요술도 부렸다. 그가 들려주는 다양한 목소리 이외에도, 그는 아무도 예측하지 못하던 온갖 것들을 창조해 냈다. 빛과 어둠을 충돌시키고, 칸막이 표면에 그의 뜻대로 숫자와 단어가 솟아나도록 하며, 미광 속에 형상들이 나타났다가 사라지게 했는데, 그는 그 많은 야릇한 묘기 한가운데서, 경탄하는 군중은 아예 염두에도 두지 않고 자신만의 명상에 잠겨 있는 듯했다.

어느 날 그윈플렌이 그에게 말했다.

"아버지, 당신은 마법사를 닮았어요."

그 말에 우르수스가 대답했다.

"그건 내가 진짜 마법사니까 그럴 테지."

우르수스의 세련된 설계도를 바탕으로 만들어진 그린박스는 독창적인 교묘함도 갖추고 있었다. 즉, 앞바퀴와 뒷바퀴 사이에 있는 왼쪽 중앙 벽면 판지에 경첩을 박아 쇠사슬과 도르래를 연결해, 도개교(跳開橋)처럼 자유롭게 움직이게 했다. 판자가 내려지는 순간, 도리깨처럼 경첩으로 달아 두었던 받침목 셋이 수직을 이루며 탁자의 다리처럼 땅바닥 위에 곧게 서고, 문득 저울판으로 변한 벽면을 연단인 양 지탱해 주었다. 동시에 극장이 나타났고, 연단만큼 넓은 극장이 위용을 과시했다. 야외에서 설교하는 청교도들의 말을 빌리자면, 그렇게 열린 극장은 지옥의 입과 같았다. 설교사들은 그것을 보기가 무섭게 몸서리를 치며 얼굴을 돌려버렸다. 솔론*이 테스피스**에게 몽둥이세례를 퍼부은 것은, 아마 불경스러운 발명품 때문이었을 것이다.

테스피스는 생각보다 오래 갔다. 이 수레 극장은 아직도 존재한다. 16세기부터 17세기에 걸쳐, 이러한 형식의 굴러다니는 수레 극장 위에서, 영국에서는 엠너와 필킹턴의 발레와 춤이, 프랑스에서는 질베르 콜랭의 전원극들이, 플랑드르에서는 정기적으로 열리는 시장에서 '농 파파'라고도 불리던 클레망의 이중 합창이, 독일에서는 타일리스의 '아담과 이브'가, 이탈리아에서는 아니무치아와 카포시스의 베네치아 행진들이 상연되었던 것이다. 천문학자 갈릴레오의 아버지인 빈첸조 갈릴레이는, 본인이 작곡한 음악을 비올라 다 감바로 연주하며 직접 노래했는데, 이 역시 이러한 수레 극장에서 공연한 작품이다. 사실 이러한 이탈리아 오페라의 초기 실험작들이 1580년 이후부터 마드리갈풍의 작품들을 자유로운 감성들로 대체해 나갔던 것이다.

---

* 아테네의 일곱 현인 중 하나로 알려진 사람으로 입법자이자 문인이다.

** 그리스의 전설적 비극 작가로 수레에 유랑 극단을 태우고 다녔다.

희망의 색깔로 칠해진 짐수레가, 우르수스와 그윈플렌과 그들의 재산과 유명인이나 된 것처럼 트럼펫을 불고 있는 피비와 비노스를 앞머리에 싣고 이동하고 있었다. 수레도 집시와 문학으로 구성된 이 집단의 당당한 일원이었다.

마을이나 도시의 공터에 도착해, 피비와 비노스가 번갈아 연주하는 화려한 트럼펫 소리에 맞춰서 소개 인사가 시작되었다. 우르수스는 트럼펫 취주에 대해 논평하며, 아주 유익한 정보를 청중에게 고지했다. 그가 큰 소리로 외쳤다.

“심포니는 그레고리오 성가입니다. 시민 여러분, 그레고리오의 위대한 발전이, 이탈리아에서는 암브로시우스의 제식에 부딪혔고, 스페인에서는 모사라베 의식에 부딪혀, 간신히 살아남았습니다.”

우르수스가 선택한 장소에 멈춘 그린박스는 밤이 되면 무대를 열어 공연을 시작했다.

그린박스 극장은 그림을 그릴 줄 모르는 우르수스가 칠한 배경을 보여 주기도 했다. 그리하여 그 그림들은 배경이라기보다는 지하 세계 같아 보였다.

흔히 막이라고 부르는 커튼은, 대조가 되는 색깔의 사각형 체크무늬 비단으로 만들어진 것이었다.

관중은 거리나 광장, 길에서, 무대를 앞에 두고 반원형으로 모여 앉았고, 햇볕이건 폭우건 피할 길이 없었다. 따라서 그 시절의 극장들은 지금의 극장보다 비를 더 싫어했다. 할 수 있는 날은 여인숙의 안뜰에서 공연을 하는 경우도 있었다. 이런 경우에는, 건물의 창문 낸 층의 수만큼 칸막이 좌석층을 만들 수 있었다. 이렇게 관람할 때는 극장의 관람석이 한정된지라, 관중들은 더 많은 돈을 내야 했다.

작품을 만드는 것도, 극단을 운영하는 것도, 요리도, 음악 연주도, 모두 우르수스가 도맡았다. 비노스는 작은 북채를 신기하게 움직여 카르카보를 두드렸고, 피비는 기테른의 일종인 모라슈를 뜯었다. 늑대도 쓸모가 있었다. 그도 분명 극단의 일원이었고, 기회 있을 때마다 제 역할을 했다. 우르수스와 호모가 함께 무대에 오르는 경우가 종종 있었는데, 우르수스는 자신의 곰 모피를 단단히 붙여 입었고, 호모는 자신의 모피를 더욱 몸에 잘 맞게 입어, 둘 중 누가 더 짐승다운지 선뜻 알아차리기 힘들었다. 그러한 사실을 우르수스는 매우 자랑스러워했다.

9. 센스 없는 사람들이 시(詩)라고 부르는 기괴한 언동

우르수스의 작품들은 요즈음에는 유행에 뒤떨어진, 막간극이었다. 그의 작품 중 우리들에게까지 알려지지는 않은 작품 하나가 있는데, 그 제목은 '우르수스 루르수스'*였다. 우르수스는 아마 그 작품의 주인공 역을 맡았을 것이다. 출구인 줄 알았는데 다시 되돌아오게 되는 가짜 출구, 이것이 이 작품의 소박하되 경탄할 만한 주제였다.

우르수스가 쓴 막간극의 제목은 가끔 라틴어로 되어 있었고, 시는 가끔 스페인어로 쓰였다. 우르수스가 지은 스페인어 운문은 거의 모두 그 시절 카스티야 지방의 소네트와 같이 운율이 맞춰져 있었다. 이런 것들이 일반 사람들의 귀에 거슬리지는 않았다. 당시 스페인어는 통용되는 언어였다. 특히 영국의 선원들은, 로마의 병사들이 카르타고어를 구사했듯이, 카스티야 지방 말을 할 줄 알았다. 관객이 알아듣지 못하는 라틴어나 다른 언어들처럼 알아듣지 못하는 언어가 나와도 별 불편을 주지 않았다. 사람들은 알아듣지 못하는 언어 속에서 각자 자기가 아는 말들을 발견해 내며 기뻐했다.

우르수스는 특별히 그윈플렌을 위해 스스로도 만족해하는 막간극 한 편을 지었다. 이것이 그의 주요 작품이었다. 그는 자신의 전부를 그 작품 속에 집어넣었다. 자신의 전부를 작품 속에 용해시켜 넣는 것이, 모든 창조자의 진정한 승리이다. 암 두꺼비가 낳은 새끼 두꺼비는 걸작이다. 설마 그렇겠느냐고? 한번 몸소 실천해 보시라.

---

* 돌아온 우르수스라는 뜻이다.

우르수스는 그 막간극을 여러 번에 걸쳐 다듬었다. 제목은 '정복된 카오스'였다.

배경은 밤이었다. 막이 올라가면 그린박스 앞에 모여 있던 관객의 눈에 보이는 것은 어둠뿐이었다. 어둠 속에서 모호한 형체 셋이 파충류처럼 꿈틀거리고 있는데, 늑대, 곰, 인간의 혼합된 형태였다. 늑대는 호모였고, 곰은 우르수스였으며, 인간은 그윈플렌이었다. 늑대와 곰은 자연의 사나운 힘과 배고픔, 무의식, 야만적인 어두움을 상징했다. 그 둘이 그윈플렌을 향해 달려들고 있었다. 대혼돈이 인간과 맞서 싸우는 것이었다. 그 누구의 형상도 식별할 수가 없었다. 하얀 천으로 덮인 그윈플렌이 발버둥을 쳤고, 그의 얼굴은 흩어져 내린 실한 머리카락에 숨겨져 있었다. 모든 것이 어두웠다. 곰이 으르렁거리고 늑대는 그르렁대고 인간은 소리를 지른다. 인간이 수세에 몰리고 두 짐승이 그를 짓누른다. 인간은 도움과 구원을 요청하지만, 그는 미지의 인간에게 하나의 절규를 던질 뿐이다. 그는 헐떡거리고 있었다. 아직 짐승과 구별되지 않는 이 불완전한 인간이 숨을 거두려 하고 있었다. 음산한 장면이었다. 관객들도 숨을 죽이며 보았다. 한순간만 더 지나면 야수들이 승리해 대혼돈이 인간을 다시 삼켜 버릴 것 같았다. 격렬한 싸움과 고함과 울부짖음이 계속되더니, 갑자기 정적. 어둠속에서 한줄기 노랫소리가 들려왔다. 바람이 지나가고 목소리 하나가 들렸다. 보이지 않는 사람의 노래와 어우러진 신비한 음악이 떠다니더니, 문득, 어디에서 어떻게 왔는지 모를 한 점의 흰색 빛이 등장했다. 그 흰빛은 한줄기 광채였고, 그 광채는 한 여인이었으며, 그 여인은 정신이었다. 고요하고 천진하며 아름다운, 그리고 지극히 평온하며 감미로운 데아가, 후광의 한가운데서 나타났다. 그 후광 안의 밝은 실루엣, 목소리. 그녀였다. 가벼우면서도 오묘한, 형언할 수 없는 목소리. 여명 속에서 그녀의 모습이 점차 선명해지며, 노래를 부르고 있었다. 사람들은 천사의 노래나 새들의 노래가 들리는 거라고 착각했다. 그녀의 출현에, 인간은 그 찬란한 빛에 놀라 벌떡 몸을 일으켜, 주먹 두 방으로 두 짐승을 때려눕혀 버렸다. 그러자 어떻게 미끄러져 나타났는지 모를, 그리하여 더욱 경탄한 방식으로 나타난 그 환영이, 영국 선원들도 알아들을 만큼 순수한 스페인어로, 시구를 노래했다.

Ora! Hora!
Depalabra
Nace razon,
Da luz el son.
기도하라! 울어라!
언어에서 이성이 태어나니
노래가 광명을 만드노라.

그러더니 그녀는, 마치 심연을 본 듯 눈을 내리깔고 노래를 다시 시작했다.

Noche quita te de alli
El alba canta hallali.
밤이여! 물러가라!
새벽이 알랄리를 노래하도다.

그녀가 노래를 하면 할수록, 쓰러져 있던 인간이 조금씩 몸을 일으키더니, 손을 그 환영 쪽으로 쳐들고, 벼락을 맞은 듯 꼼짝도 하지 않는 두 짐승의 몸뚱이 위로 무릎을 꿇고 앉아 있었다. 그녀는 그 쪽으로 돌아서서 노래를 이어 갔다.

Es menester a cielos ir,
Y tu que llorabas reir.
하늘로 가야 하리라,
그리고 울던 그대, 웃어야 하리라.

그리고 무수한 별빛들과 함께 그의 곁으로 다가가며, 그녀는 덧붙였다.

Gebra barzon!

Dexa, monstro,

A tu negro

Caparazon.

멍에를 부수라!

괴물의 모습을 벗으라,

그대의 검은 너울을.

그리고 그녀는 그의 이마 위에 손을 얹었다. 그러더니 다른 목소리, 더 깊고 그래서 더 부드러운, 애틋하면서도 즐거운, 부드러우면서도 강인한 무게감을 띤 목소리가 하나 등장했다. 그것은 별의 노래에 화답하는 인간의 노래였다. 어둠 속에서 자신이 정복한 곰과 늑대 위에서 계속 무릎 꿇고 있던 그윈플렌이, 데아의 손 아래에 머리를 둔 채 다음 구절을 노래했다.

o ven! ama!

Eres alma,

Soy corazon.

오! 오라! 사랑하라!

그대는 영혼,

나는 심장이로다.

그리고 갑자기, 어둠 속에서 빛 한 줄기가 방사되어, 그윈플렌의 얼굴을 정면으로 비추었다.

암흑 속에 있는 찬란한 괴물이 관객의 눈에 들어왔다.

관객이 받은 충격을 형언하기란 어려웠다. 웃음의 태양이 떠올랐다. 웃음이란 폭발적인 의외성에서 비롯된다. 그런데 그 막간극의 대단원 같은 뜻밖의 일은 존재할 수 없는 것이다. 익살스러운 동시에 끔찍한 가면을 빛이 후려치는 순간에 비할 만한 충격은 없을 것이다. 그 웃음을 둘러싸고 사람들이 웃었다. 여기저기에서, 위에서도 아래에서도, 앞에서도 뒤에서도, 남자고 여자고 할 것 없이, 머리가 벗겨진 늙은이의 얼굴도, 아이들의 장밋빛 얼굴들도, 착한 사람도, 심보 나쁜 이들도, 즐거운 사람들도, 슬픈 사람들도, 모두 웃었다. 심지어 거리를 지나가던 사람들, 그 광경을 보지 못한 이들도, 웃음소리를 듣고 웃어 댔다. 그리고 그 웃음소리는 결국 손뼉과 발 구르는 소리로 잦아들었다. 막이 내려지자 사람들이 광란적으로 그윈플렌을 다시 불러냈다. 그렇게 엄청난 성공을 거두었다. '정복된 카오스'를 보셨나요? 그러면서 모두들 그윈플렌을 향해 달려갔다. 무사태평한 사람들도 웃으러 왔다. 우울한 사람들도 웃으러 왔다. 나쁜 마음을 가진 사람들도 웃으러 왔다. 웃음이 어찌나 걷잡을 수 없었던지, 때로는 그것이 병적으로 보일 수도 있을 정도였다. 그러나 혹시 인간이 피할 수 없는 흑사병 같은 것이 있다면, 그것은 기쁨의 감염 현상일 것이다. 게다가 그 성공은 하층민의 한계를 전혀 넘어서지 않았다. 엄청난 군중이란 곧 얼마 안 되는 백성이었다. 사람들은 동전 한 닢을 주고 '정복된 카오스'을 보았다. 고상한 상류층 사람들은 동전 한 닢 주고 가는 곳에는 출입하지 않는다.

우르수스는 자신이 오랫동안 품어서 탄생시킨 그 작품을 싫어하지 않았다.

"이 막간극은 셰익스피어라고 하는 사람의 작품과 비슷한 양식이야."

그가 가끔 겸손하게 말했다.

데아를 나란히 놓음으로써 그윈플렌이 자아내는 형언할 수 없는 효과가 증폭되었다. 그 추남 곁에 하얀 얼굴은, 사람들에게 일종의 신비한 불안감을 선사했다. 그녀는, 인간은 모르고 신만을 아는 여사제와 성녀와도 같은 뭔지 알 수 없는 숭고한 어떤 것을 가지고 있었다. 사람들은 그녀가 장님인 줄 알면서도 그녀가 앞을 본다고 느꼈다. 그녀는 초자연적인 세계의 문턱에 서 있는 듯 보였다. 그녀의 반은 우리네 속에, 나머지 반은 다른 광명 속에 있는 것처럼 여겨졌다. 그녀가 오로라와 함께 이 땅위에 천상의 일을 하러 온 것처럼 보였다. 그녀가 히드라 하나를 발견해서 영혼 하나를 만들어낸다고 생각했다. 그녀에게는 창조주의 권능이 있어서, 자신이 빚어낸 창조물들에 대해 만족하여 멍해진 듯 보였다. 사람들은 그녀의 사랑스러우면서도 겁을 먹은 듯한 얼굴에서, 원인의 의지와 결과의 놀라움을 발견했다. 모든 이들은 그녀가 자기의 괴물을 사랑한다고 느꼈다. 그녀는 그가 괴물임을 알았을까? 물론 가능한 일이다. 그녀도 그를 만지고 있었으니까. 또한 모를 수도 있었다. 그를 받아들였으니까. 그 모든 밤과 낮이 뒤섞인 채로 무한한 광경이 나타나는 명암 속에서 관중들의 정신 속에 녹아들었다. 어떻게 신성(神性)이 불완전한 존재에 연결될까? 영혼의 질료 속으로의 침투는 어떻게 이루어질까? 태양의 광선이 어떻게 탯줄 역할을 할까? 어떻게 기형의 얼굴이 변신하는가? 끔찍한 얼굴이 어떻게 천상의 얼굴로 변할까? 어렴풋이 엿보인 그 모든 신비가, 거의 범우주적 감정을 일으키며, 그윈플렌이 야기한 웃음의 전복을 더욱 이해할 수 없게 만들었다. 사람들은 끝까지 생각해 보지 않았다. 그들은 피곤하게 깊이 파고드는 노고를 전혀 바라지 않았기 때문이다. 사람들은 그들의 눈에 보이는 것을 넘어선 어떤 것을 감지해 냈다. 그리고 이 기묘한 연극에는 명백한 변신이 있었다.

데아에 대해 이야기하자면, 그녀가 느낀 것은 인간의 말로 표현할 수 없는 것이었다. 그녀는 군중 한가운데에 있음을 느끼면서도 군중이 무엇인지는 몰랐다. 그녀의 귀에는 웅성거리는 소리들만 들어온 게 전부였다. 그녀에게는 군중이라는 것이 하나의 숨결로 여겨졌다. 또한 실상은 그것에 불과하다. 세대가 이어진다는 것은 숨결이 전해짐을 뜻한다. 인간은 숨을 쉰다. 들이마시고 내쉰다. 이 군중 한가운데에서 데아는 자신이 혼자라고 느꼈다. 그리고 깊은 수렁 위에 매달려 있는 듯한 전율을 느꼈다. 그러다 문득, 절망에 빠져 미지의 존재를 나무라려던 순진무구한 불안함 속에서, 혹시 떨어질지도 모른다는 두려움 속에서, 그러나 위험에 대한 막연한 불안을 억누르며 평정을 잃지 않던 데아가, 고립이 두려워 속으로 떨면서, 확신과 버팀목을 다시 되찾았다. 그녀는 암흑세계 속에서 구원의 끈을 다시 움켜잡았고, 손을 그윈플렌의 힘찬 머리 위에 올려놓았다. 믿을 수 없을 만큼의 환희! 그녀는 발그레한 손가락으로 헝클어진 머리카락의 숲을 짚었다. 손에 만져진 털이 부드러움이라는 생각을 깨운다. 데아는 그녀가 사자라고 알고 있던 양을 만지고 있었다. 그녀의 마음이 형언할 수 없는 사랑으로 몽땅 녹아내렸다. 그녀는 위험에서 벗어났음을 느꼈고, 구원자를 되찾았다. 관중들은 그 반대라고 생각했다. 그들에게는, 구원받은 사람이 그윈플렌이었고, 구세주는 데아였다. 무슨 상관이란 말인가! 데아의 마음을 훤히 들여다보고 있던 우르수스의 생각이었다.

관객은, 괴물을 응시하며, 그러나 진실과는 반대의 의미로 매혹당해서 그 괴물, 프로메테우스적 웃음을 감내하는 동안 데아는, 안심하고 위로받고 황홀경에 빠진 채 그 천사를 찬미했다.

진정한 사랑은 싫증나지 않는 것이다. 온통 영혼으로 하는 사랑은 미지근해질 수가 없다. 한 덩이 잉걸불은 재 속에 감추어지지만, 별은 그렇지 않다. 그 매혹적인 인상이 매일 밤 데아에게 새록새록 반복되었다. 그리하여 사람들이 포복절도하는 동안, 그녀는 이 포근함이 떠올라 눈물을 흘리기 직전에 이르렀다. 그녀 주위에 있던 관객은 기껏 즐겁기만 했다. 그녀는, 그녀는 행복했다.

게다가 예상치 않았던, 그윈플렌의 이빨을 드러내는 웃음에서 기인한 즐거움이, 절대로 우르수스가 원하던 효과는 아니었다. 그는 이러한 웃음보다 잔잔한 미소가 더 많기를, 좀 더 문학적인 경탄을 바랐다. 그러나 성공을 했으니 괜찮았다. 그는 매일 밤마다, 얼마나 많은 파딩 동전이 모여 몇 실링에 이르는지, 또한 실링 무더기들이 몇 파운드에 이르는지를 헤아리며, 과도한 성공으로 스스로를 위로했다. 그러고 나서 그는 혼잣말을 하곤 했다. 어쨌든 그 웃음이 지나가면, '정복된 카오스'가 그들 뇌리 밑바닥에 무언가를 남겼음을 알게 될 거야.

그의 말이 전적으로 잘못된 것은 아니었다. 이 작품의 함축성이 대중들 속에 되살아난 것이다. 작품의 누적 현상은 하층민들 사이에서 일어나기 때문이다. 처음에는 늑대와 곰과 인간에 매료되었다가, 그다음에는 음악에, 그 음악을 통해 제어된 울부짖음과, 새벽이 밝아 옴에 따라 사라지는 밤과, 빛을 발산하는 노래 등에 매료되어서, 일종의 혼란스럽고도 깊숙한 공감을 느끼며, 그리고 심지어 어떤 감동적인 존경심까지 느끼며, 이 '정복된 카오스'라는 시극을 물질에 대한 정신의 승리를, 인간의 기쁨으로 결말지어진 승리를 기꺼이 받아들이고 있었다.

일반 백성의 거친 즐거움은 이것으로 족했다.

이것이면 우르수스에게는 충분했다. 이 사람들은 상류 사회의 '고상한 시합'을 보러 갈 형편이 못 되었으며, 영주들이나 일반 귀족들처럼, 펠름기매돈을 상대로 싸우는 헬름스게일에게 1,000기니 내기를 걸 수도 없는 사람들이었다.

10. 모든 사물과 모든 인간들에서 벗어난 자의 시선

인간에게는 누가 자신을 즐겁게 해 준 것에 대해 복수하려는 생각이 있다. 그래서 사람들은 희극 배우를 멸시하는 것이다.

"이 존재가 나를 즐겁게 하고, 내 기분을 전환시켜 주고, 무료함을 달래 주고, 내게 교훈을 주고, 나를 매혹하고, 나를 위로하고, 나에게 이상을 불어넣고, 그래서 내게 편안하고 유익한데, 내가 그것에 어떤 악을 끼칠 수 있단 말인가?" 그를 모욕하면 된다. 건방 떠는 것, 멀리서 모욕을 한번 주면 되는 것이다.

그의 따귀를 때려라. 그는 나를 즐겁게 해 주니, 그러므로 그는 비천하다. 그는 나를 받든다, 그러므로 나는 그를 증오해. 내가 그에게 던질 돌이 어디에 있을까? 사제 양반, 당신의 돌을 나에게 주시오. 철학자 양반, 당신의 돌도 나에게 주시오. 보쉬에, 그를 파문하라. 루소여, 그를 욕하게. 웅변가, 자네의 입에서 나오는 조약돌로 그에게 침 뱉으라. 곰이여, 그에게 네 고깃덩어리를 던져 주어라. 나무를 돌로 치고, 그 열매에 상처를 내고 나무를 몽땅 먹어 치우자. 브라보! 타도하자! 문인들의 시구(詩句)를 입에 담는 것은 전염병에 걸린 것과 같아. 익살광대라고! 그를 끝장내 버리자. 그는 군중들을 모아들이고, 그 속에 고독을 만들어 냈다. 이런 식으로 부유한 계층, 그러니까 상류층들은 희극 배우에게 이런 형태의 고립, 즉 박수갈채를 하사한 것이다.

하층민은 좀 덜 사납다. 그들은 그윈플렌을 조금도 증오하지 않았다. 그를 경멸하지도 않았다. 다만, 영국의 모든 항구 중 가장 최악의 항구에 정박해 있는, 가장 최악의 화물선의 최말단 선원 중, 가장 보잘것없는 선원, 즉 갑판의 틈 메우는 일을 하는 선원만이 스스로가 이 '얼간이' 배우보다 무한히 우월하다고 여겼고, 군주가 갑판 때우는 직공보다 우월하듯, 갑판 때우는 선원이 광대보다 우월하다고 여겼다.

그윈플렌 역시, 다른 희극 배우들과 마찬가지로, 박수갈채를 받고 고립되었다. 게다가 지상에서의 모든 성공은 곧 범죄이며,

그에 따른 벌을 받게 된다. 메달을 얻은 자는 그 이면을 받기 마련이다.

그윈플렌에게는 이면이 없었다. 그의 성공이 가지고 있는 양면이 모두 만족스러웠다. 그는 박수갈채에도, 그리고 고립에도, 만족했다. 사람들의 환호를 통해 그는 부유해졌고, 고립으로 말미암아 그는 행복했다.

그 밑바닥 계층에게 부유하다는 것은, 더 이상 찢어지게 가난하지 않음을 의미했다. 그것은 더 이상 옷에 구멍이 나지 않고, 난로가 더 이상 차갑게 식어 있지 않으며, 위장이 더 이상 텅 비어 있지 않음을 뜻한다. 배고프면 먹고, 목마르면 마실 수 있다는 것을 뜻한다. 가난한 이에게 줄 동전 한 푼을 포함해, 필요한 것을 모두 가지고 있음을 뜻한다. 그저 자유롭기에 충분한 보잘것없는 부귀영화, 그윈플렌에게 그것이 있었다.

그의 영혼도 역시 풍족했다. 그에게는 사랑이 있었다. 그가 무엇을 더 욕망할 수 있겠는가?

그는 아무것도 바라지 않았다. 조금 덜 끔찍한 모습, 그것이 그에게 제시할 수 있었던 선물이었을지 모른다. 하지만 그는 그것을 완강히 받지 않으려 했을 것이다! 가면을 벗어 던지고, 아마 잘생기고 매력적이었을 얼굴을 되찾아, 본래의 모습으로 되돌아가는 것, 그것만은 원하지 않았을 것이다! 그렇다면 무엇으로 데아를 먹여 살린단 말인가? 자기를 사랑하는 가난하고 그 불쌍하고 달콤한 그녀는 어찌 되겠는가? 그를 개성적인 익살광대로 만들어 준 그 이빨을 드러내고 웃는 모습이 없다면, 그 역시 다른 평범한 곡예사, 흔히 볼 수 있는, 포석 틈에 굴러가 박힌 동전이나 주워 모으는 곡예사가 되었을 것이고, 데아는 아마 매일 먹을 빵조차 없을 것이다! 그는 자신이 하늘에서 내려온 불구 소녀의 보호자라는, 일종의 감미롭고 심오한 자긍심에 휩싸였다. 밤, 고독, 헐벗음, 무능력, 무지, 배고픔과 목마름, 가난 이 일곱 개의 비참함이 사나운 주둥이를 벌리고 그녀를 에워싸고 있었는데, 그는 그 용과 싸우는 성 게오르기우스였다. 그리고 가난을 상대로 승리를 거두고 있었다. 어떻게? 그의 기형으로 인해서였다. 기형 덕분에, 그는 쓸모 있고, 사람들을 도울 수 있고, 승리자이자 위대한 인간이 되었다. 자신의 모습을 군중에게 보여 주기만 하면 그만이었다. 그러면 돈이 들어왔다. 그는 군중의 주인이었다. 그는 자신이 하층민의 절대자가 된 것을 확실히 깨달았다. 그는 데아를 위해서는 모든 것을 해 줄 수 있었다. 그녀에게 필요한 것이 있으면 즉시 마련해 주었다. 그녀의 욕망과, 환상, 장님이라는 한정된 상황에서 가능한 모든 소망들을 모두 이루어 주었다. 이미 입증된 바이지만, 그윈플렌과 데아는 서로에게 구원이었다. 그는 자신이 그녀의 날개 위에 올라타 있다고 느꼈고, 그녀는 그의 팔에 안겨 있다고 느꼈다. 당신을 사랑하는 사람을 보호하고, 당신에게 별을 주는 사람의 욕망을 충족시켜 주는 것, 이것보다 더 달콤한 일은 없다. 그윈플렌은 그러한 최고의 축복을 얻었다. 그리고 축복을 얻는 대신 자신의 기형 또한 얻었다. 이 기형은 그를 모든 것보다 우월하게 만들어 주었다. 기형 덕분에 자신은 물론 다른 이들까지 부양할 수 있었다. 이 기형의 얼굴 속에 있는 한, 아무도 그에게 접근할 수 없었다. 이 기형 덕분에 그는 독립, 자유, 명성, 내면의 만족, 자신감까지 얻었다. 그에게 타격을 가했던 숙명은 아무것도 이루지 못한 채 소진되어 갔고, 그 타격은 오히려 그에게 승리로 영향을 미쳤다. 이 불행의 밑바닥은 천국의 언덕이 되었다. 그윈플렌은 자신의 기형 속에 갇혀 있었지만, 데아와 함께였다. 이미 말한 것처럼, 천국의 지하 독방에 갇혀 있는 격이었다. 두 사람과 이승 사이에는 장벽 하나가 있었다. 차라리 다행스러운 일이었다. 장벽이 두 사람을 가둬 놓았지만, 그들을 보호하고 있었다. 그들의 삶을 둘러싼 이런 방어벽이 철저히 차단하고 있는데, 데아에게, 그윈플렌에게, 그 무엇이 위협을 줄 수 있겠는가? 그윈플렌의 성공을 빼앗는다고? 불가능한 일이었다. 그러려면 그의 얼굴을 빼앗아야 했기 때문이다. 그의 사랑을 빼앗는 것? 역시 불가능한 일이었다. 데아는 그의 얼굴을 보지 못했다. 데아의 눈은 영원히 치유될 수 없는 것이었다. 자신의 기형이 그윈플렌에게 어떤 불편을 주었을까? 없었다. 그러면 기형으로 얻는 이점이 무엇인가? 전부가 그러하다. 그는 그의 얼굴이 주는 공포에도, 아니 어쩌면 그 흉측함 덕분에, 사랑받고 있었다. 불구와 기형이 본능적으로 서로에게 다가가서 서로를 품어주고 있었다. 사랑받는다는 것. 그것이 전부 아닌가? 그윈플렌은 자신의 기형에 대해 감사하는 마음뿐이었다. 그는 얼굴에 남은 그 상흔으로 인해 축복을 받았다. 그는 자신이 결코 사라질 수 없고 영원하다는 사실을 느끼며 기쁨을 느꼈다. 그 축복이 돌이킬 수 없는 것이라니, 얼마나 큰 행운인가! 사거리들과, 시장들과, 떠돌아다닐 길과, 저 아래에 사람들과, 저 위에 높은 하늘이 있는 한, 살아갈 방도가 분명했고, 데아에게 아무것도 부족한 것이 없었다. 그들은 사랑을 향유할 수 있었다! 그윈플렌은 자신의 얼굴을 아폴론의 얼굴과도 바꾸지 않았을 것이다. 괴물로 살아간다는 것은, 그에게는 행복의 형태였다.

운명은 그에게 모든 것을 베풀었다. 그는 거부를 당하던 사람이었으나 이제는 사랑받는 사람이 되었다.

그는 행복했던지라 자신 주위에 있는 사람들을 딱하게 여기는 경우도 있었다. 그는 세상의 다른 사람들에게 동정을 느끼고 있었다. 게다가 밖을 내다보는 것은 그의 본성이었다. 어떤 사람도 완결된 존재이지 않으며, 자연이라는 것은 추상적 개념이 아니기 때문이다. 그는 자신이 격리되어 살아가는 것에 황홀해했다. 그러나 가끔 장벽 위로 머리를 쳐들어 보곤 했다. 그러나 벽 안과 바깥을 비교해 본 뒤에는 결국 데아와 함께 고립되어 있다는 것에 더 큰 기쁨을 느끼며 고립된 세계로 돌아갔다.

그가 자기 주위에서 무엇을 본 것일까? 유랑하는 삶이 그에게 보여 준, 날마다 다른 것으로 달라지는, 살아있는 것의 견본은 무엇일까?

항상 새로운 관객이었지만, 항상 똑같은 군중이었다. 항상 새로운 얼굴들이었는데, 한결같이 불행한 이들이었다. 하나의 난잡한 폐허 더미. 매일 밤 모든 사회적 숙명이 몰려와 그의 축복 주위에 둥글게 원을 만들었다.

그린박스는 인기가 좋았다.

낮은 가격이 낮은 계급을 불러 모았다. 그에게 오는 이들은 약하고, 가난하고, 낮은 신분의 사람들이었다. 사람들은 진 한 잔 마시러 가듯 그윈플렌에게 갔다. 무대 높은 곳에서 그윈플렌은 그 불쌍한 사람들을 살펴보곤 했다. 그의 뇌수는 이 거대한 비참함이 연속적으로 솟아오르는 것으로 채워졌다. 사람들의 인상은 의식과 일상으로 만들어진다. 그리고 그 인상은 신비하게 깎아 낸 무수한 삶의 결과이다. 그윈플렌이 본 얼굴 주름 중 고통, 노여움, 모욕감, 절망감으로 파이지 않은 것은 없었다. 어떤 아이들의 입은 한동안 먹지 못한 흔적이 역력했다. 어떤 남자는 아버지였고, 어떤 여자는 어머니였으며, 그들 뒤에는 파멸해 가는 가족들의 모습이 보였다. 그런 얼굴은 못된 습관에서 나와서 범죄로 들어서고 있는 얼굴이었다. 굳이 왜 그렇게 된 것인지 알아야 한다면 그것은 무지와 가난 때문이었다. 그들은 얼굴에는 사회적 압박에 의해 삭제되어 증오로 변해 버린 선의의 흔적이 남아 있었다. 한 노파의 이마에서는 굶주림이 선명하고, 어느 처녀의 이마 위에서는 매춘이 음산하게 드러났다. 어린 시절의 얼굴을 고스란히 가지고 있는 소녀에게도 역시 음울함 뿐이었다. 이 무리들 속에는 무수한 팔만 있을 뿐 연장은 존재하지 않았다. 일꾼들은 더 나은 것을 요구하지도 않았지만, 일거리가 없었다. 가끔은 군인 하나가 노동자 곁에 와 앉았다. 가끔은 부상당한 병사였다. 그리하여 그윈플렌은 이 광경, 전쟁이라는 유령을 보았다. 한쪽에서는 실업, 다른 쪽에서는 착취, 그리고 또 다른 쪽에서는 노예를 보았다. 몇몇 얼굴에서는 무엇인지 형언하기 어려운 인간이 짐승으로 돌아가는 퇴행 현상을 보았다. 인간이 짐승으로 퇴행하는 것은 높은 사람들의 행복이 만들어 내는 막연한 무게의 압박으로 인해 아래에서 생겨나는 것이었다. 이 암흑 속에서, 그윈플렌에게는 빛이 들어오는 환기창 하나가 있었다. 그와 데아 두 사람은 고통의 날 속에서도 얼마간의 행복을 누렸다. 그것 말고는 모든 것이 저주였다. 그윈플렌은 자신의 위에서 권력자와, 부자들과, 멋있고, 위대한 사람들, 우연의 선택을 받은 자들이 무의식적으로 짓밟고 있는 것을 느꼈다. 그는 가진 것 없는 불우한 사람들의 창백한 얼굴 한 무더기를 구별해 냈다. 그는 자신과 데아의 너무나 자그마한 행복으로, 두 세계 사이에서 스스로가 어마어마하게 거대하다고 느꼈다. 저 위에는 세상에 오가며 자유롭게, 즐겁게, 춤을 추고, 짓밟는 사람들이 있었고, 그의 아래쪽에는 그 짓밟는 발 아래에 놓인 사람들이 있었다. 숙명적인 것이었다. 또한 깊은 사회적 악을 드러내는 징후였다. 빛이 어둠을 무자비하게 짓밟고 있었다. 그윈플렌은 깊은 슬픔을 확인했다. 아! 운명은 이토록 파충류와 같단 말인가! 인간은 그토록 기어다니는 존재란 말인가! 이런 먼지와 진흙탕 속에서, 이런 혐오감과 포기와 비천함을 짓밟고 싶단 말인가! 어떤 나비를 탄생시킬 지상에서의 끔찍한 애벌레와 같은 삶이란 말인가? 뭐라고! 배고프고 아무것도 모르는 군중 속에, 어디에나, 모든 사람 앞에, 범죄와 수치스러운 것을 캐내려는 의심뿐이란 말인가! 법의 가변성이 양심을 무디게 한다! 아이는 성장하면서 더욱 왜소해진다. 처녀는 결국 자라나서 몸을 버리게 된다! 장미는 결국 피어나서 벌레들의 점액질로 더럽혀진다. 그의 눈은 가끔 호기심에 차서 그 무수한 부질없는 노력들이 죽어 가고, 또한 사회에 뜯어 먹힌 가정들, 법에 고문당한 풍습들, 형벌로 인해 회저(壞疽) 증세로 변한 상처들, 세금에 먹혀 들어간 가난, 물결 따라 무지의 탕진 속으로 흘러가는 지성, 기아에 시달리는 사람들로 뒤덮인 표류하는 뗏목과, 전쟁과, 가난과, 숨넘어가는 소리, 외침 소리들과 소멸들이 싸우는 것을 지켜보았다. 그리고 그는 이 우주적인 한 줌의 근심에서 모호한 전율을 느꼈다. 그는 인간의 어두운 난잡함에 대한 우울한 시선을 던지고 있었다. 그는 부둣가에서, 배의 난파를 지켜보고 있었다. 그럴 때면, 그는 기형인 자신의 얼굴을 손으로 감싸 쥐고 생각에 잠겼다. "이 불쌍한 사람들을 위해 무엇을 할 수 있을까?" 그는 가끔 생각에 깊이 빠져서 그것을 입 밖에 내버리기도 했다. 그러면 우르수스가 어이없다는 듯 어깨를 으쓱하고 그를 똑바로 쳐다보았다. 그러나 그윈플렌은 다시 몽상을 이어 나갔다. "오! 나에게 힘이 있다면 불행한 사람들을 도울 수 있을 텐데! 하지만 나는 뭔가? 한낱 원소 알갱이야. 내가 무엇을 할 수 있지? 아무것도 없구나."

틀린 생각이었다. 그는 불행한 사람들을 위해 많은 것을 할 수 있었다. 그가 그들을 웃게 할 수 있었다.

웃게 한다는 것은 잊게 한다는 것이다.

망각을 나누어 주는 자여, 그대는 이 지상에서 얼마나 고마운 일을 베풀고 있는 것인가!

11. 그윈플렌은 정의를, 우르수스는 진실을

철학자는 일종의 스파이였다. 다른 이들의 꿈을 염탐하는 우르수스는 제자를 유심히 살펴보았다. 우리의 혼잣말은 우리의 이마 위에 희미한 반향을 일으키는데, 그것이 관상가의 눈에는 선명히 들여다보인다. 그러한 이유 때문에, 그윈플렌의 내면에서 일어나는 것들이 우르수스를 피해 가지 못했다. 그윈플렌이 깊은 생각에 잠겨 있는 어느 날, 우르수스가 그의 카핀고 자락을 잡아당기며 소리쳐 말했다.

"내가 보기에는 넌 꼭 관찰자 같구나. 바보 녀석아! 조심해, 그냥 내버려 두거라. 너와는 상관없는 일이야. 네가 해야 할 일은 데아를 사랑하는 것이야. 너는 두 가지 행복을 누리고 있어. 하나는 군중이 네 흉한 얼굴을 봐준다는 것이고, 다른 하나는 데아가 그것을 보지 못한다는 것이다. 네가 누리고 있는 행복에 대해 너는 어떤 권리도 주장할 수 없다. 어떤 여인도, 너의 입술을 보면, 너와 입 맞추고 싶지 않을 거야. 너에게 행운을 안겨 준 그 입과, 너에게 부를 안겨 주는 그 얼굴, 그건 너의 것이 아니야. 네가 그 얼굴을 가지고 태어난 것은 아니야. 너는 네 얼굴을 무한의 밑바닥에 있던 찡그린 얼굴에서 가져온 것이지. 네가 마귀의 가면을 훔쳐 온 거야. 너의 얼굴은 흉측하나 그것에 만족해하며 살아라. 세상이란 참 잘 만들어진 물건이지.

세상에는 당당하게 행복을 누리는 사람들이 있고 또 요행으로 행복을 얻은 이들이 있어. 너는 바로 요행으로 행복해진 놈이란 말이다. 너는 별이 잡혀 있는 동굴 속에 있어. 그 불쌍한 별은 바로 너의 것이야. 너의 동굴에서 나가려고 하지 말고, 네 별을 잘 지켜 줘야지, 이 거미 녀석아! 네가 짜고 있는 거미줄에는 찬란하게 빛나는 비너스가 걸려 있어. 네가 만족을 좀 해서 나를 기쁘게 해 주려무나. 난 네가 망상에 사로 잡혀 있는 것을 보았다. 그건 어리석은 짓이야. 잘 들어 둬라. 내가 너에게 진정한 시의 언어를 들려주마. 데아가 얇게 썬 쇠고기 조각과 양갈비를 먹으면, 여섯 달이 되지 않아 그 아이는 매우 튼튼해질 거야. 그러면 곧 그 애와 결혼해서 그녀에게 아이를 하나, 둘, 셋, 아주 한 꾸러미의 아이들을 갖게 해 주어라. 이게 바로 내가 철학이라 부르는 거다. 행복하지 않느냐. 아이를 갖는 게 바로 현명한 일이야. 애들을 낳아, 똥을 닦아 주고, 코를 풀어 주고, 눕혀 재우고, 얼굴이 지저분해지면 세수를 시켜라. 이 모든 행복이 네 주위에서 우글거리도록 해. 그것들이 웃으면 좋고, 떠들면 더 좋고, 소리 지르면 그게 곧 사는 것이야. 그 애들이 6개월 때 젖을 빨고, 한 살 때 마구 기어 다니고, 두 살이 되면 걸어 다니고, 열다섯 살에 쑥쑥 자라서, 스무 살에 사랑하는 것을 지켜보면 알게 될 거야. 그런 기쁨을 가진 자는 세상을 다 가진 자인데, 나는 그게 없었지. 그래서 내가 이렇게 짐승인 게다. 아름다운 시를 만드시는, 그리고 문인 중에 문인이신 착한 신께서는, 자신이 아끼는 협력자 모세에게 말씀하셨다.

'번성하라!'

이게 책에 기록된 전부이다. 동물들을 번성시켜라. 이 세상은 생겨 먹은 대로 존재하는 거야. 이 세상이 더 나빠지기 위해서 굳이 너까지 필요로 하지는 않아. 이 세상일은 그대로 둬라. 바깥의 일에는 신경 쓰지 마라. 네 앞에 펼쳐진 지평선은 있는 그대로 두어라. 희극 배우란 보이라고 만들어진 것이지, 구경하라고 만들어진 게 아니야. 밖에 뭐가 있는지 네가 아느냐? 당당하게 행복을 누리는 사람들이 있지. 너는, 다시 말하지만, 요행으로 행복해진 놈이야. 너는 원래 그 사람들이 소유주인 행복을 소매치기한 것이나 다름없다. 그들이야말로 합법적인 주인인데, 넌 그 행복을 가로챈 불청객이야. 너는 행운과 함께 살아가고 있는 거지. 넌 네가 가진 것 말고 또 무얼 욕심내느냐? 데아와 함께 번성해라, 그게 편하단다. 이런 축복은 거의 속임수와 같지. 높은 곳의 특권에 의해 이 낮은 곳에서 행복을 가진 사람들은, 그들 아래에서 그만한 행복을 누리는 것을 달갑게 여기지 않는다. 그들이 만일 네게, 너는 도대체 무슨 권리로 그토록 행복해하느냐고 물으면, 너는 대답할 수가 없을 것이다. 그들은 내보일 게 하나라도 있지만 너는 그런 면허장이 없어. 주피터, 알라, 비슈누, 사바오트 어떤 신이건 간에, 아무튼 그중 누군가가 저들에게 행복해도 된다는 허가를 내리셨다. 그러한 사람들을 두려워해라. 그들의 일에 섞이지 않게 너 스스로 그들과 섞이지 말아야 한다. 너는 비참함이 무엇인지, 당당한 행복이 무엇인지 알지 못해. 그것은 무시무시한 존재야. 바로 귀족이지. 아! 귀족, 그는 세상에 존재하기도 전에, 귀족이라는 그 문을 통해 생명을 얻기 위해, 미지의 지옥에서 음모를 꾸몄음에 틀림없어! 탄생하기가 쉽지는 않았겠지! 그에게는 오로지 태어나는 고통 밖에 주어지지 않았어. 하지만 젠장! 그것도 수고는 수고지! 요람에서부터 사람들의 주인 행세할 허락을, 그 눈멀고 어리석은 자, 즉 운명에서 얻었으니 극장에서 가장 좋은 자리를 얻기 위해, 창구 직원을 매수하는 것과 같다! 내가 은퇴시킨 저 오두막 안에 있는 비망록을 읽어 보아라. 내 지혜의 요약본을 읽어 보면, 귀족이 무엇인지 알게 될 것이다. 귀족이란 모든 것을 소유하고 있으며 동시에 그 자체로 모든 것인 자이다. 귀족이란 자기 고유의 본성 너머로 존재하는 사람이다. 즉, 젊으면서도 늙은이의 권리를 누리고, 늙으면서도 젊은이의 좋을 만한 것을 누리며, 방탕하면서도 선한 사람들의 존경을 받고, 겁쟁이라도 용기 있는 사람들을 지휘하고, 게으르면서도 노동의 산물을 얻고, 무지하면서도 케임브리지와 옥스퍼드의 학위를 얻고, 멍청하면서도 시인들의 찬탄을 받고, 못생겼어도 여인들이 그에게 미소를 보내고, 테르시테스 같으면서도 아킬레우스의 투구를 가지며, 산토끼인 주제에 사자의 모피를 뒤집어쓰는 사람이다. 내 말을 넘겨듣지는 마라. 모든 귀족이 죄다 무지하고, 비겁하고, 추하고, 멍청하며 늙었다는 의미는 아니다. 내 말은 그저, 군주는 그가 모든 단점을 가지고 있다고 해도 그것이 전혀 해가 되지 않는다는 뜻이다. 반대로 귀족은 모두 왕족이다. 영국의 국왕도 하나의 귀족에 불과한데, 다만 귀족 사회의 으뜸인 귀족일 뿐이다. 그것이 전부이다. 그거면 대단하다. 옛날에는 왕들을 경이라 불렀는데, 덴마크의 경, 아일랜드의 경, 서인도 제도의 경 등이 그 예이다. 노르웨이의 경이 왕으로 호칭되기 시작한 것은 불과 300년 전부터이다. 귀족들은 중신들이다. 그러니까 다 똑같다는 이야기이다. 그들 모두 왕과 동등하다는 뜻이다. 내가 귀족들을 의회와 혼동하는 것이 실수는 아니다. 백성들의 의회를, 노르망디인들이 정복 후에 '파를리아멘툼'이라 부르게 되었다. 그러고는 조금씩 백성들을 그곳에서 몰아내었다. 그들도 동의할 권리가 있다. 동의하는 것은 그들의 자유다. 반면 중신들은 반대할 권리가 있다. 그리고 결론은 그들이 말하는 것이다. 중신들은 왕의 목을 칠 수 있되, 백성들은 전혀 그렇지 않다. 찰스 1세의 목을 도끼로 내려친 것은, 왕권이 아니라 중신들에 대한 유린 행위이다. 그리고 크롬웰의 시신을 갈기갈기 찢어 놓은 것도 마찬가지 일이다. 귀족들에게는 권력이 있다. 왜? 그들이 부자이기 때문이다. 누가 '둠즈데이 북'을 훑어보았는가? 그것은 귀족들이 영국을 장악하고 있다는 증거인데, 정복왕 윌리엄 하에 허가된 개인의 재산 등록으로, 정치판의 수호자의 보호하에 있다는 뜻이다. 여기에 뭔가를 기록하려면, 한 줄에 네 푼씩을 지불해야 한다. 정말 대단한 책이다. 너는 내가 한해 임대 수입이 프랑스화폐로 90만 프랑에 이르는, 마머듀크라는 어느 귀족의 집에서, 집사장으로 일했던 것을 아느냐? 그런 곳은 멀찌감치 피해 다녀라. 이 끔찍한 멍청이 녀석아. 너는 린지 백작의 토끼 사육장에 있는 토끼만으로도 다섯 항구에 거주하는 모든 얼간이들을 먹여 살릴 수 있음을 아느냐? 거기 가서 잘 비벼 보아라. 줄을 잘 서야 한다. 모든 밀렵꾼들이 길을 잃었다. 망태기 밖으로 나온, 길고 털 난 두 귀 때문에, 나는 여섯 아이의 아버지가 교수대에 목 매달리는 것을 보았다. 귀족의 권한이란 그런 거다. 군주의 토끼는 선한 신이 만든 인간보다 더 소중한 거야. 우리는 그 사실을 좋다고 여겨야만 해. 알아듣겠니? 이 악당 녀석아. 그리고 혹시 우리가 그것을 나쁘게 여긴다고 해도, 그 따위 생각이 그들에게 무슨 상관이 있겠니. 백성이 이의를 제기한다! 플라우투스의 작품조차도 가까이 가지 않은 희극이지! 철학자는 그저 이 지옥이나 마찬가지로 가난한 이들에게 군주들의 과중함에 대해 탄원하라고 충고하는 농담꾼에 불과해. 애벌레 한 마리를 시켜 코끼리 다리를 물게 시키는 짓이나 다름없지. 나는 언젠가 하마 한 마리가 두더지 굴 위를 걸어가는 것을 보았다. 하마 녀석이 모든 것을 망가뜨려 버렸지. 하지만 녀석에게는 죄가 없어. 하마, 이 순진하고 우직한 그 녀석은 심지어 그곳에 두더지 굴이 있다는 사실조차 알지 못했던 거야. 그윈플렌, 그렇게 짓밟힌 두더지 굴이 바로 인류란 말이다. 파괴는 하나의 법칙이란다. 두더지는 아무것도 파괴하지 않는다고 믿느냐? 두더지는 진드기들에게 마스토돈스이고, 식물들에게는 진드기가 그런 존재야. 하지만 이것저것 따지지는 말자. 이 녀석아. 화려한 사륜마차들은 세상에 존재한다. 군주는 그 안에 있고 백성들은 바퀴 아래에 깔려 있고, 현자는 그곳에서 비켜선다. 너는 그 옆에 서서 군주들이 지나가게 내버려 둬. 나로 말할 것 같으면 귀족들을 좋아하지만, 그들을 피하고 있다. 나는 한 군주의 집에서 살아본 적이 있었지. 아름다운 기억 속 영광으로 남겨 두는 것으로 족하지. 나는 그의 성, 구름 속의 영광과도 같았던 시절을 회상한다. 나의 몽상은 뒤에 있단다. 그 거대함이나 아름다운 조화, 풍요로운 수입, 장식물들, 부속물들로 치면 마머듀크 성처럼 대단한 것은 없지. 게다가 귀족의 별장이나 저택, 궁전은, 이 화려한 왕국 내에서 가장 위대하고 장엄한 것들의 집합체나 마찬가지란다. 나는 우리의 귀족들을 좋아한다. 나는 그들이 부유하고 세력 있으며 윤택하기에 감사한다. 나는 어둠에 둘러싸여 있지만, 나름대로 흥미롭고 즐겁게 귀족이라고 부르는 그 천상계의 견본을 보고 있단다. 마머듀크 성에 들어가려면 엄청나게 넓은 앞마당을 통해야 했는데, 긴 직사각형인 마당은 여덟 개의 정사각형으로 나뉘어 각각 난간이 둘러져 있고, 그 옆에는 전부 넓은 도로가 개방되어 있어. 마당 한가운데에는 거대한 육각형 분수대가 있는데, 그 양쪽은 채광창이 있는 둥근 돔으로 덮여 있었다. 바로 거기서 내가 박식한 프랑스 학자 크로스 사제를 만났지. 그는 생자크 가의 도미니크파 수도원에서 온 사람이었어. 마머듀크 저택 서재에는 에르페니우스의 전집 절반 가량이 있었는데, 나머지 반은 케임브리지의 신학 강론실에 있었지. 나는 예쁘게 장식한 그 댁 정원 입구에서 그 많은 책을 읽었어. 그런 것들은 보통 극소수의 호기심 많은 여행객들만이 볼 수 있는 것이었지. 너는 아느냐, 이 어리석은 녀석아. 롤스톤의 그레이 경이시며, 제후 회의에서, 열네 번째 자리에 앉으시는 윌리암 노스 전하께서는, 자신의 산에 있는 숲속 나무 수가, 네 흉측한 대가리 위에 난 머리털 수보다 많았단 말이다. 리콧의 노리스 경, 어빙던 백작이라고도 부르는 그는 200피트 높이의 탑을 소유하고 계셨다. 그 탑에는 'virtus ariete fortior'라는 문구가 새겨져 있었지. 아마도 '덕은 숫양보다 강하다'는 뜻을 가지고 있는 것처럼 보이지만, 그것은 사실 '용기가 전쟁 무기보다 강하다'라는 뜻이라는 것을 아느냐. 이 멍청한 녀석아! 그래, 나는 우리의 귀족들을 인정하고, 존중하고, 그들에게 충성한다. 그들은 국왕의 위엄과 함께 국가의 이익을 창출하고 보존시키지. 그들이 사용하는 원숙한 지혜가, 몹시 까다로운 기회에서 빛을 발하지. 모든 사람들에 대한 우선권이라는 것이 있는데, 나는 그들이 그 우선권을 갖지 않았으면 좋겠다. 하지만 그들은 그것을 가지고 있어. 독일과 스페인에서 주권이라고 불리는 것이, 영국과 프랑스에서는 작위라고 불린다. 이 세상이 상당히 가엾다고 여길 권리가 누구에게나 있었던지라, 신께서도 이 세상의 그 고민을 알고 계시다. 신은 그가 사람들을 행복하게 해 주실 능력을 가지고 계심을 증명하고 싶으셨지. 그리하여 철학자들을 만족시키기 위해 귀족들을 창조하신 게다. 그러한 창조가, 먼저 이루어졌던 창조를 수정하고, 신께서 하실 일들을 대신하고 있다. 그것이 신에게는 복잡한 처지로부터의 깔끔한 탈출이지. 지체 높은 사람들은 모두 거대하단다. 그리하여 한 사람의 중신이 자신을 가리키면서도 우리라고 하는 것이다. 한 명의 중신은 단수가 아니라 복수라는 거야. 왕은 중신을 가리켜 consanguinei nostri(우리들의 혈족)라고 하지. 중신들은 무수히 많은 현명한 법률을 만들었다, 그중 3년 된 포플러(미루나무)를 자른 사람을 사형에 처하는 법도 있단다. 그들의 권력이 어찌나 지엄한지, 그들에게는 그들만의 언어가 있다. 심지어 높으신 나리들 사이에서도 서로 간에 미묘한 차이가 있단다. 예를 들어 남작은 자작의 허락 없이는 그와 함께 씻을 수 없다. 그 모든 것들이 아주 훌륭한 것들이고 국가를 유지시키는 것들이지. 백성들이 공작 25명, 후작 5명, 백작 76명, 자작 9명, 남작 61명, 그러니까 모두 176명의, 중신을 갖는다는 것이 얼마나 좋은 일이란 말이냐! 그들 중 어떤 이들은 각하이고, 어떤 이들은 상원의원이란다! 그 외에 여기저기에 누더기를 입은 폐인들이 있다! 모든 게 황금일 수는 없다. 누더기면 어떠냐. 권위를 상징하는 주홍빛 옷감으로 만든 것이 아니겠느냐? 하나가 다른 하나를 매입한다. 어떤 것은 다른 어떤 것으로 만들어지는 것이 당연하니까. 그런데, 아주 잘되었지, 극빈자들이 존재하니까. 얼마나 멋진 거래인지! 그 극빈자들이 부유한 사람들의 행복을 부풀리고 있는 셈이지. 젠장! 우리의 귀족들이 우리의 영광이시다. 모헌 남작인 찰스 모헌의 사냥개들에게 들어가는 경비가, 무어 게이트에 있는 나병 치료 병원과, 에드워드 6세가 1553년에 세운 보육원인 예수 자혜원에 들어가는 경비와 맞먹는다. 리즈의 공작인 토머스 오스본은, 하인들의 제복 구입비로만 한 해에 금화 5,000기니를 쓰고 있단다. 스페인의 세력가들에게는 국왕이 임명한 관리자 하나씩이 있어, 그들이 스스로 망하지 않도록 해 주지. 겁쟁이들. 우리 군주들은 우리에게는 멋지고 웅장하지. 나는 그 점을 높이 생각해. 그러니 시샘꾼들처럼 그들을 비난하지는 말자. 나는 아름다운 광경이 지나가면 감사하는 마음이 든단다. 나에게 빛은 없지만 그 반사광은 있다. 내 궤

양 위로 스치는 반사광이라고 너는 말하겠지. 그 따위 소리를 하려면 지옥에나 가거라! 나는 트리말키오를 바라보면서 기뻐하는 고지식한 사람이란다. 오! 저 높은 곳에서 찬연한 광채를 발산하는 아름다운 행성이여! 그 달빛을 향유한다는 것은 상당한 일이지. 귀족들을 없애 버리자는 주장은 아무리 미친 오레스테스라 해도 감히 지지하지 못했을 것이니라. 귀족들이 해롭고 무용하다고 주장하는 것은, 곧 국가를 전복시키자는 뜻이 되고, 또한 인간이, 풀이나 뜯어 먹으며 개들에게 물리는 가축 떼처럼 살도록 만들어진 것은 아니라는 주장이 된다. 초원의 풀은 양들이 뜯어 벗기고, 양은 목동에게 털을 깎인다. 무엇이 더 정의로운 일이겠느냐? 풀 뜯는 놈 위에 털을 깎는 놈. 나에게는 둘 다 똑같다. 나는 철학자이고, 따라서 나는 삶을 한 마리 파리처럼 생각한다. 삶은 매일매일 요금을 지불하며 빌린 방 하나에 불과해. 버크셔 백작인 헨리 바우스 하워드가, 마구간에, 화려한 의장마차 스물네 개를 가지고 있으며, 모두 금이나 은으로 만들었다는 사실을 생각해 봐라! 모든 사람들이 스물네 개의 마차를 가지고 있는 것은 아니라는 사실을 나는 잘 알고 있어. 하지만 그걸 결코 비난해서는 안 된다. 왜냐하면 너는 어느 날 밤 추위에 시달렸지, 하지만 그게 그한테 무슨 상관이냐! 그건 그저 네 일일 뿐이야. 다른 사람들도 역시 춥고 시장하다. 그날의 추위가 없었다면 데아의 눈이 멀지 않았을 것이고 그녀가 장님이 되지 않았다면 너를 사랑하지 않았을 거라는 걸 너는 아느냐! 잘 생각해 봐! 이 얼간이야! 그리고 사방에 흩어져 있는 가난한 자들이 모두 불평을 해 댄다면, 그것 참 보기 좋은 난리법석이겠구나. 침묵이 곧 규율이다. 나는 착하신 신께서는 저주받은 자들에게 침묵을 명령하셨다고 확신했다. 만약 그렇지 않다면 신이야말로 그 영원한 아우성을 들어야 하는 저주를 받은 셈이 되지. 올림포스의 행복은 코키토스강의 침묵을 전제로 가능한 것이지. 그러니, 백성들이여, 침묵하라. 나는 그보다 더 잘하지. 동의하고 찬미한다. 조금 전에 내가 귀족들을 열거했는데, 거기에다 대주교 둘과, 주교 스물넷을 더해야겠구나! 사실, 내가 돌이켜 생각해 볼 때마다 화가 나는 일이 하나 있다. 지금도 눈에 선한 일인데, 언젠가, 래포 승원의 존귀하신 승원장께서 부리시는 십일조 징수관의 집에서, 인근 지역의 농민들에게서 거두어들인 가장 질 좋은 밀이 산더미처럼 쌓인 것을 보았다. 수고스럽게 직접 그 밀을 재배하지 않아도 됐어. 덕분에, 그분이 신께 기도할 시간이 생겼던 것이다. 나의 주인이셨던 마머듀크 경께서 아일랜드의 재무관이셨고, 요크주의 크나레스버러 자치령의 총괄 집사이셨던 사실을 아느냐? 앵커스터 공작 가문의 세습직인 시종장 직을 받은 나리는, 국왕의 즉위식이 있던 날 국왕의 의복을 입혀 드리고, 그 수고의 대가로 진주홍빛 벨벳 40온느와 국왕이 사용하시던 침대를 하사받았으며, 검은 권장을 든 어전 문지기가 그의 대변자 노릇을 하게 되었다는 사실을 아느냐? 나는 네가 다음 이야기들을 듣고 잘 버티는 모습을 보고 싶다. 영국에서 가장 오래된 자작은, 헨리 5세가 자작으로 봉한 로버트 브렌트 경이다. 자기 가문의 이름만을 간직한 리버스 백작을 제외한 모든 귀족의 직함은, 그들이 하나의 영지에 대해 행사하는 절대권을 의미한다. 다른 사람들에게 세금을 부과하고, 징수할 수 있다니 얼마나 멋진 권리냐. 예를 들면, 1파운드당 4실링의 세금을 부과하는 것이 바로 1년 전까지만 해도 계속되어 왔다. 정제된 주류, 포도주 및 맥주의 소비세, 톤이나 파운드로 계산한 선적분, 사과주, 배즙, 엿기름과 보리, 석탄, 그리고 수백 가지 비슷한 것들에 매겨지는 세금들을 좀 보거라. 얼마나 멋있느냐. 있는 그대로 존중하자. 성직자 또한 귀족들에게 의지하고 있다. 맨섬의 주교는 더비 백작에게 종속되어 있다. 귀족들은 사나운 짐승들을 가문의 문장에 그려 넣는다. 신께서 그러한 짐승을 충분히 만들지 않으셨음인지, 그들은 새로운 짐승을 만들어 내기도 한다. 그들은 가문에 그려 넣을 멧돼지를 창안했는데, 예수가 사제보다 우월하듯 일반 돼지보다 더 우월한 멧돼지를 창안했다. 그들은 또한 그리핀도 만들어 냈는데, 그것은 사자를 닮은 독수리이자 독수리를 닮은 사자로, 사자들에게는 날개로 겁을 주고, 독수리들에게는 갈기로 위협한다. 그들은 박쥐 날개를 단 뱀, 일각수,

용 모양의 이무기, 용, 말의 몸에 독수리 머리와 날개를 가진 괴물들도 만들어 냈다. 그들에게는 장식이자 치장물인 것들이 우리에게는 공포감을 준다. 그들은 미지의 괴물들이 울부짖는, 문장이라는, 동물 집단을 가지고 있지. 그들의 거만함과 비교할 수 있는 숲은 없다. 그들의 허영심에는 숭고한 밤에 무장을 하고 투구를 쓰고 갑옷을 입고 칼을 차고 손에는 황제의 홀을 들고 진지한 목소리로 '우리가 조상들이니라!'라고 외치고 다니는 유령들이 가득하다. 풍뎅이들은 풀뿌리를 먹고, 무기는 백성들을 갉아먹는다. 그러지 말라는 법이 있나? 우리가 그러한 법칙을 바꾸겠느냐? 스코틀랜드에는, 자신의 집에서 나오지도 않고, 말을 타고 300리를 달린다는 공작도 있다. 캔터베리 대주교 나리께서는 자기의 봉급으로 100만 프랑을 받고 있음을 아느냐? 폐하께서는 그의 성들과 숲들과 봉토, 소작지, 자유 경작지, 직책 수당, 십일조, 각종 부과금, 압류품, 벌금 등을 통해 들어오는 100만 파운드 이외에도, 매년 나라로부터 70만 파운드를 받는다는 것을 아느냐? 만족할 줄 모르는 사람은 고달프니라."

"그래요."

그윈플렌이 생각을 하더니, 중얼거렸다.

"가난한 이들의 지옥이 부자들의 천국을 만드는군."

12. 시인 우르수스가 철학자 우르수스를 인도하다

그때 데아가 들어왔다. 그윈플렌이 그녀를 쳐다보았다. 그 순간부터 그의 눈에는 그녀만이 들어왔다. 사랑이란 그런 것이다. 한순간 어떤 생각에 사로잡혀 있다가도 사랑하는 여인이 나타나면, 그녀 이외의 다른 것들은 모두 안개처럼 사라진다. 또한 그녀는 짐작하지 못하겠지만 그녀가 우리 안의 세계를 몽땅 지워 버리는 것일 수도 있다.

여기서 한 가지 알고 넘어가야 할 것이 있다. '정복된 카오스'를 공연할 때마다, 그윈플렌을 가르치는 'monstre(괴물)'이라는 말이 데아의 마음에 들지 않았다. 그리하여 가끔, 순간적 격정에 이끌려, 당시 모든 사람이 알고 있던 서툰 스페인어로, 괴물 대신 'quiero(나는 당신을 원해요)'라고 바꿔 말하기도 했다. 우르수스는 물론 마음은 편치 않았지만 이러한 대사의 변용을 눈감아 주었다. 그는 기꺼이 데아에게, 오늘날의 모에사르가 비소에게 말하듯 이렇게 말하고 싶었을 것이다.

"너는 대사를 존중하는 마음이 부족하구나."

'웃는 남자', 그윈플렌은 그러한 호칭으로 유명세를 얻었다. 그의 얼굴이 웃음 밑에 감추어져 있었듯이, 그윈플렌이란 이름은 그 별명 밑으로 사라져 버렸다. 그의 명성 또한 그의 얼굴처럼 하나의 가면과도 같았다.

하지만 그린박스의 전면에 붙인 커다란 현수막에서 그의 이름을 읽을 수 있었으니, 우르수스가 관객을 위해 써 놓은 글귀는 다음과 같았다.

> 우리는 이곳에서 그윈플렌을 볼 수 있습니다. 그는 나이 열 살이 되던 1690년 1월 29일, 악랄한 콤프라치코스 일당에 의해 포틀랜드 해안에 버려졌습니다. 그 어린아이가 장성해서, 오늘날은 '웃는 남자'라고 불리고 있습니다.

이 광대들의 존재는 나병 수용소 속에 있는 나병 환자들의 삶이나 아틀란티스에서 지극한 행복을 누리는 사람들의 존재와도 같았다. 매일 가장 소란스러운 시장의 공연장에 자신을 몽땅 내놓았다가는, 문득 가장 완전무결한 은신처로 이동이 이루어졌다. 그들은 매일 저녁 이 세상으로부터 도피했다. 그것은 마치 그다음 날 다시 부활하기 위해 도망가 버리는 죽은 자들 같았다. 배우는 깜박거리는 등대와도 같다. 나타났다가는 곧 사라진다. 관객에게는 겨우 환영처럼 밖에 보이지 않고, 등대 불빛처럼 빙글빙글 도는 이 세상에서는 잠시 어른거리는 유령이나 미광에 불과하다.

사거리는 감금의 연속이었다. 공연 직후, 관객들이 흩어지고 군중들의 만족스러워하는 웅성거림이 길을 따라 사라지는 동안, 그린박스는 요새의 도개교를 거두듯 간판을 내렸고, 그러면 인간 세계와의 소통이 단절되었다. 한쪽에는 널따란 세상이, 다른 쪽에는 막사가 있었다. 막사 안에는 자유와, 양심과, 용기와, 헌신과, 순진함과, 행복과, 사랑 등 모든 성좌가 있었다.

앞을 보는 장님과 사랑받는 기형이 나란히 앉아, 서로 손을 마주 잡고, 서로의 이마를 맞대고, 도취되어서, 낮은 목소리로 이야기를 속삭였다.

마차의 가운데 칸은 두 가지 용도로 사용되었다. 관중들에게는 무대, 배우들에게는 식당이었다.

우르수스는, 그린박스 가운데 칸의 용도가 다양하다는 점에서, 그것을 아비시니아 오두막의 아라다쉬와 동일시하고 비교하면서 만족스러워했다.

우르수스가 그날 수입을 계산하고 난 후에 저녁 식사를 했다. 사랑하는 이들에게는 모든 것이 이상적이어서, 사랑할 때 같이 먹고 마시는 것조차 온갖 종류의 은밀한 동거 생활처럼 느끼며, 한 입 음식을 먹는 것이 입맞춤이 된다. 같은 잔에 맥주나 포도주를 마시면서, 둘은 백합꽃에 맺힌 이슬을 마시는 것처럼 여겼다. 두 영혼, 두 아가페는 두 마리 새와 같은 은총을 누렸다. 그윈플렌은 데아의 식사를 도왔다. 그녀에게 빵이나 고기를 먹기 좋게 잘라 주며, 마실 것을 따라 주면서, 그녀에게 너무 가까이 붙어 있곤 했다.

"흠!"

우르수스는 미소를 지으면서 괜히 나무라는 헛기침 소리로 그들을 떨어뜨려 놓았다.

늑대는 식탁 아래에서 식사를 하며, 자기에게 주어진 뼈다귀가 아닌 것에는 아무 관심이 없었다.

비노스와 피비도 함께 식사를 했는데, 별로 성가신 문제를 일으키지 않았다. 여전히 반쯤은 야생적이고 놀란 듯한 기색을 간직하고 있던 두 방랑자들은, 자기들끼리 집시 언어로 이야기를 나누었다.

그리고 나서 데아는 피비와 비노스와 함께 여자 방으로 들어갔다. 우르수스는 호모를 그린박스 아래에 있는 사슬에 매어 두러 갔고 그윈플렌은 말들을 돌보았다. 연인에서 마부로 돌변하는 모습은, 호메로스의 작품에 등장하는 영웅이나, 카롤루스 대제 휘하의 기사 같았다. 자정이면 늑대만 빼고는 모두들 잠이 들었다. 늑대는 책임감 때문에 가끔 한쪽 눈을 뜨곤 했다.

다음 날, 깨어나는 즉시 모두 한 자리에 다시 모였다. 다 같이 조반을 먹는데, 늘 햄과 차가 식탁에 올랐다.

영국에 차가 수입된 것은 1678년부터이다. 그런 다음 데아는, 그녀가 너무 허약하다고 생각하던 우르수스의 충고와 스페인 사람들의 관습에 따라 몇 시간을 더 잤다. 그동안 그윈플렌과 우르수스는, 방랑 생활에 필요한 안팎의 자질구레한 공사들을 치르곤 했다.

그윈플렌이 황량한 길이나 인적이 없는 곳에 있을 경우를 제외하고는 그린박스 밖에서 서성거릴 일은 거의 없었다. 도시에 들어가는 경우, 오직 밤에만 넓은 차양 달린 모자를 쓰고 밖으로 나왔다. 자신의 얼굴을 거리에서 노출하지 않기 위해서였다.

사람들은 그의 얼굴을 연극 무대에서밖에 볼 수 없었다.

게다가 그린박스는 아직 도시에는 별로 드나들지 않았다. 그윈플렌은 나이 스물넷이나 되었지만 다섯 항구보다 더 큰 도시들은 거의 본 적이 없었다. 하지만 그의 유명세는 점점 더 커져만 갔다. 그 명성은 하층민들을 넘어서 높으신 분들에게도 닿았다. 뭔가 요상하게 특이하고 기이한 것들을 좋아하거나 그런 것들을 찾아다니는 사람들 사이에서, 아주 굉장한 가면 하나가 유랑하면서, 저기도 나타났다가 여기도 나타났다가 하며 어딘가에 산다는 소문이 떠돌았다. 사람들은 그에 관해 이야기를 하고, 그를 찾아 다녔고 어디에 있을지 궁금해했다. '웃는 남자'는 정말이지 유명해지고 있었다. '정복된 카오스'에 한 줄기 빛이 비추고 있었다.

그리하여 어느 날 문득 우르수스는 들뜬 마음으로 이렇게 말했다.

"런던으로 가자."

제3부

균열의 시작

1. 태드캐스터 여인숙

그 당시 런던에는 다리가 하나밖에 없었다. 그 다리를 런던교라고 했는데, 다리 위에는 집들이 있었다. 이 다리는 서더크와 런던을 잇고 있었다. 서더크의 길은 템스강의 자갈로 포장되어 있었고 여기저기 좁은 도로와 골목길이 복잡하게 얽혀 있었다.

어디를 보나 여느 도시처럼 많은 건물과 주택, 숙박 업체, 목제 포장마차가 뒤죽박죽 섞여 있어서 화재가 나기 쉬운 외곽 지역이었다. 실제로 1666년에는 큰 화재가 났다.

당시에는 서더크를 '사우드릭'이라고 읽었다. 오늘날에는 대략 '사우소우워크'라고 한다. 어찌 되었든 영국의 명칭들을 읽는 가장 좋은 방법은 발음을 제대로 하지 않는 것이다. 예를 들어, 사우샘프턴을 발음하고자 한다면 '스트픈튼'이라고 읽는 식이다.

이 당시는 주템므(Je t'aime)를 채텀(Chatham)이라고 발음하던 시절이었다. 그때의 서더크는 지금의 서더크와 유사했다. 마치 보지라르가 마르세유를 닮은 것처럼. 이곳은 큰 마을, 거의 도시였다. 그때도 그곳에 항해의 큰 움직임이 있었다. 템스강변의 길고 거대한 축대 벽에는 커다란 강배들의 닻을 걸어 놓는 무수한 고리들이 붙어 있었다. 이 벽을 가리켜 에프록 또는 에프록 스톤이라고 불렀다. 색슨족이 요크주를 지배하고 있을 때는 에프록이라고 불렀다. 전설에 의하면 에프록이라는 한 공작이 이 벽 아래에서 물에 빠져 죽었다고 한다. 실제로 그곳은 수심이 깊어서 공작 한 사람 정도는 익사하기 충분했다. 낮은 곳의 수심도 8미터 정도나 되었다. 이 작은 정박지가 매우 편리했기에 바닷가를 오가는 배들도 그곳으로 이끌려 왔다. 네덜란드의 유서 깊은 해양 화물선 포그라트 역시 에프록 스톤에 와서 정박하곤 했는데, 일주일에 한 번씩 직항으로 런던과 로테르담을 왕복 운행했다. 다른 강배들은 하루에 두 번씩 썰물을 타고 데프트퍼드나 그리니치, 그레이브센드 등지로 떠났다가 다음 조류를 타고 올라오는 식이었다. 그레이브센드까지의 항해하는 거리를 따져 보면 20해리쯤이었고, 대략 여섯 시간 정도 소요됐다.

포그라트는 오늘날 해양 박물관 같은 곳에서 밖에 볼 수 없는 모습의 배였다. 그 배는 가운데가 불룩한 극동 중국 쪽의 돛단배와 조금 유사했다. 프랑스가 그리스의 선박을 따라 하고 있을 그때, 네덜란드는 중국 것을 베끼고 있었다. 투박하고 무거운 선체에 수직으로 설치되어 있는 방수벽이 칸막이 역할을 했다. 선체의 중간 부위에는 매우 깊고 넓은 선실이 있고, 그 위를 두 개의 상갑판이 나란히 덮고 있었다. 그 갑판 하나는 선수 쪽으로, 다른 하나는 선미 쪽으로 이어져서 갑판 위가 판판했다. 이는 포탑을 갖춘 오늘날의 철로 된 군함과 같았다. 이것은 날씨가 사나워 큰 파도로 인한 물살이 안으로 들어오는 것을 줄일 수 있다는 장점이 있었지만, 난간이 없어서 바다의 물살로부터 선원들을 보호해 주지 못한다는 단점도 있었다. 갑판에서 선원이 외부로 떨어지는 것을 막을 만한 그 어떤 장치도 갖추고 있지 않았다. 그 탓에 추락 사고로 인한 인명 피해가 잦아서 결국 포기하게 되었다. 뚱뚱한 포그라트 배는 곧장 네덜란드로 향했고, 그레이브센드에서 잠깐 쉬는 일도 없었다.

오래되고 뾰족한 바위 돌출부가 에프록 스톤의 하단부를 따라 늘어서 있었다. 이것이 배들이 어느 바다로 나가는 것을 쉽게 하고 밀려온 배들의 접안을 용이하게 했다. 석벽은 일정한 간격의 계단으로 나뉘어져 있었다. 그 암벽은 마치 해변에 나 있는 둑처럼 흙더미가 하나 있어서 에프록 스톤 위를 지나가는 사람들이 팔꿈치를 괼 수 있게 했다. 거기에서는 템스강이 보였다. 그다음부터는 들판만이 펼쳐져 있었다.

에프록 스톤의 상류 부근, 템스강의 굴곡 지점에는 세인트제임스 성이 있었다. 뒤쪽으로는 램버스 하우스가 있었으며 이것은 폭스홀*이라 불리는 산책로와 멀지 않은 곳에 있었다. 사기그릇을 굽던 도기 공장과 병을 채색하는 유리 공장 사이에는 풀들이 자라나는 넓은 공터가 있었는데, 이것이 옛날 프랑스에서는 경작지나 또는 산책장으로 불리고 영국에서는 볼링그린이라 불리는 것이었다. 공을 굴리는 데 쓰이는 잔디밭인 볼링그린에서는 공놀이를 한다. 오늘날에는 이 그 풀밭을 집 안에 가지고 있다. 다만 그 풀밭을 테이블 위에 올려놓고 잔디 대신에 천을 깔면 우리가 지금 당구라고 부르는 게임이 되는 것이다.

그리고 왜인지는 모르겠지만 프랑스어에는 'boulevard(초록색 공)'이라는, bowling-green과 같은 뜻의 단어가 있음에도 불구하고 'bolingrin(나무공 놀이터)'라는 단어를 만들어 냈다. 사전처럼 진지한 사람들이 이처럼 쓸데없는 사치를 부렸다는 것이 놀라울 따름이다.

서더크의 볼링그린은 타린조 필드라고 불렸다. 왜냐하면 예전에 이것은 헤이스팅 남작 집안의 소유였는데, 이 집안에는

---

* 평상시에는 일반인들이 산책하거나 놀이를 하는 장소로 이용되고, 축제가 있을 때 음악회나 무도회 장소로 사용되던 공터이다.

타린조와 모슬린 남작이 있었기 때문이다. 타린조 필드의 소유권은 헤이스팅 가문에서 태드캐스터 군주들의 손으로 넘어갔는데, 이들이 그 공간을 대중들이 모이는 공공 장소로 개방했다. 훗날 오를레앙 공작이 팔레루아얄 왕궁*을 공공장소로 개방한 것과 마찬가지로 말이다. 그 후 타린조 필드는 주인 없는 빈 목초지가 되었고 소교구의 소유가 되었다.

타린조 필드는 일종의 정기 시장이었는데, 이곳의 간이 무대 위에서는 요술사, 곡예사, 익살스러운 광대, 음악 등의 공연이 펼쳐졌고, 샤프 대주교의 말을 빌리자면, 늘 '악마를 구경하러 온' 멍청한 이들로 항상 득실댔다. 악마를 본다는 것은 공연을 관람한다는 뜻이다.

몇몇 여관들이, 사람들을 숙박시켰다가 시장 공연으로 보내기도 했다. 일 년 내내 축제가 벌어지는 이곳은 항상 열려 있었고, 날로 번창해 갔다. 이런 여관들은 사람들이 낮에만 머무는 가건물에 가까웠고, 저녁이 되면 주인들이 가게 열쇠를 주머니에 넣고 어디론가 사라져 버렸다. 이 여관들 가운데 하나만이 주거용 건물이었다. 볼링그린을 샅샅이 뒤져 봐도 다른 숙박시설은 없었다. 광대들은 한곳에 머무르지 않고 떠돌아다니는 습성을 가졌으므로, 장터에 자리한 가건물들도 모두 사라져 버

* 1633년, 추기경 리슐리외를 위해 지은 궁전이다.

렸다. 광대들의 삶은 뿌리 뽑힌 삶이다.

이곳은 옛 군주들의 이름을 따서 '태드캐스터 여인숙'이라고 불렸다. 여관이라기보다는 선술집이었고, 여관보다는 호텔에 더 가까웠던 그 집에는 마차가 드나들 수 있는 대문과 꽤 넓은 정원도 있었다.

안마당에서 광장으로 통하는 대문이 태드캐스터 여인숙의 정문이었고, 그 옆에 쪽문 하나가 있었다. 사람들은 쪽문을 더 좋아했다. 그 낮은 문이 사람들의 유일한 통로였다. 좋게 말해서 선술집, 정확히 말하면 연기가 뿌옇게 차 있고 테이블이 몇 개 놓여 있고 천장이 낮은 넓은 방을 향해 있었다. 여인숙의 간판이 걸린 문 위에는 2층 창문이 있었다. 대문은 항상 빗장이 걸려 폐쇄된 채로, 영영 닫아 놓은 것 같았다.

여인숙 뜰 안으로 들어가려면 이 선술집을 가로질러야만 했다. 태드캐스터 여인숙에는 주인과 소년이 있었다. 주인의 이름은 나이슬리스였고, 소년의 이름은 고비컴이었다. 주인 나이슬리스는 구두쇠 홀아비였고, 법을 존중하여 법 앞에서 벌벌 떠는 사람이었다. 그는 또한 눈썹과 손등에 털이 북슬북슬 나 있었다. 손님들에게 마실 것을 따라 주고 고비컴이라고 부르면 대답하는 열네 살짜리 소년은 앞치마를 두르고 재미있게 생긴 얼굴을 하고 있었다. 그는 머리가 빡빡 깎여 있었는데 이것은 그가 예속되어 있다는 표시였다.

그는 일층에서, 옛날에 개집으로 사용하던 한구석을 침실로 사용하고 있었다. 그 개집에는 창문 대신 볼링그린으로 통하는 환기구가 있었다.

2. 야외에서의 웅변

바람이 무척 많이 불고 상당히 추워 길을 가는 사람이라면 모두들 서두를 법했던 어느 날 저녁, 태드캐스터 여인숙의 담장을 따라 걷던 남자가 갑자기 멈춰 섰다. 때는 1704년에서 1705년으로 넘어가는 겨울 끝 무렵이었다. 이 남자는 옷차림으로 보아서는 수병이었던 것 같은데, 외모가 준수하고 체격도 좋았다. 궁정 사람 같았지만 백성들에게 반감을 살 것 같지는 않았다. 왜 그는 걸음을 멈추었을까? 듣기 위해서였다. 무엇을 들었는가? 아마 벽 반대쪽 뜰 안에서 말하고 있는 누군가의 목소리였을 것이다. 비록 약간 나이 들기는 했어도 지나가는 행인들에게까지 들리는 큰 소리였다. 또 그 음성이 열변을 토하고 있는 안마당에서는 군중의 소음도 들려왔는데 그 목소리는 이렇게 말하고 있었다.

런던의 신사 숙녀 여러분, 제가 왔습니다. 저는 당신들이 영국인이라는 사실이 축복받은 것이라 생각합니다. 당신들은 위대한 민족입니다. 아니 그 이상입니다. 당신들은 위대한 하층민입니다. 당신들의 주먹은 당신들의 칼보다 더 강합니다. 당신들은 왕성한 식욕을 가지고 있습니다. 당신들은 다른 민족들도 잡아먹는 민족입니다. 대단한 능력입니다. 이 세계를 빨아들이는 능력 덕에 영국은 따로 구별됩니다. 정치, 철학, 식민지와 인구, 그리고 산업, 자신에게는 이로운 남에게 해를 끼치려는 의지, 이것을 보면 당신들은 정말 위대하고 놀라운 사람들입니다. 이 지구상에 두 게시판이 내걸릴 순간이 다가오고 있습니다. 그중 하나에는 '인간의 편', 다른 하나에는 '영국인의 편'이라고 써있을 겁니다. 저는 영국인도 아니고, 인간도 아니며, 그저 영광스럽게도 박사로 살아가는 존재입니다. 신사 여러분, 저는 여러분을 가르치려고 합니다. 제가 아는 것과 모르는 것에 대해서 말입니다. 저는 약을 팔고 사상을 덤으로 줍니다. 다가오세요. 제 말씀을 귀담아 들으십시오. 귀가 작으면 진리를 포착하지 못할 것이고, 너무 크면 수많은 바보스러움이 꾸역꾸역 그 속으로 들어갈 것입니다. 그러니 주목하십시오. 제가 가짜 학문을 가려내는 법을 알려 드립니다. 제게는 사람들을 웃게 만드는 동료 하나가 있는데, 저는 사람들이 생각하도록 만듭니다. 우리는 같은 집에서 삽니다. 웃음은 지식만큼이나 좋은 식구입니다. 누군가 데모크

리토스에게 '당신은 어찌 아십니까?'라고 묻자, 그는 이렇게 대답했습니다. '나는 웃습니다.' 만일 사람들이 나에게 왜 웃냐고 물으면, 저는 이렇게 답할 것입니다. '나는 알고 있습니다.' 그런데 저는 웃지 않습니다. 저는 대중의 지성을 청소하는 일을 하는 사람입니다. 당신들의 지성은 지저분합니다. 신께서는 백성이 스스로 틀리고 속도록 만드셨습니다. 바보 같은 수치심을 느껴서는 안 됩니다. 솔직히 고백하건대, 저는 신을 믿습니다. 심지어 그가 틀렸는데도 말입니다. 단지 저의 눈에 잘못 만들어진 쓰레기가 보이면 깨끗이 쓸어버릴 뿐입니다. 제가 어떻게 아느냐고요? 그것은 오직 저만이 아는 일입니다. 누구나 자신에게 허락된 곳에서 배움을 얻는 것이니까요. 락탄티우스는 청동으로 만든 베르길리우스의 두상(頭像) 앞에서 질문을 했는데 베르길리우스는 대답을 했습니다. 실베스테르 2세는 새들과 대화했다고 합니다. 새들이 말을 했을까요? 교황이 지저귀었을까요? 의문입니다. 랍비 엘레아자르의 죽은 아이는 아우구스티누스 성자와 이야기를 나누었다고 합니다. 우리끼리니 말씀 드립니다만, 저는 그 모든 이야기를 의심합니다. 오직 마지막 것만 예외입니다. 죽은 아이가 말을 했답니다. 그렇다고 칩시다. 하지만 아이의 혀 밑에는 여러 성좌(星座)가 새겨진 황금 한 조각이 있었다고 합니다. 그러니 속임수를 쓴 셈입니다. 사실은 저절로 밝혀집니다. 저는 진실과 거짓을 구분할 수 있습니다. 잘 들으십시오, 가엾은 양반들. 당신들이 분명 믿고 계실 오류가 또 있습니다. 제가 당신들에게 진실을 알려 드리고 싶습니다. 디오스코리데스는 사리풀 안에 신이 있다고 믿었습니다. 또한 크리시포스는 시노파스트 속에, 요셉은 바우라스 속에, 그리고 호메로스는 몰리 식물 속에 신이 있다고 믿었습니다. 하지만 사실 그 풀들 안에 있었던 것은 신이 아니라 괴물입니다. 제가 그것을 확인했습니다. 이브를 꾀인 독사가 카드모스처럼 인간의 얼굴을 가지고 있었다는 말은 거짓입니다. 가르시아 다오르타, 차다모스토, 그리고 트리어의 대주교 장 위고 역시, 나무 한 그루를 톱으로 자르면 코끼리 한 마리를 잡을 수 있다는 주장을 인정하지 않았습니다. 나도 이 의견에 동의하였습니다. 시민 여러분, 루시퍼의 노력이 그릇된 의견들의 원인입니다. 그러한 왕의 통치 아래에서는 파멸과 잘못된 혜성들이 틀림없이 생기게 마련입니다. 백성들이여, 클라우디우스 풀케르가 죽은 것은 닭들이 닭장에서 나가기를 거부해서가 아닙니다. 진실은 루시퍼가 클라우디우스 풀케르의 죽음을 계획하여, 그 짐승들이 모이를 먹지 못하도록 주의를 기울였기 때문입니다. 베엘제불이 베스파시아누스 황제에게 절름발이와 소경을 만지기만 해도 고칠 수 있는 능력을 주었다는 이야기는 그 자체만 보면 칭찬할 일이지만 그 동기는 잘못된 것이었습니다. 신사 여러분, 부리오니아의 뿌리와 흰 뱀 새끼를 퍼뜨리고 다니고, 꿀과 닭 피로 안약을 만드는 가짜 학자들에게 도전하시오! 거짓말을 꿰뚫어 볼 줄 알아야 합니다. 오리온이 주피터의 자연적 필요에 의해서 태어났다는 것은 전혀 사실이 아닙니다. 사실 이런 식으로 별자리를 만든 것은 메르쿠리우스입니다. 아담에게 배꼽이 있었다는 말은 전혀 사실이 아닙니다. 성 게오르기우스가 용을 죽였을 때, 그 근처에 성녀는 없었습니다. 성 히에로니무스의 집무실 벽난로 위에는 벽시계가 없었습니다. 첫째, 동굴 속에 있었던 지라 집무실을 가지고 있지 않았습니다. 둘째, 그에게는 벽난로가 없었습니다. 셋째, 그 당시에는 벽시계가 존재하지도 않았습니다. 정정합시다. 오류를 바로 잡읍시다. 오! 제 말씀을 듣고 계신 친절하신 분들이여, 쥐오줌풀의 냄새를 맡으면 뇌에서 도마뱀이 생긴다고, 시체가 부패하면 쇠고기는 꿀벌이 되고 말이 죽어 말벌로 변한다고, 인간은 살았을 때보다 죽었을 때 무게가 더 무겁다고, 숫염소의 피가 에메랄드를 녹인다고, 같은 나무에서 애벌레 한 마리와 파리 한 마리와 거미 한 마리가 보이면 그것은 기아와 전쟁, 흑사병이 닥칠 징조라고, 노루 뇌의 구더기를 먹으면 노화를 치료할 수 있다고 말한다면, 믿지 마십시오. 다 거짓말입니다. 여기에 진실이 있습니다. 물소 가죽은 벼락을 피하게 합니다. 예리코의 장미는 크리스마스 전날 밤에 핍니다. 독사들은 물푸레나무의 그림자를 견뎌낼 수 없어요. 두꺼비는 흙을 먹고 살며, 그것 때문에 두꺼비 머리 속에 돌이 하나 생깁니다. 코끼리 몸에는 관절이 없어서 나무에 기댄 채 서서 잠을 잘 수밖에 없는 것입니다. 두꺼비더러 수탉이 낳은 알을 품게 해 보십시오. 그러면 나중에 독사가 될 전갈 한 마리를 얻게 될 것입니다. 장님이 한 손으로 교회당의 주제단 왼쪽 귀퉁이를 만지면서 다른 손을 눈에다 가져다 대면 앞을 볼 수 있게 됩니다. 처녀라고 아이를 못 낳는 것은 아닙니다. 아량이 넓으신 분들이여, 이 자명한 진실들을 깊이 새겨 두십시오. 그러면 두 가지 방법으로 신을 믿을 수 있습니다, 갈증이 오렌지를 믿듯, 아니면 당나귀가 채찍을 믿듯 말입니다. 이제 제 식구들을 소개하겠습니다.

문득 거센 바람이 불어 고립된 여인숙의 창틀과 덧문을 뒤흔들었다. 이것은 일종의 천상의 긴 웅얼거림 같았다. 웅변가는 잠깐 기다렸다가 하던 말을 이어 갔다.

바람이 훼방을 놓는군요. 괜찮습니다. 북풍아, 어서 말해라. 신사 여러분, 저는 화가 나지 않습니다. 바람 또한 모든 고독한 사람들처럼 수다스럽습니다. 저 높은 곳에서는 아무도 그와 친구해 주지 않기 때문에 수다를 떠는 것입니다. 이야기를 다시 이어 가도록 하겠습니다. 여러분은 지금 단결한 예술가들을 보고 계십니다. 우리는 넷입니다. 제 친구 늑대부터 소개하겠습니다. 그는 절대 숨지 않습니다. 그는 교육을 받았고 정중하며 총명합니다. 조물주께서는 아마 한순간 그를 대학의 박사로 만들 생각을 하셨던 것 같습니다. 하지만 박사로 만들려면 조금 짐승이어야 하는데, 그는 그렇지가 않습니다. 그는 아무 편견도 없고 귀족적이지도 않다고 덧붙이겠습니다. 그는 암캐하고 한번 정분이 났던 적이 있었는데, 그에게는 암컷 늑대로 보였나 봅니다. 그의 자손들은, 만일 있었더라면, 아마 지들 어미의 낑낑대는 소리와 지들 아비의 울부짖는 소리를 섞어 놓은 소리를 낼 것입니다. 그는 울기도, 문명에 대한 관용에 이끌려 짖기도 합니다. 호모는 완벽의 경지에 이른 개입니다. 개를 숭배합시다. 개는 혀에 땀이 나고 꼬리로 미소를 짓는 참으로 재미있는 짐승입니다. 신사 여러분. 호모는 지혜로움에 있어, 멕시코의 털 없는 늑대, 그 찬탄할 만한 크솔로이체니스키와 유사하며, 친근하기로는 늑대보다 낫습니다. 뿐만 아니라 겸손하기까지 합니다. 그는 인간에게 유익한 늑대만의 겸손함을 갖췄습니다. 그는 소리 없이 도움을 줍니다. 그의 왼쪽 발은 그의 오른쪽 발이 하는 일을 모를 정도입니다. 이런 것들이 늑대의 장점입니다. 그리고 여기에 있는 저의 두 번째 친구에 대해서는 단 한 마디만 하겠습니다. 그는 괴물입니다. 놀라시는군요. 옛날에 잔인한 악당들이 그를 인적 없는 해변에 버렸습니다. 그리고 이 소녀는 장님입니다. 특별하냐고요? 그렇지 않습니다. 우리는 모두가 장님들입니다. 구두쇠는 장님입니다. 그는 금은 보고 부유함은 보지 못하기 때문입니다. 선구자 역시 장님과 같습니다. 시작은 보되 끝을 보지 못하기 때문입니다. 교태부리는 여인도 장님입니다. 자기 얼굴의 주름살은 보지 못하기 때문입니다. 학자 역시 장님입니다. 자신의 무지를 모르기 때문입니다. 점잖은 신사도 장님입니다. 못된 건달을 알아보지 못하기 때문입니다. 못된 건달도 장님입니다. 그는 신을 보지 못하기 때문입니다. 신도 장님입니다. 그가 이 세상을 창조하던 날, 마귀가 그 안으로 들어가는 것을 보지 못했기 때문입니다. 저 또한 장님입니다. 이렇게 말을 하면서도 당신들이 귀머거리임을 보지 못하고 있지 않습니까. 우리가 데리고 다니는 이 눈먼 소녀는 신비한 여사제입니다. 베스타 여신이 자기의 불씨를 이 소녀에게 맡긴 듯합니다. 그녀의 인격 안에는 부드러운 어두움이 있습니다. 나는 그녀가 인정받지 못한 어느 왕의 딸이라고 믿고 있습니다. 엄청난 불신이야말로 현자의 특성입니다. 저로 말씀 드릴 것 같으면, 저는 추론을 하고 사람들에게 약을 지어 줍니다. 또한 생각하며 치료를 한답니다. 의사인 저는 모든 열병과 독한 기운 및 흑사병을 치료합니다. 염증과 통증의 대부분은 인적법이기 때문에, 그것들을 잘 다스리기만 하면 더 나쁠 수 있는 다른 병으로부터 우리를 보호해 준답니다. 하지만 충고 드리거니와, 탄저병에는 걸리지 마십시오. 그 어떤 약도 소용이 없는 지독한 병입니다. 그 병에 걸리면 죽는 것 밖에는 방법이 없습니다. 저는 교양머리가 없거나 촌스러운 사람이 아닙니다. 저는 달변과 시(詩)를 예찬하며 순진무구한 친근함 속에서 어울려 삽니다. 저의 견해 하나만 제시하면서 연설을 마치겠습니다. 신사 그리고 숙녀 여러분. 당신들의 내면에, 특히 빛이 시작되는 쪽에 미덕과 겸손과 청렴과 정의와 사랑을 기르십시오. 그러면 이 지상에 사는 모든 이들이 각자의 창가에 작은 화분 하나씩을 놓을 수 있을 것입니다. 나리들과 선생 여러분, 이상입니다. 공연을 시작하겠습니다.

아마도 수병인, 밖에서 유심히 듣고 있던 남자가, 여인숙의 천장 낮은 실내로 들어서더니 그것을 가로질러 건너가, 부르는 대로 동전 몇 푼을 지불한 다음 관객들로 가득한 뜰 안으로 들어갔다. 그곳에는 바퀴 달린 오두막 하나가 활짝 열려 있고, 무대 위에는 곰의 가죽을 입은 늙은이, 가면을 쓴 듯한 젊은 남자와 장님 소녀, 그리고 늑대 한 마리가 있었다.

"오, 신이시여!"

그가 감탄을 토해 냈다.

"대단한 이들을 여기서 찾았군!"

3. 행인이 다시 나타나는 곳

방금 확인했듯이, 그린박스가 런던에 도착했다. 그리고 서더크에 정착했다. 우르수스는 볼링그린에 매료되어서 그곳으로 왔다. 그곳은 겨울에도 시장이 쉬는 일이 없다는 훌륭한 이점을 가지고 있었다.

세인트폴 성당의 둥근 지붕을 바라보는 것도 우르수스에게는 기분 좋은 일이었다.

모든 것을 따져 보았을 때 런던은 좋은 점이 많은 도시다. 성당 하나를 성자 바울로에게 헌정한 것은 매우 용감한 일이다. 진정 성스러운 교황은 성자 베드로이다. 바울로 성자의 주장에는 공상의 혐의가 있고, 성직자로서 공상은 곧 이단을 의미한다. 바울로 성자는 정상이 참작할 만한 상황에서만 성자이다. 그는 예술가의 문을 통해서만 간신히 천국에 들어간 것이다.

성당은 하나의 간판과도 같다. 산피에트로 성당은 정통 교조의 도시인 로마를 의미하고, 세인트폴 성당은 이교의 도시인 런던을 의미한다.

모든 것을 다 포용할 만한 철학의 소유자였던 우르수스는 그 미묘한 차이점을 감지해 낼 줄 아는 사람이었고 런던에 매력을 느낀 것은 아마 바울로 성자에 대한 자신의 취향 때문이었을지도 모른다.

태드캐스터 여인숙의 넓은 안뜰이 우르수스의 선택을 굳혔다. 그린박스는 마치 그 뜰에 맞추어 제작된 것 같았다. 완벽한 극장이었다. 마당은 네모난 모양에 여인숙 본채가 있는 쪽을 제외한 나머지 세 방향으로는 담장이 세워져 있었고, 본채 맞은편 담벼락을 등지고 그린박스를 세워 놓았다. 드나드는 대문의 폭이 넓은 덕분에 그린박스가 안으로 들어갈 수 있었다.

처마가 차양처럼 덮여 있고 기둥들 위에는 커다란 발코니 하나가 있었는데 그것은 2층 방들로 연결되었다. 그렇게 본채에 부착된 발코니는 직각으로 돌출한 두 칸막이로 삼등분 되어 있었다. 본채 아래층의 창문들은 곧 극장의 1층 칸막이 관람석이었고, 마당의 포석은 극장의 바닥 관람석이었으며 발코니는 극장의 2층 정면 관람석이었다. 벽에 기대어 정비되어서, 그 앞에 이러한 공연의 방이 생긴 것이다. 이것은 '오셀로', '리어왕', '폭풍우'가 공연되었던 극장 글로브를 떠올리게 했다.

후미진 구석, 그린박스 뒤쪽에는 마구간이 있었다.

우르수스는 여인숙 주인 나이슬리스와 타협을 했는데, 법을 준수해야 한다고 하면서 웃돈을 받고서야 늑대를 받아 주었다.

'그윈플렌—웃는 남자'라고 써 있는 현수막은 그린박스에서 떼어 내어 여인숙 간판 옆에 걸어 놓았다. 우리가 알다시피, 선술집으로 사용하는 방에는 안마당으로 통하는 문이 하나 있었다. 이 문 옆에 가운데를 넓게 가른 통으로, 입장료를 받는 자리를 만들었다. 수납원은 어떤 때는 피비였고 어떤 때는 비노스였다. 마치 오늘날 매표소 같았다. '웃는 남자'라는 간판 바로 밑에 흰색 페인트를 칠한 널판 하나를 걸고, 그 위에 우르수스의 대표작인 '정복된 카오스'를 흑색 굵은 글씨로 써 놓았다.

발코니 중앙에는, 즉 그린박스 정면에는 건물의 창을 출입문으로 사용하는 칸이 두 칸막이 사이에 있었는데, 그곳은 '귀족들을 위해' 예약된 자리였다.

이 칸은 두 줄에 열 명의 관중을 앉힐 수 있을 정도로 넓었다.

"우리는 런던에 있는 거야"라고 우르수스가 말했다.

"그러니 귀족층 관람객이 올 경우에도 대비해야지."

그는 이 특별 칸막이 좌석에다 여인숙에서 가장 좋은 의자들을 모아다 놓고 혹시 어느 행정관 부인이 오실 경우에 대비해 가운데에는 벨벳 소파도 가져다 놓았다.

공연이 시작되자 곧, 군중이 몰려들었다.

그러나 귀족들을 위해 마련해 둔 칸은 비어 있었다.

곡예단 역사에서 이렇게 성공적인 공연은 존재한 적이 없었다. 서더크 지역 사람들 전체가 몰려와 웃는 남자를 보고 감탄했다. 타린조필드의 익살광대들과 곡예사들은 그윈플렌을 보고 기겁했다. 참매 한 마리가 방울새들의 둥지를 덮쳐 그들의 먹이통을 빼앗는 것과 같았다. 그윈플렌은 그들의 관중을 몽땅 삼키고 있었다.

칼을 먹는 묘기를 보이는 곡예사나 인상 쓰는 얼굴로 웃기려 드는 평범한 공연 이외에도 볼링그린에서는 다양한 공연이 펼쳐졌다. 많은 여자들이 등장하는 서커스 단도 있었는데, 그곳에서는 아침부터 저녁까지 프살테리움, 드럼, 레벡, 미카몽, 툼파논, 칼라멜루스, 둘세멜레 징, 아코디온, 백파이프, 코르네타, 에샤케유, 퉁소, 피스툴라, 플라조스, 플라베올룸 등 온갖 악기들로 엄청난 울림소리를 내는 공연이었다. 널찍하고 둥근 천막 아래에는 뜀뛰기 곡예사들도 있었는데, 오늘날 유명한 피레네 산악 경주자들, 예를 들어 될마, 보르드나브, 메일롱가 등도 비교할 수 없는 실력이었다. 그곳에는 떠돌이 동물원도 하나 있었는데 조련사한테 하도 맞아서, 채찍을 덥석 물어 그 끝까지 삼켜 버리도록 훈련을 받은 광대 호랑이가 한 마리 있었다. 이 입과 발톱으로 하는 희극마저도 사라져 버렸다.

호기심, 박수갈채, 입장료, 관중 모두를 웃는 남자가 장악했다. 눈 한 번 깜빡할 새 일어난 일이었다. 이제 그린박스만 존재했다.

번 돈의 반을 그윈플렌에게 나눠 주면서 우르수스가 말했다.

"정복된 카오스가 정복하는 카오스로 변했구나."

그러고는 허세를 부리는 태도로, 식탁보를 끌어당겼다.

그윈플렌의 성공은 엄청났다. 하지만 그는 한곳에만 머물러 있었다. 명성이 물을 건너기는 어려운 일이다. 셰익스피어의 이름도 영국에서 프랑스까지 도달하는 데 130년이나 걸렸다. 물은 벽이다. 그리하여 나중에 몹시 후회한 일이긴 하지만 볼테르가 셰익스피어를 위해 다리를 만들어 주지 않았다면 셰익스피어는 아마 오늘날까지도 영국에, 섬나라의 영광 속에 갇혀 있을지도 모른다.

그윈플렌의 영광은 런던 다리를 건너지 못했다. 그의 명성은 대도시에서는 아주 작은 반향도 없었다. 최소한 초기에는 그랬다. 하지만 서더크는 일개 익살광대의 야심을 채워 주기에 충분했다. 우르수스는 이렇게 말하곤 했다.

"돈주머니가, 실수를 저지른 처녀의 배처럼, 눈 한 번 깜박할 때마다 불룩해지는군."

'우르수스 루르수스'를 공연한 다음에 '정복된 카오스'를 공연했다. 막간을 이용해 우르수스는 탁월한 복화술을 선보이기도 했다. 그는 노랫소리, 고함 등 공연장에서 들리는 모든 관객들의 소리를 흉내 냈고, 너무 비슷한 나머지 가수나 고함을 지른 사람도 놀랐다. 게다가 그는 가끔 관중의 왁자지껄하는 소리까지 혼자서 따라 했다. 엄청난 재능이었다.

앞에서 보았듯이 그는 키케로처럼 연설을 했고 약을 팔았으며, 처방을 내리는가 하면 심지어 병을 치료하기도 했다.

서더크 전 지역이 그의 포로가 되어 버렸다.

우르수스는 서더크 사람들로부터 박수갈채를 받았지만 전혀 놀라지 않았다.

"이들은 옛 트리노반테스*야"라고 중얼거릴 뿐이었다.

"그들의 취향을 잘 맞추려면 버크셔에 살던 아트로바트들이나 서머싯에 살던 벨기에 인들, 그리고 요크를 세운 파리지앵들과 혼동하면 안 돼."

공연이 있을 때마다 여인숙의 뜰은 공연장으로 변해서 누더기를 걸치고 열광하는 관객들로 꽉 찼다. 그들은 대개 뱃사공, 선박 수리공, 거룻배 끄는 말을 돌보는 마부, 입항하기가 무섭게 먹을 것에 돈을 쓰고 계집 품느라고 봉급을 날려 버리는 신참 수병들이었다.

또한 포주와 뚜쟁이, 그리고 검은 경비 대원도 있었다. 검은 경비 대원이란 규칙을 어겨 그 벌로 붉은 제복을 뒤집어 입고 다녀야 하는 병사들을 가리키는데, 군복의 안감이 검은색이기 때문에 그러한 별명이 붙었다. 그래서 이 경비병들에게는 '블랙가드'라는 명칭이 붙었고, 여기서 프랑스어의 'blagueur(허풍

---

* 브리타니아 동쪽 지방에 살던 부족이다.

쟁이)'라는 단어가 나온 것이다. 그 모든 것이 길에서 극장 안으로 밀려들었다가, 다시 극장에서 술집으로 밀려들어 갔다. 사람들이 비워 버린 술잔이 공연의 성공에 방해가 되지는 않았다.

'술 찌꺼기'라고 부를 법한 이런 최하층민들 사이에, 다른 이들보다 키가 훨씬 크고, 체구 건장하고, 덜 가엾게 생겼고, 어깨가 더욱 반듯하고, 평범한 옷을 입었으나 덜 찢겼고, 장내가 떠나가도록 갈채를 보내고, 주먹을 휘둘러서라도 자리를 차지하고, 마귀 모양의 가발을 썼고, 욕설을 서슴지 않고, 야유하고, 몸이 지저분하지 않고, 필요에 따라서는 다른 사람의 눈에 시퍼렇게 멍이 들게 하고 술값을 지불하기도 하는 남자 하나가 있었다.

그 단골손님이 방금 열광적인 소리를 지르던 그 행인이었다. 그는 '웃는 남자'에게 반해 버렸다. 물론 그가 매 공연 때마다 온 것은 아니지만 그가 나타나기만 하면, 그는 관중들의 '트레이너'였다. 박수갈채는 요란한 환호 소리로 바뀌었고, 공연의 성공은, 천장이 없었기 때문에 천장까지 닿는 것이 아니라 구름 끝까지 닿았다.

결국 우르수스는 이 남자의 존재를 알아챘고 그윈플렌도 그를 주시했다.

면식은 없지만 그는 자랑스러운 친구였다!

우르수스와 그윈플렌은 그와 알고 지내고 싶었다. 아니면 최소한 그가 누구인지만이라도 알고 싶었다.

어느 날 저녁 우르수스는 마침 여인숙 주인 나이슬리가 가까이 있었으므로, 그에게 군중 속에 섞여 있던 그 남자를 가리키며 물었다.

"저 남자를 아시오?"

"알지."

"누구요?"

"수병 중 하나지."

"그의 이름이 무엇입니까?" 그윈플렌이 끼어들며 물었다.

"톰짐잭."

여인숙 주인이 대답했다.

그러고는 여인숙 안으로 다시 들어가기 위해 그린박스 뒤편에 있는 계단 발판을 밟고 내려가며 무슨 뜻인지 모를 심오한 말을 한마디 흘렸다.

"그가 귀족이 아니라니 얼마나 불행한 일이오! 정말 유명한 불한당이 되었을 텐데."

비록 여인숙에 자리를 잡았지만 그린박스의 식구들은 자신들의 습관을 전혀 바꾸지 않고 그들의 고립 생활을 유지했다. 가끔 여인숙 주인과 지나가는 말 몇 마디를 섞는 것을 제외하고는 여인숙에 상주하는 사람들이나 잠시 머무는 사람 중 그 누구와도 어울리지 않았고, 오직 자기들끼리만 살기를 고집했다.

그들이 서더크에 온 이래로, 그윈플렌은 공연이 끝나고 사람들과 말들이 저녁을 먹은 후, 우르수스와 데아가 각자 잠을 자는 동안, 밤 11시에서 자정 사이에 볼링그린으로 나가 바람을 쐬곤 하는 습관이 생겼다. 머릿속에 있는 무언가에 이끌려, 별빛 아래로 산책을 나가지 않고는 못 배기게 된 것이다. 젊음이란 신비한 기다림이다. 그래서 사람들은 아무 목적도 없으면서 기꺼이 밤길을 걷는 것이다.

그 시각이면 장터는 텅 비어 있었다. 가끔 술에 취해 비틀거리는 몇몇 주정뱅이의 희미한 실루엣이 어른거릴 뿐이었다. 선술집들은 문을 닫았고, 태드캐스터 여인숙의 천장 낮은 홀의 불은 꺼져 있었다. 다만 구석에 앉아 있는 한 술꾼을 비춰 주는 마지막 촛불로부터 희미한 불빛이 여인숙의 창틀 틈으로 새어 나오고 있었다.

그러면 그윈플렌은 생각에 잠긴 채 만족스러워 몽상을 펼치며 가슴 두근거리게 하는 행복에 겨워 살짝 열린 출입문 앞을 왔다 갔다 하곤 했다.

그는 무엇을 생각하고 있었을까? 데아를 생각하기도, 아무것도 생각하지 않기도, 모든 것에 대해 생각하기도, 아주 깊이 생각하기도 했을 것이다. 그는 여인숙 근처를 벗어나지 않았고, 마치 어떤 줄에 묶여 데아 근처에 잡혀 있는 것처럼, 몇 발자국 집 밖으로 나오는 것이면 만족했다.

곧 그는 돌아왔다. 그린박스 전체가 잠들어 있는 것을 확인하고, 그도 잠 속으로 빠져들었다.

4. 증오 속에서 적들은 형제가 된다

성공하는 것이 항상 사랑받는 것은 아니다. 특히 그 성공으로 인해 몰락하는 사람들에게 더욱 그러하다. 먹히는 자가 먹는 자를 좋아하는 일은 극히 드물다. '웃는 남자'는 확실한 일대 사건이었다. 인근의 곡예사들과 익살광대들은 크게 분노했다. 공연의 성공은 일종의 흡수기와 같아서 그린박스의 관중은 늘어났지만, 그 주변은 텅 비어 버렸다. 그러면 맞은편 점포는 광분하게 된다. 다시 말해 그린박스의 높은 수익은 곧, 주변의 낮은 수익으로 이어졌다. 순식간에, 다른 공연들은, 축제날까지도, 문을 닫아 버렸다. 이것은 마치 반대 의미를 나타내는 갈수기 같았다. 모든 극장은 이러한 현상을 겪는다. 한쪽이 만조이면 다른 쪽은 간조일 수밖에 없다. 인근의 무대에서 묘기를 부리던 무리들은 '웃는 남자' 때문에 자신의 밥벌이가 줄자 절망에 빠져들었지만, 동시에 '웃는 남자'에 넋을 잃었다. 모든 배우들, 광대들, 곡예사들이 모두 그윈플렌을 부러워했다.

"사나운 짐승의 얼굴을 하고도 복 받은 녀석이군!"

무용수들이나 외줄타기 곡예사들의 어머니들은, 자신의 어여쁜 아이를 못마땅한 듯 바라보았다. 그리고 그윈플렌을 가리키며 화가 나서 말했다.

"네가 저런 면상을 갖지 못하다니, 얼마나 불행한 일이냐!"

몇몇 여자들은 자기네 어린것들이 잘생겼다고 분을 참지 못하며 어린것들을 때리기까지 했다. 방법만 알았다면 그녀의 아이들을 그윈플렌의 얼굴처럼 만들었을 것이다. 아무 느낌도 주지 못하는 천사의 얼굴은 벌이가 잘되는 악마 같은 얼굴만도 못하다고 생각했다. 하루는 어떤 어머니가 귀여운 어린 천사처럼 생겨서 미소년 역할을 맡는 아들에게 화를 내며 소리를 지르기도 했다.

"우리 애들은 망했어. 성공하는 건 그윈플렌뿐이야."

그러고는 아들에게 자기 주먹을 내보이며 덧붙였다.

"네 아비가 누구인지 알 수 있는 방법만 있다면 그 인간과 한바탕하련만!"

그윈플렌은 황금 알을 낳는 닭이었다. 얼마나 놀라운 현상인가! 모든 천막 안에서 놀라움의 외침이 들려왔다. 이를 지켜보는 광대들은 흥분과 짜증에 차서, 이를 갈면서 그윈플렌을 바라보았다. 진정한 부러움은 바로 이러한 경탄과 분노가 동시에 일어나는 것을 말한다. 그들은 '정복된 카오스'를 방해하려고 했다. 패거리로 몰려다니며 욕하고 야유를 퍼부었다. 그것이 우르수스에게는 하층민을 향해 연설할 좋은 동기가 되었고, 친구 톰짐잭에게는 질서를 세우기 위해 주먹을 몇 번 휘둘러 볼 좋은 계기가 되었다. 톰짐잭이 날린 주먹 덕분에 그윈플렌은 그를 유심히 바라보게 되었고, 우르수스는 그에게 호감을 갖게 되었다. 그러나 멀찌감치에서였다. 그린박스 무리는 그 자체만으로 충분했고, 모든 것과 일정한 거리를 두고 있었기 때문에, 부랑자들의 리더였던 톰짐잭은 일종의 경호원 같은 효과를 냈다. 아무 연고도 없고 친한 사이도 아닌데, 그는 유리창을 깨뜨리고 사람들을 선동하는가 하면 나타났다가도 자취를 감추는 모든 사람들의 동료이자 친구가 되었다.

그윈플렌에 대한 부러움과 격노는 톰짐잭이 몇 대 후려친 따귀로 끝나지 않았다. 야유가 실패로 돌아가자 타린조필드의 광대들은 청원서를 작성했다. 그리고 권위자에게 호소했다. 일반적인 과정이었다. 우리는 방해가 되는 성공에 대항하여 군중들을 불러 모으고, 그래도 여의치 않으면 고위 관리에게 간청하는 법이다.

존귀하신 사제들이 우스꽝스러운 광대들과 손을 잡았다. '웃는 남자'가 교회에도 타격을 주었다. 익살광대들의 천막뿐만 아니라 교회도 텅 비었던 것이다. 서더크의 다섯 교구에 있는 예배당에 더 이상 사람이 모이지 않았다. 사람들은 그윈플렌을 보러 가기 위해 강론 따위를 듣는 것은 때려치웠다. '정복된 카오스'와 그린박스, '웃는 남자', 이 모든 바알*의 가증스러운 산물이 설교를 넘어선 것이다. 황량한 곳에서 연설하는 목소리가 만족스럽지 않자 자발적으로 정부에 탄원했다. 다섯 교구의 목자들이 런던의 주교에게 청원했고, 주교는 국왕에게 청원했다.

광대들의 청원은 종교에 기반하고 있었다. 그들은 종교가 모욕당했다고 주장했다. 그윈플렌은 마법사이고 우르수스는 불경하다고 소문을 퍼뜨렸다. 그러자 성직자들은 사회의 질서를 들먹였다. 그들은 정통 교리는 옆으로 제쳐두고 의회가 결의한 법령들이 유린되었다며 의회의 편을 들었다. 더욱 간사한 짓이었다. 왜냐하면 당시는 로크가 타계한 1704년 10월 28일로부터 겨우 여섯 달밖에 되지 않았고, 장차 볼링브룩이 볼테르에게 불어넣기 시작한, 회의주의가 시작하던 시기였으니 말이다. 마치 로욜라가 로마 가톨릭교를 부흥시킨 것처럼 얼마 후면 웨슬리가 경전을 회복시킬 것이었다.

그런 식으로 그린박스는 양쪽에서 맹렬한 공격을 받고 있었다. 한쪽은 모세 5경을 내세운 광대들이었고 한쪽은 경찰 권력을 내세운 성직자들의 무리였다. 한 쪽은 하늘의 힘에, 다른 한쪽은 행정적 도로 정리의 힘에 기대고 있었다. 사제들은 도로 정리 쪽을 지지하고, 광대들은 하늘의 힘을 지지했다. 그린박스는

---

* 중동에서 말하는 도시의 수호신이다.

사제들에게 통행 방해 혐의로 고발당했고, 광대들에게는 마녀 집단으로 고발당했다.

그럴듯한 명분이 있었을까? 그린박스가 뭔가 그럴만한 꼬투리를 제공했는가? 그렇다. 과연 그린박스가 저지른 죄목이 무엇이었을까? 늑대 한 마리가 있다는 것이었다. 영국에서는 늑대 소유가 금지되어 있었다. 짖는 개는 괜찮지만 울부짖는 개는 받아들이지 않았다. 가축 사육장과 숲의 차이였다. 서더크의 다섯 개 교구 사제들과 신부들은 탄원서에서 늑대 소유를 법으로 금지시킨 국왕의 칙령과 의회의 법령들을 상기시켰다. 그러고는 그윈플렌을 가두고 늑대는 동물 감금소로 넣든가, 아니면 최소한 추방해야 한다는 결론까지 제시했다. 공공의 이익과 행인들의 위험 등을 문제 삼으면서 말이다. 그리고 더 나아가서 그들은 의과 대학의 도움도 청했다. 그들은 런던 80인 의사회의 판례를 인용했는데, 그 박식한 단체는 헨리 8세 때 구성된 것으로 그들에게는 국왕에 버금가는 권위가 있었다. 그들 고유의 관인(官印)이 있고 모든 환자로 하여금 자신들이 제정한 치료 규칙을 따르게 하며, 자신들이 정한 규칙이나 처방전을 어기는 사람들을 감옥에 넣을 권리도 가지고 있었다. 그들은 또한 시민의 건강과 관련된 사실을 입증했는데 그중에는 과학의 도움으로 밝힌 다음과 같은 이야기도 있다. "만약 사람이 늑대를 발견하기 전에 먼저 늑대의 눈에 띄면 그 사람은 평생 목이 쉬게 된다. 게다가 물릴 수도 있다."

그러니까 호모가 고발의 구실이었던 것이다.

우르수스는 여인숙 주인을 통해서 이 소문을 전해 들었다. 그는 걱정스러웠다. 그는 경찰과 정의가 모두 두려웠다. 법 집행관을 두려워하려면 그냥 두려워하면 된다. 꼭 죄를 지을 필요는 없다. 그는 재판관이나 경찰들과의 접촉을 원치 않았다. 그들의 얼굴을 가까이에서 보고 싶은 생각도 없었다. 그는 법관들을 볼 때, 마치 산토끼가 묶여 있는 개를 볼 때와 같은 호기심으로 쳐다보곤 했다.

그는 런던에 온 것을 후회하기 시작했다.

"지나치면 아니한 것만 못하군."

그는 혼자 중얼거렸다.

"나는 이 말이 틀린 것이라 믿었는데, 내가 틀렸군, 바보 같은 진리가 진짜로군."

그윈플렌은 주술사로 의심받고 호모는 광견병을 의심받는 상황에서 불쌍한 그린박스에게 믿을 수 있는 것은 오직 한 가지밖에 없었다. 그런데 그 하나가 영국에서 막강한 힘을 발휘하고 있었는데, 그것은 바로 행정 관청의 무기력함이었다. 영국의 자유가 발현된 것은 각 지역의 '될 대로 되라' 식의 방임주의에서 나왔다. 영국은 자유라는 바다에 둘러싸여 있는데, 이것은 마치 조수(潮水)와도 같다. 조금씩 관습이 법 위를 덮는다.

치명적인 법제가 하나 무너지면, 관습이 그 위로 기어 올라와 광대한 자유의 밑에 사나운 법률 조항들이 깔려있는데 그곳이 바로 영국이다.

광대들과 설교사들, 주교들, 하원, 상원, 국왕 폐하, 런던, 영국 전체가 웃는 남자와 '정복된 카오스'와 호모의 적이라 할지라도, 서더크가 그들에게 그런 것처럼 그들 역시 조용히 머물러 있었다. 그린박스는 교외 사람들이 가장 좋아하는 구경거리였고, 지방 권력자들은 그것에 대해 무심했다. 영국에서는 무관심이 곧 보호막이다. 서더크가 속해 있는 서리주 집정관이 움직이지 않는 한 우르수스는 편안히 지낼 수 있었고, 호모 또한 잠을 잘 수가 있었다.

이러한 상황에도 그린박스는 꿈쩍도 하지 않았다. 오히려 반대로 성공을 부추겼다. 음모가 있다는 소문이 사람들 사이로 퍼져 나가 '웃는 남자'는 더욱 유명해졌다. 사람들은 고발당했다는 사실에 민감했지만 오히려 더 많은 관심을 가졌다. 알려진 혼돈은, 아껴왔던 열매의 시작이었다. 사람들은 그것을 서둘러 베어 먹고 싶어 한다. 누군가를 조롱하는 것은, 게다가 그 누군가가 권위자일 경우 그 열매는 더욱 달다. 편안한 하루 저녁을 보내면서, 억압받는 사람에게 찬성하고 억압자에게 맞서는 행위를 하는 것은 즐거운 일이다. 사람들은 즐기면서 누군가를 보호하고 있는 것이다. 볼링그린의 곡예사 천막 안에서는 계속해서 웃는 남자에게 야유를 퍼붓고 그를 적대시하는 패거리를 만들고 있었음을 덧붙여 두자. 성공을 위해 이보다 더 좋은 방법은 없었다. 적군은 소음을 퍼부어 댔지만 그것은 오히려 승리를 명백하게 할 뿐이었다. 비난보다는 칭찬에 먼저 질리게 되어 있다. 아무리 심한 욕설이라도 직접 해를 끼치지 못한다. 적들은 이것을 모르고 있다. 그들은 적을 모욕하지 않고는 못 배겼다. 바로 그래서 그들은 오히려 쓸모가 있다. 그들은 입을 다물 줄 몰랐고, 그것은 계속 대중이 깨어 있게 했다. '정복된 카오스'를 보러 오는 군중들은 점점 더 늘어만 갔다.

우르수스는 여인숙 주인 나이슬리가 알려준 높은 사람들끼리의 음모와 불만들은 자기 혼자만 알고, 그윈플렌에게는 말하지 않았다. 그윈플렌에게 괜한 걱정을 주어 공연에서의 평정심을 동요시키고 싶지 않았기 때문이다. 혹시 무슨 일이 생기더라도 그때 걱정하면 될 일이었다.

5. 와펀테이크

그러던 어느 날, 우르수스는 한번 정도는 그러한 신중함을 버릴 필요가 있다고 생각했다. 그는 그윈플렌에게 주의를 주는 것이 좋겠다고 판단했다. 우르수스는 이것이 장터나 교회가 꾸미는 음모보다 훨씬 더 심각하다고 생각했다. 공연이 끝난 후 그날의 매상을 계산하는 동안 그윈플렌이 땅바닥에 떨어진 동전을 줍다가 동전에 새겨진 것들의 다른 점을 살피기 시작했다. 동전에는 웅장한 왕좌에 앉아 있는 앤 여왕의 모습과 대조된, 백성의 가난함이 나타나 있었다. 이 대조를 보고 그윈플렌은 여관 주인이 있는 앞에서 듣기 좋지 않은 말을 했던 것이다. 이 말을 들은 여인숙 주인 나이슬리스가 피비와 비노스에게 전했고, 또 그들은 다시 우르수스에게 전했다. 그 일 때문에 우르수스는 열병이 날 지경이었다. 그윈플렌이 한 말은 국가를 모독하는 엄연한 대역죄였기 때문이다. 그는 그윈플렌을 엄하게 꾸짖었다.

"너의 가증스러운 주둥이를 조심해라. 높은 사람에게는 아무것도 하지 말라는, 그리고 미천한 사람들에게는 아무 말도 해서는 안 된다는 규칙이 있다. 가난한 자에게는 단 하나의 친구가 있는데, 그건 바로 침묵이다. 한 마디도 입 밖에 내어서는 안 된다. 고백하고, 동의하는 것은 모두 재판관, 왕의 권리지. 높으신 분들은 그들이 마음 내키는 대로, 우리에게 몽둥이질을 가하는데 나도 맞아 본 적이 있다. 그것은 그들의 특권이기 때문에 우리의 뼈를 으스러뜨린다고 해도 그들의 권위는 조금도 손상되지 않는다. 오시프라주*는 일종의 독수리다. 그러니 몽둥이 중 으뜸인 왕의 지휘봉에 경배하자꾸나. 존경은 신중함이고 비굴함은 이기주의다. 왕을 모욕하는 자는 사자 발톱 아래에 있는 어린 소녀와 같은 위험에 처하게 되지. 사람들이 내게 알려 주기를, 네가 파딩 동전을 줍다가 실없는 소리를 했다더구나. 시장에서 소금에 절인 청어 8분의 1을 살 수 있는 그 존엄한 동전에 대해 험담을 늘어놓았다고 말이다. 조심해라. 그리고 더욱 진지해져라. 처벌이라는 것이 있다는 사실을 기억해라. 적법한 생각을 좀 하란 말이다.

너는 3년 된 나무를 베었다가는 찍소리 못하고 교수대로 끌려가는 나라에 있다. 왕을 모독하는 사람은 발에 쇠고랑을 차게 된다. 술주정뱅이는 구멍을 뚫은 술통을 뒤집어쓰고 살아야 한다. 그 통 옆에는 팔을 넣을 수 있는 구멍이 양쪽으로 나 있지. 이렇게 해서 평생 잠을 못 자게 한단다. 웨스트민스터 성당에서 남을 때린 자는 평생 감옥에 갇히게 돼. 그가 가진 재산도 모두 몰수되고 말지. 왕궁에서 남을 때린 자는 오른손이 잘리는 벌을 받는다. 코피를 흘리고 있는 사람의 코를 손가락으로 건들기만 해도 그자의 두 손을 자른다. 주교 앞에서 이단의 말을 하는 사람은 산 채로 불에 태운다. 쿠스버트 심슨이 사지가 절단된 것은 큰일도 아니다. 불과 3년 전, 그러니까 1702년에 대니얼 드 포에라고 하는 범죄자가 공시대 위에 매달렸다.

---

* 뼈를 부러뜨리는 새로, 고위층을 뜻한다.

그는 무모하게도 그 전날 의회에서 이야기한 하원 의원 명단을 인쇄했었지. 국왕 폐하의 권위에 반역하는 자는 산 채로 배를 갈라 심장을 꺼내어 그 자의 빰을 때린단다. 이러한 법과 정의의 관념들에 대해 주지해라. 단 한마디도 꺼내지 말 것이며 작은 문제라도 생기면 즉각 도망쳐라. 이것이 내가 실천해 왔고, 또 너에게 권하는 처신이다. 경솔함은 새를 본받고, 수다스러움은 물고기를 본받아라. 그러면 영국은 법제가 아주 너그러운 나라가 될 것이다."

이렇게 꾸지람을 하고 난 후에도 우르수스는 걱정이 가시지 않았지만 그윈플렌은 전혀 그렇지 않았다. 젊을 때 용감한 것은 경험의 부족에서 나온다고 하지만 그윈플렌은 조용히 입을 다물고 있는 것처럼 보였다. 그 이후 몇 주가 평화롭게 흘러갔고 여왕에 대해 그가 한 말도 흐지부지 된 것 같았다.

우르수스는 모두가 알다시피 망보는 노루처럼 여전히 모든 것에 긴장을 늦추지 않고 있었다.

그러고 나서 얼마 지나지 않아 창문으로 밖을 바라보던 우르수스의 얼굴이 창백해졌다.

"그윈플렌?"

"왜요?"

"저기 좀 봐라."

"어디요?"

"광장 안."

"그런데요?"

"너 저기 지나가는 사람 보이느냐?"

"검은 옷 입은 사람이요?"

"그래."

"손에 철퇴 같은 것을 든 사람 말씀이세요?"

"그래."

"그런데요?"

"잘 들어라, 그윈플렌, 저 사람이 와펀테이크다."

"와펀테이크가 뭔데요?"

"100명의 대법관이나 마찬가지야."

"100명의 대법관이 뭔데요?"

"잔인한 장교."

"그가 손에 들고 있는 건 뭔가요?"

"철제 무기란다."

"철제 무기가 뭔데요?"

"뭔가 철로 만든 것이지."

"그걸로 뭘 하는 건가요?"

"일단 저걸 놓고 맹세를 한단다. 그래서 우리가 그 사람을 와펀테이크라고 부르는 거다."

"그다음에는요?"

"그러고는 저것으로 사람들을 건드리지."

"무엇으로요?"

"철제 무기."

"와펀테이크가 철제 무기로 사람을 건드린다고요?"

"그래."

"그게 무슨 뜻이에요?"

"따라오라는 뜻이지."

"그러면 그를 따라가야 하나요?"

"그래."

"어디로요?"

"낸들 어떻게 알겠니?"

"그럼 그가 사람들에게 어디로 데려가는지 알려 주나요?"

"아니."

"그에게 물어볼 수는 있지 않아요?"

"묻지 못한다."

"어째서요?"

"그가 아무 말도 하지 않듯 따라가는 사람도 아무 말도 하면 안 된다."

"하지만."

"그가 철제 무기로 건드리면 말이 필요 없는 거야. 그저 따라 걸어가면 돼."

"그런데 어디로요?"

"그를 따라서 걷지."

"어디로 가느냐고요?"

"그의 마음에 드는 곳으로, 그윈플렌."

"만일 따르지 않으면 어찌 되나요?"

"교수형에 처해진단다."

우르수스는 다시 시선을 창밖으로 돌렸고 긴 한숨을 내쉬며 말했다.

"신이시여, 감사합니다! 그가 그냥 지나갔구나! 우리에게 온 것이 아니었어."

우르수스는 아마 그윈플렌이 뱉은 말의 경솔함이 와펀테이크의 출연과 관계가 있는 게 아닌가 싶어 더욱 놀란 듯했다.

여인숙 주인 나이슬리스가 그린박스의 가난한 사람들을 곤경에 빠뜨려서 얻을 이익은 아무것도 없었다. 그는 오히려 '웃는 남자'와 동시에 짭짤한 수익을 보고 있었기 때문이다. '정복된 카오스'는 두 가지 방식으로 성공을 거두었다. 무대에서는 예술적인 승리를 이루었고 선술집에는 취객이 넘쳐 나도록 했던 것이다.

6. 고양이들에게 심문받는 생쥐

우르수스는 또 다른 불안함이 생겼다. 이번에는 자신에 대한 문제였다. 그는 소환장을 받고 비숍스게이트*로 가서 몹시 불쾌한 얼굴의 위원회 앞으로 소환되었다. 세 인물은 모두 박사였는데 대리인으로 불렸으며 그중 한 명은 신학 박사로 웨스트민스터 승원장의 위임을 받은 사람이었고 다른 한 명은 의학박사로 80인 의사회의 대표, 그리고 마지막은 역사학 및 민법학 박사로 그레섬 칼리지의 대표였다. 모든 것을 알고 있다고 자부하는 세 사람은 런던의 130개의 소교구와 미들섹스의 73개 소교구, 그리고 범위를 확장해 서더크의 다섯 개 소교구 등 모든 지역에서 공적 언행들에 대한 재판권을 가지고 있었다.

여하튼 우르수스는 어느 날, 그 박사 대표들로부터 출두 명령을 받았는데 다행히 그것이 직접 그에게 전달되어, 비밀을 지킬 수 있었다. 어떠한 기준에서 의심받을 만큼 경솔했다는 생각에 소스라치게 놀라면서 그는 아무 말도 하지 않고 명령에 따랐다. 다른 사람들에게는 그토록 침묵을 권하던 그가 오히려 쓰디쓴 교훈을 얻게 되었다.

세 박사는 비숍스게이트에 있는 건물 1층 방에 자리를 잡고

---

* 런던의 동쪽, 옛 성문 근처에 있는 거리이다.

있었다. 그들은 팔걸이가 있는 검은 가죽 의자에 앉아 있었고 그들 머리 위 벽에는 미노스와 아이아코스 및 라다만토스의 세 흉상을 두었으며, 앞에는 탁자 하나가 놓여 있고 발치에는 피고용 의자가 있었다.

우르수스는 조용하고 엄격해 보이는 호위인에 의해 실내로 들어갔다. 그를 보는 순간 그들 머리 위의 세 흉상의 이름이 마치 그 지옥판사들의 이름처럼 여겨졌다.

세 사람 중 첫 번째인 미노스는 신학의 대표자였다. 그는 우르수스에 손짓을 하며 피고용 간이 의자에 앉으라고 신호를 보냈다.

우르수스는 이마가 땅에 닿도록 정중히 인사를 올렸다. 그러고는 곰을 꿀로 유혹하듯 박사들은 라틴어로 마음을 사로잡는다는 사실을 잘 아는지라 그는 존경의 표시로 허리를 반쯤 구부린 채 라틴어로 말했다.

"Tres faciunt capitulum(세 분이 참사회 하나를 이루셨습니다)."

그리고 겸손함은 적의 무장도 해제시키기에, 머리를 숙인 채 의자에 앉았다. 세 박사는 각자 서류를 앞에 놓고 뒤적이고 있었다.

미노스가 먼저 시작했다.

"당신은 사람들 앞에서 연설을 하시오?"

"예."

우르수스가 대답했다.

"어떤 권리로?"

"저는 철학자입니다."

"그것은 권리가 아니지."

"저는 또한 광대이기도 합니다."

우르수스가 덧붙였다.

"그렇다면 문제가 다르지."

우르수스는 한숨을 내쉬었지만, 공손한 모습이었다. 미노스가 계속했다.

"광대처럼 말을 할 수는 있소. 그러나 철학자처럼 침묵해야만 한다오."

"노력하겠습니다."

우르수스가 대답했다. 그러고는 속으로 생각했다.

'말할 수 있지만 동시에 입을 다물어야 해. 복잡하군.'

그는 몹시 두려웠다.

신학의 대표자가 말을 계속했다.

"당신은 이상한 것들을 말하고 있소. 또한 종교를 모욕하였으며 가장 명백한 진실마저 부인하고 있소. 그리고 당신은 불쾌하기 짝이 없는 오류를 퍼뜨리지. 예를 들면 당신은 사람들에게 처녀는 아이를 낳을 수 없다고 했소."

우르수스는 천천히 눈을 들어 그를 바라보며 말했다.

"저는 그렇게 말하지 않았습니다. 아이를 낳으면 더 이상 처녀가 아니라고 했습니다."

미노스는 잠시 생각에 잠기더니 중얼거렸다.

"사실은 정반대였군."

사실은 같은 것이었다. 아무튼 우르수스는 그의 첫 공격을 잘 피해 냈다.

미노스는 우르수스의 말을 심사숙고하면서 자신의 우둔함의 심연 속으로 빠져들어 한동안 침묵이 흘렀다.

라다만토스처럼 보이는 역사학의 대변자가 힐문조로 다른 질문을 던져 미노스의 당황하는 모습을 덮으려 했다.

"용의자여, 당신의 대담함과 오류는 가지각색이군. 당신은 브루투스와 카시우스가 흑인을 만났기 때문에 파르살루스 전투에서 패했다는 사실을 부인했소."

"저는 카이사르가 뛰어난 사령관이기 때문이라고 말했습니다." 우르수스가 우물거렸다.

역사 전문가가 이번에는 신화학으로 대번에 건너뛰었다.

"당신은 악타이온의 비열함을 변호했소."

"저는 남자가 벌거벗은 여인의 몸을 보았다고 해서 불명예를 입지는 않는다고 생각합니다."

우르수스가 넌지시 대꾸했다.

"그러니까 당신이 틀렸다는 것이오."

재판관이 엄격한 어조로 말했다.

라다만토스가 다시 역사로 돌아왔다.

"미트리다테스*의 기병대에 닥친 사고에 대해서 당신은 풀과 여러 초목의 효능을 부정했더군. 당신은 세쿠리두카와 같은 풀이 말발굽 쇠를 떨어뜨릴 수 있다는 사실을 부인했소."

"용서하십시오, 저는 그것이 스페라카발로와 같은 풀로만 가능하다고 했습니다. 저는 모든 풀의 효능을 부인하지 않습니다."

그러고는 낮은 목소리로 덧붙였다.

"모든 여인의 힘을 부정하지도 않습니다."

그가 덧붙인 대답에 의해 우르수스는 자신이 비록 불안에 휩싸였지만 당황하지 않았음을 증명했다. 우르수스의 내면에는 공포감과 재치가 혼재돼 있었다.

라다만토스가 계속했다.

"내가 강조해 말하지만, 당신은 스키피오가 카르타고의 성문을 열려고 하면서 아이티오피스 풀을 열쇠로 사용하려 했던 것이 어리석은 짓이라며 아이티오피스 풀은 자물쇠를 부수기에 적절하지 않기 때문이라고 하였소."

"저는 단지 그가 루나리아 풀을 사용했더라면 더 좋았을 것이라 말했습니다."

---

* 태양신이 준 아들이다.

"그것도 하나의 견해로군."

라다만토스가 타격을 입은 듯 중얼거렸다. 그리고 역사 전문가는 입을 다물었다.

신학 전문가 미노스가 정신을 차리고 우르수스에게 다시 물었다. 그동안 서류를 뒤적일 시간이 있었다.

"당신은 비소 합성물에서 석웅황을 분류해 냈고 석웅황으로 독살도 가능하다고 말했소. 그러나 성경은 그것을 부인하고 있소."

"성경은 부정하고 있으나 비소는 확신합니다."

잠자코 있던 의학 대표자 아이아코스가 끼어들었다. 그러고는 두 눈을 반쯤 감은 채 큰 소리로 우르수스의 편을 들었다.

"부적합한 대답은 아닙니다."

우르수스는 가장 비굴한 웃음으로 고마움을 표했다. 미노스가 끔찍할 만큼 흉하게 입을 삐쭉거리며 말을 이었다.

"계속 묻겠소. 대답하시오. 당신은 바실리코스가 코카트릭스라는 이름으로 불리며 또한 뱀들의 왕이라는 주장이 틀리다고 말했소."

"존경하는 사제님. 저는 바실리코스에게 해를 끼치지 않기 위해서 그가 인간의 머리를 가졌음에 틀림없다고 말했습니다."

우르수스가 말했다. 그러자 미노스가 엄숙하게 반박했다.

"좋소. 하지만 당신은 또한 포에리우스가 매의 머리를 가진 바실리코스를 보았다고 했소. 그것을 증명할 수 있소?"

"어렵군요."

우르수스가 대답했다. 이제 그는 우월한 위치를 조금 상실했다. 미노스는 기회를 놓치지 않고 밀어붙였다.

"당신은 기독교로 개종한 유대인의 몸에서 좋지 않은 냄새가 난다고 말했소."

"하지만 저는 유대인이 된 기독교인 역시 체취가 고약하다고 덧붙였습니다."

미노스는 고발장에 시선을 던지고 말했다.

"당신은 도저히 사실 같지 않은 것들을 확실한 이야기인 양 단언하고 퍼뜨렸소. 당신은 엘리앙이 글을 쓰는 코끼리를 보았다고도 했소."

"아닙니다. 존귀하신 사제님. 저는 다만 오피아니쿠스가 하마 한 마리가 철학을 논하는 것을 들었다고 했습니다."

"당신은 사람들에게 너도밤나무를 깎아 만든 접시 앞에서 무슨 음식이든 먹고 싶다는 생각만 하면 그 음식이 접시에 저절로 가득 담긴다는 말은 사실이 아니라고 했소."

"저는 접시가 정말 그러한 능력을 가졌다면 악마가 당신에게 주어야만 한다고 했습니다."

"나에게 주었다고!"

"아닙니다. 저에게 말입니다. 사제님! 아무에게도 아닙니다.

그 누구에게도 아닙니다."

우르수스는 마음 속으로만 생각했다. '이제 내가 무슨 말을 하고 있는지 나 자신도 모르겠군.' 그의 마음속은 복잡했으나 외형상으로는 드러나지는 않았다. 우르수스는 혼자 싸우고 있었다.

"이 모든 것이 어느 정도는 악마에 대한 어떠한 믿음을 함축하고 있소."

미노스가 말했다.

우르수스는 견뎌 냈다.

"존경하는 사제님. 저는 악마를 믿는 불경한 자가 아닙니다. 악마에 대한 신앙은 신에 대한 신앙의 이면입니다. 하나가 다른 하나를 증명합니다. 악마를 조금이라도 믿지 않는 사람은 신도 믿지 않습니다. 태양을 믿는 사람은 그림자도 믿습니다. 악마는 신의 밤과 같습니다. 밤이란 낮을 증명하는 것이니까요."

우르수스는 철학과 종교의 신비한 조합을 즉석에서 만들어 내고 있었다. 미노스는 다시 생각에 잠겨 침묵 속으로 도피했다.

우르수스는 다시 한숨을 돌렸다. 갑자기 공격이 시작되었다. 신학 대표와 맞서고 있던 우르수스를 건방지게 변호하던 의학 대표인 아이아코스가 공격의 보조자가 되었다. 그는 두툼한 고발장 서류 위에 두 주먹을 쥔 채 올려놓았다. 그는 정면으로 우르수스를 공격했다.

"크리스탈은 정화된 얼음이고, 다이아몬드는 정화된 크리스탈이라는 것은 사실로 입증되었다. 얼음은 천 년이 지나면 크리스탈이 되고 크리스탈은 1,000세기가 지나면 다이아몬드가 된다는 것도 진실로 입증되었다. 당신은 그것을 부정했지."

"저는 결코 그런 적이 없습니다."

우르수스가 우울하게 말했다.

"저는 다만 1,000년이면 얼음이 녹고 말 것이며, 1,000세기는 헤아리기 어렵다고 했습니다."

심문은 계속되었고 질문과 대답은 검이 부딪치는 소리와 같았다.

"당신은 식물도 말을 할 수 있다는 사실을 부정했소."

"아닙니다. 저는 다만 식물이 말을 하려면 교수대 밑에서 자라야 한다고 덧붙였을 뿐입니다."

"만드라고라스가 소리를 지른다는 사실은 시인하시오?"

"아닙니다. 노래를 부르는 것입니다."

"당신은 왼손 넷째 손가락에 심장 기능을 강화하는 기능이 있다는 사실을 부정했소."

"저는 다만 왼쪽을 향해 재채기를 하는 것은 불행의 표시라고 말했을 뿐입니다."

"당신은 불사조에 대해 경솔하고 모욕적인 말을 했소."

"박식한 판사님. 저는 다만 플루타르코스가 불사조의 뇌수는 매우 여리며, 그것으로 인해 두통이 생긴다고 쓴 글이 몹시 터무니없다고 했을 뿐입니다. 불사조라는 것이 존재한 적조차 없기 때문입니다."

"가증스러운 말이로다. 자신의 둥지를 계수나무 가지로 만드는 불새나 파리사티스가 독약을 조제할 때 쓰던 린타쿠스, 천국의 새인 극락조, 그리고 부리가 삼중으로 되어 있는 세멘다 등이 불사조인 것처럼 오인되고 있지만, 불사조는 정말 존재했소."

"저도 그것에 반대하지 않습니다."

"당신은 당나귀 같군."

"그 이상 바라지 않습니다."

"당신은 딱총나무가 인후염을 치료하는 데 효험이 있다 했소. 그러면서 덧붙여 말하기를 하지만 그것의 뿌리에 있는 마법의 혹 때문은 아니라고 했소."

"저는 유다가 딱총나무에 스스로 목을 매어 자살했기 때문이라고 했습니다."

"훌륭한 의견이네."

신학자 미노스는 의사 아이아코스의 자존심을 건든 것에 만족해하며 중얼거렸다.

부서진 오만함은 즉시 분노가 되었다. 아이아코스는 증오심을 품었다.

"방황하는 인간이여, 당신은 발뿐만 아니라 영혼도 떠돌고 있소. 당신에게는 매우 의심스럽고 경악스러운 성향이 있지. 당신은 요술을 따라가고 있어. 당신은 미지의 동물들과도 관계되어 있어. 당신은 오직 당신의 망상 속에서 존재하며 아무것도 모르는 하층민들에게 마음대로 떠들어 대지. 예를 들면 하이모로이스 같은 것 말이오."

우르스수가 반격했다.

"하이모로이스는 트레멜리우스가 직접 본 독사입니다."

당황한 아이아코스 박사를 향해 덧붙였다.

"하이모로이스는 향기 나는 하이에나나 카스텔루스가 묘사한 사향 고양이처럼 실존하는 짐승입니다."

아이아코스는 증거를 통해 위기를 모면했다.

"여기에 당신이 한 말이 고스란히 기록되어 있소. 참 악랄하군. 한번 들어 보라."

아이아코스는 서류에서 눈을 떼지 않고 읽었다.

"두 개의 식물, 탈라그시글르와 아글라포티스라는 식물들은 밤에 빛을 낸다. 낮에는 꽃이고 밤에는 별이다."

그러고 나서 우르수스에게 시선을 고정한 채 물었다.

"이 구절에 대해 무슨 할 말이 있나?"

우르수스가 대답했다.

"모든 식물은 램프입니다. 향기가 곧 빛입니다."

아이아코스가 다른 페이지를 뒤적이며 말했다.

"당신은 수달의 담낭이 카스토레움과 같은 효능을 가지고 있다는 사실을 부인했소."

"저는 그저 아에티우스를 의심해 봐야만 한다는 것에서 그쳤습니다."

아이아코스가 더욱 거칠어졌다.

"당신이 의술을 시행하는가?"

"저는 의술 연습을 하고 있습니다."

우르수스가 소심하게 한숨을 지었다.

"살아 있는 사람들을 상대로 말인가?"

"죽은 사람들에게 보다는요."

우르수스는 확고하지만 비굴하게 응수했는데 부드러움이 지배적인 훌륭한 혼합이었다. 그를 모욕하고 싶어질 정도로 답변이 부드러웠다.

"당신 거기서 우리에게 뭐라고 속삭이는 건가?"

그가 거칠게 물었다.

우르수스는 깜짝 놀라서 대꾸하는 것으로 그쳤다.

"달콤한 속삼임은 젊은이들의 몫이고 신음 소리는 늙은이들의 몫입니다. 아아! 저는 신음하고 있습니다."

그러자 아이아코스가 대꾸했다.

"이 점은 꼭 알아 두시오. 만약 당신의 치료를 받은 환자가 죽는다면 당신은 사형을 당할 것이오."

우르수스가 감히 질문을 던졌다.

"만약 병이 치유되면요?"

"그 경우, 당신을 사형에 처할 것이오."

박사가 부드럽게 대답했다.

"별로 다를 바가 없군요."

우르수스가 말했다.

"사람이 죽으면 당신의 어리석음을 처벌하고, 사람이 치유되면 당신의 오만함을 처벌하는 것이오. 두 경우 모두 교수형이 마땅하오."

"저는 자세한 사항은 모르고 있었습니다. 알려 주셔서 감사합니다. 법률의 모든 아름다움을 완전히 알고 있지 못해서요."

우르수스가 중얼거렸다.

"조심하시오."

"명심하겠습니다."

"우리는 당신이 하는 짓을 다 알고 있소."

'나 자신도 다 알지 못하는데…….'

우르수스가 속으로 생각했다.

"우리는 당신을 감옥으로 보낼 수도 있소."

"저도 알고 있습니다. 나리."

"당신은 당신의 각종 위반 행위와 침해 행위를 부인하지는 못할 것이오."

"저의 철학이 용서를 빕니다."

"당신은 대담한 사람이군."

"그건 터무니없는 소리입니다."

"사람들 말로는 당신이 환자를 치료한다고 했소."

"저는 중상모략의 희생자일 뿐입니다."

우르수스에게로 향하고 있던 세 쌍의 눈썹이 소름끼치도록 찌푸려졌다. 세 유식한 낯짝이 서로 다가가 속삭였다. 우르수스는 권위 높은 세 머리통 위에서 희미한 바보 모자의 윤곽이 그려지는 것을 상상했다. 세 사람의 은밀하고 전문적인 불평들이 몇 분 동안 이어졌는데 그 동안 우르수스는 온갖 불안감을 느꼈다. 마침내 의장인 미노스가 그를 향해 돌아서더니 화난 목소리로 말했다.

"나가시오."

우르수스는 고래 배 속에서 나가는 요나의 기분을 느꼈다.

미노스가 계속 말을 이었다.

"당신은 무죄 석방이오."

우르수스가 생각했다.

'다시는 이 일로 잡히지 않으리라! 안녕, 의학이여!'

그리고 마음 깊숙이 생각했다.

"이제부터는 사람들이 죽어도 상관 않겠어."

그는 몸뚱이를 반으로 접듯 허리를 굽힌 채, 박사들과 흉상들, 탁자, 벽들, 모두에게 굽실거리며 인사한 뒤에 뒷걸음질 치며 문으로 사라졌다. 그는 죄 없는 사람처럼 느긋하게 취조실을 나와, 죄인처럼 재빨리 길에서 사라졌다. 사법 당국 사람들은 이상하고 모호하게 접근해서, 사람들은 무죄 방면인 경우에도 탈출하듯 도망친다. 그가 달아나면서 중얼거렸다.

"잘 빠져나왔어. 난 길들여지지 않은 야생 학자이고 그들은 온순한 학자들이야. 박사들이 학자들을 괴롭히지. 거짓 과학은 진실의 배설물이고, 그 배설물은 철학자들을 파멸시키는 데 사용되지. 또 철학자들은 궤변가들을 생산해 내면서 그들 자신의 불행을 만들어. 개똥지빠귀의 똥에서 겨우살이가 자라고, 그 겨우살이로 끈끈이를 만들고, 우리는 그 끈끈이로 개똥지빠귀를 잡지. 개똥지빠귀는 자신의 불행을 스스로 만든다."

우리는 우르수스를 우아한 사람이라고 여기지는 않는다. 그는 자신의 생각을 표현하는 데 독특한 단어를 사용하는 뻔뻔함을 갖고 있었다. 그의 취향은 볼테르보다 더 까다롭지는 않았다.

우르수스는 그린박스로 돌아와 나이슬리스 영감에게 어떤 예쁜 여자의 꽁무니를 따라가다 늦었다고 말했으며 자신이 겪은 모험에 대해서는 전혀 입 밖에 내지 않았다. 단지 그날 저녁 호모에게 아주 낮게 속삭였다.

"이 사실은 잘 알아 둬라. 내가 케르베로스의 세 머리를 물리쳤단다."

7. 동전들에 금화가 섞인 까닭

뜻하지 않은 사건이 하나 일어났다.

태드캐스터 여인숙은 점점 기쁨과 웃음의 용광로가 되어 가고 있었다. 그 이상의 더 즐거운 법석은 없었다. 손님들에게 에일, 스타우트, 포터를 따라 주는 데에는 여인숙 주인과 소년만으로는 충분하지 않았다. 매일 저녁이면, 천장 낮은 홀의 창문이 환하게 밝혀지고 빈 테이블은 하나도 없었다. 사람들은 노래를 부르는가 하면 고함을 치곤했다. 앞에 쇠창살을 두른 거대한 벽난로 속에서는 석탄이 활활 타고 있었다. 마치 불과 소음으로 만들어진 집 같았다.

안뜰, 즉 극장에는 더 많은 군중이 몰려 있었다.

서더크에서 쏟아져 나온 변두리 지역 사람들이 '정복된 카오스'를 보려고 어찌나 몰려들었던지, 막이 오르기가 무섭게, 즉 그린박스의 간판이 내려지기 무섭게, 관람석은 단 하나도 남지 않았다. 창문들은 구경꾼들로 미어터질 지경이었고, 발코니까지 구경꾼들이 난입했다.

안뜰의 포석은 모두 사람들의 얼굴로 덮여 한 장도 눈에 띄지 않았다.

오직 귀족을 위한 전용칸만이 항상 빈 채로 남아 있었다.

그 장소는 발코니의 중앙부여서 검은 구멍처럼 보였고, 사람들은 그것을 속된 표현으로 '검은 가마'*라고 불렀다.

어느 날 저녁, 그곳에 사람 하나가 있었다. 토요일이었는데 곧 권태로운 일요일이었기에 영국인들은 서둘러 즐기러 갔다. 극장은 꽉 차 있었다. 여인숙 안뜰을 사용하며 그것을 극장, 즉 홀이라 불렀다.

'정복된 카오스'의 서막의 커튼이 벌어지는 순간, 우르수스, 호모, 그윈플렌이 무대 위에 나타났고, 우르수스는 습관처럼 청중을 둘러보다가 큰 충격을 받았다.

'귀족을 위한 전용칸'에 누군가가 있었다.

한 여성이 홀로 칸막이 좌석 한가운데에 놓인 위트레흐트산 벨벳으로 만든 안락의자에 앉아 있었다.

그녀는 혼자였지만 칸막이 좌석을 가득 채우고 있었다.

어떤 사람들은 고유의 광채를 발산한다. 그 여인 역시, 데아처럼, 고유의 광채를 발산하고 있었는데, 데아의 것과는 전혀 달랐다. 데아는 창백했고 이 여인은 진홍빛이었다. 데아가 밝아 오는 하얀 동쪽 하늘이라면, 이 여인은 해 뜨기 직전의 불그레한 하늘이었다. 데아는 아름다웠고 여인은 화려했다. 데아는 순수, 순진, 순결, 순백이었고 이 여인은 자줏빛이어서 홍조를 걱정하지 않을 기색이었다. 그녀에게서 발산되는 광채가 좌석 밖으로 넘쳐

* 실패한 연극을 일컫는다.

흐르는데, 그녀는 중앙에 꼼짝도 하지 않고 앉은 채 숭배받는 우상처럼 군림하고 있었다.

불결한 천민들 한가운데에서, 그녀는 석류석의 우월한 빛을 발산하며 그 빛으로 덮어 그들을 그림자 속으로 사라지게 했으며, 그녀가 있는 자리의 어두운 면 전체가 일식을 일으켰다. 그녀의 광휘로움이 모든 것을 소멸시켰다.

모든 눈이 그녀에게로 향해 있었다.

톰짐책도 혼잡한 군중 속에 섞여 있었다. 그 역시 다른 사람들처럼 이 빛나는 여인의 광채 뒤에 가려 있었다.

여인이 먼저 관객들의 관심을 흡수해, 무대와 경쟁을 벌이듯 '정복된 카오스'의 시작 효과를 망쳤다.

그들은 꿈꾸는 듯한 표정이었지만 그녀 가까이에 있었던 사람들에게는, 그녀가 분명 현실 속 존재였다. 그녀는 분명 한 사람의 여인이었다. 아마 지나치게 여인다웠을지도 모른다. 그녀는 키가 크고 풍만했으며, 최대한 화려하게 치장하고 있었다.

그녀는 커다란 진주 귀걸이를 하고 있었는데, 귀걸이에는 영국의 열쇠라고 하는 괴이한 보석이 섞여 있었다. 그녀의 겉치마는 매우 비싼 금으로 수가 놓인 시암산 모슬린 천으로 지어졌는데 이런 옷의 가격은 600에퀴에 달했다. 슈미즈는 다이아몬드 브로치로 가슴 위치에서 여며져 있는데, 유행 중인 속이 훤히 들여다보이는, 안 도트리슈 왕비가 가지고 있던 매우 얇은 천으로 만들어져 있었다. 이 여인은 일종의 루비로 만든 갑옷을 두르고 있었는데, 온갖 보석이 여인의 몸뚱이 구석구석에 꿰매져 있었다. 게다가 두 눈썹은 중국 잉크로 까맣게, 두 팔, 팔꿈치, 어깨, 턱, 콧구멍 아랫부분, 눈꺼풀 바로 윗부분, 손바닥, 손가락 끝은 붉고 선정적인 화장을 하고 있었다. 그리고 무엇보다도 그 여인은 아름답고자 하는 집요한 의지를 가지고 있었다. 그녀는 야수적으로 아름다웠다. 그녀는 표범이기도 했고 쓰다듬어 줄 수 있는 한 마리 고양이이기도 했다. 두 눈 중 하나는 푸르고, 다른 하나는 검었다.

그윈플렌 역시 우르수스처럼 그 여인을 주시하고 있었다.

그린박스는 약간 몽환적인 무대였고 '정복된 카오스'는 극작품이라기보다 하나의 환영이었다. 그들은 관객에게 환상적인 시각적 효과를 주는 데 익숙해져 있었는데, 이번에는 시각적 효과가 그들에게 되돌아왔고, 이번에는 무대 위의 그들이 놀랄 차례가 되었다. 그들에게도 그 매혹의 파급효과가 발생되었다.

여인이 그들을 유심히 바라보았고, 그들도 그녀에게 눈길을 떼지 못했다.

그들이 있는 거리에서는, 극장의 미광이 만들어내는 반짝이는 안개 때문에, 세세한 부분은 보이지 않아 그녀가 마치 환각처럼 보였다. 분명 한 여인이었지만 또한 환상과도 같았다. 그들의 어둠 속으로 들어선 이 빛은 그들을 놀라게 했다. 그것은 마치 미지의 행성이 나타난 것 같았다. 지극한 행복을 누리는 세계로부터 온 것이었다. 그녀가 뿜어내는 광채가 그 형상을 더 잘 보여 주고 있었다. 그녀는 마치 은하수 같은 밤의 반짝임을 갖고 있었다. 그 보석들이 별과 같았다. 다이아몬드 브로치는 아마 북두칠성일지도 모른다. 그녀의 살갗의 빛나는 원형은 초자연적인 것 같았다. 사람들은 이 별의 창조물을 보면서 지극한 유열의 경지가 순간적이고 차갑게 접근해 온다고 느꼈다. 냉혹할 정도로 차분한 얼굴이 허름하고 보잘것없는 그린박스와 불쌍한 관객들을 관찰하고 있는 것 같았다. 그녀는 자신의 호기심을 만족시키고 아울러 백성들의 호기심을 충족시켜 주었다. 지극히 높은 사람이 낮은 곳에게 자신을 볼 수 있도록 허락한 셈이었다.

우르수스, 그윈플렌, 비노스, 피비, 군중들 모두는 이 찬연함에 동요되었는데 암흑 속에 잠겨 아무것도 모르는 데아만이 예외였다.

이 존재는 환영과도 같았지만 그렇게 부를 만한 모습은 전혀 없었다. 얼굴은 반투명하지도 않았고 윤곽이 흐릿하거나 둥둥 떠다니지도 않았고 안개도 없었다. 진홍빛의 싱싱하며 아주 건강한 유령이었다. 그렇지만 우르수스와 그윈플렌의 시각적 조건에서는, 환영을 보는 것 같았다. 우리가 흡혈귀라고 칭하는 살찌고 통통한 유령들이 실제로 존재한다. 이 아름다운 여왕은 대중에게는 하나의 유령이며, 일 년에 가난한 사람들 3,000만 명을 먹기에 이렇게 건강을 누릴 수 있었다.

이 여인의 뒤 어둑한 곳에 심부름꾼인 시종이 보였는데 그는 어린아이의 기색을 띤, 얼굴이 희며 잘생긴, 매우 진지한 표정의 키 작은 남자였다. 매우 어리되 정중한 시종을 거느리는 것이 그 당시 최신 유행이었다. 시종은 붉은 벨벳으로 지은 옷을 입고 양말과 모자를 착용하고 있었으며, 금으로 장식된 줄이 달린 작은 모자 위에는 한 묶음의 깃털을 얹었는데, 이는 계급이 높은 하인이라는 표시였고 아주 지체 높은 부인의 하인임을 뜻했다.

따라서 여인의 뒤쪽 그늘에 있던 시동을 알아차리지 못하는 것은 불가능했다. 우리의 기억력이 때로는 우리 자신도 모르는 사이에 메모를 하는 경우가 있다. 그리하여 그윈플렌은 미처 깨닫지도 못하는 사이, 시종의 둥근 뺨과 심각한 안색, 황금 장식 줄 달린 모자, 깃털 묶음은 그 영혼에 어떤 흔적을 남겼다. 물론 시종은 시선을 끌려는 동작을 전혀 하지 않았다. 자기가 사람들의 시선을 끈다는 것은 상전에 대한 예의에 어긋난다. 그는 칸막이 좌석 안쪽 가장 멀리에서, 즉 닫힌 문이 허락하는 한 멀리 물러나서, 수동적인 자세로 서 있었다.

비록 시종이 그곳에 있었다 하더라도, 여인은 칸막이 좌석에서 혼자 있는 것과 다름없었다.

극중 인물 못지않게 효과를 발휘한 그 여인으로 인해, 새로운 관심이 강력하게 야기되었지만 '정복된 카오스'의 대단원이 더욱 강력했다. 그 인상은 언제나처럼 저항할 수 없는 마력을 지녔다. 때로는 관객이 공연을 강화시켜 주는 법, 찬연한 구경꾼 여인으로 인해, 극장 안의 전류가 증폭되었을지도 모른다. 그윈플렌이 퍼뜨리는 웃음의 감염 현상은 그 언제보다도 성공적이었다. 모든 사람이 폭소를 터뜨리며 형언할 수 없는 간질 속에서 까무러칠 지경이었는데, 그 속에서 톰짐잭의 당당하게 울리는 웃음소리를 구분해 낼 수 있었다.

오직 입상처럼 움직이지 않고 유령의 눈으로 공연을 관람하던 미지의 여인만은 웃지 않았다.

유령이지만 태양의 유령이라는 이름이 어울리는 모습이었다.

공연이 끝나 판자가 다시 올라가고, 그린박스 속의 아늑함을 되찾았을 때, 우르수스는 입장료 주머니를 저녁 식탁 위에다 쏟아 냈다. 동전들이 수북한데, 돈 더미 속에서 갑자기 스페인 금화 1온스가 반짝 빛을 냈다.

"그녀다!"

우르수스가 외쳤다.

회녹색 동전들 한가운데의 이 금화는 곧 백성들 한가운데 있는 그 여인의 존재와 같았다.

"그녀가 좌석 값으로 금화를 지불했군!"

우르수스는 들떠서 다시 말을 이었다. 그 순간 여인숙 주인이 그린박스 안으로 들어와, 뒤쪽 창문을 통해 팔을 뻗어, 그린박스가 등지고 있는 벽에 뚫린 구멍창을 열었다. 이미 말한 바처럼, 그 구멍창을 통해 광장을 내다볼 수 있었다. 그러고는 우르수스에게 조용히 손짓을 하며 밖을 보라는 신호를 했다. 횃불을 들고 깃털 장식을 한 하인이 탄, 화려한 사륜마차가 빠른 속도로 멀어지고 있었다. 우르수스는 공손하게 엄지와 인지로 금화를 들어 나이슬리스에게 보여 주며 말했다.

"여신이오."

그의 눈은 광장의 모퉁이로 돌아가려 하는 사륜마차를 다시 바라보았는데, 마차의 지붕에 있는 왕관의 꽃무늬 가지가 여덟인 것을 시종들의 횃불 덕분에 알게 되었다. 그가 다시 소리쳤다.

"여신보다 대단하군. 그녀는 여공작이야."

사륜마차가 사라졌다. 마차의 바퀴 소리도 차츰 잦아들었다.

우르수스는 성체의 빵을 들어올리듯 두 손가락 사이의 금화를 받들어 높이 쳐들면서, 잠시 황홀한 채 있었다.

그런 다음 그것을 탁자 위에 올려놓고는 그것을 계속 주시하면서, 그 '귀부인'에 대해 말하기 시작했다. 여인숙 주인이 그에게 대꾸했다. 여공작이었다. 그래. 작위는 알 수 있었다. 하지만 이름은? 그것은 몰랐다. 나이슬리스는 온통 가문으로 장식한 사륜마차와, 황금 줄로 치장한 시종들을 가까이에서 봤다고 했다. 마부들은 대법관 정도의 높은 나리들이 쓸 것 같은 가발을 쓰고 있었다. 사륜마차는 스페인에서 쾌툼본*이라고 부르는 드문 형태였는데, 무덤의 뚜껑과 같은 닫집을 가진 멋진 마차로 왕좌에 어울리는 것이었다. 시종은 아주 작아서 사륜마차의 출입문 바깥쪽 받침대에 앉을 수 있었다고 했다. 귀부인들은 그 귀여운 소년들에게 긴 옷자락을 쳐들게 할 뿐만 아니라, 메시지도 전하게 한다고 했다. 시종의 모자에 있던 깃털 묶음은? 그것은 굉장한 것이었는데, 자격 없는 자가 그 깃털을 달고 다니면, 벌금을 물게 된다. 나이슬리스는 그 여공작도 가까이에서 보았는데, 여왕이나 다름없다고 했다. 엄청난 부유함은 아름다움을 가져다준다. 부유하기 때문에 살갗은 더욱 하얗고, 눈빛에는 오만함이 넘치고, 걸음걸이 또한 더욱 고상하며, 우아함은 더욱 오만 방자하다고 했다. 그 무엇보다 일하지 않는 두 손의 거만한 우아함에 비할 만한 것은 없다. 나이슬리스는 푸른 혈관이 선명히 보이는 흰 살갗과 목, 어깨, 팔, 온몸에 바른 분, 귀걸이에 매달린 진주, 황금 가루 뿌린 머리, 풍성한 보석들, 루비, 다이아몬드 등의 훌륭함을 설명했다.

"눈동자보다 빛나지는 않지."

---

* 지붕이 장방형 상자 모양인 마차이다.

우르수스가 중얼거렸다. 그윈플렌은 아무 말도 하지 않았다. 데아는 듣고만 있었다.

"그런데 더욱 놀라운 것이 뭔지 아시오?"

여인숙 주인이 말했다.

"무엇 말씀이오?"

우르수스가 물었다.

"그녀가 사륜마차에 오르는 것을 내가 보았소."

"그다음에는요?"

"그녀는 홀로 오르지 않았소."

"이런!"

"누군가 그녀와 함께 탔소."

"누가?"

"맞춰들 보시오."

"왕!" 우르수스가 대꾸했다.

"왕은 아니지. 누가 여공작과 함께 마차에 올랐는지 맞춰 보시오."

"주피터."

우르수스가 답했다. 그러자 여인숙 주인이 말했다.

"톰짐잭."

한마디도 하지 않고 있던 그윈플렌이 침묵을 깨뜨렸다.

"톰짐잭이라고요!"

잠시 놀라움에 모두 할 말을 잃었을 때 데아의 나지막한 목소리가 들려왔다.

"그 여인이 이곳에 오는 걸 막을 수는 없을까요?"

8. 중독의 징후

'유령'은 다시 오지 않았다.

극장에는 그녀가 다시 나타나지 않았지만 그윈플렌의 기억 속에는 다시 나타났다.

그윈플렌은 상당히 동요되어 있었다.

그의 인생에서 처음으로 한 여자를 본 것 같았다.

그는 처음에는 반쯤의 좌절을 기이하게 여겼다. 강요되는 몽상을 경계해야 한다. 몽상은 향기와 같은 신비와 미묘함을 가지고 있다. 몽상과 생각의 관계는 향기와 월하향과의 관계와 같다. 몽상은 때로는 유독한 생각의 확장이며 수증기처럼 침투하는 속성을 가지고 있다. 향기 짙은 꽃에 중독될 수 있듯이 몽상에도 중독될 수 있다. 황홀하고 감미로우며 동시에 음산한 자살이다.

정신의 자살이란 그릇되게 생각하는 것을 뜻한다. 그것이 바로 중독이다. 몽상은 우리를 매혹하고, 농락하고, 낚고, 얼싸안고는 공모자로 만든다. 몽상은 자기가 양심에게 저지르는 속임수에 우리를 반쯤 끌어들인다. 그렇게 우리의 넋을 빼앗은 다음 우리를 망가뜨린다. 도박의 진리를 몽상에도 적용할 수 있을 것이다. 처음에는 어수룩하게 시작하지만 결국에는 교활하게 마무리 된다.

그윈플렌은 몽상에 빠져들기 시작했다.

그는 일찍이 진정한 여인을 본 적이 없었다.

서민 여자들에게서는 오직 그 그림자를, 데아에게서는 그 영혼만을 보았다. 그러나 이제 막 실체를 보았다.

열정적인 피가 흐르는 것이 느껴지는 포근하고 생생한 피부, 대리석상의 정교함과 물결의 일렁임으로 표현되는 몸매, 고결하고 유혹에 대한 거부 의지를 섞은 냉정한 얼굴, 거대한 큰 불의 반사광으로 물들인 듯한 머리카락, 쾌락의 전율을 간직한 화장의 세련됨, 군중에게 멀리서 소유당하고 싶은 거만한 욕구를 드러낸 약간의 노출, 침투할 수 없는 난공불락의 우아함, 불가해한 매력, 언뜻 예감되는 파멸이 엿보이는 유혹, 감각에 던져진 약속과 영혼의 협박, 하나는 욕망이고 다른 하나는 두려움인 이중의 불안. 그는 그것을 막 보았다. 그는 한 여인을 본 것이다.

그는 한 여인보다 위이며 동시에 아래인 한 암컷을 본 것이다.

그리고 동시에 올림포스의 여신 하나를 보았다.

신의 암컷.

이 신비, 성이 막 그에게 나타났다.

그러나 어디에서? 도달할 수 없는 곳이었다.

무한히 먼 거리에.

그러나 그는 이미 아이러니한 운명을 타고난 영혼, 천상의 존재를 이미 손에 쥐고 있었다. 그것은 데아였다. 데아의 여성성은 지상의 것이었고, 하늘 가장 깊숙한 곳에서 본 것이 바로 그 여인이었다.

여공작.

우르수스는 여신 이상이라고 말했다.

깎아지른 듯한 벼랑!

몽상조차 그 앞에서는 물러났다.

그는 미지의 여인을 생각하는 격정에 빠질 것인가? 그는 자신과 싸웠다.

우르수스가 왕과 같은 고귀한 존재에 대해 들려준 모든 것을 뇌리에 상기했다. 그에게는 쓸모없어 보이던 철학자의 여담은 그에게 문득 명상의 표지가 되었다. 그는 이 존엄한 세계, 냉혹하게도 맨 아래의 세계 위에 포개진 이 여인은 백성이라는 최하층 세계를 냉혹하게 짓누르고 있는데, 그는 최하층 세계에 속해 있었다. 게다가 과연 그가 백성의 계층에나 속하기나 한단 말인가? 어릿광대인 그는 짓눌려 있는 계층 밑에 다시 짓눌려 있지 않았던가? 그는 깊이 생각하기 시작한 이후 처음으로, 자신의 비천함에 통탄스러움을 느꼈다. 오늘날 우리가 굴욕이라 칭하는 비참함이었다. 우르수스가 묘사하고 열거했던 것들, 그의 시적인 목록, 성과 공원, 분수, 기둥에 대한 찬사, 부와 권력에 대한 과시가, 그윈플렌의 뇌리에 되살아나면서 구름 속 현실로 되살아났다. 그는 그 절정에 있었다. 하나의 인간이 귀족일 수 있다는 것이 그에게는 공상으로 보였다. 그러나 그런 세계가 분명히 있었다. 믿을 수 없는 일이다. 귀족들이 존재하다니! 하지만 그들도 우리처럼 살과 뼈로 이루어진 존재일까? 의심스러운 일이었다. 그는 자신이 온통 장벽으로 둘러싸인 어둠의 밑바닥에 있음을 느꼈고, 그의 머리 위 까마득히 먼 곳에 있는, 창공과 여러 가지 형상과 빛으로 눈부신 올림포스를 보았다. 그 영광 속에서 여공작이 찬란히 빛나고 있었다. 그는 그 여인에게서 복잡하고 낯선 욕구를 느꼈다. 이 통렬한 모순은 자신의 의지와 상관없이 끊임없이 그의 영혼으로 되돌아왔다. 그의 주위, 그의 한계, 좁고 명백한 현실 속의 영혼이, 잡을 수 없는 이상 세계의 육체를 보려고 했기 때문이다. 이러한 생각 중 그 어느 것도 명확하지 않았다. 그의 내부에 존재하는 것은 안개의 세계였다. 그것은 매 순간 모양이 바뀌고 흔들렸다. 깊은 어둠이었다.

게다가 그가 거기에 대해 갖고 있는 생각은 그것이 아무리 하기 쉬운 것이라도 그의 영혼을 파고들지는 않았다. 그는 생각 속에서조차 여공작을 향해 올라가려는 시도는 구상하지 않았다. 다행이었다.

이 사다리에 한 번 발을 올려놓으면 그 떨림이 평생 당신의 뇌리 속에 남을 수도 있다. 올림포스산에 올라간다고 믿지만 실제 도착하는 곳은 베들램 정신병원이다. 그의 안에 형성된 뚜렷한 욕심이 그를 두렵게 했다. 그는 이러한 감정을 이전에는 한 번도 경험하지 못했다.

게다가 그는 이 여인을 다시 보지 못할 수도 있었다. 아마 영원히 보지 못할 것이었다. 지평선을 지나가는 한 줄기 빛과 사랑에 빠지게 되는 것, 어떠한 정신 착란도 그 지경까지 나아가지 않는다. 하나의 별에 부드러운 시선을 두는 것은 가능하다. 그 별은 자리가 정해져 있으니 다시 보이고 나타나 고정된다. 하지만 한 줄기 번개와 사랑에 빠질 수 있단 말인가?

그의 내면에서는 꿈들이 오고 가고 있었다. 위엄 있고 빛나는 칸막이 좌석에 앉아 있던 우상은 흩어지는 사념 속에서 희미해지다가 사라졌다. 그는 거기에 대해 생각하다 멈추고 다른 일에 몰두하다가, 다시 그 생각으로 돌아갔다. 그는 위로를 느꼈고 그 이상은 없었다.

이것이 여러 날 동안 그가 밤잠을 이루는 것을 방해했다. 불면증은 수면만큼이나 꿈으로 가득하다.

그의 생각 속에서 이루어지는 알 수 없는 변화를 표현하는 것은 거의 불가능했다. 단어의 부자유스러움은 사고보다 윤곽이 선명하기 때문이었다. 모든 생각들이 사고와 단어의 경계선에서 뒤섞였다. 그러나 단어로 떠오르는 것은 아니었다. 영혼의 흩어진 어떤 측면은 항상 단어의 틀을 피한다. 표현에는 경계가 있지만 사상은 그렇지 않다.

그윈플렌의 내면에서 일어난 것은 일종의 거대한 광막함이었는데, 그것은 그의 생각 속에 있는 데아를 건드리지는 않았다. 데아는 그의 정신 한가운데에서 성스러운 영역으로 존재했다. 무엇도 그녀에게 접근할 수 없었다.

그러나 이런 모순은 곧 인간의 영혼 자체이며, 그 안에서 갈등이 생겨나고 있었다. 하나는 이성적이고 하나는 성적인 두 개의 본능이 그의 내부에서 다툼을 벌이고 있었다. 심연 위에 놓인 다리에서 하얀 천사와 검은 천사가 벌이는 싸움이었다.

결국 검은 천사가 절벽 아래로 떨어졌다.

어느 날 갑자기, 그윈플렌은 그 미지의 여인에 대해 더 이상 생각하지 않게 되었다.

두 근원 간의 싸움, 지상 세계와 천상 세계의 결투가 그의 가장 깊숙한 곳으로 자리를 옮겼기 때문에 그는 아주 혼란스럽게 감지할 뿐이었다.

분명한 것은, 그가 한순간도 데아를 사랑하기를 멈추지 않았다는 것이다.

그의 내면 아주 깊숙한 곳에 무질서가 있었고 그의 피가 열병에 시달렸으나 결국은 모든 현상이 사라졌다. 그리고 오직 데아만이 홀로 남았다.

혹시 누군가 그윈플렌에게, 데아가 한 순간 위험에 처할 수도 있었다고 말했다면, 그는 몹시 놀라기까지 했을 것이다.

두 영혼을 위협하는 듯했던 환영은 한두 주 사이에 사라졌다.

그리고 이제 그윈플렌의 안에는 따스한 마음과, 사랑의 불꽃만이 존재했다.

게다가 여공작은 다시 나타나지 않았다.

우르수스는 이를 당연하다고 생각했다. '금화의 여인'은 하나의 현상이다. 그것은 들어오고 입장료를 지불하고 사라져 버렸다. 그런 일이 다시 생길 가능성은 희박하다고 결론지었다.

데아의 경우 그렇게 지나간 여인에 대해 암시조차 하지 않았다. 그녀는 우르수스의 탄식에 의해, '매일 금화가 생기는 것이 아니야!' 같은 외침에 의해, 충분히 알고 있었다. 그녀는 더 이상 '그 여인'을 입에 담지 않았다. 그것은 심오한 본능이다. 어떤 사람에 대해 침묵을 지키는 것은 그것으로부터 멀어지기 위한 방책으로 보인다. 알면서도 기억하기를 두려워하게 된다. 마치 문을 닫는 것처럼 그 옆에서 침묵을 지킨다.

그 사건은 기억 속에서 잊혀졌다.

그것이 대단한 일이기나 했던가? 그것이 존재하기는 했었던가? 그윈플렌과 데아 사이에 그림자 하나가 어른거렸다고나 말할 수 있을까? 데아는 그것을 알지 못했고, 그윈플렌 또한 더 이상 모르게 되었다. 아니다. 아무 일도 존재하지 않았다, 여공작은 멀리에서 하나의 신기루처럼 지워졌다. 그윈플렌이 통과한 것은 한순간의 꿈에 불과했고, 그는 이제 밖에 있었다. 몽상의 소산은 안개의 소산과 마찬가지로 흔적이 남지 않는다. 구름이 지나간 다음에도 하늘의 태양빛이 약해지지 않듯, 그들의 사랑도 줄어들지 않았다.

9. 아비수스 아비숨 보카트*

사라진 또 다른 인물은 톰짐잭이었다. 그는 갑자기 태드캐스터 여인숙에 오는 것을 멈추었다.

런던에 사는 지체 높은 나리들의 우아한 일상생활을 두 측면에서 볼 수 있는 위치에 있던 사람들은, 그 무렵 주간지에 나온 각 교구의 간추린 소식란 사이에서 다음과 같은 기사를 찾을 수 있었을 것이다.

---

* Abyssus abyssum vocat, 심연이 심연을 부른다는 뜻이다.

데이비드 더리모이어 경이 국왕 폐하의 명령에 따라, 네덜란드 연안을 순항 중인 백색 함대 소속 프리게이트 함을 지휘하기 위하여 떠났다.

우르수스는 톰짐잭이 더 이상 오지 않는 것을 깨닫고 몹시 염려하였다. 금화를 남긴 귀부인과 함께 사륜마차를 타고 떠난 이후, 톰짐잭이 다시는 돌아오지 않았다. 여공작의 팔을 받쳐 들어 올려 준 톰짐잭은 확실히 수수께끼가 아닐 수 없었다. 얼마나 흥미로운 탐구인가! 그에게 던질 질문과 할 말은 얼마나 많은가! 그리하여 우르수스는 다른 사람들 앞에서 그에 대해서는 한 마디도 하지 않았다.

산전수전 다 겪은 우르수스는 경솔한 호기심이 어떤 쓰라림을 가져다주는지 잘 알고 있었다. 호기심이란 항상, 그 호기심을 갖고 있는 사람과 균형을 이뤄야 한다. 함부로 들으려 하면 귀가 위험에 처하고, 함부로 감시를 하면 눈이 위험에 처한다. 아무것도 듣지 못하고 아무것도 보지 못하는 것이 신중한 처사이다. 톰짐잭은 왕족의 마차에 올랐고, 여인숙 주인은 그 목격자이다. 귀부인의 옆에 앉던 선원의 모습에는 우르수스를 경계하게 만드는 기적 같은 측면이 있었다. 저 높은 곳에 있는 사람들의 변덕을, 미천한 사람들은 그저 신성한 것으로 여겨야 한다. 가난한 이들로 일컬어지는 이 비굴한 파충류는, 특이한 일이 눈에 띄더라도, 입을 다물고 각자 자기의 구멍 속에 납작 엎드려 있는 것이 최선이다. 침묵이 하나의 힘이다. 만약 눈이 머는 행운을 갖고 있지 않다면 눈을 감고 귀를 막아라. 당신이 침묵하는 완벽함을 가지고 있지 못하면 당신의 혀를 마비시켜라. 가장 세력 있는 이들은 자신들이 원하는 대로 하는 자들이고, 가장 비천한 이들은 그들이 할 수 있는 것을 하는 자들이다. 모르는 것을 그냥 내버려 두자. 신화를 거론하지 말자. 눈에 보이는 것을 궁금해 말자. 우상에 깊은 존경심을 표하자. 저 높은 곳에서 일어나는 사건의 확대나 축소에 비방을 하지 말자. 이것들은 대부분의 경우, 우리 초라한 존재들에게 일어나는 시각의 환상일 뿐이다. 형이상학적인 것들은 신들의 사건이다. 우리 위에 떠 있는 위대하고 불확실한 인물들의 변형과 풍화 작용은, 이해하기 어렵고 위험한 구름이다. 너무 많은 관심은, 엉뚱한 짓을 하며 즐기는 올림포스 신들을 못 참게 만들 수 있다. 그 무시무시한 세력가들의 외투자락을 들추지 말자. 무관심, 그것이 명석함이다. 죽은 체하면 당신을 죽이지 않을 것이다. 그것이 벌레들의 지혜이다. 우르수스는 그러한 지혜를 실천하고 있었다.

여인숙 주인 역시 궁금한 듯, 어느 날 우르수스에게 물었다.

"톰짐잭이 더 이상 오지 않는 걸 알고 계시오?"

"아, 그래요. 나는 미처 몰랐는데." 우르수스의 대답이었다.

나이슬리스는 음성을 낮춰 비난조의 지적을 했다. 톰짐잭이 왕족의 마차에 올랐다는 사실을 지적한 것이다. 불손하고 위험한 지적임에 틀림없는지라, 우르수스는 아예 귀를 기울이지 않았다.

그러나 우르수스는 톰짐잭을 아쉬워하지 않기에는 너무도 예술가다웠다. 그는 일종의 실망감도 느꼈다. 그는 자신의 감정을 호모에게만 말했는데, 그가 확실한 비밀 이야기를 할 수 있는 유일한 대상이었다. 그는 늑대의 귀에다 대고 아주 작은 목소리로 말했다.

"톰짐잭이 더 이상 오지 않게 된 이후부터, 나는 인간처럼 공허를 느끼고 시인처럼 추위를 느낀단다."

친구에게 마음을 쏟아 놓고 나니 우르수스의 마음이 한결 가벼워졌다.

그윈플렌 쪽으로는 아예 담벼락을 쌓았고, 그윈플렌 또한 톰짐잭에 대해서는 아무 암시조차 하지 않았다.

사실 톰짐잭은 데아에게 골몰해 있던 그윈플렌에게는 별로 중요하지 않았다.

그윈플렌의 내면에서는 점차 망각 현상이 깊어졌다. 데아는 모호한 동요의 존재가 있었다는 사실조차 짐작하지 못했다. 또한 그 무렵에는, '웃는 남자'에 대한 음모나 불평이 있다는 말도 들려오지 않았다. 증오는 풀어진 듯했다. 그린박스 안에서도 그 주위에서도, 모든 것이 잠잠해졌다. 더 이상의 허세 부리는 짓도, 허세꾼들도, 신부들도 없었다. 외부로부터의 불평도 없었다. 아무 위협 없이 성공을 거두고 있었다. 그들의 운명은 갑작스레 평온을 찾았다. 그윈플렌과 데아의 찬란한 행복에는 단 한 점의 적대적인 그늘도 없었다. 그것은 무엇도 증가할 수 없는 수준에까지 올라갔다. 그러한 상황을 표현하는 단어 하나가 있는데, 절정(絶頂)이 바로 그것이다. 행복도 바다처럼 가득 차게 된다. 걱정은 그 바다가 다시 낮아진다는 사실이다.

아무도 접근할 수 없게 하는 데에는 두 가지 방법이 있다. 아주 높거나 아주 낮아지는 것이다. 첫 번째 못지 않게 두 번째도 바람직하다. 독수리가 화살을 피하는 것 못지않게, 적충(滴蟲)도 으깨지는 것을 피한다. 이미 앞에서 말했듯이, 그렇게 작은 것으로 누리는 안전을 확보한 이들이 혹시 지상에 존재한다면, 그들은 바로 그윈플렌과 데아라는 두 존재였다. 하지만 그들의 안전도 결코 완벽하지는 않았다. 그들은 점점 더 서로에게 의존하며 살았고, 서로의 안에서 황홀경에 사로잡혔다. 심장은 자신을 보존해 주는 신성한 소금에 의해 절여진 듯, 사랑을 흡수해 자신을 가득 채운다. 인생의 여명기부터 서로 사랑해 온 사람들의 변질될 수 없는 애착과, 노년까지 연장된 사랑의 풋풋함은, 바로 그러한 현상에서 비롯된다. 사랑을 보존시켜 주는 방부제도 존재하지만 아직까지 그들은 젊었다.

우르수스는 그들의 사랑을 의사가 환자를 보듯 유심히 살펴보았다. 게다가 그는 당시 사람들이 '히포크라테스의 시선'이라고 부르던 것을 가지고 있었다.

그는 가냘프고 창백한 데아를 명민한 눈으로 살피다가, 홀로 중얼거리곤 했다.

"그녀가 행복하다는 건 참으로 다행이군!"

또 언젠가는 이렇게 말하기도 했다.

"그녀는 건강 덕분에 행복하군."

그는 못마땅하다는 듯 머리를 설레설레 흔들며 가끔 보피스쿠스 포르투나투스가 번역하고, 루뱅에서 1650년에 출판된 아비센나*의 책을 펴 들고 '심장의 동요' 부분을 상세히 읽곤 했다.

데아는 쉽게 피로해지고, 식은땀을 흘리며 반수 상태에 자주 잠겨 드는지라, 이미 이야기한 대로, 낮에는 잠을 자곤 했다. 언젠가는 데아가 그렇게 곰 모피 위에 누워서 잠이 들었고, 마침 그윈플렌이 자리를 비웠을 때, 우르수스는 부드럽게 상체를 숙이고 데아의 가슴, 심장 부근에 귀를 댔다. 한동안 유심히 듣다가 그는 상체를 일으키며 중얼거렸다. "어떠한 충격도 받아서는 안 되겠군. 상처가 급속도로 커지겠어."

군중은 계속해서 '정복된 카오스'공연에 몰려들었다. 웃는 남자의 성공은 영영 잦아들지 않을 듯 보였다. 모두가 달려왔

---

* 페르시아의 의사이자 철학자이다.

다. 서더크뿐만 아니라 이미 런던의 일부 지역까지 퍼졌다. 관객의 층도 점점 다양해지는 듯했다. 이제는 선원이나 마부들뿐이 아니었다. 하층 계급 전문가인 나이슬리스의 의견으로는, 이제 천민 계급으로 변장한 귀족들도 섞여 있다고 했다. 변장은 오만함이 누리는 행복 중 하나로, 당시에는 그것이 대유행이었다. 이렇게 귀족이 평민 속에 섞인다는 것은 좋은 신호였고 공연의 성공이 런던 전 지역으로 퍼져 나가고 있음을 의미했다. 그윈플렌의 유명세는 확실히 대중 속으로 파고 들어갔다. 그것은 현실이었다. 런던에서는 웃는 남자 이외에 이야깃거리가 없었다. 귀족들만이 들락거리는 모호크 클럽에서까지 그에 대해 이야기를 했다.

그린박스 속에서는 그런 상황을 짐작하는 사람은 없었다. 그들은 행복한 것으로 만족했다. 데아는 매일 밤, 그윈플렌의 곱슬거리는 앞머리를 만지는 데 열광하고 있었다. 사랑에 있어서는 습관만 한 것이 없다. 모든 삶이 그것에 집중된다. 천체의 재출현은 우주의 습관이다. 우주는 사랑에 빠진 여인과 다를 바가 없고 태양은 곧 연인이다.

빛이란 이 세상을 떠받치고 있는 눈부신 카리아티데스*이다. 날마다, 매일의 숭고한 한순간 동안, 어둠으로 뒤덮인 밤은 떠

---

* 고대 그리스 건축물에서 벽의 상단부를 떠받치고 있는 여인상을 조각한 돌기둥이다.

오르는 태양에 자신의 몸을 기댄다. 마찬가지로 앞을 못 보는 데아 역시, 그윈플렌의 머리 위에 자신의 손을 올려놓는 순간, 그녀 안에 열기와 희망이 다시 들어옴을 느끼곤 했다.

서로 열렬히 사랑하는 두 암흑이 되어, 충만한 침묵 속에서 서로 사랑할 수 있다면, 그렇게 수만 년의 세월도 보낼 수 있을 것이다.

어느 날 밤, 그윈플렌은 향수에 취하는 것과 유사한 일종의 신성한 거북함을 일으키는 기쁨의 과잉 상태가 자신의 안에 있음을 느끼며, 평소 공연을 마친 후 그랬듯이, 그린박스에서 몇 백 걸음 떨어진 초원을 산책했다. 사람들은 팽창해 가슴이 터질 듯하면, 그 잉여분을 토해 내는 해방감의 시간을 갖고 싶은 법이다. 그날 밤은 검고 투명했다. 별들이 밝게 반짝이고 있었다. 장터에는 인적이 끊겼고 타린조필드 근처에 흩어져 있는 가건물들 속에는 깊은 잠과 망각뿐이었다.

오직 한줄기 불빛만이 꺼지지 않고 있었다. 문을 살짝 열어 놓고 그윈플렌이 돌아오기를 기다리는 태드캐스터 여인숙의 등불이었다. 서더크의 다섯 교구에서, 각 종각마다 제각기 다른 음색으로, 또 간헐적으로, 자정을 알리는 종소리가 들려왔다.

그윈플렌은 데아에 대한 생각에 잠겨 있었다. 그가 누구에 대해 생각을 하겠는가. 그런데 그날 저녁에는, 한 남자가 한 여인을 생각하듯, 데아를 생각하고 있었다. 그는 그러한 자신을 꾸짖었다. 하지만 그 나무람은 더 강렬한 뜻을 포함한 곡언법(曲言法)에 불과했다. 그의 내면에서 남편의 희미한 공격이 시작되고 있었다. 달콤하고 항거할 수 없는 조바심. 그는 보이지 않는 경계선을 넘었다. 이쪽에는 처녀가 있었고 경계선 너머에는 여인이 있었다. 그는 불안감에 휩싸여 자신에게 거듭 질문을 던졌다. 그는 몸이 달아오르는 것을 느끼고 있었다. 몇 해 동안 그윈플렌이 조금씩 신비로운 성장의 무의식 속에서 변모한 것이다. 오래전의 수줍은 소년이 이제 혼란스럽고 불안해진 자신을 느끼고 있었다. 우리에게는 이성을 말하는 빛의 귀가 있고, 본능을 말하는 어둠의 귀가 있다. 소리를 증폭시켜 주는 그 귀를 통해, 미지의 음성이 그에게 많은 제안을 내놓았다. 사랑을 꿈꾸는 젊은이가 아무리 순수하다 할지라도, 본능에 의해 불러일으켜진 수치스러운 욕망이 그의 의식 사이로 끼어들기 마련이다. 그러면 모든 의도가 투명성을 상실한다. 자연이 원하는, 고백할 수 없는 것이 의식 속으로 들어선다. 그윈플렌은 모든 유혹의 손길이 있는, 거의 데아를 잊어버린 이 물질적인 욕망을 경험했다. 그는 해롭게 느껴지는 열기 속에서, 아마도 위험한 측면에서, 데아를 변형시키고 이 고결한 형태를 여성의 형태로까지 과장해 상상하기도 했다.

우리가 갈망하는 것은, 지나친 신성함이 아니라 여인이니라. 사랑에는 열에 들뜬 피부, 감동하는 생명, 전류가 흐르며 돌이킬 수 없는 키스, 묶지 않고 흘러내린 머리카락, 목적을 가진 힘찬 포옹이 필요하다. 사랑에서 하늘의 과잉은, 불에서의 연료의 과잉과 같다. 불꽃은 그것으로 인해 위축된다. 손으로 잡을 수 있고 또 손에 잡힌 데아, 두 존재에 창조의 신비를 섞어 주는 현기증 나는 접촉, 그윈플렌은 이성을 잃은 채 이 매혹적인 악몽을 꿈꾸고 있었다. '여인이 필요해!' 그는 자신의 내면에서 올라오는 본능의 고함 소리를 들었다. 천상의 갈라테이아를 주물러 빚어낸 꿈속의 피그말리온처럼, 그는 무모하게도 영혼 깊숙한 곳에서 데아의 정숙한 윤곽을 다시 손질하고 있었다. 그녀의 몸매는 지나치게 천상적이고 충분히 낙원적이지 못했기 때문이다. 왜냐하면 에덴은 곧 이브이다. 이브는 암컷이고, 육체적 어머니이고, 대(代)를 이어 주는 신성한 배이며, 지상의 유모이고, 젖이 고갈되지 않는 유방, 새로 태어난 생명의 요람이다. 그리고 여인의 젖가슴은 천사의 날개를 배제한다. 처녀성이라는 것은 모성의 희망일 뿐이다. 그렇지만 그윈플렌의 환상 속에서, 데아는 이제까지 육체보다 더 높은 그 무엇이었다. 그런데 이 순간, 방황하며 그는 생각 속에서 그녀를 육체로 다시 내려오게 하려 애쓰고 있었다. 그는 어떠한 여자이건 이 땅에 매어 두는 줄, 성(性)이라는 줄을 당기고 있었다. 그는 데아를 인간으로 상상했다. 그는 그로부터 놀라운 생각을 인식했다. 데아는 황홀경의 창조물일 뿐 아니라 쾌락의 창조물이었다. 그는 이런 상상의 확장에 부끄러움을 느꼈다. 이것은 신성 모독과도 같은 것이었다. 그는 이런 집착에 저항하려 했고 그를 피해 다시 제자리로 돌아왔다. 데아는 그에게 있어 구름이었는데 부끄럽게도 범죄를 저지른 것 같았다.

그는 고독 속에서 아무렇게나 발길이 가는 대로 배회했다. 그의 주변에는 아무도 없었고, 그것이 그가 정처 없이 걸어 다니는 데 도움을 주었다. 그의 생각은 어디로 향하고 있을까? 그는 감히 그것을 자신에게도 말할 수 없었다. 하늘 속으로 향하고 있었을까? 아니다. 침대 속으로 들어서고 있었다.

사람들은 왜 사랑하는 사람이라는 말을 할까? 정신을 빼앗긴 사람이라고 해야 할 것이다. 악마에게 사로잡히는 것은 예외적인 일이지만, 여인에게 사로잡히는 것은 거의 규칙이나 매한가지이다. 모든 남자는 이런 정신 착란을 경험한다. 아름다운 여인이란 강력한 마녀이다. 사랑의 진짜 이름은 속박이다.

남자는 한 여자의 영혼에 의해 포로가 된다. 그의 육체에 의해서도 그렇다. 때로는 영혼보다 육체를 통해 더욱 예속이 이뤄진다. 영혼은 애인이라면 육체는 안주인이다.

사람들은 흔히 악마를 비방한다. 하지만 이브를 유혹한 것은 그가 아니다. 이브가 시작한 일이다.

루시퍼는 조용한 세월을 보내고 있었다. 그는 여자를 보고 사탄이 되었다.

육체, 그것보다 더 큰 혼란을 유발하는 것은 없다. 그것은 부끄러워하면서 욕정을 이끌어 낸다. 그보다 더 관능적인 것은 없다. 그 뻔뻔한 것이 수치스러워한다.

이 순간, 그윈플렌을 흔들며 붙잡고 있는 것은 이 육체적인 사랑이었다. 우리가 나신을 원하는 위험한 순간 죄악으로 미끄러져 들어가는 위험이 도사리고 있었다. 비너스의 흰 피부 속에 얼마나 깊은 어둠이 숨어 있는지! 그윈플렌의 속에 있던 그 무엇인가가 큰 소리로, 데아를, 소녀 데아를, 한 남자의 절반인 데아를, 육체이자 불꽃인 데아를, 젖가슴을 드러낸 데아를 불렀다. 그는 천사를 아예 내쫓아 버렸다. 모든 사랑이 예외 없이 통과하고 이상이 위험에 처하는 신비로운 위기. 그것은 창조의 계획이었다.

천상의 세계가 붕괴하는 순간이다.

그윈플렌의 데아를 향한 사랑은 결혼으로 변하고 있었다. 순결한 사랑이란 하나의 중간 과정일 뿐이니 그 순간이 도래한 것이다. 그윈플렌에게는 그녀가 필요했다.

그에게는 진정한 여인이 필요했다.

그 첫 번째 사면 밖에 보이지 않는 급한 언덕.

자연의 모호한 부름은 준엄하다.

기쁘게도 그윈플렌에게는 데아 이외의 다른 여인은 없었다. 그가 원하는 유일한 여인. 그를 원할 수 있는 유일한 여인.

그윈플렌은 무한한 생명의 모호하고 거대한 전율을 느꼈다.

무르익는 봄이라는 계절이 상태를 악화시켰다. 그는 까마득한 별들로부터 오는 이름 없는 향기를 마시고 있었다. 그는 감미롭게 얼이 빠진 채 앞으로 갔다. 한창 솟아나는 수액의 떠도는 향기, 어둠 속에 둥둥 떠다니는 매혹적인 발산체들, 멀리서 열리고 있는 야간의 꽃들, 숨겨져 있는 작은 새둥지들 속에서 이루어지는 암묵적인 동조, 물과 나뭇잎들이 바스락대는 소리, 사물들로부터 나오는 한숨소리, 신선함, 미지근함, 4월과 5월의 신비스러운 악마, 이것이 작은 소리로 쾌락을 제안하는 거대하고 어수선한 도발이다.

혹시 누군가 걷고 있던 그윈플렌을 보았다면, 이렇게 생각했을 것이다. '저런! 취객이로군!'

사실 그는 심장과 봄과 밤의 무게 때문에 거의 휘청거리고 있었다.

볼링그린의 고독은 어찌나 평온하던지, 그는 이따금씩, 큰 소리로 지껄이곤 했다.

자신의 말을 아무도 듣지 못한다고 느낄 때, 우리는 말하고 싶은 욕구를 느낀다.

그는 느린 걸음으로 머리를 숙이고, 두 손을 등 뒤로 돌려, 왼손을 오른손 위에 놓은 다음, 모든 손가락을 활짝 편 채, 천천히 산책하고 있었다.

문득 그는 무기력하게 벌린 손가락 틈 사이로 무엇인가 미끄러져 들어오는 것을 느꼈다.

그는 황급히 돌아섰다.

그의 손에 종이 하나가 들려 있고, 그의 앞에는 한 남자 하나가 서 있었다.

고양이처럼 조용히 그의 뒤로 다가와서, 손가락 사이에 종이를 밀어 넣은 것은 그 남자였다.

종이는 편지였다.

희미한 별빛에 비친 남자는, 작고 볼이 통통하고, 젊고 정중했는데, 붉은빛 제복을 입고 있었다. 스페인어로 밤의 망토라는 뜻의 카페노체라고 부르던 위에서 아래까지 길게 수직으로 열린 회색빛 외투에 진홍빛 모자를 쓰고 있었는데 작은 모자 위에서 풍부한 새 깃털 묶음을 볼 수 있었다.

그는 그윈플렌 앞에서 움직이지 않고 서 있었다. 마치 꿈속에 나타난 실루엣 같았다.

그윈플렌은 그가 여공작의 시종임을 알아보았다.

그윈플렌이 놀라 외치기 전에 시종이 여성스럽고 아이같은 가느다란 목소리로 말했다.

“내일 이 시각에 런던 다리 입구로 오십시오. 제가 그곳에서 당신을 모시겠습니다.”

“어디로요?”

그윈플렌이 물었다.

"당신을 기다리는 분이 계신 곳으로."

그윈플렌은 그가 손안에 기계적으로 잡고 있던 편지를 내려다보았다.

그가 다시 눈을 들어 올렸을 때, 시종은 더 이상 거기에 없었다.

장터 저쪽에서 빠른 속도로 작아져 가는 희미한 형체 하나만이 구분되었다. 작은 시종이 돌아가는 중이었다. 그가 길모퉁이를 돌아서자 더 이상 아무도 보이지 않았다.

시종이 사라지는 모습을 바라보던 그윈플렌은 다시 편지를 보았다. 삶 속에는 당신에게 일어나는 것이 마치 당신에게 일어나지 않는 순간들처럼 느껴질 때가 있다. 마비 상태는 한동안 현실로부터 당신을 떼어 놓기 때문이다. 그윈플렌은 편지를 읽고 싶어 하는 사람처럼 그것을 눈 가까이로 가져갔다. 그제야 그것을 읽을 수 없음을 깨달았다. 두 가지 이유가 있었다. 우선 편지의 봉인을 깨뜨리지 않았기 때문이고, 둘째로 어두웠기 때문이다. 여인숙 안에 램프 하나가 빛나고 있다는 것을 깨닫는 데도 몇 분이 걸렸다. 그는 몇 걸음을 옮겼지만 어디로 갈지 모르는 사람처럼 움직였다. 유령에게서 편지를 전해 받은 몽유병자는 그렇게 걷는다.

결국 그는 결심을 한 듯, 여인숙 쪽으로 서둘러 걸었다. 반쯤 열린 문 앞에서 자리를 잡고 닫힌 편지를 한 번 더 살펴보았다. 봉인에는 아무 자국도 없었고 다만 겉봉투에 '그윈플렌에게'라고 쓰여 있었을 뿐이다. 그는 봉인을 열고, 봉투를 찢고, 접혀 있던 편지를 펼치고, 불빛 아래에 그것을 비추어 보았다. 그가 읽은 내용은 다음과 같았다.

> 너는 혐오스럽고 나는 아름다워. 너는 어릿광대이고 나는 여공작이야. 나는 최상류인데, 너는 최하류자. 나는 너를 원해. 나는 너를 사랑해. 내게로 와.

제4부

지하 고문실

1. 그윈플렌 성자에게 다가온 유혹

어떤 불꽃은 어둠을 찌르는 바늘 같지만, 또 다른 불꽃은 불을 붙여 화산을 만들기도 한다.

거대한 불꽃이 되기도 하는 것이다.

그윈플렌은 계속해서 편지를 읽었다. 편지에는 이렇게 적혀 있었다.

'너를 사랑해!'

갑자기 그윈플렌은 공포에 휩싸였다.

첫 번째 공포는 자신이 제정신이 아니라는 것이었다.

그는 미친 것이 틀림없었다. 그러니 그가 본 것들은 모두 허상인 것이다. 암흑 속 환상들이 가엾은 그에게 장난을 건 것이다. 키가 작고 붉은색 복장을 한 남자는 환상의 그림자였음에 틀림없다. 가끔 밤이면 한줄기 불꽃으로 응축된 헛것이 사람들을 조롱하는 경우가 있다. 그 환상적인 존재가 그윈플렌을 한바탕 놀리고는, 미쳐 버린 그를 내버려 두고 사라졌음에 틀림없었다. 가끔 유령이 그런 짓을 한다.

두 번째 공포는 자신의 정신이 멀쩡하다는 사실을 확인하는 순간에 일어났다.

이 모든 것들이 환영이라고? 아니다. 환영이라면! 이 편지는 무엇이란 말인가? 지금 손에 분명히 한 장의 편지가 있지 않은가? 한 장의 봉투, 하나의 봉인, 편지, 문장들이 있지 않은가? 더구나 편지를 누가 보낸 것인지 모른다는 말인가? 모호한 점은 하나도 없었다. 어떤 사람이 펜과 잉크로 편지를 썼다. 초에 불을 붙이고 밀랍으로 봉인했다. 그의 이름이 편지에 쓰여 있지 않은가?

'그윈플렌에게.'

종이에서 나는 향기도 좋았다. 모든 것이 선명했다. 그윈플렌은 그 키 작은 남자를 알고 있었다. 그는 시종이었다. 번쩍거리는 것은 시종의 제복이었다. 시종은 그윈플렌에게 내일 같은 시간에 런던교 입구에서 만나자고 했다. 런던교가 환상인가? 아니, 그렇지 않다. 모두가 확실했다. 그것들은 망상이 아니었다. 모든 것은 현실이었다. 그윈플렌의 정신은 더할 나위 없이 맑았다. 순식간에 흩어져 머리 위에서 연기처럼 사라지는 환각이 아니었다. 실제로 그에게 일어난 일이었다. 아니다. 그윈플렌은 미치지 않았고 꿈을 꾸는 것도 아니었다. 그는 편지를 한 번 더 읽어보았다. 정말 그랬다. 그래서?

대단한 일이었다.

그를 원하는 한 여인이 있었다.

누구나 믿을 수 없는 일이라는 말밖에 할 수 없을 것이다. 여인이 그를 원하다니! 그의 얼굴을 보았던 여인! 장님이 아닌 여인! 이 여인은 어떤 여인인가? 못생긴 여인인가? 그렇지 않다. 아름다운 여인이다. 집시 여인인가? 그렇지 않다. 여공작이다.

이 사건의 내막은 무엇이며, 이 사건은 무엇을 뜻하는 것일까? 이와 같은 승리감은 무척 위태롭다! 하지만 어떻게 정신을 잃고 뛰어들지 않을 수 있다는 말인가?

그 여인! 인어, 유령, 환상적인 관람석의 숙녀, 어둠 속의 빛! 모두 그녀였다! 그렇다. 정말 그녀였다!

불이 타오를 때 탁탁 튀는 소리가 그의 마음속에서 들렸다. 기이하고 신비로운 여인이었다. 그의 사고를 뒤흔들어 놓은 여인! 처음에 여인에게 품었던 떠들썩했던 감정들이 사악한 불길에 휩싸여 되살아났다. 망각은 썼던 글자를 지우고 그 위에 다시 글자를 쓰는 양피지와 같다. 예상하지 못한 사건이 일어나면, 놀란 기억의 공백 안에 사라졌던 모든 것들이 되살아난다. 그윈플렌은 그 모습을 머릿속에서 없애 버렸다고 생각했다. 하지만 그의 기억 속에서 그녀의 모습을 다시 발견했다. 무의식적으로 꿈을 꾼 그의 머리에 그녀는 자신의 흔적을 남겼다. 그가 알아채지 못한 사이에 몽상 세계의 깊은 흔적이 새겨진 것이다. 벌써 상처는 상당했다. 치유가 불가능할 수도 있는 그 몽상 속으로, 그는 홀린 듯이 빠져들었다.

뭐라고! 그를 원한다고! 뭐라고! 공주가 왕좌에서, 우상이 제단에서, 동상이 받침대에서, 환영이 구름에서 내려온다고! 뭐라고! 불가능의 깊은 곳에서 몽상이 온다고! 하늘의 신성함! 빛의 찬란함! 보석으로 반짝이는 바다의 요정! 까마득히 높은 찬란한 왕좌에 있어 가까이 다가기도 어려운 미인, 그녀가 그윈플렌에게 관심을 보이다니! 멧비둘기들과 용들이 함께 끄는 아우로라*의 마차를 그윈플렌의 머리 위에 세우고, 그에게 "오라!"라고 하다니! 무엇이라고! 하늘 위의 존재가 몸을 낮추어 찾는 대상이 그윈플렌이라니! 그에게 이처럼 끔찍한 영광이 다가오다니! 그 여인, 별들로부터 온 것 같고 거룩한 그 대상을 여인이라 부르는 것이 맞는지 잘 모르겠지만, 그 여인이, 직접 나서서 그에게 자신을 주겠다고, 자신을 전하겠다고 하다니! 정신이 혼미해질 것 같은 일이다! 올림포스가 매춘을 한다! 누구에게 말인가? 바로 그윈플렌에게 말이다! 여신의 젖가슴에 그를

* 그리스 신화의 새벽의 여신으로 영어의 오로라에 해당한다.

포옹하기 위해, 유녀(遊女)가 구름 속에서 팔을 벌렸다! 그러나 조금도 더럽혀지지는 않는다. 고귀한 존재는 더럽혀지지 않는 것이다. 빛이 신들을 깨끗하게 씻어 준다. 그리고 그에게 다가오는 여신은 자신이 어떤 행동을 하는지 잘 알고 있다. 그 여신은 그윈플렌의 얼굴에 깊게 새겨진 기괴함을 모르지 않았다. 그녀 역시 그윈플렌의 얼굴인 가면을 보았다! 그녀는 가면을 보고서도 도망치지 않았다. 그윈플렌은 그녀의 사랑을 받고 있었다!

흉한 모습 때문에 사랑을 받는 것! 그 어떤 환상도 넘어서는 일이다! 가면은 여신을 도망치게 만들지 않았고, 그녀를 매혹시켰다! 그윈플렌은 사랑받는 것을 넘어 욕망의 대상이었다. 그는 단지 받아들여지기만 한 것이 아니었고 선택된 것이었다. 그는 선택되었다!

뭐라고! 여인이 있는 그곳, 어떤 책임도 필요 없는 아름다움과 그들 마음대로 할 수 있는 권력을 소유한 제왕의 세상에서, 여인은 많은 왕자들 중 하나를 선택할 수 있었다. 귀족들 중 하나를 선택할 수도 있었다. 수려한 외모에 매력 있고 위엄 있는 남자들 가운데 아도니스를 선택할 수 있었다. 하지만 그녀는 어떤 남자를 선택했는가? 그나프롱을 선택했다! 그녀는 유성과 벼락과 함께 날 수 있는 여섯 개의 날개를 가진 세라핀을 고를 수도 있었지만, 항아리 속을 기어 다니는 유충을 골랐다. 한

쪽에는 왕과 귀족, 커다란 권력, 풍요로움, 모든 영광이 존재하는데, 다른 한쪽에는 우스꽝스러운 광대 하나가 있을 뿐이었다. 그런데 우스꽝스러운 광대가 승리를 얻었다. 도대체 저 여인의 마음속에는 어떤 저울이 있는 것일까? 그녀는 자신의 사랑을 어떤 눈금으로 재는 것일까? 그 여인은 머리에 쓰고 있던 공작의 모자를 벗어서, 우스꽝스러운 광대의 무대 위로 던진 것이다! 그녀는 올림포스의 후광을 떼어서, 난쟁이의 삐죽삐죽하게 자란 머리 위에 씌워 준 것이다! 세상이 뒤집히고, 높은 곳에서는 벌레들이 기어 다니고, 빛나는 별자리들이 낮은 곳으로 내려와 무너져 내리는 찬란한 빛 속에 이성을 잃은 그윈플렌이 파묻혔고, 지저분한 도랑창 속에 있던 그의 머리 뒤로 후광(後光)이 빛나게 했다. 강한 여신 하나가, 아름다움과 화려함에 저항하며, 안티노오스*가 아니라 그윈플렌을 선택해, 암흑 속에서 재앙을 입은 사람에게 자신을 바치고, 암흑 앞에서 갑자기 생긴 호기심 때문에 그 안으로 들어갔다. 또한 이러한 여신의 희생에서 초라한 왕권이 월계관을 쓰고 문득 특별하게 모습을 보이기도 했다.

'너의 외모는 끔찍해. 나는 너를 사랑해.'

이 말은 그윈플렌을, 그리고 그가 가지고 있는 교만의 제일

* 수려한 외모의 그리스 청년이다.

흉측한 곳을 정확히 공격했다. 교만, 이것은 많은 영웅들의 발뒤꿈치처럼 가장 큰 약점이다. 그윈플렌은 괴물 같은 오만에 휩싸였다. 그는 흉측한 외모 때문에 사랑을 받게 되었다. 그 또한, 주피터나 아폴론, 아니 아마 그들 이상으로 예외적인 존재였을 것이다. 그는 자기 자신을 초인으로 느꼈고, 너무나 괴물 같았기 때문에, 신이라고까지 생각했다. 무시무시한 유혹이었다.

그렇다면 그 여인은 어떤 사람이었을까? 그가 그녀에 대해 알고 있는 것은 무엇인가? 모든 것을 알고 있기도 했고 아무것도 모르기도 했다. 그녀가 여공작이라는 사실은 알고 있었다. 또한 그녀가 미인이며 부자이고, 특별한 복장을 갖춘 하인과 시종, 시동, 그리고 횃불을 들고 왕관 무늬가 있는 사륜마차를 지키는 사람들까지 소유하고 있다는 것도 알고 있었다. 그녀가 자신을 사랑하고 있다거나 또는 그렇게 말했다는 것을 알고 있었다. 그러나 다른 것들은 알지 못했다. 그녀가 여공작이라는 것은 알았지만 그녀의 이름은 몰랐다. 그녀의 생각은 알고 있었지만 그녀의 삶에 대해서는 전혀 몰랐다. 결혼을 했을까? 미망인일까? 처녀일까? 자유로운 상황일까? 어떤 의무를 지고 있을까? 어느 가문일까? 그녀 주위에 함정이나 덫 같은 장애물은 없을까? 높은 세상에서 육체적 관계를 좇는 유희가 무엇인지, 꼭대기의 동굴 속에서 포악한 마녀들이 벌써 먹어 버린 애인들의 뼈에 둘러싸여서 헛된 생각 속에 빠져 있다는 사실, 자신이 남자들보다 위라고 생각하는 여인의 권태로움이 얼마나 비참하고 음탕한 시도를 불러올지 따위를 그윈플렌은 추측도 하지 못했다. 그의 머릿속에는 추측의 실마리가 될 만한 것이 조금도 없었다. 그윈플렌이 살아온 사회적 밀실에서는 보고 들을 수 있는 것이 없었기 때문이다. 그는 자신에게 명쾌하게 보였던 것이 모두 흐릿하다는 것을 알았다. 그가 깨달았을까? 그렇지 않다. 어떤 것을 추측했을까? 전혀 아니다. 여공작의 편지 이면에 있는 것은 무엇이었을까? 열려 있는 것과 불안한 느낌을 주며 단단히 막혀져 있는 것이 있었다. 열려 있는 것은 사랑의 고백이었고, 또 다른 하나는 수수께끼였다.

고백과 수수께끼, 두 개의 입에서, 하나는 음란하게 다른 하나는 위협적으로 똑같은 이야기를 하고 있었다.

"실행해!"

우연이라는 간사한 꾀가 이토록 완벽하게 행해진 적은 일찍이 없었고, 유혹이 이토록 성숙되고 충분히 익었던 적도 없었다. 봄에 한창 오르고 있는 만물의 수액(樹液)으로 몽롱해진 그윈플렌은, 육체에 대한 욕망에 휩싸였다. 인간 가운데 아무도 자제할 수 없는 가장 오래된 본능이, 늦된 남자, 스물다섯까지 소년처럼 순수했던, 그 남자 속에서 깨어나고 있었다. 그때, 가장 위험한 그 순간에 유혹의 손길이 다가왔다. 그에게 젖가슴을 드러낸 스핑크스가 눈부신 모습을 드러낸 것이다. 청춘이란 하나의 비탈이다. 기울어져 있는 그를 어떤 힘이 밀었다. 무엇이? 계절이다. 무엇이? 어두운 밤이다. 무엇이? 바로 그 여인이다. 4월이 없었다면 사람들은 더욱 순결했을 것이다. 활짝 핀 꽃들과 우거진 숲은 모두 공모자다! 사랑은 도둑이고 봄은 은닉자다.

그윈플렌은 무척 혼란스러워졌다.

실수보다 먼저 느낄 수 있는 독특한 악의 연기가 있다. 의식은 그 연기를 받아들이지 못한다. 순수함은 유혹을 받으면 희미하게 지옥의 구토증을 느낀다. 살며시 내뿜어진 기운은 강한 사람들에게는 경고를 전하지만, 약한 사람들에게서는 그들의 정신을 빼앗아 버린다. 이렇게 그윈플렌은 신비로운 병을 앓고 있었다.

헛되면서도 집요한 진퇴유곡 같은 궁지가 그의 앞에 떠다니고 있었다. 단단하게 굳어진 잘못이 그 모습을 갖추어 가고 있었다. 다음 날 자정, 런던교, 그리고 시동? 가야 할까? 육체는 가야 한다고 소리쳤다! 하지만 영혼은 가면 안 된다고 소리쳤다!

그러나 이 말은 해 두어야 한다. 무척 이상한 사실이지만 그는 "갈 것인가?"라는 질문을 단 한 번도 정확하게 하지 않았다. 비난받을 행동에는 미루게 되는 공간이 존재한다. 독한 화주*는

---

* 알코올 도수가 높은 술로 보드카, 위스키 등을 말한다.

한 번에 마시지 않는다. 잔을 놓은 뒤에 다음 순간으로 미룬다. 처음 마셨을 때의 맛이 무척 기묘했기 때문이다.

확실한 것은 알 수 없는 힘이 자신을 밀고 있다는 사실이었다.

그는 무서움에 전율했다. 끝없이 떨어지게 될 절벽의 끝이 희미하게 보였다. 그윈플렌은 뒷걸음질 치며 공포에 사로잡혀 허우적댔다. 그는 눈을 감았다. 어떤 일도 일어나지 않았다고 부인했고, 자신의 이성을 의심하기 위해 노력했다. 확실히 잘한 일이었다. 그는 자신이 미쳤다고 믿음으로써 그가 할 수 있는 현명한 행동을 취했다.

치명적인 열병. 예상하지 못한 대상에게 공격을 당한 사람은 누구나 비극적인 맥박을 갖게 된다. 이러한 맥박을 유심히 관찰한 사람은, 거세하지 않은 운명의 숫양이 자신의 뿔로 도덕적 양심을 들이받을 때 나는 소리를 걱정스럽게 듣고 있다.

슬픈 일이다! 그윈플렌은 스스로에게 묻고 있었다. 무엇이 의무인지 확실한데 다시금 묻는다는 것, 그 자체가 패배다.

그리고 이 점을 명확히 해 두자. 타락한 남자에게 볼 수 있는 뻔뻔스러운 모습을 그에게서는 찾을 수 없었다. 그윈플렌은 파렴치가 무엇인지 전혀 몰랐다. 이미 이야기했던 매춘이라는 개념은 그의 주변에 가까이 갈 수조차 없었다. 그는 그런 개념을 받아들일 만한 능력을 갖고 있지 않았다. 그런 생각을 하기에는 너무 순수했기 때문이었다. 그가 그 여인에게서 알 수 있었던 것은 단지 그녀의 고결한 신분뿐이었다. 슬픈 일이다! 그는 교만해졌다. 허영심은 그에게 오직 승리만을 바라보게 했다. 사랑이 아닌 파렴치의 대상이 되었다는 사실을 알아채기 위해서는 그의 순수함에서는 부족했던 기지가 있어야 했다. '너를 사랑해'라는 말이 품고 있는 끔찍한 진짜 의미, 다시 말해 '너를 원해'라는 말의 의도를 꿰뚫어 보지 못했다.

여신의 동물적인 모습이 그에게는 보이지 않았다.

영혼은 공격당할 수 있다. 우리의 영혼에는 반달족과 같은 사악한 생각이 존재해 그것들이 떼를 지어 밀려와 영혼의 고결함을 무너뜨린다. 수많은 사악한 생각들이 몰려와 그윈플렌을 공격했다. 가끔은 한꺼번에 달려들기도 했다. 문득 그의 마음속에 적막이 찾아왔다. 그는 밤풍경을 바라볼 때처럼 음산한 분위기 속에서 머리를 감싸 쥐었다.

문득 자신이 아무것도 생각하지 않는다는 사실을 깨달았다. 암흑의 순간에 헛된 망상들이, 모든 것이 사라지는 순간에 이르렀던 것이다.

자신이 아직 안으로 들어가지 않았다는 사실도 깨달았다. 새벽 두 시쯤이나 되었을까.

그는 시동이 가져온 편지를 주머니에 넣었다. 하지만 그 주머니가 자신의 심장 위에 있음을 알아차리고, 편지를 꺼내 바지 주머니에 쑤셔 넣었다. 그리고 조용히 여인숙으로 들어갔다.

그는 두 팔을 베게로 삼아 곤히 잠든 고비컴을 깨우지 않고, 출입문을 닫았다. 등불 하나를 밝혀 들고, 빗장을 지르고 자물쇠를 채웠다. 늦게 돌아온 사람들이 으레 그러하듯이, 그 역시도 기계적으로 조심스럽게 행동했다. 그린박스의 계단으로 올라가 침실인 옛날의 오두막 속으로 미끄러지듯이 들어갔다. 이미 잠든 우르수스를 한 번 바라보고 나서 등불을 껐다. 하지만 잠이 들지는 않았다.

그렇게 한 시간 정도가 흐르자, 고단했던 그는 침대가 곧 잠이라고 여기면서, 옷도 벗지 않고 베개 위에 머리를 올려놓았다. 암흑에 양보하는 것처럼 눈을 감았다. 하지만 그를 폭풍우처럼 덮치는 격렬한 감정은 한시도 멈추지 않았다. 불면증은 인간이 밤에게 당하는 학대이다. 그윈플렌은 극심하게 괴로워했다. 태어나서 처음으로 자신에게 불만을 가졌다. 만족스러운 허영심과 뒤섞여버린 내면의 고통이었다. 어떻게 해야 할까? 아침이 왔다. 우르수스가 일어나는 소리가 들렸지만 눈을 뜨지 않았다. 하지만 그는 조금도 쉬지 못했다. 그윈플렌은 여전히 편지에 대해 생각하고 있었다. 모든 낱말들이 커다란 혼돈이 되어 그의 머릿속을 떠다녔다. 그의 영혼 속에서 고개를 드는 거센 폭풍 같은 그릇된 생각들은 액체와 같았다. 그 액체가 경련을 일으키며 솟아오르자, 파도의 희미한 울부짖음이 들렸다. 밀물과 썰물, 흔들림, 소용돌이, 암초 앞에 다다른 물결의 망설임, 우박과 비, 빛이 번쩍이는 틈새에서 갈라진 구름들, 계속해서 끓어오르는 물거품, 미친 듯이 솟아오른 후의 무너짐, 덧없는 커다란 노력, 여기저기에서 일어나는 파선(波線), 암흑과 분산 등 심연 속에 있는 모든 것들이 인간 속에도 존재했다. 이처럼 그윈플렌은 폭풍우와 같은 고통을 겪고 있었다.

고통이 정점에 이르렀을 때, 여전히 눈을 감고 있는 그에게 깊고 아늑한 목소리가 들려왔다.

"아직 자는 거야? 그윈플렌?"

깜짝 놀란 그는 눈을 떴고 바로 몸을 일으켰다. 조용히 문이 열리고, 그 문틈으로 데아가 보였다. 그녀의 눈과 입술에는, 설명하기 어려운 그녀만의 미소가 흐르고 있었다. 그녀는, 그녀에게서 흘러나오는 빛이 주는 무의식적인 평화로움 속에, 매혹적으로 서 있었다. 성스러운 순간이었다. 그윈플렌은 소스라치게 놀라며 데아를 쳐다보았다. 그리고 눈이 부신 것을 느끼며 깨어났다. 무엇에서 깨어났는가? 잠일까? 아니, 불면증에서였다. 그녀다. 데아다. 그 사실을 깨달은 순간 그의 가장 깊은 내면에서 폭풍우가 끝나고 선(善)의 고결한 강림이 이루어져 악(惡)을 사라지게 하는 것을 느꼈다. 저 위에서 내려온 시선의 기적이 행해졌다. 찬란한 빛을 내는 부드러운 맹인 소녀가, 모습을 드러낸 것 말고는 다른 노력을 하지 않고, 그의 내면에 있던 고통을 사라지게 했다. 그의 영혼을 덮고 있던 구름의 장막을, 보이지 않는 손이 걷어 냈다. 그윈플렌은 하늘 위의 마법에 빠진 것처럼, 그의 의식 속에 하늘이 되돌아왔음을 느꼈다. 그 천사의 힘으로 아주 짧은 동안에 위대하고 선한, 그리고 순수한 그윈플렌으로 되돌아왔다. 영혼도 창조와 같이 신비한 대비를 보인다. 둘은 아무 말도 하지 않았다. 그녀는 밝음이지만 그는 어둠이었고, 그녀의 신성함으로 그는 평화로움을 되찾았다. 폭풍우가 몰아쳤던 그윈플렌의 마음 위에서, 데아는 바다의 별처럼 찬란하게 빛나고 있었다.

2. 즐거움에서 심각함까지

기적은 얼마나 단순한가! 그윈플렌이 그들의 아침 식사 테이블에 나타나지 않자, 데아는 단순히 무슨 일이 있나 궁금해서 그를 찾아온 것이었다.

"너였구나!"

그윈플렌의 외침은 모든 말을 대신했다. 그때 그의 눈에는, 데아가 있는 천국 외에는 어떤 지평선도 광경도 생각할 수 없었다.

폭풍우가 휩쓸고 간 바다 위에 흐르는 미소를 보지 못한 사람들은, 바다가 어떻게 고요해지는지 상상도 할 수 없을 것이다. 깊은 바다보다 더 빠르게 안정되는 것은 없다. 깊은 바다는 어떤 것이든 삼켜 버리기 때문에 빠르게 안정될 수 있다. 인간의 마음도 그렇다. 그러나 항상 그렇지는 않다.

데아의 모습을 보여 준 것으로 만족스러웠다. 그윈플렌 안에 있는 모든 빛이 나와 그녀에게 향했고, 황홀경에 빠진 그윈플렌의 뒤에는 도망가는 유령들만 있었다. 열정적인 사랑, 어찌나 훌륭한 평화의 사도인지!

두 사람은 마주 보고 앉았고, 우르수스는 그 둘 사이에, 호모는 이들의 발이 있는 쪽에 자리했다. 식탁 위에는 작은 램프로 끓이는 찻주전자가 있었다. 밖에서는 피비와 비노스가 일을 하고 있었다.

저녁 식사처럼 아침 식사도 가운데 칸에서 먹었다. 좁은 식탁이 놓인 자리에 맞춰서 앉다 보니, 데아는 그린박스의 출입문으로 연결된 칸막이 출구 쪽에 등을 돌려야 했다.

두 사람의 무릎은 서로 닿아 있었다. 그윈플렌은 데아에게 차를 따라 주었다.

데아는 우아한 태도로 찻잔을 식히기 위해 입김을 불었다. 갑자기 그녀가 재채기를 했다. 램프의 불꽃에 쪽지처럼 보이는 것이 타 버려 재로 변해 떨어졌다. 데아는 그 연기 때문에 재채기를 한 것이다.

"무엇이야?"

그녀가 물었다.

"아무것도 아니야."

그윈플렌이 대답했다.

그리고 미소를 지었다.

여공작의 편지를 태워 버린 것이었다.

사랑하는 남자의 양심은 곧 사랑받는 여인의 수호천사이다.

편지를 태워 버리자 신기하게도 몸이 가벼워진 것처럼 느껴졌고, 그윈플렌이 느끼는 자신의 순수함은 독수리가 느끼는 날개와 같았다.

연기와 더불어 유혹도 사라진 것 같았고, 불에 탄 쪽지와 더불어 여공작도 재로 변해 떨어진 것처럼 느껴졌다.

자신들의 찻잔을 섞어서 한 모금씩 마시며, 둘은 이야기를 나누었다. 연인들의 평범한 대화는 참새들의 재잘댐이다. 《거위 아주머니 이야기》나 호메로스의 작품에 나올 것 같은 아이다운 순수함이다. 서로 사랑하는 두 마음이 있는데 시(詩)를 찾으러 멀리 갈 필요가 있을까! 서로 노래하는 두 입맞춤이 있는데, 음악을 찾으러 멀리 갈 필요가 있을까!

"그거 알아?"

"아니."

"그윈플렌, 나… 있지… 우리가 짐승이 되고 날개가 돋는 꿈을 꾸었어."

"날개, 우리가 새로 변했다는 뜻이군."

그윈플렌이 혼잣말을 했다.

"짐승으로 변했다는 것은 천사가 되었다는 말이지."

우르수스가 투덜대며 한마디를 던졌다.

그들은 계속 이야기했다.

"만약에 네가 세상에 없다면, 그윈플렌……."

"그러면?"

"착한 신이 없는 거야."

"차가 너무 뜨거워, 데겠어, 데아."

"찻잔에 입김을 불어 줘."

"오늘 아침 너는 얼마나 예쁜지!"

"모든 이야기들을 너에게 하고 싶어."

"해 봐."

"나는 너를 사랑해!"

"나도 너를 좋아해!"

그러자 우르수스가 옆에서 혼잣말을 했다.

"저 둘은 정말 솔직한 사람들이야."

서로 사랑할 때 매혹적인 것은 침묵이다. 사랑의 무더기 같은 것이 만들어져, 다음 순간 달콤하게 빛난다.

잠시 동안 침묵이 흘렀다. 그리고 데아가 열정적으로 외쳤다.

"만약 네가 안다면! 저녁에, 우리가 함께 공연을 할 때, 내 손이 네 이마에 닿을 때, 오! 네 머리가 얼마나 고결한지, 그윈플렌! ……너의 머리카락이 내 손가락에 닿을 때, 내 몸이 얼마나 떨리는지. 천상의 기쁨을 느끼며 속으로 이렇게 말하곤 해. '나를 둘러싼 이 어두운 세계에서, 이 고요한 우주에서, 내가 놓여 있는 이 캄캄하고 붕괴된 이 광막함 속에서, 나와 모든 것이 끔찍하게 흔들리는 이 세계 속에서, 내가 의지할 곳은 바로 하나, 그건 너야.' 네가 나의 버팀목이야."

"오! 너는 나를 사랑하는구나! 나 역시도 이 지구 위에서 오직 너 하나뿐이야. 너는 나의 모든 것이야. 데아, 너에게 무엇을 해 주면 좋을까? 바라는 것이 있어? 무엇이 필요해?"

"잘 모르겠어. 이대로 행복해."

"오! 맞아, 우리는 행복해!"

그윈플렌이 대답했다. 우르수스가 엄한 목소리로 말했다.

"아! 너희들이 행복하다고! 그것은 위반이지. 나는 벌써 너희에게 경고했어. 아! 너희들이 행복하다고! 그렇다면 다른 사람 눈에 띄지 않도록 노력해. 아주 작은 자리만 차지하도록 해. 행복은 구멍 속에 숨어 있어야 해. 가능하다면 너희 둘을 지금보다 더 작게 만들렴. 신께서는 행복을 느끼는 사람이 작을수록 더욱 커다란 행복을 주신단다. 행복해 하는 사람들은 악당들처럼 숨어 있어야 해. 아! 너희가 찬란한 빛을 발하다니, 반짝이는 비참한 벌레들 같구나! 제기랄, 사람들이 벌레들을 짓밟겠지!

그건 당연하지. 보기에 부끄러운 너희의 애정 표현은 다 무엇이냐? 나는, 사랑에 취해 서로 부리질을 하는 연인들을 보살펴야 하는 노인이 아니란 말이다. 너희는 나를 지치게 하는구나! 지옥에나 가 버려라!"

그는 자신의 무뚝뚝한 말투가 조금씩 부드러워져 다정해진 것을 느꼈다. 이런 감정을 드러내기 싫어 씩씩거리며 투덜대는 것처럼 말했다.

"아버지, 너무 엄하게 말씀하세요!"

데아의 말을 듣고 우르수스가 대답했다.

"우리가 지나치게 행복해지는 것을 좋아하지 않기 때문이지."

호모가 우르수스의 말에 맞추어 답했다. 두 연인의 발치에서 으르렁대는 소리를 낸 것이다.

우르수스가 몸을 숙여 호모의 머리 위에 손을 올렸다.

"그래, 너도 기분이 좋지 않다는 뜻이지. 으르렁대면서 늑대 머리의 털을 세우는구나. 너는 경박한 사랑놀이를 좋아하지 않지. 네가 지혜롭기 때문이야. 신경 쓰지 말고 그만 조용히 해라. 너의 생각을 충분히 이야기했으니 이제 침묵해."

늑대가 다시 으르렁댔다.

우르수스는 식탁 아래로 고개를 숙여 그를 바라보며 다시 한 마디를 던졌다.

"조용히 해, 호모! 자, 너무 고집 부리지 말거라, 철학자여!"

하지만 늑대는 몸을 벌떡 일으켜, 출입문을 바라보며 이빨을 드러냈다.

"무슨 일이 있니?"

우르수스가 말했다.

그리고 호모의 목덜미를 움켜잡았다.

데아는 늑대의 으르렁 소리에 조금도 신경을 쓰지 않고, 오직 그윈플렌의 목소리를 음미하며, 입을 다물고 장님 특유의 황홀경에 빠져 있었다. 이러한 황홀경은 때때로 그들 영혼에 귀 기울여 들을 만한 노래를 주고, 그것을 말로 표현할 수 없는 이상적인 음악으로 바꾸는 것 같았다. 실명은 깊고 영원한 음악을 들을 수 있는 지하이다.

우르수스가 식탁 아래로 고개를 숙여 호모를 꾸짖는 동안, 그윈플렌은 눈을 치켜떴다.

그가 차 한 잔을 마시려던 때였다. 그러나 마시지 않았다. 느슨해진 용수철처럼 느리게 식탁 위에 찻잔을 놓고 손가락을 편 채로 시선을 한곳에 두고, 숨조차 멈춘 뒤, 움직이지 않았다. 한 남자가, 데아의 뒤쪽 문틀 가운데 서 있었던 것이다.

그 남자는 사법관의 망토와 검은 옷을 입고 있었다. 그의 가발이 눈썹까지 내려와 있었고, 양 끝에 왕관 무늬가 새겨진 쇠막대를 손에 들고 있었다.

쇠막대는 짧고 굵직했다.

낙원의 두 나뭇가지 사이로 메두사가 얼굴을 내밀고 있는 광경을 떠올려 보라.

낯선 남자의 출현에 동요된 우르수스는 호모를 놓아주지 않은 채, 고개를 쳐들고 무시무시한 인물을 바로 알아보았다.

머리부터 발끝까지, 그의 온몸에 전율이 일었다.

그는 그윈플렌의 귀에 대고 나지막한 목소리로 말했다.

"와펀테이크다."

그윈플렌은 예전에 들었던 이야기를 떠올렸다.

그는 놀라서 큰 소리를 낼 뻔했다. 그러나 꾹 참았다.

양 끝에 왕관 무늬가 새겨진 쇠막대는 아이언웨펀이었다. 직무를 맡은 사법 관리들이 아이언웨펀을 앞에 놓고 선서를 하던 때가 있었다. 영국 경찰의 와펀테이크라는 이름은, 아이언웨펀에서 유래된 것이다.

가발을 쓴 남자 너머로, 아직 어두운 그곳에, 크게 놀란 여인숙 주인의 모습이 보였다.

옛 법률집에 나오는 muta Themis*의 화신이 된 그 남자는, 아무 말도 하지 않고 빛나는 데아 위로 오른팔을 뻗어 쇠막대로 그윈플렌의 어깨를 한 번 스쳤다. 그리고 왼쪽 엄지손가락으로 그의 뒤에 있는 그린박스의 출입문을 가리켰다. 아무 말

---

* 벙어리 테미스. 테미스는 그리스 신화에 나오는 정의의 여신이다.

이 없어 더욱 강압적인 이 두 행동은 '나를 따라오시오'라는 의미였다.

'Pro signo exeundi, sursum trahe(출발하라는 명령의 표시, 위쪽으로 쳐든다)', 노르망디 지역 교회, 수도원의 증서대장에 나오는 말이다.

아이언웨펀이 닿은 사람에게는 오로지 복종할 권리만 있고, 다른 권리는 없다. 침묵의 명령은 어떠한 저항도 받아들이지 않는다. 이러한 법을 어기는 사람에게는 영국의 잔혹한 형벌이 기다리고 있었다.

법의 엄격함을 느낀 그윈플렌은 처음에는 동요했고, 그 다음에는 경직됐다.

아이언웨펀이 가볍게 어깨를 스치지 않고 강하게 머리를 내려쳤더라도 이렇게 얼떨떨하지는 않았을 것이다. 그는 경찰관을 따라가야 한다는 명령을 받았다는 사실을 명료하게 알아차렸다. 그런데 무슨 이유일까? 알 수가 없었다.

크게 놀란 우르수스는 몇 가지 사실들을 상당히 분명하게 추측할 수 있었다. 경쟁자인 익살광대와 설교사, 고발된 그린박스, 경범죄인으로 몰린 늑대, 세 신문관과 비숍스게이트에서 겨루었던 일 등이 머리에 떠올랐다. 누가 알 것인가? 훨씬 겁나지만, 국왕의 권위를 떨어뜨린 그윈플렌의 무례하고 선동적인 잡담 때문일 수도 있었다. 그는 두려움에 떨었다.

데아는 전과 다름없이 미소를 띠고 있었다.

그윈플렌이나 우르수스 둘 모두, 어떤 말도 입 밖으로 내지 않았다. 두 사람은 똑같은 생각을 하고 있었는데, 데아가 불안에 떨지 않게 하려는 것이었다. 늑대도 똑같은 생각을 했는지 으르렁대는 소리를 멈추었다. 우르수스는 늑대를 놓아주지 않고 있었다.

또한 이러한 상황에서 호모 역시 자신만의 신중함을 보여 주었다. 짐승들의 그 영리한 불안을 누구나 단 한 번쯤은 목격하지 않았겠는가?

늑대가 인간을 이해하는 범위만 보더라도, 호모는 자신이 금지된 짐승이라는 것을 느꼈을 것이다.

그윈플렌이 자리에서 일어났다.

어떠한 저항도 할 수 없었다. 그는 그 사실을 잘 알고 있었다. 우르수스가 했던 말을 상기하고 있었다. 어떤 질문도 할 수 없었다.

그는 와펀테이크 앞에 말없이 섰다.

와펀테이크는 그의 어깨 위로 뻗쳤던 쇠막대를 자신에게 가져와 명령할 자세를 취하며 똑바로 세웠다. 당시의 모든 사람들이 알고 있는 경찰의 태도였고, 다음과 같은 암묵적 명령을 담고 있었다.

'이 사람은 나를 따라와야 하며 어떤 누구도 동행하지 말 것.

다른 사람들은 각자의 자리에서 움직이지 말고, 소동 피우지 말 것.'

호기심은 용납되지 않았다. 경찰은 항상 그러한 폐쇄적 성향을 가지고 있다.

사람들은 이러한 유형의 체포를 '인신 기탁'이라고 불렀다.

와펀테이크는 단 한 번의 움직임으로, 회전하는 기계 부품처럼 등을 돌려 엄숙하고 절도 있는 발걸음으로 그린박스의 출구로 갔다.

그윈플렌은 우르수스를 바라보았다.

우르수스는 어깨를 약간 들어 올렸고, 양 손을 편 채, 두 팔꿈치를 엉덩이에 대고 눈썹을 뒤집어 놓은 V자 모양로 찡그렸다. 낯선 남자에게 복종하라는 의미였다.

그윈플렌이 이번에는 데아를 바라보았다. 그녀는 여전히 몽상에 빠져 미소를 띠고 있었다.

그는 손가락 끝을 입술에 올려놓고 그녀에게 형언하기 어려운 입맞춤을 보냈다.

와펀테이크가 등을 돌렸을 때, 우르수스는 조금이나마 공포감에서 해방된 듯, 그 순간을 놓치지 않고 그윈플렌의 귀에 대고 이렇게 속삭였다.

"묻기 전에는 네 인생에 대해 어떤 말도 해서는 안 된다!"

그윈플렌은 병자가 있는 방에서 소음을 내지 않기 위해 조심하는 사람처럼, 칸막이벽에 걸려 있던 모자와 외투를 내렸다. 외투로 얼굴을 눈높이까지 덮고, 모자는 이마까지 깊이 눌러썼다. 옷을 벗지 않고 침대에 누웠었기 때문에, 그는 여전히 작업복을 입고 있었고, 목에는 가죽조끼가 걸려 있었다.

그는 또 한 번 데아를 쳐다보았다. 그린박스의 출입문 앞에 도착한 와펀테이크는, 아이언웨펀을 위로 올려 잡은 다음, 계단을 밟고 내려갔다. 그러자 그윈플렌 역시 그가 보이지 않는 사슬로 묶어 끌고 가는 것처럼 따라 걸었다. 우르수스는 묵묵히 그윈플렌이 그린박스에서 나가는 것을 보았다. 늑대가 구슬프게 울부짖으려고 했다. 우르수스는 늑대를 달래며 조용히 속삭였다.

"금세 돌아올 거란다."

안마당에 있던 비노스와 피비는 끌려가는 그윈플렌과 와펀테이크의 상복 같은 옷과 아이언웨펀을 보고 무시무시한 비명을 지르려고 했다. 나이슬리스가 비굴한 동시에 빠른 몸짓으로, 그녀들의 비명을 막았다.

두 여자는 두 개의 화석이었다. 마치 종유석(鐘乳石) 같은 모습이었다.

깜짝 놀란 고비컴은 조금 열린 창문 사이로 눈만 크게 뜨고 그를 보고 있었다.

와펀테이크는 그윈플렌보다 몇 걸음 앞에서 걸었고, 돌아보지도 그를 쳐다보지도 않았다. 자신이 곧 법이라는 확신에서 나오는 얼음장 같은 태연한 태도였다.

두 사람은 무덤과 같은 고요 속에서 안마당과 술집으로 사용하는 어두운 홀을 지나서 광장으로 나갔다. 여인숙 문 앞에 몇 명의 행인들이 모여 있었고, 한 명의 사법관이 경찰 분대를 이끌고 있었다. 행인들은 깜짝 놀라서 한 마디도 하지 않고 길을 열어, 영국식으로 가지런하게 경찰관의 쇠막대 앞에 줄을 맞춰 섰다. 와펀테이크는 리틀 스트랜드라고 불렀던 템스강변을 따라 난 골목길로 향했다. 그윈플렌은 좌우로 사법관이 거느리고 온 사람들에게 이중으로 보호받으며 하얗게 질린 얼굴로 걷는 것 말고는 어떤 행동도 하지 못하고, 수의 같은 외투로 몸을 감싸고 유령을 따라가는 동상처럼, 과묵한 남자의 뒤에서 말없이 걸으며 여인숙에서 서서히 멀어져 갔다.

3. 렉스, 렉스, 펙스*

사람을 아무 설명 없이 체포하는 행동이 오늘날의 영국인들에게는 놀라운 사건이겠지만, 당시 그레이트브리튼에서는 흔

* LEX, REX, FEX로 법, 왕, 분노라는 뜻이다.

한 경찰의 행동이었다. 특히 예민한 문제와 연관되는 경우에 이러한 행동을 많이 취했고 비슷한 문제를 처리할 때 프랑스에서는 국왕의 투옥 명령서를 사용했다. 또한 '하베아스 코르푸스'* 법령이 있었음에도, 이러한 관행은 조지 2세 때까지 계속되었다. 그렇기 때문에 월폴이 이러한 방법으로 노이호프를 감금 또는 감금하도록 명령했다는 의심을 받고, 스스로 변호해야 했던 일도 있었다. 물론 월폴이 받은 혐의를 뒷받침하는 근거는 매우 불충분했다. 사실 코르시카왕 노이호프는 채권자들에 의해 감금되었기 때문이다.

독일 베엠게리히트의 은밀한 인신 구속 관행은 옛 영국 법률의 절반을 다스렸던 게르만적 관습에 의해 용납되었고, 경우에 따라 나머지 절반을 다스렸던 노르망디 관습에 의해 장려되기도 했다. 유스티니아누스 황제의 궁정 경찰의 우두머리를, 실랑티에르 앵페리알, 즉 실렌티아리우스 임페리얄리스라고 불렀다. 인신 구속을 행하던 영국 관리들은 노르망디인의 많은 법령들을 바탕으로 했는데, 예를 들어 'Canes latrant, sergentes silent(개는 짖어 대고, 관헌은 침묵한다)'와 'Sergenter agere, id esttacere(관헌의 움직임은 곧 침묵이다)' 등이 있다. 이들은 룬둘푸스 사각스 제16절을 인용했다. 'Facit imperatorsilentium(황

* 상대의 신체적 자유를 존중한다는 뜻이다.

제[지휘관]가 고요함을 만들어 낸다).' 필리프왕이 1307년에 반포한 헌장 역시 인용했다. 'Multos tenebimus bastonerios qui, obmutescentes, sergentare valeant(손에 몽둥이를 든 그 많은 사람들이 벙어리가 될 수 있다면, 모두 관헌이 될 자격이 있다)' 영국의 헨리 1세가 반포한 법령 제53장도 인용했다. 'Surge signo jussus. Taciturnioresto. Hoc est esse in captione regis(질서를 세우려는 자, 그 일을 침묵으로 행하라. 그것이 왕의 뜻이로다).' 특히 영국의 아득히 오래된 봉건적 자치권의 부분을 이루는, 아래와 같은 규칙을 귀중하게 여겨 적용했다.

> 자작의 아래에는 검을 든 관헌들이 있으니, 관헌들은 사악한 무리에 속하는 자들과, 범죄를 저질러 명예를 잃어버린 자들, 탈출범들과 (사회에서) 쫓겨난 자들을, 모두 검으로 엄하게 통치해야 하며 [……] 또한 그들을 철저한 동시에 은밀하게 체포해야 하니 그 이유는 악을 끼치는 자들에게는 공포를 주고, 평화롭게 살아가는 선한 자들의 평화는 보호되어야 하기 때문이다.

이러한 방식으로 체포되는 것은 '정의로운 검'에 의해 체포되는 것이었다. 이외에도 법률가들은 노르망디인들을 위해 만든 루도비키 후티니 헌장 가운데 세르비엔테스 스파토이 장

(章)을 근거로 내세웠다. 세르비엔테스 스파토이는, 중세 라틴어가 점차 우리가 쓰는 말에 가까워지면서, 세르겐테스 스파도이로 변했다.

여기에는 조용한 체포는 범인을 잡으라고 고함을 지르는 행동과는 반대되며, 의심스러운 점들이 명확해질 때까지는 침묵을 지키는 것이 타당하다는 의미가 들어 있다.

즉 이러한 체포 행위는 보류된다는 것을 뜻했다.

경찰이 누군가를 그런 식으로 체포한다는 것은, 국가적 사안이라는 의미였다.

비공개를 뜻하는 프라이빗 법률은 그러한 종류의 체포 행위에 포함된다.

어떤 연대기 편집자들은 에드워드 3세가, 그의 어머니 이자벨 드 프랑스의 침대 속에 있던 모티머를 체포할 때도 이런 방법을 사용했다고 한다. 이 이야기에도 의심스러운 점이 있는데, 체포되기 직전, 그는 자신의 도시를 지키는 데 온 힘을 쏟고 있었기 때문이다.

워릭은 '국왕 제조인'이라는 별명을 가지고 있었는데 그는 '백성을 유혹하는' 방법을 즐겨 사용했다.

크롬웰은 특히 코노트에서 이 방법을 자주 썼다. 그래서 오먼드 백작의 친척 트레일리 아클로는 킬머코에서 이 신중한 침묵에 의해 체포되었다.

사법이 이렇게 간단한 행동으로 어떤 사람을 끌어가는 것은, 체포 영장보다는 오히려 소환장의 역할을 했다.

때로는 단순한 증거를 조사하는 데서 끝나기도 했다. 그렇기 때문에 모든 자들에게 침묵을 강요한 것은, 붙잡힌 사람에 대한 배려의 뜻도 내포했다. 그러나 그 미묘한 의미를 잘 모르는 백성에게는, 그러한 형태의 체포는 공포스럽게 보였다.

영국은, 1705년, 그리고 훨씬 훗날이 되어서도 지금과 같지는 않았다. 그 사실을 잊지 말아야 한다. 사회 전반이 혼란스러웠기 때문에 때때로 매우 강압적인 상황이 벌어지기도 했다. 일찍이 죄인의 공시대를 맛봤던 대니얼 디포는, 어떤 글에서 '법의 강철 손'으로 영국 사회를 규정지었다. 법만이 아니라 독단도 존재했다. 스틸이 의회에서 쫓겨나고 로크가 강단에서 내몰린 사실, 홉스와 기번이 도망갈 수밖에 없었던 사실, 찰스 처칠과 흄과 프리스틀리 등이 괴롭힘을 당했던 사실, 존 윌크스가 런던탑에 감금당했던 사실 등을 떠올려 보라. 그들을 하나하나 떠올리다 보면, 세디티우스 리벨이라는 법령의 희생자 명단은 끝없이 이어질 것이다. 거의 유럽 전역에 종교 재판처럼 엄한 심문의 관행이 번졌고 철저한 통제와 감찰이 유행했다.

영국에서는 모든 권리에 대한 괴물 같은 침탈이 가능했다. 《갑옷 입은 소문꾼》이라는 책을 보라. 18세기에 이르러서도 루이 15세는, 마음에 들지 않는 작가들을 피카딜리에서 납치해 데려오게 했다. 또한 조지 3세가 프랑스의 오페라 극장 한가운데서, 왕위 계승권을 요구한 왕족을 납치한 것 역시 진짜다. 매우 긴 두 개의 팔들이었다. 프랑스 국왕의 팔은 런던까지, 영국 국왕의 팔은 파리까지 닿았다. 이러한 것들이 그 시절의 자유였다.

감옥 안에서도 망설이지 않고 사람들을 처형했던 일도 추가하자. 형벌에 속임수가 혼합되었다. 아직도 영국에서는 이 흉측한 술책을 사용한다. 그래서 좋아지기를 바라면서 최악의 것을 고르는, 위대한 국민의 이상한 모습을 세상에 보여 준다. 또한 자기의 앞 한쪽에는 과거를, 다른 한쪽에는 진보를 놓고, 그것들을 구별하지 못해, 밤을 낮으로 혼동한다.

4. 우르수스, 경찰을 염탐하다

이미 말했던 것처럼, 당시 아주 엄격한 경찰법에 의해 와펀테이크를 따르라는 최고(催告)에는, 그 자리에 있던 다른 모든 사람에게 조금도 움직이지 말라는 명령도 함께 들어 있었다.

하지만 호기심 많은 어떤 사람들은 자신의 고집대로 그윈플렌을 압송해 가는 행렬을 멀찌감치 거리를 두고 따라갔다.

그런 사람들 가운데 우르수스도 있었다.

당연히 우르수스는 화석처럼 경직되어 있었다. 그러나 방랑 생활을 하면서 예상하지 못한 일과 고난을 많이 겪었기 때문에 그에게는, 전투함(艦)의 군인들을 각자의 위치로 달려가게 하는 비상 신호가 있는 것처럼, 자신만의 비상 신호, 즉 지성이 있었다.

그는 더 이상 경직되어 있지 않으려고 노력했고, 깊은 생각에 잠겼다. 놀랄 것이 아니라 대응 방법을 찾아야 할 일이었으니 말이다.

뜻밖의 일을 당했을 때 대응 방법부터 찾는 것은, 바보가 아닌 자들의 의무이다. 사연을 이해하려 하지 말고 행동할 순간이었다. 신속한 행동이 필요했다. 우르수스는 다음과 같은 물음부터 스스로에게 던졌다.

'무슨 일부터 해야 할까?'

그윈플렌이 떠난 후 우르수스는 두 가지 걱정 사이에 놓였다. 그윈플렌에 대한 걱정은 그의 뒤를 따라갈 것을 요구했고, 자신에 대한 걱정은 그 자리에 그대로 있으라고 청했다.

우르수스에게는 파리의 용감함과 미모사의 무심함이 있었다. 그의 두려움은 말로 표현하기 어려울 정도였다. 하지만 그는 영웅처럼 결심을 하고, 법을 거역하더라도 와펀테이크의 뒤를 쫓기로 결정했다. 그만큼 그윈플렌에게 닥칠 일이 걱정스러웠다.

대단한 용기를 내다니, 그는 그만큼 큰 두려움을 느낀 것이다. 극심한 두려움은 산토끼를 어찌나 용맹스럽게 만드는지!

제 정신을 잃은 영양은 머뭇거리지 않고 절벽 아래로 뛰어내린다. 분별력을 잃을 정도로 무서워하는 것은 여러 형태의 공포감 중 하나이다.

그윈플렌은 체포당한 것이 아니라 납치되었다. 경찰의 행동이 얼마나 재빨리 이루어졌던지, 물론 그 이른 아침에 행인들이 많지는 않았지만, 장터에는 거의 소란이 일어나지 않았다. 타린조필드의 가건물들 안에 있던 사람들 대부분은 와펀테이크가 웃는 남자를 압송하러 왔다는 사실을 알아채지 못했다. 그 때문에 구경꾼도 별로 없었다.

그윈플렌은, 외투와 모자로 얼굴을 가리고 있어서 행인들의 눈에 띄지 않았다.

그윈플렌을 따라 나서기 전에 우르수스는 신중한 대책을 세워 두었다. 그는 여인숙 주인 나이슬리스와 고비컴, 피비, 그리고 비노스 등을 한쪽으로 불러, 아무 것도 모르고 있는 데아 앞에서는 침묵을 지킬 것을 일러두었다. 일어난 사건에 대해 그녀가 추측하게 할 말은 입 밖에도 내지 말라고 했다. 그윈플렌과 우르수스는 그린박스의 살림살이를 장만하러 자리를 비웠다고 둘러대라고 했다. 곧 그녀가 낮잠을 잘 시간이니, 자신과 그윈플렌은 데아가 일어나기 전에 돌아오겠다고 했다. 그 일은 오해, 즉 영국에서 가리키는 미스테이크 때문이라고 말했다. 자기와 그윈플렌이, 사법관과 경찰에게 진상을 확실하게 설명하는 것은 어렵지 않은 일이며, 그들의 오해를 손가락으로 만져 보는 것처럼 명료히 깨닫게 해 준 후에, 두 사람이 함께 돌아오겠다고 했다. 그러니 그 누구도 데아에게 아무 말도 하지 말라고 여러 번 당부한 후에 그는 길을 떠났다.

우르수스는 사람들의 눈에 띄지 않고 그윈플렌을 뒤쫓을 수 있었다. 가능한 먼 거리를 유지했지만, 그를 자신의 시야에서 놓치지 않았다. 망볼 때의 대담함, 그것은 겁쟁이의 용맹이다.

결국, 절차가 아무리 엄숙했다 하더라도, 아마 그윈플렌은 사소한 위반을 해서 경찰관 앞에 호출되었을 것이라 생각했다.

그렇기 때문에 우르수스는, 금세 문제가 해결될 것이라고 믿었다.

그윈플렌을 압송해 가는 경찰 분대가 타린조필드의 경계 부근을 지나서 리틀 스트랜드의 골목길 입구에 도달한 뒤에, 그곳에서 어느 쪽으로 가는가를 보면 사건의 내막이 명확하게 밝혀질 것 같았다. 경찰 분대가 왼쪽으로 간다면, 그윈플렌을 서더크 시청으로 데리고 가는 것이었다. 그렇다면 크게 걱정할 일이 아니었다. 사법관에게 위반한 사항 때문에 경고를 받은 후에, 2~3실링 정도의 벌금을 내면 풀려날 것이다. '정복된 카오스'를 평소처럼 저녁에 공연할 수 있을 것이다. 그러면 아무도 이런 사건이 있었는지 눈치도 채지 못할 것이다.

만약 경찰 분대가 오른쪽으로 간다면, 심각한 상황이 된다.

그곳에는 혹독한 장소들이 있었다.

그윈플렌은 와펀테이크가 두 줄로 세운 경찰 대열 사이에 호송을 받으며 골목길 입구에 도착했다. 우르수스는 숨을 가쁘게 몰아쉬며 그들을 바라보았다. 한 사람의 모든 것이 눈으로 집중되는 때가 있다.

과연 어느 방향으로 돌까?

그들은 오른쪽으로 돌아섰다.

우르수스는 공포로 비틀거리며 쓰러지지 않기 위해 벽에 기댔다.

흔히 사람들이 자기 자신에게 던지는 이 말처럼 위선적인 것은 없다. '내가 어떻게 해야 하는지 알고 싶다.' 사실 우리는 그것을 전혀 알고 싶어 하지 않는 것이다. 깊은 두려움을 느끼기 때문이다. 그 순간의 괴로움은, 어떤 결론도 짓지 않으려는 모호한 노력 때문에 더욱 복잡해진다. 그러한 사실을 인정하지는 않지만, 기꺼이 물러서고 싶어 하며 혹시 앞으로 나갔다면 후회를 한다.

이러한 현상들이 우르수스의 내면에서 폭발했다. 그는 두려움에 덜덜 떨며 생각했다.

'일이 안 좋게 돌아가는구나. 더 빨리 알았어야 했는데. 그윈

플렌을 따라간다고 해도 무엇을 할 수 있을까?'

하지만 인간은 모순의 집합체라, 이런 생각을 하면서도, 우르수스는 발걸음을 두 배는 빨리 옮겼다. 그러고는 두려움을 억누르며, 경찰 분대에 더 가까이 다가서기 위해 서둘렀다. 그와 그윈플렌을 연결해 주는 실이, 서더크의 미로에서 끊어지지 않도록 하기 위해서였다.

경찰 행렬은 엄숙함 때문에 빠르게 전진하지 못했다.

와펀테이크가 행렬을 이끌었고 사법관이 행렬의 마지막이었다.

그러한 질서가 전진 속도를 늦추었다.

경찰관이 갖출 수 있는 온갖 엄숙함이 사법관에게 가득 차 있었다. 그의 복장은, 옥스퍼드 음악 박사의 화려한 옷차림과, 케임브리지 신학 박사의 소박하고 검은 옷차림의 중간 정도였다. 그는 귀족의 정장 차림을 하고 있었고 모피로 안을 댄 기다란 외투를 입고 있었다. 그의 옷차림이 반은 중세식이었고, 반은 현대식이었기 때문에 가발은 라모아뇽*의 것과 같았고, 어깨부터 팔꿈치까지 소매 모양은 트리스탕 레르미트**의 옷과 같았다. 그의 둥글고 커다란 눈은 마치 부엉이 눈처럼 그윈플렌을

---

* 17세기 프랑스의 법관이다.

** 15세기 정치인이다.

감싸듯이 자세히 살피고 있었다. 그도 보조를 맞추며 걸었다. 그보다 더 험하게 생긴 사람은 없을 것이다.

우르수스는, 좁은 골목이 복잡하게 얽힌 곳에서 잠깐 길을 잃었다가 세인트 메리 오버 라이 소수도원 근처에서 행렬을 다시 찾았다. 다행스럽게도 행렬은 교회당 앞마당에서, 아이들과 개들의 싸움으로 인해 지체되었던 듯했다. 이런 일을 런던 거리에서는 자주 볼 수 있었는데, 옛 경찰 보고서에는 아이들보다 개들을 먼저 언급하며 'dogs and boys'라고 기록했다.

경찰관들이 한 남자를 사법관에게 끌고 가는 것은 매우 평범한 사건이었고, 누구든 자신이 할 일이 있기 때문에, 구경꾼들은 흩어졌다. 이제 그윈플렌의 뒤를 쫓는 사람은 우르수스 한 명뿐이었다.

그들은 서로 마주 보게 위치한 두 예배당, 다시 말해 재창조 신봉자들의 예배당과 할렐루야 동맹의 예배당 앞을 지나갔다. 현재에도 이 두 종파는 존속되고 있다.

행렬은 구불거리는 좁은 길을 따라갔는데 특히 미완성 도로나, 무성한 풀이 자란 길, 인적이 거의 없는 오솔길로 지나갔고, 자주 방향을 바꾸었다.

드디어 행렬이 멈췄다.

매우 좁은 골목이었다. 입구에 있는 오막살이 두세 채를 빼고는 집이 하나도 없었다. 그 골목은 두 개의 담장으로 구성되어 있었는데, 왼쪽 담장은 낮았고, 오른쪽 담장은 높았다. 높은 벽은 검은색이었고, 색슨 양식으로 쌓여 있었는데, 총안과 쇠뇌, 네모난 굵은 철책을 씌운 좁은 채광 환기창이 보였다. 창문은 하나도 없었다. 단지 여기저기 틈새가 보였는데, 예전에 투석기나 창을 사용하기 위해 뚫었던 것들이었다. 그 높은 벽 아래에는, 쥐덫 아래에 있는 구멍처럼, 매우 작은 협문이 보였다. 협문을 무거운 석제 홍예틀*이 둘러싸고 있었고, 철망이 씌워진 구멍창 하나, 무거운 망치 하나, 커다란 자물쇠 하나, 굵고 단단한 돌쩌귀, 여기저기 박힌 못들, 갑옷 같은 금속판들이 보였고, 문은 나무가 아닌 쇠로 만들어져 있었다.

골목에는 아무도 없었다. 상점도, 지나가는 사람도 없었다. 그러나 급류와 나란히 있는 듯 아주 가까이에서 소음이 계속 들려왔다. 사람들의 목소리와 마차 소리가 혼합된 요란스러운 소음이었다. 검은 벽 저 쪽에 큰길이 있을 수도 있었다. 분명히 서더크의 중심 도로로, 캔터베리로 가는 도로와 런던교를 연결할 것이다.

그 골목길을 이 끝과 저 끝 모두 엿보았다면, 그윈플렌을 호송하는 행렬 말고도 벽 한쪽에서 위험을 무릅쓰고 어둠 속으로 몸을 반쯤 들이민, 또한 자세히 관찰하면서도 보기를 두려워하

* centering, 무지개 모양을 하고 아치를 받쳐 주는 틀이다.

는, 창백한 얼굴의 우르수스 외에 다른 어떤 인간의 얼굴도 발견하지 못했을 것이다. 그는 지그재그로 된 길 굽이에 몸을 숨기고 있었다.

경찰 분대가 협문 앞에 다시 모였다.

중앙에는 그윈플렌이 서 있었다. 그러나 이번에는 그의 뒤에 와펀테이크와 아이언웨펀이 있었다.

사법관이 망치를 위로 올려 들고 세 번을 쳤다.

구멍창이 열리자 사법관이 말했다.

"폐하의 명령입니다."

떡갈나무와 쇠붙이로 만든 무거운 협문이 돌쩌귀 위에서 회전하면서 열렸다. 그러자 회색빛을 띤 차가운 입구가 모습을 보였는데, 동굴과 비슷했다. 흉측한 반원형 천장이 어둠 속으로 길게 이어져 있었다.

우르수스는 그 속으로 그윈플렌이 사라져 가는 것을 지켜보았다.

5. 위험한 장소

그윈플렌의 뒤를 와펀테이크가 따라갔다.

그 다음에는 사법관이 들어갔다.

그리고 경찰 분대 모두가 그 뒤를 따라 들어갔다.

협문은 다시 닫혔다.

무거운 문짝이 석제 문틀을 밀폐시키는 것처럼 들러붙었다. 문을 열고 닫는 사람은 보이지 않았다. 빗장이 스스로 질러지는 것 같았다. 이처럼 예전에 협박 수단으로 발명된 기술의 일부는 아직도 오래된 수용소에 존재했다. 열고 닫는 사람이 보이지 않는 문. 그 때문에 감옥의 문은 무덤의 구멍 같았다.

그 협문은 서더크 감옥으로 들어가는 비밀 입구였다. 케케묵고 거친 건물은 무례한 감옥의 이미지를 부인하지는 못했다.

옛 영국의 신, 모건을 위해 캐티유 클런족들이 세운 이 신전은 에덜프의 궁전으로 사용되었고, 다시 세인트 에드워드의 요새로 쓰이더니, 1199년에 장 성 테르가 감옥으로 승격시켰는데. 이것이 바로 서더크 감옥이었다. 슈농소 성 가운데로 냇물이 가로질러 흘렀던 것처럼, 처음에는 도로 하나가 감옥을 가로질렀기 때문에, 한두 세기 동안은 변두리 문 또는 게이트라고 불렸다. 그 후에 다시 담벼락으로 도로를 막았다.

영국에는 이런 유형의 감옥 몇 개가 남아 있다. 그 예로 런던의 뉴게이트, 캔터베리의 웨스트게이트, 에든버러의 캐넌게이트 등이 있다. 프랑스에서는 바스티유가 그러한 예이다.

대체로 영국의 감옥들은 거의 유사한 구조를 갖고 있는데, 외부는 거대한 담장으로 둘러싸여 있고, 그 내부는 감방이 벌

집처럼 촘촘히 있다. 존 하워드*라는 햇살이 침투하기 전에는 거미와 사법이 거미줄을 쳐놓고 있던 중세의 감옥처럼 스산한 곳은 없었다. 브뤼셀의 오래된 게헨나처럼 그러한 감옥 모두를 트로이렌베르크, 즉 눈물의 집이라고 불러도 어울릴 것 같았다.

그 차갑고 포악한 건축물들 앞에 서 있으면, 플라우투스가 말했던 노예들의 지옥, 쇳소리가 철컥대는 섬, 즉 페리크레피디토이 인술로이가 떠오르고, 그 섬 주변을 지날 때면 아득한 옛날, 항해사들이 쇠사슬 소리를 들으며 느꼈다는 큰 슬픔을 다시 느끼게 된다.

마귀를 쫓는 의식을 치르고 고문을 행했던 서더크 감옥은, 애초에 대개 마법사들을 수용했던 듯했다. 그 협문 쪽의 마모된 돌 위에 새겨진 다음 두 문장이 그 사실을 알려 주고 있었다.

Sunt arreptitii vexati daemone multo.
Est energumenus quem daemon possidet unus.
악마 같은 사람 안에서는 지옥 하나가 소동을 피우고,
보잘것없는 녀석은 마귀에 유혹당했을 뿐이다.

악마 같은 사람과 마귀에 유혹당한 자 간의 미묘한 차이를

---

* 영국의 박애주의자이다.

명확히 알려 준다.

그 문구 위에는, 고위 사법을 나타내는 돌사다리가, 못으로 고정되어 벽에 붙어 있었다. 옛날에는 나무 사다리였는데, 워번 수도원 근처 에스플리 가우스라는 곳의 석화(石化)를 촉진하는 토양에 묻혀있어서, 돌사다리로 변했다고 전해진다.

오늘날에는 허물어진 서더크 감옥이, 옛날에는 두 도로에 접해 있어서, 진짜 게이트처럼 통로의 역할을 했고, 두 개의 출입문이 있었다. 큰 도로 쪽으로 난 문은 무척 호화로워, 높은 관리들이 이용했고, 골목길 쪽으로 난 것은 고통의 문으로, 나머지 살아 있는 사람들, 또는 죽은 사람들도 이용했다. 감옥에서 사람이 죽을 경우, 그 문을 통해 시체가 밖으로 나왔다. 그것은 또 다른 형태의 석방이었다.

죽음은 무한으로 놓아주는 석방이다.

그윈플렌은 고통의 문을 통과해 감옥으로 들어갔다.

이미 말한 것처럼, 골목길은 서로 마주 보고 있는 두 벽 사이로 뚫린 자갈투성이의 오솔길 같았다. 이와 비슷한 길이 브뤼셀에 있는데 한 사람의 길이라고 불렸다. 두 담벼락은 높이가 달랐다. 높은 쪽은 감옥의 벽이었고, 낮은 쪽은 묘지의 담장이었다. 감옥에서 나온 시체를 썩히는 곳을 둘러싼 담장의 높이는 성인 남자의 키와 비슷했다. 협문 맞은편에 출입구가 있었다. 죽은 사람들은 좁은 골목을 가로지르는 수고만 하면 됐다.

담장을 따라서 약 스무 걸음 정도 걸으면 묘지로 들어갔다. 높은 담장에는 교수대에서 쓰는 사다리 하나가 걸려 있었고, 맞은편 낮은 담장에는 죽은 사람의 얼굴이 새겨져 있었다. 두 담벼락 모두 상대에게 기쁨을 주지는 못했다.

6. 옛 가발 아래에는 어떤 사법관들이 있었나

그즈음 누군가가 감옥의 다른 쪽, 즉 정면을 바라보았다면 서더크 대로를 보았을 것이고, 감옥의 커다란 정문 앞에 여행용 마차 한 대가 서 있는 것도 발견했을 것이다. 여행용 마차라는 사실은 '사륜마차의 칸막이 좌석'이라고 하는 마부석을 보면 짐작할 수 있었을 것이다. 오늘날 그 마부석을 모방해 만든 소형 마차를 카브리올레라고 부른다. 호기심 많은 사람들이 마차를 둘러싸고 있었다. 그들은 가문으로 장식된 마차에서 남자 한 명이 내려 감옥으로 들어가는 것을 보았다. 구경꾼들은 그가 아마 사법관일 것이라고 짐작했다. 영국에서는 사법관은 귀족인 경우가 많았고, 그래서 '가문으로 장식할 권리'를 누리고 있었다. 프랑스에서는 가문 장식과 법복(法服)의 양립이 어려웠다. 생시몽 공작은 사법관들에 관해 이야기를 할 때, '그런 신분의 사람들'이라는 표현을 썼다. 반면에 영국에서는, 어느 귀족이 재판관 직을 맡는다고 하더라도 그것이 불명예스러운 일로 여겨지지 않았다.

영국에는 이동하는 사법관, 즉 순회 판사가 존재했다. 사람들이 그곳에 서 있던 마차를 순회 중인 사법관의 마차로 여긴 것은 매우 당연한 것이었다. 그런데 사람들이 더욱 궁금하게 여긴 것은 사법관으로 보이는 인사께서 마차의 좌석이 아니라 앞자리, 즉 마부의 자리에서 내렸다는 것이었다. 그 자리는 관례적으로 상전이 앉는 곳이 아니었다. 또 다른 특이한 점이 있었다. 그 당시 영국에서는 여행을 할 때 8킬로미터 정도 거리마다 1실링을 지불하는 사륜 승합마차를 타든가, 전속력으로 달리는 역마차를 빌려 1.6킬로미터 정도 거리마다 3펜스를 내든가, 전열(前列) 기수에게는 역참 하나를 지날 때마다 4펜스를 지불하는 방법이 있었다. 그러나 사륜마차를 가지고 있는 사람이 호사를 누리려고 역참의 말을 빌려서 여행할 경우, 역참 하나를 지날 때마다 전열 기수에게 지불하는 4펜스 말고도, 말 한 마리당 1.6킬로미터 정도 거리마다 4실링을 지불해야 했다. 그런데 서더크 감옥 앞에 세워져 있던 마차에는 말이 네 필이나 달려 있고, 전열 기수도 둘이나 되었다. 이것은 그야말로 왕족의 사치였다. 구경꾼들을 더욱 어리둥절하게 한 것은, 이 마차가 틈새 하나 없이 막혀 있었다는 것이다. 승강용 디딤판도 올려져 있었다. 유리창도 모두 덧문으로 가려져 있었다. 안을 들여다볼 수 있는 구멍을 모두 막아 놓아서 외부에서 안을 들여다볼 수도 없었고 안에서 밖을 내다볼 수도 없을 것 같았다. 게다가 마차 안에 누가 타고 있는 것 같지도 않았다.

서더크가 서리주 안에 위치했기 때문에, 서더크 감옥은 서리주 집정관의 관할이었다. 이런 방식으로 분리된 사법권을 영국에서는 자주 볼 수 있었다. 예를 들어 런던탑은 어느 주에도 속하지 않는 것으로 정해졌다. 다시 말해, 법적으로는 공중에 떠 있었던 것이다. 그 탑에 대한 사법적 권위는 쿠스토스 투리스라는 직함을 가진 담당 경찰관 이외의 다른 누구에게도 주어지지 않았다. 런던탑은 고유의 사법권과, 교회당, 재판소, 그리고 별도의 행정 기구를 소유하고 있었다. 쿠스토스, 즉 경찰관의 권한은 런던 주변으로도 확장되어, 21개의 햄릿(hamlet), 즉 마을에 대한 관할권을 행사할 수 있었다. 그레이트브리튼에서는 사법적 기묘함의 거듭된 접목을 통해 영국의 우두머리 포수 직이 런던탑의 관할에 속하기도 했다. 다른 사법적 관행은 훨씬 기이해 보인다. 예를 들어 영국의 해군 군법 회의는 로데스섬과 올레롱섬의 법률을 참고하여 적용한다.*

한 지방의 집정관은 무척 중대한 직책이었다. 그 직책을 맡는 사람은 적어도 예비 기사였고, 가끔은 기사도 있었다. 옛 법

* 올레롱섬은 영국의 영토였으나 나중에 프랑스령이 되었다.

령에서는 그를 스펙타빌리스라고 불렀다. '중요시해야 할 사람'이라는 뜻이다. 일루스트리스와 클라리시무스의 중간 직함으로, 전자보다는 낮고 후자보다는 높다. 옛날에는 각 주의 집정관을 백성들이 뽑았다. 그러나 에드워드 2세와 그 뒤를 이어 헨리 6세가 임명권을 회수했기 때문에 모든 집정관 직은 왕실에서 뽑게 되었다. 모두들 국왕 폐하께 그들의 권한을 받았다. 그 직을 대대로 세습하는 웨스트멀랜드의 집정관과, 코먼 홀에서 리버리가 선출하는 런던과 미들섹스의 집정관들은 예외였다. 웨일스와 체스터 지방의 집정관들은 징세 특권까지 소유하고 있었다. 그 모든 직책이 아직도 영국에 유지되고 있으나, 풍습과 이념에 괴롭힘을 당하며 차츰차츰 닳아 없어져, 이제는 더 이상 옛날의 모습이 남아 있지 않다. 주 집정관은 '순회 판사'를 수행하고 보호하는 역할을 했다. 사람에게 팔이 두 개인 것처럼 그에게도 관공리 둘이 있었다. 부집정관은 오른팔이었고, 사법관은 왼팔이었다. 사법관은 와펀테이크 100여 명의 도움을 받아 절도범, 살인자, 선동꾼, 부랑자 및 기타 모든 반역자들을 체포하고 심문하며 집정관 책임 아래에 그들을 투옥시켰다가 순회 판사들에게 재판을 받도록 했다. 집정관을 돕는 역할에 있어, 부집정관과 사법관 사이의 계급적 차이는 부집정관이 집정관을 수행하지만 사법관은 집정관을 보조한다는 데 있었다. 집정관은 두 유형의 재판정을 주재했다. 하나는 중앙에 고정된 주 재판정이었고, 다른 하나는 셰리프턴이라고 하는 이동 재판정이었다. 이를 통해 단일성(單一性)과 편재성(遍在性)을 실현할 수 있었다. 그는 소송 사건을 다룰 때 판사 자격으로, 세르겐스 코이포이라고 불렸던 수건 쓴 관리에게 보충 설명을 듣고 또 다른 도움도 받을 수 있었다.

그 관리는 법률 담당 관리로, 캉브레산(産) 백색 수건 위에 검은 모자를 썼다. 집정관은 주로 감옥들을 깨끗하게 청소하는 일을 했다. 자신이 관할하는 도시에 도착하면, 간단한 절차를 밟아 수감자들을 내보내는 권리를 행사했다. 이 수감자들은 석방되거나 또는 교수대로 보내졌다. 그러한 일을 '감옥의 석방' 혹은 제일 딜리버리라고 불렀다. 집정관은 24인으로 구성된 배심원단에게 기소장을 제시하는 일을 했다. 그들은 기소 내용에 동의하면 기소장 위에 빌라 베라*라고 썼고, 동의하지 않는다면 이그노라무스**라고 썼다. 배심원이 동의하지 않으면 기소는 무효가 되고, 집정관은 자신의 직권으로 그 자리에서 즉시 기소장을 찢어 버릴 수 있었다. 만약 심의가 진행되는 동안 배심원 중 하나가 사망할 경우, 그 사실 자체로 인해 피고는 모든 혐의를 벗게 되고 집정관은 직권으로 피고를 체포했던 것처럼 직권

---

* 진실한 기소장이라는 뜻이다.

** 기소 사유가 불충분하다는 뜻이다.

으로 피고를 석방했다. 무엇보다 집정관을 존경하면서도 두려워하게 한 것은, 그가 '폐하의 모든 명령을' 수행하는 직책을 맡고 있었기 때문이다. 이 직책은 즉 무시무시한 자율권을 의미한다. 그러한 명령에는 임의권이 함께 있기 마련이다. 베르데오르라고 칭하는 관리들과 검시관들이 집정관을 보좌했고, 장터서기들이 그에게 협조했으며, 말을 탄 사람들과 시종의 정복을 입은 사람들이 뒤를 따랐다. 체임벌린은 집정관을 '정의와 법과 백작령의 생명'이라고 했다.

영국에서는 법과 관습을 끊임없이 분쇄하고 풍화시켰는데 이는 법과 관습 자체가 파악이 어려울 정도로 서서히 무너지고 있기 때문이었다. 다시 한 번 말하지만 지금은 집정관도, 와펀테이크도, 사법관도 그 시절처럼 직무를 수행하지 않는다. 옛 영국에서는 권력들 간에 다소의 혼란스러움이 있었고, 따라서 잘못 배당된 권력이 인권 유린이라는 결과를 낳기도 했지만 그러한 일은 오늘날에는 불가능하다. 경찰과 사법 간의 혼합 현상도 그쳤다. 명칭은 유지되었지만 기능은 수정되었다. 심지어 우리들은 와펀테이크라는 말의 뜻이 바뀐 것으로 믿게 되었다. 그 말이 전에는 한 명의 관리를 가리켰지만 지금은 지역적 구분을 의미한다. 전에는 백부장을 명시했었지만, 지금은 작은 지역을 가리킨다.

당시에는 주 집정관이 어떤 것은 첨가하고 어떤 것은 제하면서, 왕권과 자치권을 바탕으로 한 자신의 권한 속에 옛 프랑스의 두 관리인 '파리 시장 민사 대리관'과 '파리 경찰 감독관'의 권한을 묘하게 배합하여 응축시켰다. 옛 경찰 기록부의 다음 구절을 보면 파리 시장 민사 대리관의 성격을 정확히 알 수 있다.

> 민사 대리관께서는 개인들 간의 다툼을 싫어하시지 않는다. 그들의 재산 탕진은 언제나 그분을 위한 것이니까 말이다.
>
> 1704년 7월 22일

두려움을 일으키고, 헤아릴 수 없고, 언제나 모호한 경찰 감독관의 전형을 대표하는 인물로는 르네 다르장송이 있다. 생시몽은 그의 얼굴에는 저승의 세 심판관이 섞여 있었다고 한다.

이미 본 것처럼 런던의 비숍스게이트에는 저승의 세 심판관이 있었다.

7. 전율

그윈플렌은 협문이 삐걱거리며 다시 닫히는 소리를 듣고 몸을 떨었다. 이제 막 닫힌 문이, 한쪽은 북적거리는 세계를 향하고 다른 한쪽은 죽음의 세계를 향하는, 빛과 어둠 사이의 통행

문처럼 느껴졌다. 이제는 태양이 밝혀 주는 모든 사물들을 뒤로 하고 삶의 경계선을 넘었기 때문에, 마치 자신이 삶의 밖에 놓여 있는 것만 같았다. 그의 마음은 한없이 조여들었다. 자신을 어떻게 할 작정일까? 그 모든 것이 무슨 의미일까?

지금 와 있는 곳은 또 어디란 말인가?

그의 주변에는 아무것도 보이지 않았다. 그는 암흑 속에 있었다. 협문이 다시 닫히면서 그를 잠시 장님으로 만들었다. 구멍창도 닫혀 있었다. 환기 채광창도, 등불도 없었다. 그것은 예전 시대의 주의 사항 같은 것이다. 당시에는 감옥 내부 초입에 불을 밝히는 것을 엄격히 금지했다. 새로 온 사람들이 아무것도 알 수 없도록 하기 위해서였다.

그윈플렌은 손을 뻗었다. 오른쪽에도 왼쪽에도 벽이 있었다. 그는 좁은 복도 안에 있었다. 어디에서 스며들어 왔는지 모르지만 어둠 속에서도 떠다니는, 동공이 팽창해 금세 적응한 지하실의 빛이 여기저기에서 희미하게나마 형체를 분별하게 해주었다. 그의 앞에서 복도가 어렴풋이 드러났다.

우르수스가 과장해서 들려 준 이야기를 통해서만 형벌의 잔혹함을 짐작해 보았던 그윈플렌은, 거대한 미지의 손이 자신을 움켜잡고 있는 것처럼 느꼈다. 법이라는 알 수 없는 존재에 조종당한다는 것은 몹시 무서운 일이다. 모든 것 앞에서 용맹할 수 있지만, 사법 앞에서는 두려워진다. 왜 그럴까? 인간의 정의는 땅거미 질 무렵처럼 어둑하고, 판사는 그 속에서 소경처럼 더듬거리고 있기 때문이다. 그윈플렌은 입을 다물고 있으라는 우르수스의 말을 상기했다. 그러나 데아를 다시 보고 싶었다. 하지만 그 상황에서는 무엇인지 알 수 없는 재량권이 있는 것 같았고, 그것을 거역하고 싶지 않았다. 때로는 명확하게 밝히려고 하다가 상황을 악화시키기도 한다. 하지만 한편으로는 자신에게 닥친 사건의 중압감을 버티지 못하고 무너져 내렸다. 결국 튀어나온 하나의 질문을 막지 못했다.

"저를 어디로 데려가십니까?"

아무 대답이 없었다.

침묵 속에서 인신을 구속하는 것이 법이었고, 노르망디인들의 기록에는 그것이 명확하게 나타나 있다.

'A silentiariisostio prpositis introducti sunt(침묵을 지키는 문지기들이 그들을 안내했다).'

이 침묵은 그윈플렌을 얼어붙게 했다. 그때까지 그는 자신이 강인하다고 생각했다. 그는 자족했다. 자족한다는 것은 강하다는 의미이다. 그는 고립되어 살았으며, 고립은 아무도 쳐들어올 수 없는 장소라고 생각했다. 그런데 갑자기 추악한 집단적 힘에 짓눌리고 있는 자신을 보게 된 것이다. 법이라는 얼굴 없는 대상과 어떤 방법으로 맞설 수 있단 말인가? 그는 그 수수께끼 앞에서 기운을 잃었다. 미지의 두려움 한 줄기가 그의 갑옷에 있는 약점을 찾아낸 것이다. 게다가 전날 밤 한숨도 자지 못했고, 식사도 걸렀다. 고작 차 한 잔으로 입술을 적신 정도였다. 밤새도록 일종의 광증에 휩싸여 있었고, 그로 인해 아직도 몸에 열이 남아 있었다. 목이 말랐고 배도 고팠다. 텅 빈 위장은 모든 것을 흩어지게 한다. 전날 밤부터 그는 뜻하지 않은 사건들 때문에 괴로웠다. 우습게도 그를 고통스럽게 하는 감정들이 그를 버티게 해 주었다. 질풍이 없다면 돛의 깃도 넝마에 불과할 뿐이다. 그러나 그의 내면에서는 찢어질 때까지 바람에 날리는 그 넝마의 본질적인 나약함이 느껴졌다. 그는 점점 약해지고 있었다. 의식을 잃고 바닥에 쓰러질 것인가? 기절한다는 것은 여인에게는 비상 수단이나, 남자에게는 수치이다. 그는 자신을 꼿꼿이 세웠다. 하지만 온몸이 전율하고 있었다. 균형을 잃은 느낌이 그를 뒤덮었다.

8. 통탄

걷기 시작했다.

복도를 나아갔다.

서기 한 사람도, 기록부를 갖춘 사무실 하나도 없었다. 이 시대의 감옥은 서류 절차를 좋아하지 않았다. 감옥에 사람이 들어가면 문을 잠그는 것으로 만족했고, 심지어 끌려온 이유조차 모르는 경우도 잦았다. 감옥은 죄수를 감금하면 그만이었다.

행렬이 길어서 복도의 형태를 취해야 했다. 거의 한 사람씩 걸어가야 했다. 와펀테이크가 앞장을 섰으며 그 뒤를 그윈플렌이 따랐고, 그의 뒤에서 사법관이 걸었다. 경찰관들은 한 덩어리처럼 복도를 가득 채웠고, 마개처럼 그윈플렌의 뒤쪽을 막았다. 복도는 더욱 좁아졌다. 이제 그윈플렌의 두 팔꿈치는 벽에 닿을 정도였다. 시멘트와 자갈로 이루어진 천장 아래 있는 데다가 일정한 간격마다 설치된 화강석 아치 때문에 더욱 좁았다. 그곳을 지나가려면 고개를 숙여야 했다. 그 복도 속에서 뛴다는 것은 불가능했다. 탈옥수라 하더라도 천천히 걸어야만 할 것이었다. 그 창자는 무척 구불구불했다. 감옥의 창자와 사람의 창자 둘 다 심하게 구불거린다. 이곳저곳에, 때로는 오른쪽에 때로는 왼쪽에, 벽에 뚫린 네모 모양의 구멍을 굵은 철책으로 막았다. 철책 사이로 보이는 층계들은, 어떤 것은 올라가고, 어떤 것은 아래로 곤두박질치는 모양새였다. 그들은 닫힌 문 앞에 도착했다. 문이 저절로 열렸고, 사람들이 지나가자 다시 닫혔다. 잠시 후 두 번째 문에 도착하자, 역시 저절로 열려 그들을 지나가게 했다. 세 번째 문이 돌쩌귀 위에서 저절로 회전했다. 모든 문이 저절로 열리고 닫히는 것처럼 보였다. 사람은 한 명도 보이지 않았다. 복도의 폭이 좁아지자 천장도 더 낮아져 고개를 숙여야만 걸을 수 있었다. 벽에서는 땀처럼 물기가 배어 나왔고, 천장에서 물방울이 떨어지고 있었다. 복도에 깔린 포석은 창자처럼 끈적거렸다. 그곳을 밝혀 주는 창백함은 차츰 불투명해졌다. 공기도 부족해졌다. 또한 복도가 계속 아래로 내려가고 있다는 사실이 기묘하게 음산한 느낌을 주었다.

주의를 기울여야만 내려가고 있다는 사실을 알아챌 수 있었다. 어둠 속의 완만한 경사는, 더욱 스산하게 느껴진다. 거의 알아챌 수 없을 정도의 완만한 경사를 따라서 도달하는 암흑의 공간, 그보다 더 무서운 곳은 없다.

내려간다는 것, 그것은 공포감을 주는 미지의 장소로 들어감을 의미한다.

그렇게 얼마나 오래 걸었을까? 그윈플렌은 짐작도 할 수 없었다.

압연기(壓延機)* 속을 지나는 듯 극심한 불안을 통과하는 순간은 무척 길게 느껴진다.

갑자기 모두 걸음을 멈추었다.

어둠은 더욱 짙어졌다.

복도가 약간 넓어졌다.

그윈플렌의 귀에 아주 가까운 곳에서의 소리가 들려왔다. 중

* 금속 재료를 여러 형태로 바꾸는 기계이다.

국의 바라(哱囉)* 소리와 유사할 것 같았다. 심연의 가로막을 치는 소리 같기도 했다.

와펀테이크가 아이언웨펀으로 철판을 치는 소리였다.

그 철판은 문이었다.

회전하는 것이 아니라, 올렸다 내릴 수 있는 문이었다. 요새의 내리닫이 살문과 거의 비슷했다.

가늘게 파인 홈 속에서 무엇이 구겨지는 듯한 날카로운 소음이 들리는 순간, 그윈플렌의 눈앞에 사각형의 빛 한 조각이 홀연히 나타났다.

들어 올려진 철판이 천장에 파놓은 틈으로 들어간 것이다. 쥐덫의 가로막 판이 들려 올라간 것 같았다.

통로가 열렸다.

빛은 낮의 햇빛이 아니라 어슴푸레한 불빛이었다. 그러나 크게 팽창되어 있던 그윈플렌의 동공에는 갑자기 나타난 창백한 빛이 번개만큼이나 충격적으로 다가왔다.

잠시 동안 아무것도 볼 수 없었다. 어둠 속에서처럼 눈부심 속에서도 사물을 구분하기는 어렵다. 그리고 차츰 어둠에 적응할 때처럼 이내 그의 눈동자는 빛에 적응하기 시작했다. 드디어 사물을 구분할 수 있게 되었다. 처음에는 매우 강렬하게 보

* 작은 심벌즈 모양의 악기이다.

였던 빛이 그의 동공 속에서 차분해져 다시 창백하게 보였다. 그의 앞에 열려진 공간으로 시선을 던진 순간, 그의 눈에 띈 것은 무시무시한 것이었다.

그의 발 아래에는 스무 개쯤의 계단이 보였는데 높고 좁으며 낡은, 거의 수직이고 좌우 어느 쪽에도 난간이 없었다. 벽 한 자락을 비스듬히 잘라 계단으로 만든 듯한, 닭의 볏 모양처럼 깎은 층계가 아래 지하실까지 이어져 있었다. 층계는 바닥까지 닿아 있었다.

지하실은 둥글고, 천장은 첨두홍예(尖頭虹蜺)* 모양이고 홍예 받침대의 높이는 제각기 달랐다. 무척 무거운 건축물이 누르고 있는 지하 공간의 전형적인, 완전히 무너지기 직전의 상태였다.

철판을 치우자 그 모습이 드러났다. 층계가 걸려 있던, 출입문 역할을 대신하는 절개부(切開部)는 지하실 천장을 뚫어 놓은 구멍이었다. 그곳에서 지하실을 내려다보면 깊은 우물 속을 들여다보는 음침한 느낌을 주었다.

지하실은 매우 넓어, 그곳이 만약 우물 바닥이라고 가정한다면 아마도 거인들이 사용하던 우물의 바닥이었을 것이다. 그곳을 보고 '습한 지하 감옥'이라는 옛날 단어를 머릿속에 떠올릴 수도 있을 텐데, 그렇다면 사자나 호랑이를 가두었던 지하 감

---

* 꼭대기가 뾰족한 아치를 말한다.

옥이라고 생각해야 적절할 것이다.

지하실 바닥에는 타일도 포석도 깔려 있지 않았다. 깊은 땅 속에서 흔히 볼 수 있는 축축하고 차가운 흙이 바닥에 깔려 있었다.

지하실 중앙에서는 낮고 보기 흉한 네 개의 기둥이 무겁게 첨두식 현관 지붕 하나를 떠받치고 있었는데, 지붕의 늑골재(肋骨材)가 안쪽에서 서로 만나서, 주교의 뾰족한 삼각모 형태를 이루었다. 옛날 사람들이 그 밑에 석관(石棺)을 놓곤 했던 첨탑처럼 지붕은 천장까지 올라갔으며, 지하실 가운데에 방을 하나 만들었다. 물론 사방이 뚫려 있고, 벽 대신 네 개의 기둥만 있는 것을 방이라 부를 수 있을지는 잘 모르겠다.

한 개의 구리 등이 지붕의 홍예 머릿돌에 걸려 있었다. 감옥의 창문처럼 철망으로 둘러싸인, 둥근 형태의 등이었다. 그 등이 기둥과 천장, 기둥 뒤에 희미하게 보이는 둥근 모양의 벽 위를 희미한 빛으로 밝히고 있었으며, 그 빛은 막대 그림자들 때문에 잘려 있었다.

처음에 그윈플렌의 눈을 부시게 했던 것도 그 빛이었다. 그러나 이제는 매우 희미한 붉은 빛일 뿐이었다.

지하실에는 이 등불 외에는 다른 빛이 없었다. 창문도 문도 채광 환기창도 없었던 것이다. 네 기둥 중앙에, 다시 말해 등 바로 밑에, 빛이 가장 환하게 비치는 곳에, 하얗고 두려운 모습 하나가 바닥에 납작하게 붙어 있었다.

등을 땅에 대고 누운 채로 있었다. 얼굴이 보였지만 두 눈은 모두 감겨 있었고, 상반신은 무엇인지 모를 수북한 더미에 파묻혀 있었다. 성 안드레아의 십자가 모양으로 사지가 몸통에 붙어 있었다. 손과 발이 모두 쇠사슬에 묶여 각각 네 기둥 쪽에 당겨져 있었다. 각 쇠사슬의 끝은 네 기둥 아래에 있던 쇠고리에 걸려 있었다. 능지처참을 당하는 잔혹한 자세로 꼼짝 못하게 묶여 있는 그 형체는, 시체의 창백한 빛을 띠고 있었다. 게다가 그는 발가벗고 있었다. 남자였다.

그윈플렌은 돌처럼 굳어져서, 층계 위에서 바라보기만 했다.

문득 헐떡거리는 소리가 들렸다.

시체는 아직 살아 있었다.

그 살아 있는 시체 가까이에, 팔걸이가 있는 안락의자 하나가 납작하고 거대한 돌 위에 꽤 높게 놓여 있고, 양쪽에는 검은색 옷을 입은 남자 둘이 반듯하게 서 있었다. 안락의자에는 붉은색 법복을 입은 노인 하나가 앉아 있었는데 안색이 창백했고, 움직임이 없었고 스산함이 느껴졌으며 손에 한 다발의 장미꽃을 들고 있었다.

그윈플렌보다 세상 물정에 밝은 사람이었다면 장미꽃 다발이 의미하는 바를 알았을 것이다. 손에 꽃다발을 들고 판결을 내릴 수 있는 권리는 왕권과 지역 자치권을 모두 대행하는 관리의 특권이었다. 런던 시장은 아직까지도 이런 방식으로 판결을 내린다. 재판관들이 내리는 판결을 돕는 것, 그것이 이 계절의 첫 번째 장미들이 할 일이었다.

안락의자에 앉아 있는 이 노인은 서리주의 집정관이었다.

그에게서 로마 황제의 권위를 위임받은 사람의 장중한 위엄이 흘렀다.

안락의자는 지하실에 있을 듯한 유일한 의자였다.

안락의자 옆에는 서류들과 책들로 가득한 탁자가 있고, 그 위에 집정관의 하얗고 긴 막대기가 놓여 있었다.

집정관의 좌우에 정중히 서 있는 두 사람 중 한 명은 의학 담당 박사였고, 다른 한 명은 법률 담당 박사였다. 법률 담당 박사는, 가발 위에 있는 머리쓰개로 사법관임을 쉽게 알 수 있었다. 두 사람 모두 검은색 가운을 입고 있었는데, 하나는 판사의 것이었고 또 다른 하나는 의사의 것이었다. 이 두 범주의 사람들은 자신들이 죽게 만든 사람들을 문상하는 옷을 입는다.

집정관 뒤의 납작한 돌 근처에는 동그란 가발을 쓰고 펜을 든 서기가 있었다. 그의 앞에 있는 돌 위에 잉크병 하나가 있었고, 무릎 위에는 판지 한 장을 펼쳐 놓았다. 그는 즉시 필기할 채비가 되어 있는 사람의 자세로 웅크린 채 앉아 있었다.

이 서기는 흔히 '가방 담당 서기'라고 칭하던 사람이었다. 그의 발 옆에 놓인 가방이 그 사실을 증명해 주고 있었다. 옛날에는 그 연장주머니 같은 가방이 재판에 쓸모가 있었기 때문에 '정의의 가방'으로 불린 적도 있었다.

기둥 하나에는, 온몸을 가죽옷으로 감싼 사람 하나가, 팔짱을 낀 채로 등을 기대고 서 있었다. 망나니의 조수였다. 그들은 쇠사슬에 묶여 있는 남자의 주변에서, 마(魔)에 홀린 것처럼 침울한 자세로 서 있었다. 아무도 움직이거나 말을 하지 않았다.

그 모든 것 위로 괴물 같은 침묵이 흘렀다.

그윈플렌이 보고 있는 것은 지하 고문실이었다. 영국에는 그러한 지하실이 여기저기에 널려 있었다. 비첨 타워의 지하실이 오랜 세월 동안 그런 용도로 사용되었고, 롤러드 감옥의 지하실도 마찬가지였다. 지금도 런던에 가면 볼 수 있는 그 비슷한 장소로 '레이디 플레이스 지하 무덤'이라는 곳도 있었다. 그곳은 쇠를 달궈야 할 경우를 대비해 벽난로까지 만들어 놓았다.

서더크 감옥 또한 이 가운데 하나로, 존왕 시대의 모든 감옥에는 지하고문실이 있었다.

다음에 설명되는 이야기들이 당시 영국에서는 자주 일어났고, 정확히 말해 형사 사건을 다루는 과정에서는 사실 오늘날에도 이러한 일이 일어날 수 있을 것이다. 왜냐하면 모든 법률이 여전히 존속하기 때문이다. 영국은 미개한 법령과 자유가 함께 조화롭게 지내는 매우 기이한 풍경을 보여 준다. 다시 말해 그 둘은 무척 사이가 좋다.

그러나 조금의 의심도 필요 없다는 것은 아니다. 혹시 그 둘의 사이에 위기가 닥친다면 잔혹한 형벌이 다시 눈을 뜰 수 있다. 영국의 법제는 길들여진 호랑이와 같다. 그 법제는 벨벳 같은 고운 발을 내보이지만 그 발에는 여전히 발톱이 있다.

모든 법률의 발톱을 깎아 주는 것이 지혜로운 행동이다.

법이란 권리가 무엇인지 잘 모른다. 법에는 처벌과 인정이라는 두 측면만 있다. 그래서 철학자들이 항변하는 것이다. 하지만 인간의 정의가 정의의 본질과 합쳐지려면 오랜 시간이 흘러야 할 것이다.

법에 대한 존경은 영국에서 자주 사용하는 말이다. 영국에서는 법률을 얼마나 숭배하는지, 그것을 폐기하는 경우가 결코 없다. 단지 법률을 적용하지 않는 것으로 숭배하는 것을 멈춘다. 효력을 잃은 오래된 법률은 늙은 여인과 비슷하다. 그러나 늙은 여인을 죽이지 않는 것처럼, 낡은 법률도 폐기하지 않는다. 실행을 멈추는 것이 전부이다. 자신이 예전처럼 아름답고 젊다고 믿는 것은 개인의 자유이다. 자신이 아직도 여전하다고 몽상하도록 내버려 두는 것이다. 그러한 예절을 존경이라고 칭한다.

노르망디의 관습에는 많은 주름이 생겼건만 여전히 다정한 시선을 보내는 영국의 재판관은 적지 않다. 노르망디의 것이라면, 그것이 아무리 낡았더라도, 사랑을 가지고 유지시킨다. 교수형보다 더 사나운 것이 어디 있을까! 1867년에는, 한 남자를 네 토막 내어 여왕이라는 한 여인에게 바치게 한 판결이 있었다.

하지만 영국에는 고문이란 것이 존재한 적이 없었다고, 역사가 그렇게 말한다. 역사의 뻔뻔스러움이란 실로 장관이다.

웨스트민스터의 매튜는, '색슨의 법률이 온화하고 자비로워' 범인들을 절대 사형에 처하지 않았다고 적은 다음, 이렇게 덧붙였다.

'그들의 코를 자르고, 눈을 파내며, 성을 식별해 주는 부분을 뽑아내는 것으로 끝났다.'

죽이지는 않고 단지 그런 행동만을 했다는 것이다!

그윈플렌은 층계 꼭대기에서 넋이 나간 채 온몸을 덜덜 떨었다. 전신에 소름이 끼쳤다. 그는 자신이 지은 죄가 무엇인지 생각해 보려 애를 썼다. 와펀테이크의 침묵에 형벌의 참담한 광경이 떠오른 것이다. 한 걸음 더 나아갔는데 그것은 비참한 깨달음을 얻은 것이었다. 그는 모호한 사법의 수수께끼가 점점 더 불분명해지는 것을 보았고, 자신이 걸려들었음을 느꼈다.

땅에 누워 있는 인간의 형체가 다시 신음했다. 그윈플렌은 누군가 어깨를 살짝 앞으로 민다는 느낌을 받았다.

바로 와펀테이크였다.

그는 지하실로 내려가야 한다는 신호를 알아차렸다.

그 신호에 따랐다.

한 계단 한 계단 층계 아래로 들어갔다. 계단의 발판은 아주 좁았고, 계단 사이의 높이는 20센티미터 정도 되었다. 그런데 난간은 없었다. 아주 조심스럽게 내려가야 했다. 그윈플렌의 뒤에서는 와펀테이크가 아이언웨펀을 똑바로 세워 들고 두 계단의 거리를 두고 따랐고, 그 뒤의 사법관 역시 같은 거리를 두고 따랐다.

그윈플렌은 계단을 내려가며 희망이 사라짐을 느꼈다. 한 걸음씩 죽음 앞으로 나아가고 있었다. 계단 하나를 밟고 지나갈 때마다, 그의 내면에서 빛이 사라졌다. 점점 더 창백해진 얼굴로 층계 끝에 도착했다.

땅바닥 네 기둥에 쇠사슬로 묶여 애벌레처럼 보이는 사람은 계속 헐떡였다.

희미한 빛 속에서 음성이 들려왔다.

"다가오시오."

집정관이 하는 말이었다. 그윈플렌이 한 걸음 가까이 갔다.

"더 가까이."

같은 목소리가 말했다.

그윈플렌은 다시 한 걸음 다가갔다.

"아주 가까이."

집정관이 다시 말했다.

사법관이 그윈플렌의 귀에 대고 나지막한 음성으로 말했다.

"앞에 계신 분은 서리주의 집정관이시오."

그의 말투가 어찌나 엄숙했던지, 속삭임도 위엄 있게 들렸다.

그윈플렌은 지하실 중앙에서 고문 받는 사람 가까이까지 다가갔다. 와펀테이크와 사법관은 그대로 멈추어 서서, 그윈플렌이 혼자서 앞으로 나가도록 했다.

지붕 밑에 이르러, 꽤 먼 거리에서만 보던 비참한 것을 가까운 거리에서 확인하고, 그것이 살아 있는 사람이라는 사실을 알았을 때, 그윈플렌의 두려움은 격렬한 공포로 변했다.

묶인 채 땅바닥에 누워 있던 남자는 아예 발가벗고 있었다. 형벌의 포도잎이라고 부를 법한 고대 로마인들의 수킨굴룸*이나 고트인들의 크리스티판누스**에 해당하는, 국부를 흉측하게 가려 주는 넝마 조각 하나만 걸치고 있었다. 그것을 가리켜, 우리의 옛날 천박한 갈리아어로는 크리파뉴라고 부른다. 예수도 십자가 위에서 그러한 천 조각만 걸치고 있었다.

그윈플렌이 공포에 질려 보고 있는 이 무시무시한 수난자는, 쉰에서 예순 사이의 나이인 듯했다. 그는 대머리였다. 턱에는 하얀 수염이 삐죽하게 솟아 있었다. 눈은 감았지만 입은 벌린 상태였다. 치아가 전부 보였다. 야위어 뼈만 남은 얼굴은 죽은

---

* 어깨끈 또는 멜빵이다.

** 국부를 가렸던 천 조각이다.

사람의 얼굴처럼 보였다. 네 돌기둥에 쇠사슬로 묶여 움직일 수 없는 팔과 다리는 X자 모양이었다. 가슴과 복부 위에는 철판 하나씩을 올려놓고, 그 위에 다시 커다란 돌 대여섯 개씩을 쌓아 놓았다. 그의 헐떡임은 가쁜 숨소리이자 비명이기도 했다. 집정관은 장미꽃 다발을 놓지 않고, 다른 손으로, 탁자 위에 있던 하얀 막대기를 집어 들어 똑바로 세우며 맹세하듯 말했다.

"국왕 폐하께 복종을."

그리고 탁자 위에 막대기를 다시 내려놓았다. 그러고는 조종처럼 느릿하게, 어떤 몸짓도 없이, 수난자처럼 미동도 하지 않으며, 목소리를 높였다.

"여기 쇠사슬에 묶여 있는 사람은, 최후로 정의의 목소리를 들으시오. 당신은 지하 감방에서 꺼내어져서 이곳으로 끌려왔소. 정식으로 또 적법하게 신문했건만, 당신에게 이미 했고 앞으로 또다시 반복할 질문과 통지를 무시하고, 악의적이고 비뚤어진 집요함에 취해, 당신은 스스로를 침묵 속에 가두었고 재판관의 질문에 대답하기를 거부하였소. 그것은 가증스러운 방종인 동시에 앞서 나열한 범행 이외에 법원에 대한 항거죄를 추가로 성립시키는 행동이오."

집정관의 오른편에 서 있던 법률학자가 그 순간, 집정관의 말을 끊는 것처럼, 무심하게 한마디 했는데, 그 무심함에는 기묘한 음산함이 있었다.

"Overhemessa(항거죄). 앨프레드와 가드런의 법률. 제6장."

집정관이 다시 말했다.

"암사슴들이 새끼를 낳는 숲에 나타나는 강도들을 제외하고는, 모든 사람들이 법을 존중해야 하오."

그러자 뒤이어 법률학자가 종소리가 울리는 것처럼 읊었다.

"Qui faciunt vastum in foresta ubi dam solent founinare(암사슴들이 새끼를 낳는 숲에 나타나는 악인들)."

집정관이 말을 이었다.

"사법관의 질문에 대답하기를 거부하는 사람은 모든 못된 짓을 할 수 있다는 의심을 받소. 그러한 사람은 무슨 악이든 행할 수 있다고 널리 알려져 있소."

법률학자가 또다시 끼어들었다.

"prodigus, devorator, profusus, salax, ruffianus, ebriosus, luxuriosus, simulator, consumptor patrimonii, elluo, ambro, et gluto(낭비꾼, 식탐꾼, 무절제한 자, 음탕한 자, 뚜쟁이, 술주정뱅이, 방탕아, 위선자, 유산을 탕진하는 자, 절취꾼, 분별없이 돈을 뿌리는 자, 맛있는 음식을 탐하는 자)."

집정관의 말이 계속되었다.

"모든 못된 습관은 범죄 혐의를 증명해 주오. 아무것도 자백하지 않는 자는 모든 것을 자백하는 자요. 재판관의 질문 앞에 입을 다무는 자는, 곧 거짓말쟁이며 친부(親父) 살해범이오."

"Mendax et parricida(거짓말쟁이 그리고 친부 살해범)."

법률학자가 읊었다.

집정관이 다시 말을 이었다.

"이보시오, 침묵 속에 자신을 유폐시켜 결석 재판이 되게 하는 짓은 결코 용납되지 않소. 거짓 결석은 법에 상처를 입히오. 여신에게 상처를 입히는 디오메데스와 유사하오. 사법 앞에서 고집스러운 침묵은 일종의 반역이오. 사법에 상처를 입힘은 대역죄를 짓는 것과 같소. 그보다 더 가증스럽고 무모한 행위는 없단 말이오. 심문을 피하는 것은 진실을 도둑질하는 짓이오. 그러한 행위에 법이 대비해 둔 것이 있소. 비슷한 경우, 영국인들은 예로부터 지하 감옥이나 교수대, 그리고 쇠사슬을 즐길 권리를 가져왔소."

"Anglica Chatra(영국 헌장), 1088년."

법률학자가 덧붙였다. 그러고는 여전히 익숙한 엄숙함을 더해 몇 마디 말을 더 했다.

"Ferrum, et fossam, et furcas, cum aliis libertatibus(검, 그리고 감옥, 그리고 교수대 및 기타 자유)."

집정관이 말을 이었다.

"그러한 까닭으로, 이보시오, 멀쩡한 정신으로 또한 사법이 당신에게 묻는 사항을 잘 알고 있으면서도 침묵을 깨려고 하지 않기 때문에, 그리고 당신이 악마처럼 거역하는지라 고통을 당할 수밖에 없었으며, 형사 처벌법에 따라 '강렬하고 혹독한 고통'이라 부르는 고난을 겪었던 것이오. 다음은 여기에서 당신에게 취한 사항이오. 내가 당신에게 이것들을 사실 그대로 인지시키기를 법이 요구하고 있소. 당신은 이 지하 감옥으로 옮겨져, 옷이 벗겨진 후, 알몸으로 땅바닥에 눕게 되었고, 당신의 사지는 심하게 당겨져 법의 네 기둥에 묶여졌고, 당신의 배 위에 철판 하나를 올려놓았소. 그리고 당신의 몸뚱이가 감당할 만큼의 돌을 그 위에 쌓았소. '그리고 더'라고 법에는 나와 있소."

"Plusque(그리고 더)."

법률학자가 확인했다.

집정관이 계속 말했다.

"그러한 상황에서, 당신의 시련을 늘리기 전에, 나 서리주의 집정관이 질문에 답하고 진술할 것을 반복하여 당신에게 전했소. 하지만 당신은 심한 고통과 쇠사슬과 수갑과 족가(足枷), 기타 철제 속박 기구들의 지배를 받으면서도 악마처럼 침묵을 지키고 있소."

"Attachiamenta legalia(법률로 정해진 형구들이오)."

법률학자가 말했다.

"당신의 그러한 거부와 고집에 따라 법의 집요함과 범인의 집요함이 대등해야 공정하므로, 법령과 법조문이 요구하는 대로 시련이 이어졌소. 첫날, 당신에게 먹을 것도 마실 것도 제공하지 않았소."

"Hoc est superjejunare(그것은 극도의 절식이오)."

법률학자가 말했다. 잠시 동안 고요해졌다. 돌무더기 밑에 있는 남자의 휘파람소리가 섞인 무시무시한 숨소리가 들렸다. 법률 보좌관이 자신의 말을 보충했다.

"Adde augmentum abstinenti ciborum diminutione. Consuetudo britannica(절제를 강화하니 그에 따라 음식을 축소하는 것이 마땅하도다. 브리타니아의 관습법), 제504조."

두 사나이, 즉 집정관과 법률학자가 계속 말을 주고받았다. 그 일관된 단조로움보다 더 암울한 것은 없었다. 스산한 목소리가 불길한 음성에 답하고 있었다. 형별의 사제와 부제(副祭)가 법의 사나운 미사를 집행하고 있는 것 같았다.

집정관이 다시 말을 시작했다.

"첫날에는 당신에게 마실 것도 먹을 것도 제공하지 않았소. 둘째 날에는 먹을 것만 주고 마실 것은 주지 않았지. 당신의 입에 보리 빵 세 조각을 물려주었소. 셋째 날에는 당신에게 마실 것만 주고 먹을 것은 주지 않았소. 이 감옥의 하수구에서 흘러나온 물 한 파인트를 유리컵 세 개에 담아, 당신의 입 속에 세 번에 나누어 부었소. 넷째 날이 되었소. 그것이 바로 오늘이오. 만약 당신이 계속해서 답변을 거부한다면, 당신은 죽는 날까지 여기에 내버려 질 것이오. 그것이 사법의 뜻이란 말이오."

법률학자가 계속 화답하며 동의를 표했다.

"'Mors rei homagium est bon legi(죽음은 지혜로운 법에 대한 존경의 표시이다)."

"또한 당신이 비참하게 죽어 가는 자신을 느끼는 순간에도, 또한 비록 당신의 목구멍과 수염, 겨드랑이 등 당신의 입에서 옆구리까지, 모든 구멍에서 피가 흘러내리더라도, 당신을 도와줄 사람은 아무도 없소."

"A throtebolla, et pobu et subhircis, et a grugno usquead crupponum(당신의 목구멍과 수염, 겨드랑이 등 당신의 입에서 옆구리까지)."

집정관이 계속 말을 이었다.

"이보시오, 조심해야 하오. 모든 행위의 결과는 당신이 책임져야 하기 때문이오. 만약 당신이 침묵을 버리고 고백한다면 당신이 받을 처벌은 단지 교수형일 뿐이오. 더욱이 당신은 일정액의 금전, 즉 멜데페오를 사용할 권리를 얻을 수 있소."

"Damnum coηfitens habeat le meldefeoh. Leges Inæ(자신의 죄를 고백하는 자는 멜데페오를 누릴 자격을 갖느니라. 이노의 법), 제20장."

법률학자가 응답했다. 그러자 집정관이 다시 이야기했다.

"그 돈은, 도이트킨스, 수스킨스, 그리고 갈리할펜스 명목 아래 당신에게 주어질 것이며 헨리 5세 즉위 3년에 반포된 형

(刑) 면제에 관한 법령에 근거해 그 명목에 맞아 떨어지는 일에만 써야 하오. 따라서 당신은 그 돈으로 스코르툼 안테 모르템을 향유할 권리가 있고, 그 후에, 말뚝에 매달려 목이 졸리게 될 것이오. 고백함으로써 얻는 이익이 그렇단 말이오. 이제 기꺼이 사법의 질문에 답하겠소?"

집정관이 말을 멈추고 기다렸다. 수난자는 어떤 미동도 하지 않았다. 그러자 집정관이 다시 시작했다.

"이보시오. 침묵은 편안함보다 위험이 더 많은 곳으로 도망가는 행동이오. 고집은 처벌 받아야 할 범죄라오. 사법 앞에서 침묵하는 자는 왕권에 저항하는 대역 죄인이오. 자식의 도리에 어긋나는 불복종을 고수하지 마시오. 폐하를 좀 생각해 보시오. 우리의 자비로우신 여왕 폐하께 저항하지 마시오. 내가 당신에게 물으면, 당신은 폐하께 답변을 올리면 되오. 충성스러운 신하가 되시오."

수난자가 다시 헐떡거리기 시작했다.

집정관이 말을 이었다.

"마침내 고난의 72시간을 보내고 이제 넷째 날이 되었소. 이보시오, 이제 결판의 날이 되었소. 넷째 날에는 법으로 대질(對質)을 하도록 정해져 있소."

"Quarta die, frontem ad frontem adduce(제4일에는 대질을 진행시킨다)."

법률학자가 중얼거렸다. 집정관이 말을 이었다.

"법의 현명함이 이와 같이 극단적 시각을 택한 것은, 우리의 선조들께서 '죽음의 찬 공기로 판단한다'고 하시던 방법을 적용하기 위함이었소. 사람이 죽음의 순간에 임해 한 말은, 그것이 시인이든 부인이든 믿을 수 있기 때문이오."

법률보좌관이 그 말을 뒷받침했다.

"Judicium pro frodmortell, quod homines credendi sint per suum ya et per suum na(죽음의 찬 공기로 판단한다. 시인이든 부인이든). 애들스탠 국왕헌장, 제1권, 173페이지."

집정관은 잠시 기다리다가, 수난자 옆으로 자신의 엄한 얼굴을 가까이 기울이며 말했다.

"땅바닥에 누워 있는 사람……."

그리고 잠시 멈추더니 목소리를 높였다.

"내 말 들리시오?"

수난자는 미동도 하지 않았다.

"법의 이름으로 명하노니, 눈을 뜨시오."

남자의 눈꺼풀은 여전히 닫혀 있었다. 집정관이 자신의 왼편에 서 있던 의사를 돌아보며 말했다.

"의사, 진찰해 보시오."

"Probe, da diagnosticum(정직한 이여, 진단을 해 보시오)."

법률학자가 말했다.

의사가 석판 위에서 거만하고 뻣뻣한 태도로 내려와, 남자에게 갔다. 그리고 상체를 숙여 수난자의 입 가까이에 귀를 가져다 대고, 손목과 겨드랑이와 허벅지의 맥을 짚어 보고 몸을 다시 꼿꼿하게 세웠다.

"괜찮소?"

집정관이 물었다.

"아직 다른 사람의 말을 듣습니다."

"볼 수도 있소?"

집정관이 또다시 물었다.

의사가 답했다.

"사물을 보는 것이 가능합니다."

집정관이 신호를 보내자 사법관과 와펀테이크가 앞에 나섰다. 와펀테이크는 수난자의 머리 근처에 섰고, 사법관은 그윈플렌의 등 뒤로 갔다.

의사가 기둥들 사이로 한 발자국 물러났다. 그러자 집정관은, 사제가 성수살포기(聖水撒布機)를 쳐들듯이 장미꽃 다발을 들어 올리며, 수난자를 향해 큰 소리로 명령하기 시작했는데 그 기세가 몹시 사나웠다.

"오! 불쌍한 이여, 빨리 말을 하거라! 너를 없애기 전에 법이 너에게 간곡히 요청한다. 너는 벙어리처럼 보이고 싶어 하나, 영원한 벙어리가 되는 무덤을 생각해 보라. 네가 귀머거리처럼 보이고 싶어 하나, 귀머거리가 되는 영원한 형벌을 생각해 보라. 너보다 더 사악한 죽음을 생각해 보라. 깊이 생각해 보라. 너는 이 지하에 방치될 것이다. 잘 들어라, 나의 동류(同類)여, 나도 인간이니 말이다! 잘 들어라, 나의 형제여, 나도 기독교도이니 말이다! 잘 들어라, 나의 아들이여, 나는 늙은이이니 말이다! 나를 조심하라. 내가 너의 고통을 관리하는 절대권자이며, 잠시 후에 나는 험악해질 것이기 때문이니라. 법의 냉혹함에서 재판관의 위엄이 생기느니라. 나 역시 나 자신 앞에서 두려움에 전율한다는 사실을 생각해 보라. 나의 권능은 나 자신도 몹시 놀라게 하노라. 나를 극단으로 밀지 마라. 나는 나 자신 속에 처벌의 신성한 악의가 가득함을 느끼고 있노라. 그러나 오! 불운한 자여, 사법에 대한 유익하고 고귀한 두려움을 갖고 내 말에 따르라. 이제 대질의 순간이 찾아왔으니 너는 대답해야 하느니라. 저항을 지키지 마라. 되돌아올 수 없는 길로 들어서지 마라. 너의 삶을 끝내는 것이 나의 권리임을 생각하라. 벌써 시작된 시체여, 잘 들어라! 너의 머리 바로 위 길에서는 행인들이 오고 가고 물건을 사고팔며 마차들이 다니는데, 너는 이 지하에서 무거운 돌에 짓눌린 채 방치되고 잊혀지고 흔적마저 사라질 것이다. 쥐들과 족제비들에게 먹히고 암흑 속 벌레들에게 뜯기면서, 극심한 시장기와 인분에 휩싸여 단말마의 고통을 참아내며 긴 시간을 두고 죽어가는 것, 여러 시간, 여러 날, 여러

주일 동안 천천히 숨을 거두는 것이 네 마음에 기쁘지 않다면, 너의 상처를 치료해 줄 의사 하나 없이, 너의 영혼에 성스러운 물 한 잔 줄 사제 하나 없이, 절망의 구렁텅이에서 이를 갈고 눈물을 흘리고 신을 모욕하는 말들을 쏟으며 끊임없이 헐떡거리는 것이 너의 뜻에 부합하지 않다면, 오! 무덤의 고통스러운 거품이 너의 입술에 서서히 생겨나는 것을 느끼고 싶지 않다면, 오! 신의 이름으로 네게 요청하고 간청하노니, 나의 말을 주의 깊게 들어라! 나는 너를 돕기 위해 재촉하노니, 네 자신을 가엾게 여기고, 너에게 요구된 것을 온순히 행하고, 사법에 머리를 숙이고 복종해, 너의 머리를 돌려 눈을 뜨고, 여기 온 이 남자를 알아보는지 말하라!"

수난자는 머리를 돌리지도 눈을 뜨지도 않았다.

집정관이 사법관과 와펀테이크에게 차례로 눈짓했다.

사법관이 그윈플렌의 모자와 외투를 벗긴 후 그의 어깨를 잡고 묶여 있는 남자 쪽을 향해 돌려 세워, 그의 얼굴이 불빛 아래에 환하게 드러나도록 했다. 그윈플렌의 얼굴이 불빛을 받아, 그 기괴한 윤곽과 더불어 암흑 속에서 떠올랐다.

이와 동시에, 와펀테이크는 몸을 숙여 두 손으로 수난자의 양쪽 관자놀이를 잡고, 그 무기력한 얼굴을 그윈플렌에게로 향하도록 돌리고, 두 엄지손가락과 두 인지로 닫혀 있는 눈꺼풀을 올렸다. 남자의 사나운 눈이 보였다.

수난자는 그윈플렌의 얼굴을 보았다. 그러더니 직접 머리를 들고 눈을 크게 뜨면서 그윈플렌을 유심히 쳐다보았다.

그는 산 하나가 가슴을 짓누른 듯 크게 놀라며 소리쳤다.

"그 아이다! 그래! 그 아이야!"

그리고 무시무시하게 웃었다.

"그 아이야!"

그가 반복해서 소리쳤다.

그런 뒤 바닥으로 머리를 떨어뜨리고 눈을 감았다.

"서기, 본 대로 기록하시오."

집정관이 명령했다.

그윈플렌은 두려움에 휩싸였어도 그때까지는 상당히 침착했었다. 하지만 수난자가 '그 아이야!'라고 한 말을 듣고 몹시 놀랐고, '서기, 그대로 기록하시오'라는 말에서는 전율이 일었다. 어떤 악당이, 그윈플렌은 영문도 모르는데, 그를 자신의 운명 속에 끌어들인 것 같았고 그 남자의 이해되지 않는 고백이 그윈플렌의 목을 죄고 있는 쇠고리의 돌쩌귀처럼 맞물린 듯했다. 그윈플렌은 자신과 그 남자가 같은 죄인 공시대 위의 두 말뚝에 함께 묶여 있는 모습을 떠올리고는 두려움에 침착함을 잃고 몸부림쳤다. 그리고 엄청난 혼란에 빠져 조리에 맞지 않는 말을 더듬거리더니, 온몸을 떨면서, 겁에 질려 이성을 잃은 듯, 혀끝에 떠오르는 대로, 마구 쏘아 대는 포탄과 비슷한, 무서움에 떠는 말들을 아무렇게나 쏟아 냈다.

“사실이 아닙니다. 제가 아닙니다. 저는 저 남자를 알지 못합니다. 제가 그를 모르는데 그가 저를 알 리가 없습니다. 오늘 저녁의 공연이 저를 기다리고 있습니다. 저에게 무엇을 원하십니까? 저를 풀어줄 것을 요구합니다. 모든 것이 잘못되어 있습니다. 무슨 이유로 저를 이 지하실로 압송해 왔습니까? 이것은 불법입니다. 차라리 법이 없다고 말씀하십시오. 재판관님, 거듭 말씀드리지만, 저는 아닙니다. 절대적으로 저는 결백합니다. 그것만은 제가 잘 알고 있습니다. 저는 이곳을 떠나기를 원합니다. 이것은 그릇된 일입니다. 저 사람과 저는 아무 상관도 없습니다. 즉시 확인하실 수 있습니다. 저의 생활은 감춰져 있지 않습니다. 그런데 도둑놈처럼 와서 저를 이리로 끌고 왔습니다. 왜 그런 식으로 저를 끌고 왔습니까? 저 남자가 무엇 하는 사람인지, 제가 어떻게 압니까? 저는 장터를 다니며 익살극을 벌이는 유랑 소년입니다. 저는 웃는 남자입니다. 무척 많은 사람들이 저를 보러 왔습니다. 저희는 지금 타린조필드에서 지내고 있습니다. 정직하게 이 일을 해 온 지 15년이 되었습니다. 제 나이는 스물다섯입니다. 저는 태드캐스터 여인숙에서 머물고 있습니다. 저의 이름은 그윈플렌입니다. 재판관님, 제발 저를 이곳에서 풀어 주십시오. 불쌍한 사람들의 처지를 악용하시면 안 됩니다. 어떤 죄도 짓지 않았고, 보호받지 못하며, 방어막도 갖지 못한 남자를 가엾게 생각해 주십시오. 재판관님 앞에 있는 사람은 애처로운 광대일 뿐이랍니다."

"제 앞에 서 계신 분은, 클랜찰리 및 헌커빌 남작인 동시에 시칠리아의 코를레오네 후작이시자 영국의 중신이신 퍼메인 클랜찰리 경이십니다."

집정관이 말했다. 그리고 자신이 앉았던 안락의자에서 일어나며 덧붙였다.

"각하의 자리이옵니다. 앉으시옵소서."

(3권에 계속)